好妻子

（小婦人續集）

Good Wives

露易莎・梅・艾考特——著

Louisa May Alcott

劉珮芳、賴怡毓——譯

好讀出

目錄

Contents

第一章　八卦

為了讓接下來的故事有個新氣象，並且讓大家不受前塵往事羈絆地前往瑪格的婚禮，我們就以小聊一下瑪楚家的近況作為開場吧！還有，我得先說一聲，要是有長輩們認為故事中「愛來愛去」的場景太多——我擔心他們會產生這種想法（倒是不擔心年輕人會有這個問題）——我只能借用瑪楚太太的話說：「我家有四個活潑可愛的女兒，鄰居是個朝氣蓬勃的年輕人，不然呢？」

三年過去，這個平靜的家庭沒有太多變化。戰爭結束了，瑪楚先生安居家中，在書堆裡和小教區中忙進忙出。他天生就是當牧師的料，文雅、沉靜、勤奮好學，聰明睿智又知識廣博，此外還有「四海之內皆兄弟也」的廣闊胸襟。他的心性悲天憫人，由此形塑的氣質自然顯得莊嚴高貴、令人敬愛。

他的出身清貧，嚴謹的道德觀更使他顯得過於剛直不阿，雖然這樣的性格往往讓他被俗世的功名利祿拒於門外，卻吸引了更多才德兼備的人士親善他。誠如芳鮮的藥草足以吸引蜂蝶駐足——他將五十年歷練積累出的智慧盡數奉獻予人，就如以藥草熬成的精華糖蜜哺餵環繞的蜂蝶。對生命充滿熱誠的年輕人們，發現這位頭髮灰白的學者其實懷藏一顆與他們同樣年輕的心；心思細密或思緒愁煩的婦女們，能夠毫無罣礙地向他訴說心中困惑，確信她們可以得到最溫柔的安慰、最睿智的建

言：罪人對這位坦蕩無私的長者坦承罪行，雖然所作所爲依舊受到責備，心靈卻也因而得救；才華橫溢的人視他爲知音；野心勃勃的人無法忽視他更加崇高理想的雄心壯志；就連滿身銅臭的俗人也坦承他的信仰既眞且美，不過「賺不了錢就是了」。

在外人看來，瑪楚家的主人似乎是五個精力充沛的女人，在許多事情上也的確如此。然而，這位坐擁書堆的沉靜學者仍是眞正的一家之主，他是家庭的向心力所在，是家中的支柱，也是全家人的安慰者。瑪楚家這幾位四處奔忙的女子一旦心中有事、情緒煩憂，他就是她們的避風港，是可靠的丈夫，是睿智的父親。

瑪楚家的女孩兒們日漸成長，她們將自己的心交給母親，靈魂則交給父親。雙親爲了她們竭盡心力、無怨無悔地付出，她們回報予父母的愛也隨之茁壯，一家人間彼此關愛，成爲此生甚或死後都斷不開的甜蜜連結。

瑪楚太太比以前更加充滿活力，儘管頭髮上難免添了些銀霜，整個人看起來依舊神清氣爽，她的全副心神此刻都聚焦在瑪格的婚事上。然而，與此同時，醫院裡還是住滿了從戰場負傷歸來的年輕人，生活艱辛的寡居軍眷們也需要幫助，瑪楚太太已經好一陣子沒去這些地方，大家都思念極了這位慈母般的牧師娘前來探視與安慰。

約翰·布魯克英勇奮戰一年，在戰場上受了傷，被送回家中，不能再回戰場去。他既未被表揚也沒有任何晉升，可是他眞應該受到讚揚的，他在生命中最美好的時刻裡，毅然決定爲國家奉獻一切，在戰場上冒險犯難。他從軍中退役了，任務圓滿完成，開始將心力轉移到生活中，打算努力工作賺錢，給瑪格預備一個舒適的家。他的個性獨立，對事情有自己的見解，因此他婉拒勞倫斯先生的好意，改接一個記帳員的工作，認爲相比起借錢來孤注一擲，從穩紮穩打的薪水階級做起，心裡要踏實得多了。

瑪格一邊工作一邊等待成爲新嫁娘，舉手投足間逐漸散發出女人味，持家手段日益精進，人也越來越漂亮了，愛情還眞是最具神效的保養品。對於即將到來的新生活，她懷有少女般的憧憬、美好的想望，同時也有著一絲惆悵。奈德·墨法特前不久娶了莎莉·嘉地納，瑪格忍不住把他們的豪宅、馬車、許多禮物和錦衣華服拿來相比，暗自期盼自己擁有的也能和他們一樣好。不過，一想到約翰爲了迎娶她而努力工作，正在盡其所能地爲她預備兩人的溫馨小屋，她心中的忌妒和不滿足也就煙消雲散了。而當她和約翰坐在薄暮之下，討論他們的小小計劃時，未來更顯得如此瑰麗美好，於是她很快便忘了莎莉光鮮亮眼的生活，覺得自己在天父照拂的基督教世界裡，已經是最富裕、最快樂的女孩了。

喬再也沒回瑪楚姑媽那兒去，因爲瑪楚姑媽太喜歡艾美了，爲了把艾美拉在身邊，她祭出無敵法寶——讓艾美跟最棒的老師上繪畫課。爲了這個好處，就算要艾美去服侍比姑媽更嚴苛寡情的老夫人，她也心甘情願。於是她上午去陪姑媽，下午去學繪畫，日子過得不亦樂乎。喬則把她的時間都投注在文學和貝絲身上，貝絲自從大病一場後，身體就一直很虛弱，雖說還不到病人的地步，但也無法再恢復成當初那個雙頰紅潤、身體健康的模樣了。儘管她本人還是談笑風生、心情愉快，安靜地沉湎於自己喜愛的家務裡。她依舊是大家的好朋友、家中的小天使，從深愛她的人們尚未察覺到這點以前，就一直都是如此了。

只要《鷹隼報》繼續用一塊錢一篇文的價碼買她寫的「垃圾」——喬都這樣稱呼自己的作品，

她就覺得自己是個有錢女人，繼續孜孜不倦地編織筆下的小情小愛。話雖如此，她那顆忙碌的腦袋裡，數部偉大作品仍在持續醞釀。隨著時日愈久，被塞進頂樓破舊錫櫃裡的紙張也疊得愈高，喬始終野心勃勃，相信這些墨跡斑斑的手稿，有朝一日將使瑪楚這個姓氏躋身名人之列。

勞瑞原本是要讓祖父開心才去念大學的，但現在吃喝玩樂的大學生活倒是讓自己開心得不得了。他是一個走到哪裡都能得寵的人，家境優渥、禮儀得體、多才多藝，還有一副慷慨助人的好心腸，爲了救苦救難也不怕自己蹚進渾水裡。勞瑞很有可能被自己的少爺性格給害慘——也可能早就吃虧過了——就像其他許多養尊處優、被寄予厚望的年輕人一樣。但是，他隨時都惦記著家裡那個三句不離自己豐功偉業的有錢老人、鄰居那位將他視如己出關愛疼惜的婦人，以及重要程度絕對不亞於前兩者的四個鄰家女孩兒，她們全心全意地愛他、欣賞他、支持他。他將至親們的叮囑與關愛視作護身符，時刻帶在身上抵禦邪惡的誘惑。要不是因爲有這些人，他的人生恐怕就要改寫了。

身爲一個「豔光四射」但也只是血肉之軀的凡人男子，他當然免不了在異性面前耍嘴皮子、以打情罵俏爲樂，在外型上下苦工、打扮得越來越時髦亮眼，偶爾玩玩水上活動、談些感性話題，對於健身活動也多有涉獵，儼然一副校園風雲人物的作派，他整人、也被整，口中充斥俚俗粗話，而且不只一次面臨留校察看或被開除學籍的危機。他知道自己天性愛玩，往往興致一來就惡作劇一番，所以隨時都準備好了自救招數，一旦被抓包就誠實認罪，或敢做敢當尋求諒解，或憑藉他無懈可擊的三寸不爛之舌，說得人家想不原諒他都難。事實上，他還滿以自己這種能僥倖脫困的本事爲傲，而且喜歡在女孩兒面前吹噓自己的戰績，描述得繪聲繪影，唬得她們對他崇拜不已——怒不可遏的導師們、威嚴莊重的教授們，不論何方神聖，面對他都只能俯首稱臣。「我班上的男生」在瑪楚家的女孩們眼中，變成如假包換的英雄，對於「我們這一群」的英勇事蹟，她們怎樣也聽不膩。當勞瑞帶領這一票男生回家時，往往就因此受到女孩兒們笑臉相迎。

艾美尤其喜歡參加這樣的場合，也順理成章成為聚會中的美麗焦點，這聰穎的小妮子早就對自己與生俱來的魅力瞭如指掌，而且懂得善用天賦，分寸拿捏得宜。瑪格太專注在自己的私事上，特別是有關約翰的事，也就沒什麼心思搭理旁人了；貝絲則害羞得只敢偷看他們，並且在心裡不住疑惑，艾美怎麼敢對這些人們呼來喚去。喬倒是覺得自己滿適得其所的，她發現要限制自己不要模仿「紳士們」的言行、避免他們所用的詞彙，還挺困難的，與其按照世俗規範表現年輕淑女的端莊優雅，倒不如忠於自己來得自然許多。男孩子們都非常喜歡喬，不過沒有一個人想把她當戀人看待；倒是艾美，幾乎所有男生全拜倒在她的石榴裙下，浪漫感性地為了獲得她的注目而嘆息不止。一說到浪漫感性，我們自然而然就會想到「鴿鴿

窩」了。

那是我們布魯克先生爲瑪格準備的第一個家——一棟紅棕色小屋的名字。這棟小屋由勞瑞命名，他說這個名字對恩愛的小倆口來說再合適不過，因爲他們兩人「在一起時像一對斑鳩咯咯叫，濃情密意呢喃個不停」。那是棟很小的房子，屋後有個小花園，門前則是塊巴掌大的綠草坪。瑪格想在這兒擺個噴泉、種些灌木、栽植一大片美麗花海，然而眼前的噴泉只能暫由一個久經風吹日曬的大壺所代替，外觀像極了一只破舊的茶盤，灌木叢也只是幾株幼弱的落葉松，連要不要活下去都還是個謎，而所謂的一大片美麗花海，目前更只是剛起步的播種階段而已，僅用插在土裡的成排木棍標示種子都撒到哪裡去。

相反地，屋裡就別有洞天了，溫馨可愛、舒適愜意，在這位新嫁娘眼中，這棟房子從地窖到閣樓都完美得找不出一絲缺陷。眞要挑缺點的話，門廳其實挺窄的，他們沒有鋼琴反倒算是值得慶幸的事，因爲鋼琴絕對放不進來。飯廳也小得很，六個人在裡頭就要擠得水洩不通，至於廚房樓梯好像是建造來擋路用，功能就是讓僕人和碗碟一古腦全摔進煤炭箱裡。然而，一旦習慣這些小瑕疵，一切就顯得再好也不過，在屋主好眼光、好品味的原則下所做的裝潢擺設，呈現出最令人滿意的效果。小客廳裡沒有大理石桌、長鏡子、蕾絲窗簾，有的只是簡單幾件家具、大量書籍、幾幅雅致的畫，一盆花安放於八角窗台上，精心包裹的禮物則散放在屋內各處，全都是來自關愛他們的人所贈送，飽含這些朋友們打從心底發出的溫馨祝福。

就我來看，勞瑞送的賽姬雕像不會因約翰弄了個木架來墊上，就減損其美麗。由艾美巧手布置的棉紗窗簾，裝飾簡約、品味獨具，任何室內裝潢商家的成品都比不上。就連喬和母親悉心整理的儲藏室都顯得與眾不同，她們將瑪格為數不多的箱子、木桶和幾綑雜物擺放進去，額外附上的衷心祝福、歡快語句和美好期望滿溢其中，大概沒有其他任何一間儲藏室比得上了。至於那間嶄新的廚房，我非常肯定，要不是漢娜將所有鍋碗瓢盆整理過十數遍，試來試去才決定最終擺放位置，它不會看起來如此舒適溫馨而整潔。漢娜將一切打理完畢，連生火準備也一應俱全，就等著燃起燈火的那一刻，「靜候布魯克太太回家來。」此外，我心裡也不禁疑惑起來，怎麼一個年輕的家庭主婦能有這麼多抹布、隔熱墊和拼布包！原來這些都是貝絲的傑作，她做的存貨足夠用到銀婚紀念日，還發明了三種不同的擦碗布來因應婚禮所需的瓷器。

有這些好幫手來幫忙，主人家什麼都不缺了，這些愛心滿滿的手讓最尋常的家務變得閃亮而美麗。瑪格對此再認同不過，她發現在她的小窩中，每一件物品，從廚房的擀麵棍到客廳桌上的銀質花瓶，處處都散發著家的甜蜜氣息，以及溫柔無限的深思熟慮。

他們一起愉快地作規畫、謹慎地上街採購、犯下可笑的謬誤，在勞瑞滑稽地與人討價還價時，又忍不住爆笑出聲。這個愛開玩笑的年輕人，雖然大學都快畢業了，卻跟從前的小孩子性格差不了多少。他最近的搞笑事件發生在每週一次的拜訪上，他堅持要給年輕的家庭主婦帶來一些新奇、實用、充滿創意的小道具。先是一袋子不同凡響的曬衣夾，再來是一個棒透了的肉豆蔻研磨器——第一次用就四分五裂、完全解體，還有一個毀掉所有刀子的刀刃清潔器、拔得起所有地毯絨毛卻掃不起塵埃的掃地工具，能使人雙手洗掉一層皮的省力香皂、什麼東西都黏不上的絕對強效黏著劑——強效在黏著上當消費者的手指頭。此外他還送上各種各樣的錫器，例如只能塞進奇怪銅板的玩具撲滿，以及隨時都有可能煮水煮到爆炸開來、用自己的蒸氣幫周圍物品大洗特洗的熱水壺，可說是琳瑯滿目、應有盡有。

瑪格拜託他不要再玩了，不過只是徒勞無功。約翰取笑他，喬稱他為「美國傻子先生」，因為他對「美國佬」的創意巧思已經狂熱到幾近瘋魔的程度。眼見朋友搬新家，急須好些日用雜物來填滿屋子，他便逮住這千載難逢的好時機，每週都帶個新玩意兒來胡鬧一番。

一切終於就緒，艾美甚至在每一個不同顏色的房間裡，搭配上不同顏色的香皂，貝絲則為這屋裡的第一餐擺設起餐桌。

「覺得滿意嗎？看起來像不像個家？你覺得自己在這兒會快樂嗎？」瑪楚太太問道。她和女兒手勾著手，一同走進這個新國度，就在這一刻，她們彼此間似乎更親密了。

「是的，媽媽，我非常滿意。謝謝你們大家，我高興得不知該說些什麼才好了。」瑪格如此回答，臉上的神情勝於千言萬語。

「要是她能有一、兩個僕人就好了。」艾美說道，正從客廳裡走出來。她在那兒待了老半天，思忖著要把那個青銅製的墨丘利像[1]擺在骨董架上好，還是放在壁爐台上比較好。

「媽媽和我討論過了，我想先照媽媽的建議做。有莉恩幫我跑腿和處理一些雜務，其他也就沒什麼需要請人幫忙的了。我得維持足夠的工作量，才能讓我不會太懶惰或是太想家。」瑪格平靜地回應。

「莎莉・墨法特有四個僕人。」艾美開口。

「要是瑪格也有四個僕人，這房子一定住不下，老爺和太太就得去花園紮營了。」喬插嘴道。她身上套了一大件藍色吊帶圍裙，正在給門把做最後一次擦拭。

「莎莉嫁的是有錢人，自然需要眾多僕役撐起門面。瑪格和約翰雖然才剛起步，過得很簡樸，這小房子裡的幸福快樂卻一點也不會輸給大戶人家。像瑪格這樣的年輕女子，要是把時間都用在打扮、發號施令或道人長短，那就太可惜了。我啊，剛結婚時總盼望著新衣服可以早點穿壞或磨破，這樣我就可以享受縫補衣服的樂趣了，因爲我最討厭的事情就是做刺繡和整理手帕。」

「您何不進去廚房，把裡頭弄得亂七八糟呢？像莎莉說的，她每次都這樣做，好讓自己開心。雖然她弄出來的結果都很不怎麼樣，還惹得僕人們都在嘲笑她。」瑪格說道。

「一段時間後，我就進去了，不過不是去把廚房弄得亂七八糟，而是去跟漢娜學習如何使用廚房，免得讓僕人們嘲笑。當時也只覺得好玩，不過後來的心態就轉成感恩了，因爲我不僅有意願下廚，而且同時也有能力下廚，爲我可愛的女兒們準備健康的食物，在我僱不起僕人時，廚房裡的事情我自己也處理得來。瑪格，親愛的，你則剛好相反，從沒有僕人的日子過起。但是，你現在一點一滴累積的經驗，總有一天會幫助到你的。在約翰經濟富裕以後，你就會當起一個家的女主人，而不管日子過得如何光鮮多彩，你都得明白家事是怎麼做的，才能讓僕人們心甘情願地服侍你。」

「是的，媽媽，您說的是。」瑪格說道，恭敬地聆聽這一堂小講座，因爲聰明的女人對操持家務之道總是興味盎然。

「我跟您說，這房間是我在整棟小屋中的最愛。」約莫一分鐘後，她們往樓上走。瑪格此時開

1墨丘利（Mercury），羅馬神話中爲諸神傳信的使者，亦即希臘神話中的赫密斯（Hermes）。

口，望向房裡結結實實囤滿各式亞麻織品的櫥櫃。

貝絲就待在那兒，將一疊又一疊乾淨潔白的布製品依序擺進櫥櫃，接著歡喜快樂地打量起眼前壯觀的展品。

瑪格語畢，在場三人都快笑岔了氣，因為那一整櫃東西就是個笑話。想必讀者諸君還記得，那位說過如果瑪格嫁給「那個布魯克」就一毛錢也拿不到的瑪楚姑媽吧？隨著時光流逝，她的憤怒已被撫平，便懊悔起自己當初的毒誓來了，現在反而不知該如何給自己台階下。瑪楚姑媽一言既出駟馬難追，於是在心裡努力琢磨起怎麼辦才好，最後終於讓她想到一個滿意的作法。她讓芙蘿倫斯的母親——卡羅太太去採買、裁製一大堆床單、被單與桌布等家用亞麻織品，然後送過去當賀禮。這事辦得漂亮，不過風聲還是走漏了，這背後秘辛一揭出來，簡直讓全家人都要笑歪。因為瑪楚姑媽仍舊裝出一副漠不關心的樣子，堅持她送來的禮物只有一串老式珍珠項鍊，是老早就答應要給第一個結婚的姪女，除此之外再無其他。

「這樣主婦的品味讓我一看就很開心。我有個年輕朋友，剛成家時只有六張床單，不過餐桌上配了套洗指碗，這就讓她心滿意足了呢！」瑪楚太太說，輕拍那些緞面桌布，以女性的眼光打從心裡欣賞它們的好質料。

「我一個洗指碗都沒有，可是漢娜說，這一整套東西夠我用上一輩子了。」瑪格說道，臉上看起來也如實表現出十分知足的樣子。

這時，小屋外出現一個削短了頭髮的高個子，頭戴一頂寬邊帽，寬闊的肩膀撐起一件下襬飛揚的長風衣。他大踏步走向小屋來，也不伸手開門，而是直接抬腳跨越低矮的籬笆，逕自走向瑪楚太太。只見他張開雙臂，熱情眞摯地喚道……

「我來了，母親！是的，一切都好！」

後半句回應了那位年長女士臉上不言而喻的探詢——年輕人俊秀的眼中映照她慈祥的問候，一切盡在不言中。宛如儀式般，這次的見面也是一如既往，以慈母般的親吻作結。

「約翰·布魯克太太，恭喜啦！你眞美麗，以及這是一點兒心意。貝絲，祝你一切都好！喔，喬，你這樣看起來眞是神清氣爽！艾美，你長得越來越漂亮了，你眞的還沒有個對象嗎？」

勞瑞邊說話邊將一個褐色紙包遞給瑪格，揉一揉貝絲的髮帶，對喬的一身工作服打量好一會兒，再故作驚豔地望向艾美。他一迭連地跟大家握手握過一輪，話匣子於焉打開。

「約翰在哪裡？」瑪格焦急地問。

「去拿明天要用的證書了，夫人。」

「泰迪，最後那場比賽哪邊贏了？」喬問道，十九年來她從沒放棄過對男性體育賽事的熱愛。

「當然是我們哪！你要是能看到現場就好了。」

「那位可愛的藍黛小姐好嗎？」艾美意味深長地微笑。

「比以前更凶了，你沒看到我更虛弱了嗎？」勞瑞說道，在自己寬闊的胸膛上用力捶一下，浮誇地嘆了一大口氣。

「這次的怪東西是什麼呢？瑪格，拆開包裹來看看嘛。」貝絲說道，好奇地盯著那個有不規則突起的包裹。

「這是居家必備良品，發生火災或有小偷光顧時用的。」勞瑞一邊說一邊揭開包裹，當守夜人

「這是居家必備良品。」

的響板出現在衆人眼前時，女孩們全都忍不住笑出聲來。

「只要約翰不在家、您覺得害怕時，瑪格夫人，只需要打開窗戶，把這個伸出去用力搖，鄰居們一下子就會集合到你家了。好東西哪！對吧？」勞瑞說完立刻示範起響板的威力，弄得大家急忙掩住耳朵。

「你們得向我道謝啊！不過，說到致謝，這提醒了我一件事，你們也得好好謝謝漢娜才行，若不是她，瑪格的結婚蛋糕早就沒了。我剛才來的時候正好看見蛋糕端進門，要不是漢娜英勇維護蛋糕的安全，我一定會吃上一大口，那蛋糕看起來好吃得不得了。」

「勞瑞，我很懷疑你什麼時候才會長大。」瑪格語重心長地說道。

「我盡量啦，夫人！可是恐怕不能再高了，我想，在這墮落的年代，男人有一百八那麼高就差不多是極限了。」年輕紳士如此回答，他的頭都快頂到天花板上的吊燈了。

「這個房間這麼光亮整潔，我怕連在裡頭吃東西都是一種褻瀆，可是我已經餓到快不行了，所以，我建議，我們就直接休會吧！」他緊接著說道。

「我要跟媽媽去等約翰，因爲還有些細節要討論。」瑪格說完一溜煙離開了。

「我和貝絲要去奇蒂・布萊恩家多拿一些明天要用的花。」艾美跟著說，她正在把她那頂做工精緻的仕女帽繫到頭上，順帶仔細調整同樣精心打理過的捲髮。對於這個造型呈現出的效果，她和其他人一樣打從心底感到賞心悅目。

「來吧！喬！別丟下同伴，我又餓又累得快虛脫了，沒人幫忙我回不了家……圍裙穿著就好，不用脫，你穿起來實在太好看了，你就該走出一條自己的路。」勞瑞說道，喬則寬容大度地將他的反諷收進自己的圍裙大口袋，隨即伸出臂膀攙扶她腳步虛浮的同伴。

「聽好了，泰迪，我得認眞跟你討論明天的正事。」他們一起漫步向前，喬在這時開口，「你要答應我，你會乖乖的，絕不惡作劇，絕不搞破壞。」

「不惡作劇。」

「當我們得保持嚴肅時，絕對不搞笑。」

「我才不會這樣，都是你在搞笑。」

「我還要拜託你，在婚禮進行時，千萬不要盯著我看，要不然我一定會笑出來。」

「你看不見我啦，到時候你一定會哭到整個視線都是霧的，根本什麼也看不到。」

「我有淚不輕彈，沒出大事就不會哭。」

「大事是像有人去念大學那時候嗎？嗯？」勞瑞插嘴道，臉上勾起調侃的微笑。

「少往自己臉上貼金，我只是配合姊妹們哭個兩聲而已。」

「是是是，大家都知道。好了，喬，爺爺這星期看起來怎麼樣？還算和藹可親吧？」

「他很好。怎麼？你是不是闖了禍，想先打探一下他會有什麼反應？」喬尖銳地提問。

「欸，喬，你眞以爲我看著你媽媽說的『一切都好』，只是在應付她而已嗎？」勞瑞突然停下話頭，一副受傷的樣子。

「當然不是。」

「那就不要疑神疑鬼的，我只是想要點資助而已。」他說道，聽見喬的語氣如此眞誠，也就緩和了情緒，繼續往前走。

「你錢花得真凶哪，泰迪！」

「好說好說，不是我花錢，是錢自己不見的。我還沒想太多，它就已經先花出去了。」

「你太善良、太慷慨了，對人總是有求必應，說不出一個『不』字。我們聽說過恩蕭的事了，以及你為他做的那一切，如果你的錢是那樣花的，沒有人會指責你。」喬誠懇地說道。

「噢，他誇獎得太過頭了啦！你也不會讓我見死不救呀？他那麼努力打拚，一個人抵得過我們一整打懶鬼，不過就需要有人幫點兒小忙，倘若是你也會幫他的吧？」

「那還用說！可是我看不出你那十七件背心和那堆數不完的領帶要怎麼用，而且你每一次回家就換一頂新帽子。還以為你喜歡打扮得花枝招展的癮頭已經過了，誰知道你時不時就會換個花樣再來一次。現在就流行扮醜是吧？看看你的頭髮，剪得跟鬃毛刷一樣硬，你穿那是夾克還是拘束衣啊？還有那雙橘色手套，和那雙方頭皮靴，看起來有夠笨重的。如果醜得便宜也就算了，但你那一身行頭要價不菲欸，而且我完全看不出來穿成這樣好看在哪裡。」

勞瑞抬頭往後仰，被這波攻擊逗得笑岔了氣，帽子順勢掉落地面，喬剛好一腳踩上去。面對這樣的侮辱，勞瑞只能趕緊解釋說這頂帽子真的不值錢，只是粗製濫造的東西，接著迅速撿起這頂可憐的帽子，折好塞進口袋裡。

「你就行行好，別再說教了——我這星期已經上了夠多課，好不容易回家來，就是要回來放輕鬆的。明天，明天我一定好好地穿衣服，不管要我花多少錢，絕對表現得讓我朋友人人都滿意，保證不丟臉。」

「如果你把頭髮留長我就放你一馬。雖然我不是什麼上流社會人士，但也不想被人看到和一個長得一臉靠拳擊吃飯的傢伙走在一起。」喬鄭重其事地說道。

「這種低調的造型是要讓我們專注在課業上，所以我們才會這麼做。」勞瑞如此回應。這勞瑞把一頭好看的捲髮剪成毛刷似的小平頭，如此自我犧牲的行爲，當然無法用愛慕虛榮這種理由罵他一頓。

「對了，喬，我想小帕克是越來越喜歡艾美了。他老是在講她，爲她寫了詩，而且一副魂不守舍的樣子。他最好趁早死了心，對吧？」片刻沉默後，勞瑞以一副兄長的姿態，用想當然爾的口吻說道。

「那還用說！接下來幾年我們都不要再有人從家裡嫁出去了！老天可憐可憐我們吧！真不曉得這些孩子都在想些什麼？」喬一副震驚又憤慨的表情，完全把帕克和艾美當小孩子看待。

「這是個瞬息萬變的時代，小姐，我也不知我們將來會如何。你現在還年輕，但你就是下一個了，喬，到時候被留下來的我們只剩下暗自啜泣的份了。」勞瑞說道，對這個世風日下的時代嘆惋地搖頭。

「別窮緊張了。我不是討人喜歡的類型，不會有人要我的啦！哈，這倒好，每個家都該有一個老小姐。」

「那是因爲你從不給人機會。」勞瑞斜睨著喬，一張被陽光曬成古銅色的臉上，閃過一抹奇異的色彩。「你從不顯露你溫柔的一面，如果有人不小心看到，而且忍不住表示出他喜歡你溫柔的樣子，你就會像甘米奇夫人[2]對待她的愛人那樣，對他潑冷水，渾身是刺，弄得人別說碰了，連看都不敢看你。」

「我不喜歡那種事。我太忙了，沒時間去煩那些有的沒的，而且我覺得離開自己家人是一件很可怕的事。好了，別再提這些事了，瑪格的婚禮已經把我們整個弄昏頭了，除了戀愛和戀愛和這些差不多等級的蠢事以外，我們就沒別的事好說了嗎？我不想生氣，所以換個話題吧。」喬看起來確實像有一點小刺激就能讓她潑過來一大盆冷水似的。

不管勞瑞內心如何澎湃洶湧，他的情緒都在長而低的口哨聲中宣洩散去，他也在此時開口，說了句足以令人恐慌萬分的預言——兩人在大門外道別時，他說道：「記住我的話，喬，你是下一個。」

2甘米奇夫人（Mrs. Gummidge），英國文豪查爾斯．狄更斯的作品《塊肉餘生記》（*David Copperfield*）書中的人物。

第二章 婚禮

那天早晨，滿布門廊的六月玫瑰一早即甦醒過來，顯得光彩煥發，在無雲的晴空下欣喜綻放，像一群友善的小鄰居——它們就是可愛的鄰居。花朵因爲興奮不已而紅豔欲滴，搖曳在微風中，彼此耳語著傳遞訊息，有的在餐室窗前探頭探腦，偷窺擺列出來的餐點，有的攀上牆垣，朝正在爲新娘梳妝的姊妹們點頭微笑，有的則忙於送往迎來，招呼那些出入花園、門廊、大廳等處的幫手。從最燦爛盛放的鮮豔花朵，到最淺淡幼弱的含苞花蕾，它們盡皆施展魅力、煥發香氣，好報答這位長久以來對它們細心照料、愛護有加的溫柔女主人。

瑪格本人看起來也像一朵玫瑰花，因爲在那一天裡，她內心與靈魂中的所有美好鮮甜彷彿都已在臉上綻放開來，溫婉動人，形成了比外貌更耀眼奪目的美麗。她身上沒有一點絲綢或蕾絲，也不使用橘色花朵的配飾。「我不要時尚的婚禮，只要我所愛的人們與我相伴，並且讓他們看見我的時候，我仍然是他們眼中熟悉的我。」

因此她自己縫製嫁衣，一針一線將少女的溫柔期盼與天眞浪漫縫入其中。她的妹妹們將她的秀髮梳理成髮辮，她唯一的飾品只有鈴蘭——「她的約翰」最喜愛的花朵。

「你看起來眞的就是我們最親愛的瑪格——太甜美、太可愛了！要不是怕弄皺你的新娘禮服，我眞想就這樣抱你一下！」艾美忍不住叫道。當瑪格打扮妥當，她端詳姊姊的模樣滿是雀躍。

「那我就安心了。你們快過來抱我、親我！別管衣服了，我今天就希望你們因爲這樣，把我的禮服弄出一堆皺褶！」瑪格說罷，張開雙臂迎向妹妹們，霎時間妹妹們全都依依不捨地黏到瑪格身上去，深深體認到瑪格心中的新歡並沒有擠掉舊愛。

「我現在要去幫約翰打領巾，然後到書房跟爸爸獨處一下。」瑪格說完便跑下樓去執行任務。之後的時間裡，她亦步亦趨地緊跟母親，因爲她看出了母親慈愛的笑容下懷藏難以言說的愁緒——她是第一隻飛離窩巢的小鳥。

妹妹們站在一塊兒，正在對自己的簡約裝扮做最後修飾。我們剛好可以趁這空檔，來看看三年來她們外表上的變化，畢竟此刻無疑是她們最美的時刻。

喬的稜角磨平不少，儘管說不上高雅，她也已學會坦然自若的行止。原先的短髮變長許多，濃密膨厚的髮量盤在頭上，小巧的臉龐搭配起高䠷的身材更形合宜。她曬黑的臉頰上點綴著鮮亮的光澤，柔和的光芒在眼睛裡閃爍，平日的牙尖

嘴利在今日只餘下溫和的話語流瀉而出。

貝絲生得更瘦弱、更蒼白，也比以往更安靜了。美麗且仁慈的雙眼看起來大了些，卻飽含自己渾然不覺卻令人見了油然而生的哀愁。那場大病留下的陰影持續攪擾這張年輕的臉龐，然而貝絲極少抱怨，她總是充滿希望地說「很快就會好了」。

艾美真可說是「當家之花」，芳齡十六的她已然盡顯成熟女子的風華，那種美麗難以形容，並非單純的漂亮，而是一種足以稱之為優雅的無形魅力。她的體態線條、舉手投足、搖曳的衣襬、垂落的秀髮，在不經意間和諧地營造出她不迷人人自迷的美。艾美的鼻子仍教她遺憾，因為她肯定此生與希臘鼻無緣了，嘴巴同樣嫌寬了些，下巴輪廓也是過於剛毅。其實這些令她不快的五官部位讓她整張臉看起來別具個性，不過她自己卻看不到，只願以光潔無瑕的肌膚、靈動晶亮的藍眼，以及一頭金燦耀眼更甚以往的豐盈捲髮來安慰自己。

三姊妹全都穿上銀灰色的薄禮服（她們夏季裡最好的行頭），在髮上和胸前別上淡粉色的玫瑰，看起來就像她們平日裡的樣子：三個朝氣蓬勃、心情愉快的女孩兒。她們在忙碌的生活中佇足片刻，以欣羨的眼光閱讀女人一生中最甜美浪漫的篇章。

這場婚禮沒有繁文縟節，只有盡其自然的、家一般的感覺。所以當瑪楚姑媽到達時，她簡直被現場的荒謬給震懾住了，因為新娘竟然親自飛奔出來歡迎她，領她走進屋裡，新郎正好撿起掉下來的花環，要親自釘回原位。她甚至在眼角餘光掃見那位身兼新娘爸爸的牧師正一臉陰鬱地大步上樓，兩邊腋下各夾著一瓶酒。

「我說，這下有好戲看了！」老夫人尖聲說道，坐上為她安排好的寶座，窸窸窣窣地整理起身上薰衣草色的波紋絲綢裙襬，「你應該到最後一刻才現身的，孩子。」

「我又不是在作秀，姑媽，沒有人會特意來盯著我瞧，對我的禮服品頭論足，或估計我的喜宴要花多少錢。我今天快樂得不想管別人怎麼說或怎麼想了，這是我的小婚禮，我就要用我喜歡的方式，盡情享受它。約翰！親愛的，喏，你的榔頭。」瑪格說著，便跑去幫「那個男人」處理那些根本不該輪到他來做的勞務了。

布魯克先生連一聲「謝謝」都沒說，不過當他彎腰接過那個一點也不浪漫的工具時，他在拉門後吻了一下他的新娘，神情讓瑪楚姑媽迅速掏出手帕，拭去她銳利老眼中忽然湧現的水氣。

一陣碰撞和尖叫陡然出現，隨後是勞瑞的大笑聲，一邊笑一邊還在亂嚷嚷：「救命喔！喬又把蛋糕弄倒啦！」引起在場不小騷動，當一眾親友到來時，混亂依舊餘波蕩漾，此情此景恰是貝絲小時候的慣用語——「大隊人馬大駕光臨」。

「別讓那個小巨人靠近我，他簡直比蚊子還煩。」老夫人小聲對艾美吩咐道。那時屋子裡已經擠滿了人，勞瑞頂著一頭黑髮的高個子簡直鶴立雞群。

「他已經答應過，今天會表現得很乖。而且只要他願意，他的行爲舉止都會非常優雅的。」艾美如此回覆，接著從容地溜向海克力斯[1]身旁，警告他小心噴火龍。然而，這麼一來反倒使得勞瑞興致大起，一腔熱情全灌注於騷擾老夫人這件事上，弄得她幾乎快瘋了。

1 海克力斯（Hercules），希臘神話中的大力士。

他們並沒有走紅毯的儀式，不過當瑪楚先生和新人在花拱門下就定位時，全場頓時鴉雀無聲。母親和妹妹們緊靠在一起，彷彿不願意放瑪格走似的，父親的嗓子則不只一次哽咽失聲，然而這一切都使得婚禮更加莊嚴肅穆。新郎的手顫抖得厲害，所有人都看見了，卻沒有人聽見他的回答。然而，瑪格直視進丈夫的雙眼，道出的那聲「我願意！」依舊滿溢溫柔。她的神情堅定，飽含全心信賴，使得瑪楚太太備感欣喜，瑪楚姑媽也大聲地吸了吸鼻子。

喬並未哭泣，雖說淚水曾一度來叩門，但是當她留意到勞瑞時，她的眼淚也就不見影蹤了。勞瑞此刻的視線正緊緊黏在喬身上，一雙淘氣的黑眼珠裡混雜了歡樂與悵然，看起來其實還挺滑稽有趣。貝絲一直把臉埋在母親肩膀上，艾美卻始終保持站姿，有如一座優美的雕像，陽光恰到好處地覆上她白皙的前額，灑落在她簪進髮間的花朵。

我恐怕得說這完全不像婚禮上該有的樣子，不過瑪格在禮成後，便高聲叫道：「第一個吻獻給媽咪！」隨即轉身親吻母親，彷彿要用她的唇瓣將滿心的愛都傾注給母親。接下來十五分鐘內，她比先前更像一朵可人的玫瑰，每個人都趁此機會心滿意足地領受她的親吻，從勞倫斯老先生到老漢娜都是。漢娜在這天精心打扮過自己，小心翼翼地綁上頭巾，她在大廳裡遇到瑪格時，抽抽噎噎地哭道：「親愛的，我百倍地祝福你！蛋糕毫髮無傷，而且每樣東西看起來都棒極了！」

之後，每個人都放開來交流，大家愉快地談天說笑，或者該說是盡力說笑，不過就算不那麼好笑也無妨，畢竟人們在輕鬆愉悅的時刻自會滿是笑聲。

這裡沒有展示禮物的空間，因爲禮物早已全數搬進小屋；這裡也沒有精緻華麗的早餐擺設，賓客們卻能享用到大量裝飾有鮮花的糕點與水果，三位專屬於本場婚宴的少女侍者則在場內來回遞送飲料。而當勞倫斯老先生和瑪楚姑媽瞧見那些該被視爲瓊漿玉液的飲品，其實只是水、檸檬水和咖啡時，兩人也只是聳聳肩、相視而笑。沒有人發出異議，直到堅持要擔任新娘侍者的勞瑞手上端了個裝得全滿的托盤，一臉狐疑地出現在瑪格面前。

「是喬不小心把所有酒瓶都打破了嗎？」勞瑞低聲說道，「還是我的幻覺發作？我早上明明看到還有幾瓶酒擺在這裡的。」

「你沒看錯。你爺爺很大方地把他最好的酒送給我們，瑪楚姑媽也送了些過來，不過我爸爸只留下幾瓶給貝絲用，其他全送到軍人之家去了。你知道，他認爲酒是用來治病的，我媽媽也說過，只要在她的屋簷下，不論是她或她的女兒們，都不可能提供酒給任何一名年輕男子。」

瑪格說得嚴肅，心想勞瑞對這番話的反應若不是皺眉就是大笑。然而勞瑞兩者皆非，他快速瞥了瑪格一眼，用他獨有的莽撞直白口氣說：「我贊成！喝酒的壞處我看太多了，眞希望其他女性也能像你們這樣想。」

「你這不會是從經驗得來的教訓吧？」瑪格聲音裡透著憂慮。

「不是，我可以向你保證。不過也別把我想得太好，我只是不會因爲酒精而失控。在我成長的環境裡，酒和水都一樣普通無害，所以我對酒沒興趣。不過當一個美女把酒送到你面前時，你確實很難拒絕，懂吧？」

「可是，你會拒絕的，就算不爲你自己，也會爲其他人著想。聽我說，勞瑞，答應我，再給我一個讓今天成爲我一生中最幸福的一天的理由。」

如此突如其來又這般迫切的要求，讓眼前的年輕人遲疑了一會兒，因爲被旁人冷嘲熱諷往往要比自我克制難受得多。瑪格知道一旦勞瑞答應了，不管如何他都會信守承諾，爲了朋友好，她便動用了身爲今日女主角的權力。她沒說話，只是望著他，幸福洋溢的臉龐自有一股說服力，那抹微笑似乎就在說：「今天不論什麼事，誰都不能拒絕我。」

勞瑞當然拒絕不了，他微笑著伸出手交給她，也將他眞摯的回答一併交出：「我答應你，布魯克夫人。」

「謝謝你，眞的非常非常感謝你。」

「我敬你一杯，敬你決心萬歲！泰迪！」喬面對勞瑞叫道，燦笑著高高舉起手中的玻璃杯。檸檬水潑出來灑在勞瑞身上，像在給予他施洗祝福。

於是，乾了杯，立下誓言，雖面臨許多試探，勞瑞的承諾永不改變。出於直覺的靈光一閃，女孩兒們抓住大好時機，幫了朋友一個大忙，勞瑞也從此對女孩們終生感念在心。

午餐之後，賓客們開始三三兩兩地走動，或室內或室外，享受陽光或涼蔭。瑪格和約翰剛巧走到草坪中央站定，勞瑞突然靈機一動，要給這場樸實的婚禮來個令人驚豔的尾聲。

「所有已婚人士請手牽手圍著新婚夫婦跳舞！此乃德式作風，我們這些單身男士女士就各自找伴、圍在外圈！」勞瑞叫道，和艾美一同走下小徑，這樣的情緒很快感染了在場眾人，大家二話不說便跟著勞瑞他們邁開腳步。瑪楚夫婦和卡羅姑丈、姑媽率先開始，其他人隨即加入，就連莎莉·墨法特在遲疑片刻後，也拉起長裙襬掛在手臂上，火速將奈德拉進圈裡。最好笑的是勞倫斯老先生和瑪楚姑媽，因爲當不苟言笑的老紳士一臉肅穆地朝老夫人走去，打算邀她爲伴時，老夫人想都不想便將拐杖夾在腋下，敏捷地跳進內圈和大家拉著手圍繞新人跳舞了。年輕人則散落花園各處，像極了仲夏時節翩翩飛舞的蝴蝶。

衆人跳累了停下來喘口氣，爲這場即興舞會畫下句點，人們開始紛紛離場。

「我祝你幸福，親愛的孩子，衷心祝你幸福，不過，我想，你會後悔的。」瑪楚姑媽對瑪格說道，又對送她坐上馬車的新郎說：「你得了個寶哪，年輕人，務必讓你自己配得上這個寶啊！」

「這是我參加過最棒的婚禮，奈德，可是我眞不懂這是爲什麼，它根本連一點兒時尚感也沒有呀。」乘馬車離開之際，墨法特太太對丈夫如此總結道。

「我說，勞瑞啊，如果哪一天你也想定下來了，從那幾個女孩兒中選一個和你實現夢想吧！這樣我就心滿意足了。」勞倫斯老先生說。經過一上午的激情，他只想坐進安樂椅好好歇息一番。

「我會盡力讓您滿意的，爺爺。」勞瑞回答道，語氣是罕見地順從，並且他正在小心翼翼地解下喬繫在他鈕扣眼裡的胸花。

新婚夫婦的小屋就在不遠處，瑪格唯一的新娘旅途就是安靜地與約翰從老家走到新家去。當她換裝完下樓時，穿了一襲鴿灰色裙裝，頭戴一頂束著白色帶子的草編軟帽，活脫脫就是名美麗的貴格會教友[2]。大夥兒全都圍繞住她，依依不捨地道別，彷彿她即將前往的是一場別樣漫長的壯闊旅程。

「不要覺得我和你們分開了，親愛的媽咪，也不要以爲我會因爲太愛約翰，就少了對你們的

2貴格會（Quakers），又稱公誼會或教友派（Religious Society of Friends），是基督教的一個派別。

愛。」她說，緊緊摟住母親好一會兒，兩隻眼睛都哭紅了。

「我每天都會過來，爸爸，即便我結婚了，我仍希望，在你們每個人心中，我都能保有原來的地位。貝絲會經常來陪我，喬和艾美則會不定時過來，笑笑我這個新手主婦做家事有多不俐落。謝謝你們讓我的結婚日這麼精彩愉快。再見，再見！」

所有人臉上盡是關愛，充滿希望與驕傲地目送新娘倚著丈夫的臂膀離去，手中還捧著一大束花。六月陽光照耀在她幸福的臉龐上——瑪格的婚姻生活於焉開始。

第三章　探求

人們總得花上好長一段時間，才得以分辨才華與天賦之別，對野心勃勃的青年男女而言更是如此。艾美就吃了不少苦頭才領略出差異，她誤將狂熱當作靈感，以年少的輕狂試遍各家美術流派。在停止了好一陣子的泥巴派製作後，她將心力投注於細緻的鋼筆畫，而她絕佳的品味與技巧足證她優秀的作品既能悅人眼目也能以此獲利。然而，過度疲憊的雙眼使得鋼筆畫被擱置一旁，烙畫成爲這名藝術家下一項大膽嘗試。

在烙畫創作期間，全家人總是提心吊膽，深怕屋子著火，因爲家裡總是瀰漫著燒木頭的味道。閣樓和棚屋經常竄出駭人濃煙，又紅又燙的火鉗任意擺放，漢娜不帶上一桶水進房間就無法入眠，她更把晚餐搖鈴掛在房門上以備火災之需。木頭飾板下發現一幅筆觸大膽狂放的拉斐爾[1]肖像，巴克斯[2]出現在啤酒圓木桶蓋上，進

1 拉斐爾（Raphael, 1483-1520），義大利畫家，文藝復興時代的畫壇三傑之一。
2 巴克斯（Bacchus），羅馬神話中的酒神，即希臘神話中的戴奧尼索斯（Dionysus）。

駐糖桶蓋子的則是一位詠唱天使，而爲了繪製羅密歐與茱麗葉，著實讓家中有段時間的柴薪庫存不虞匱乏。

燙傷了手指後，澆灌的熱情從火轉移到油也就在所難免了。艾美懷著雄心壯志一頭栽進油畫世界，一位畫家朋友正好有一批工具要扔了，索性將這些調色板、畫筆、顏料都送給她，於是她豪放地揮灑起自我來，以田園與海洋爲對象，畫了好些不論海陸都不曾有過的鄉野景致或海洋光景。

她畫出來的怪物牛眞應該在農藝展覽會上得獎，顛簸搖晃於海中的船隻讓最厲害的海員不暈船都不行，不過首先，他得讓自己不會在看見這條船以後笑得倒地不起才行。艾美完全拋棄了一切既定的造船法則，設計出的嶄新工藝和船上索具可謂前所未見，簡直無法不使人笑掉大牙。

其他例如應當是臨摹自穆里羅[3]的黝黑男孩與憔悴聖母像，成群躲在畫室一角瞪著你看，滿面油汙、色塊突兀、光影位置大錯特錯的臉孔是想效法林布蘭[4]，體型豐腴的仕女及水腫的嬰兒仿自魯本斯[5]，對特納[6]的致敬則體現於暴風雨中藍色的雷、橘色的閃電、棕色的雨幕、紫色的雲，以及中間潑濺一筆番茄色的東西，看不出來是太陽或救生圈，是水手的襯衫亦或是國王的外袍，就請觀賞者們自行發揮想像力了。

接下來是炭筆肖像畫，全家人的肖像一字排開掛起來，盡皆一副狂野怪奇的模樣，灰頭土臉好似剛被人從煤炭桶中挖起來。蠟筆素描就讓家人們的長相柔和多了，相似度挺不錯，艾美的頭髮、喬的鼻子、瑪格的嘴巴以及勞瑞的眼睛，樣樣都被稱讚畫得「好上加好」。

黏土與石膏像在此刻捲土重來，街坊好友們被揑塑得猶如鬼魅，不是盤踞在房子裡各個角落，就是從架子上摔下來砸到大家的頭。藝術家甚至引誘孩童們進屋當她的模特兒，最後使得他們繪聲繪影傳說起她的怪異事蹟，讓大家以爲艾美小姐是個新生代女妖。然而，一場意外在剎那間完全撲滅她的熱情，她在雕塑藝術這條路上的探險不得不戛然而止。

那天，她的模特兒全都放她鴿子，於是她只能拿自己美麗的腳來做石膏像。不一會兒，全家人被一聲怪異的撞擊巨響和尖叫聲給嚇了一跳，急忙趕去救援後，只見這位熱情奔放的小姐一隻腳黏了滿盆石膏，在小屋裡狂亂地跳來跳去，因爲她沒想到石膏凝固的時間那麼短。衆人費盡周章，冒了些危險才將她的腳拔出來，開挖過程中喬還因爲笑得太厲害，把小刀刺得太深以致傷了那隻可憐的腳。不過，至少艾美從此留下一道無法抹滅的，爲了藝術而犧牲的獨特印記。

經過此事，艾美平靜了一陣子，直到她的素描狂熱再起，便又徘徊於江河、田野、森林間，研究起田園山水，爲斷垣殘壁慨嘆之餘，將它們盡數載入畫中。因爲老坐在潮濕的草地上，她沒完沒了地感冒，就爲了要捕捉「那美好的一瞥眼」，翔實地呈現出一顆石頭、一座樹樁、一朵香菇，甚或斷裂的毛蕊花莖。有時她也畫下「漫天雲彩」，不過成品看起來比較像把羽絨被的內裡掀開來欣賞的畫面。仲夏時節，她不惜曬黑也要漂流在河面上，藉此研究光影技法，她的鼻子上也出現了皺紋，因爲她要尋找「最佳視角」，或任何一個可以讓她表演如何擠眉弄眼的專業名詞。

3 穆里羅（Murillo, 1617-1682），巴洛克時期的西班牙畫家。
4 林布蘭（Rembrandt, 1606-1669），荷蘭畫家，歐洲巴洛克繪畫藝術的代表人物之一。
5 魯本斯（Rubens, 1577-1640），法蘭德斯畫家，爲巴洛克畫派早期的代表人物。
6 特納（Turner, 1775-1851），英國浪漫風景畫家。

她沒想到石膏凝固的時間那麼短。

若說「天才是無窮的耐心」——誠如米開朗基羅所言——那麼艾美在許多事上都當之無愧。她坦然面對一切阻礙、失敗與挫折，堅定地相信自己，有朝一日一定會做出足可稱之爲「精緻藝術」的作品來。

她努力學習也勇敢去做，對其他事物同樣樂在其中，因爲她早已下定決心，就算當不了偉大的藝術家，也要成爲一個魅力四射、有所成就的女人。她在這方面的成就便高得多了，因爲她是那種生來就得人疼、隨處都交得到朋友、樂於把生活過得優雅輕鬆的人，那些沒她好命的人免不了要想：她一定是在哪個良辰吉日裡出生的幸運星。

每個人都喜歡她，因爲她的天賦之一就是做人機智靈巧，她不用人指導就知道如何行止得宜、讓人開心，總是在對的人面前說出對的話、在對的時機做出對的事，而且不慌不忙、神色自若，她的姊姊們就常說：「即便艾美沒有準備就上法庭去，她也知道該怎麼做。」

她的弱點之一是亟欲躋身「上流社會」的渴望，儘管她其實還無法肯定什麼才是「上流」的。金錢、地位、時尚的才藝、優雅的儀態，這些是她眼中最值得擁有的東西，而她也喜歡跟擁有這些條件的人來往，經常以非爲是，欣羨某些不值一顧的東西。她向來謹記，就出身而言自己本就是個淑女，於是悉心培養自己的貴族品味與思維，好當機會來臨之時，已有萬全準備的她就可跳脫目前的貧困，一躍而進上流天地。

她的朋友叫她「小姐」，而這位小姐也衷心期盼能成爲眞正的千金小姐。她心裡是這樣想，卻還未體認到金錢買不了高尚的心性，階級不是人品高貴的保證；眞正的教養所散發的光輝，即使身陷谷底，依舊能夠所向無敵。

「媽媽，我想請您幫我一個忙。」某一天裡，艾美鄭重其事地進門來對母親說道。

「什麼忙呀？小朋友。」母親回答。在她眼中，這位亭亭玉立的年輕淑女仍然是個小寶寶。

「我們的繪畫課下週就結束了，同學們要各自回家過暑假，在這之前我想邀她們過來玩一天。她們很想看看河流、用斷橋寫生，也臨摹一些她們在我的本子上看到的、相當欣賞的東西。她們在很多事情上都對我很好，我很感謝她們，因爲她們都是有錢人而我也知道我沒有錢，可是她們並沒有因爲這樣就對我差別待遇。」

「她們憑什麼對你差別待遇呢？」瑪楚太太問道，口吻間帶上女兒們稱之爲「瑪麗亞·德蕾莎氣場」的威嚴。

「您和我都心知肚明，這種事在所難免，小雞多少會被其他更聰明的鳥類啄個幾下，所以請您不用像護衛小雞的母雞一樣劍拔弩張的。醜小鴨總有一天會變成天鵝，您放心。」艾美毫無芥蒂地對母親笑笑，因爲她的個性向來如此開朗、樂觀。

瑪楚太太笑出聲來，母親心疼女兒的不平之氣也緩和下來了，「那麼，我的天鵝，你想怎麼做呢？」

「我打算下星期邀她們過來吃午餐，駕個馬車帶她們去她們想看的地方，也許再去划船，然後給她們辦個小型的藝術餐會。」

「好像挺不錯的。你午餐想吃些什麼呢？蛋糕、三明治、水果和咖啡，這些我想應該就夠了吧？」

「噢，媽媽，不行啦！我們得再準備冷牛舌、雞肉、法國巧克力和冰淇淋。她們習慣吃這些東西，雖然我是勞動階級，但我還是想要我舉辦的午餐會看起來夠體面和優雅。」

「會有幾位年輕淑女過來呢？」母親又問，表情轉趨嚴肅。

「班上有十二到十四位同學，不過我覺得她們不會全都過來。」

「噢天，孩子，這下你得包一輛公共馬車才能載全部的人了。」

「媽媽？您怎麼會這樣想呢？她們頂多就來六或八個人，所以我去租一輛海灘拖車，再跟勞倫斯先生借他的蔡克馬車（漢娜對載客馬車的發音）就行了。」

「這樣一來得花不少錢，艾美。」

「不會太多啦！我已經算過錢了，而且那些錢我會自己付。」

「孩子，你難道不認爲……在那些女孩早已習慣這樣精緻生活的情況下，我們就算把午宴準備得再高級，對她們而言也是一點兒新鮮感都沒有嗎？安排些相對簡單的活動，也許會讓她們覺得更有趣，就當是換換胃口，我們也省力得多，不用去買或借我們不需要的東西來撐門面，那不是我們在過的生活。」

「如果不能照我的意思做，我就不舉辦了。我知道我可以把它辦得完美無缺，您和姊姊們只要幫我一點兒小忙就好，況且我都要自己負擔費用了，我不懂這樣還會有什麼問題。」艾美說道，臉上是再怎麼說都改變不了心意的頑固表情。

瑪楚太太知道，不經一事不長一智，她盡可能讓女兒們獨自經歷學習，而她們如果願意接受，她也會提出些建議，好幫助她們在過程中輕省些。但若女兒們聽不進去她的話，她也只好作罷。

「好吧，艾美，既然你心意已決，而且認爲自己在金錢、時間、情緒上都能掌控得宜，我就不多說了。跟你姊姊們商量一下，不管你決定怎麼做，我都會盡量幫你的。」

「謝謝您，媽媽，您總是這麼好。」艾美說完便逕自離去，將她的計劃說給姊姊們聽。瑪格一聽立刻同意幫忙，愉快地說願意提供她擁有的全部東西，從她的小屋到她最好的鹽勺。然而，喬在聽完整個計劃後只是皺緊了眉頭，一開始還不想參與其中。

「你到底幹嘛要自掏腰包，麻煩到你全家人，搞得全家天翻地覆只爲了討好那一票根本不在乎你的女孩子？是不是只要那些平凡女人穿了法國皮靴、有高級馬車可以坐，你就一定要對她們諂媚獻殷勤才開心？」喬說道。她的悲劇小說正進行到最慘烈的一刻，忽然被叫過來，當然沒什麼心情應付這種社交活動。

「我沒有對她們諂媚獻殷勤，也不需要你對我同情施恩！」艾美憤怒地回應，兩姊妹每次碰到這類問題就開始吵嘴。「她們當然在乎我，我也很喜歡她們，還有，她們一向很善良、聰明、有才華，就算你把那些特質都稱爲華麗的草包才有的東西。你不在意人家喜不喜歡你、進不進得了上流社會、舉止合不合宜，或者有沒有品味。但我在意，而且我就要利用這每一個機會更往上爬。你就儘管我行我素好了，這一切你都只是看不起而已，還可以美其名爲獨立。但那不是我的作爲。」

當艾美火力全開舌戰起來，通常都能所向披靡，因爲她懂得何謂人之常情，極少出現非理性的言語；喬就不同了，她的個性自由奔放又不按牌理出牌，常因離經叛道的思維而屈居下風。

喬所認爲的獨立在艾美眼中卻是這樣一個形容，兩姊妹不禁同時大笑起來，這一笑也使得這次討論有了轉圜餘地。雖然很不願意，喬最終還是答應犧牲一天給妹妹，幫忙這位難伺候小姐籌辦這場「荒謬無用的應酬」。

邀請函都發出去了，受邀者大多答應出席，於是這場盛會就定在下週一舉辦。漢娜對此沒什麼好臉色，因爲她一整週的工作都被打亂了，更因此如先知般地預言道：「洗衣、燙衣若不能照常完成，其他什麼都免談。」漢娜是一切家務勞動的主力，她對這次活動相當不樂觀，然而艾美的座右銘卻是「不灰心，不喪志」，而且她一旦下定決心，不論什麼障礙都擋不住她。

話說，一開始漢娜的烹飪就沒個好兆頭，雞肉煮得太柴，牛舌弄得太鹹，巧克力的泡沫也起得不好。接下來是蛋糕和冰淇淋超過艾美的預算，交通工具也是，起初都覺得是小錢，林林總總加起來，到最後一算還眞是一筆令人咋舌的費用。貝絲感冒了，只好待在床上。瑪格家突然來了一群訪客，只好留在家中陪客人。原本就一心多用的喬變得更容易打破東西、製造更多意外與失誤，整個人在心理上面臨更嚴峻的挑戰。

週一因爲天氣陰晴不定，女孩們決定週二再來訪，如此安排簡直讓喬和漢娜瀕臨崩潰。週一早上天色不明朗，這比乾脆來一場大雨傾盆更讓人心煩，先是下了一會兒毛毛雨，接著出了一會兒太陽，後來又起了風，老天好像拿不定主意該怎麼安排今天的天氣，弄得大家跟著無所適從，就這麼不知該怎麼辦地度過大半天。

艾美天未亮就起床，忙不迭把人從被窩裡挖起來，催促著吃完早餐整理屋子。客廳此時看來似乎寒酸得過頭，令艾美見了心頭一驚，不過她沒有停下來爲她所欠缺的排場唉聲嘆氣，只是巧妙運用僅有的家具做出最好的布置。她拉過幾把椅子掩蓋地毯的破裂處，用自己的雕塑作品遮住牆上髒污，再由喬將插上鮮花的可愛花瓶隨意擺放，整個客廳便充滿了獨特的藝術氣息。

午餐在艾美看來十分不賴，她衷心企盼吃起來也能不錯，還有那些借來的玻璃杯、瓷器和銀器，希望它們可以毫髮無傷返抵主人家。馬車的租用已經談妥，瑪格和母親也都準備好善盡地主之誼，貝絲有力氣下床協助幕後的漢娜了，喬則保證她一定會用最心不在焉的態度，表現得活潑、親切、好相處。

儘管頭部隱隱作痛，對僅有的人手資源統統不滿意，艾美還是勉強撐著疲倦的身軀穿衣打扮，暗自鼓舞自己期待歡樂時刻到來。她的心裡想道，在安全用完午餐後，她就可以駕馬車帶朋友們出遊，享受一段有藝術氣氛相伴的午後時光，因爲「蔡克馬車」與斷橋正是她認爲的此次盛會最精彩之處。

接下來就是讓人懸著一顆心的時刻了，艾美像鐘擺一樣，在客廳與門廊間走來走去，其他人則如風向雞般，莫衷一是地發表各種意見。一場決定性的大雨在十一點降臨，一舉澆熄了預定在十二點準時出席的小姐們的熱忱——這場餐會一個人也沒出現。下午兩點，爲了避免浪費，飢餓疲憊的一家人坐在炙熱豔陽下，努力吞嚥這頓快變成廚餘的大餐。

「今天一定是個好天氣，她們一定會來的，我們快點準備好迎接她們吧！」第二天早晨，艾美一被陽光喚醒就迫不及待說道。不過在她內心深處，她還眞希望自己沒說過把午餐延到週二的事，因爲她的興致就像她的蛋糕一樣，有點兒走味了。

「我買不到龍蝦，所以今天就不要吃沙拉了吧？」瑪楚先生說道，他在約莫半小時後進家門，臉上難掩失望之情。

「那就用雞肉好了，雖然柴了些，拿來做沙拉沒關係的。」瑪楚太太建議道。

「漢娜稍早把雞肉放在廚房桌上，被小貓給吃了。艾美，眞的很抱歉。」貝絲接著說道，她依舊是貓兒們的守護者。

「那我非買到龍蝦不可，只有牛舌是不夠的。」艾美果斷地說。

「我該衝進城裡搶購一隻嗎？」喬問道，一副願意爲龍蝦赴湯蹈火的樣子。

「你打算連張紙都不包就把一隻龍蝦夾在腋下地回來，對吧？不用了，我自己去就好！」艾美回答，她的脾氣開始上來了。

艾美臉上罩了條厚面紗，手上挽一只雅緻的提籃便出門去了，想乘公共馬車外出享受一下涼風，有助於自己撫平情緒、放鬆勞累的心情。在一些耽擱後她終於買到自己想要的東西，爲了節省在家裡做沙拉醬的時間，她也買了瓶現成的，然後才搭上馬車，心裡還忍不住爲自己的先見之明而竊喜。

由於公共馬車上只有她和另一位乘客，一個昏昏欲睡的老婦人，艾美便將面紗收起來放進袋，爲了打發無聊的時間，她開始計算自己的錢都花到哪兒去。由於專注在小卡上一團混亂的數字，她沒注意到有位新乘客在馬車行進途中就上來了，直到一個男性的聲音開口：「瑪楚小姐，早。」抬頭一瞧，認出是勞瑞最體面的大學朋友之一。艾美一心一意盼望這位男士能比她早下車，以致把腳邊的提籃都給忘了，她一邊暗自慶幸自己身上穿的是最新買的外出服，一邊如往常般，一派溫和優雅地和眼前紳士打招呼。

他們二人相談甚歡，談話中確定了對方會先一步下車，艾美心上的一塊石頭落了地，整個人都輕鬆起來，交談時也表現得越發高尚優雅。這時，剛好那

位老婦人要下車了，她腳步踉蹌地走向車門，不小心踢到艾美腳邊的籃子——啊！慘了！——只見那條龍蝦，色澤光燦、完完整整地呈現在這位出身高貴的都鐸家紳士眼前。

「哎呀，她忘了她的晚餐啦！」這不知情的年輕人叫道，用他的手杖將龍蝦頂回原位，接著便準備將籃子送交給那位老婦人。

「請別——那——那其實、是我的……」艾美的聲音細若蚊蚋，雙頰就像她的戰利品一樣紅。

「噢，眞的嗎？對不起。這隻龍蝦眞是肥美極了，對吧？」都鐸說道，語氣自然、態度誠懇，忠實呈現了他的好教養。

艾美吸了口氣恢復正常，大膽地將籃子放上座位，笑著說道：「牠是要拿來做沙拉的，你要不要過來試試味道呢？到時也會有其他女孩子一起過來喔？」

這話說得太巧妙了，提及的兩個重點對年輕紳士來說眞是正中下懷。剎那間，這條龍蝦立刻被籠罩在美好的想像光環中，而對女孩兒們的綺麗幻想也立刻轉移了眼前紳士的注意力，把這滑稽可笑的一幕完全拋諸腦後。

「我猜他會把這件事當作笑話一般告訴勞瑞，然後兩人一起大笑，不過，無所謂，我看不到就好。」艾美想道。都鐸向她欠身道別後，此刻已經下車了。

艾美回家後並未提及這次巧遇（雖然——拜此插曲之賜——她發現她的新衣裙襬被順流而下的沙拉醬給毀了大半），只繼續做著準備工作，卻覺得這回的一切工作都惱人多了。中午十二點，再次準備好一切，她感受到鄰居們正好奇地觀察她的一舉一動，心中暗自希望今天可以來個大成功，以掃除昨日失敗的陰霾。她隨即叫了「蔡克馬車」，風風光光地出發去迎接她的賓客前來赴宴。

「請別——那——那其實、是我的……」

「聽到馬車聲了，客人到了！我去門廊迎接她們，讓艾美感覺能體面一點，可憐的孩子，希望她在經歷這麼多挫折後，能享受到一段愉快的好時光。」瑪楚太太說著，立刻付諸行動。然而她瞧了一眼馬車就立刻退回來，臉上是不可置信的表情，因爲偌大的馬車裡，就坐著艾美和另一個女孩而已。

「快！貝絲！去幫漢娜把桌上一半食物都撤下來！太誇張了，準備了十二人份的餐點全擺在一個小女生面前，有沒有這麼蠢的事情啊！」喬叫道，連忙從樓上趕下來，慌張得連停下來大笑的空檔都沒有。

艾美沉著冷靜地走進門，對唯一信守承諾的賓客竭誠款待。家中其他人面對這般戲劇性的轉折，同樣恰如其分地扮演自己的角色，艾略特小姐也因此發現這家人究竟有多歡樂，因爲他們再怎樣也掩飾不住本身令人愉快的眞性情。屋子裡賓主盡歡，一群人愉快地享用重新擺設過的午餐，艾美也帶客人去參觀工作室和花園，熱情地討論藝術話題，並且雇了輛小馬車（可惜用不上「蔡克馬車」了），靜靜地載著朋友在附近閒逛到日落，終於「大隊人馬恭送出門」。

艾美回家時難掩疲憊，不過仍維持一貫的沉著鎭定，她察覺到屋裡有關這場不幸餐會的痕跡皆已消失——除了喬的嘴角那一抹可疑的上揚以外。

「親愛的，你們下午在馬車上應該過得很愉快吧！」她的母親說道，語氣莊重，彷彿十二位賓客全來了似的。

「艾略特小姐非常可愛，而且我覺得她玩得滿高興的。」貝絲格外窩心地說道。

「你可以把蛋糕分我一些嗎？我眞的很需要。我那裡來了一堆客人，可是我沒有你的手藝，做不出這麼好吃的東西。」瑪格一本正經地提問。

「都拿去吧。這裡只有我愛吃甜食，這些蛋糕我一個人吃到發霉都吃不完。」艾美答道，想起自己精心策畫的活動卻只得到這樣的結果，忍不住嘆了口氣。

「眞可惜勞瑞沒過來幫我們。」當大家和前一天一樣坐下來，享用一天裡的第二次冰淇淋和沙拉時，喬首先開口道。

母親隨即投過來一個警告的眼神，這個話題只得就此打住，全家人在一片寂靜的氣氛下吃東西，直到瑪楚先生溫和地開啓話題：「以前的人最喜歡吃沙拉了，例如艾弗林[7]他啊……」大家忽然爆笑出聲，打斷了瑪楚先生的「沙拉歷史」這門新課程，這位知識廣博的紳士還被笑聲給嚇了一跳。

「把東西全裝進籃子裡，送給漢默爾家吧，德國人喜歡吃大雜燴。我不想再看到這些食物了，你們也不必再因爲我的愚蠢，而把自己給吃到撐死。」艾美哭著說道，擦了擦眼睛。

「我看到這麼大一輛——你說叫什麼來著？——的那輛馬車上，只載你們兩個人，像一大個堅果殼裡只裝兩粒小胡桃，媽媽還鄭重其事等著要迎接一大群客人時，我差點要笑到斷氣了。」喬嘆了一聲，確實笑到快要不支倒地。

「孩子，看到你這麼失望，我也很難過，可是我們都盡過最大的努力，想要讓你滿意了。」瑪

7約翰．艾弗林（John Evelyn, 1620-1706），英國一位日記作家，曾出版過有關可食用蔬菜及花草的書籍。

楚太太以慈母的憐愛與不捨口吻說道。

「我很滿意。我有始有終地完成計劃了，雖說失敗了，但那不是我的錯。我是這樣安慰自己的，」艾美說道，聲音有些發抖，「非常感謝大家給我的幫忙，如果你們能在至少一個月內不要再提這件事的話，我會更感謝你們的。」

好幾個月過去，不曾有人再提及此事，儘管「餐會」一詞總能引得大家會心一笑。直到艾美生日時，勞瑞送了她一個禮物：一個用來裝飾錶鏈的小小珊瑚製龍蝦。

第四章 磨練

幸運之神忽地對喬微笑起來，還朝她的路徑丟了個幸運幣。當然不是真的金幣啦，不過我猜就算這時給她個五十、一百萬，也不會比眼前這個小小數額更令她打從心底感到高興。

她總是每隔幾週就把自己關進房裡，穿上寫作服，投入她所謂的「漩渦」中，全心全意書寫自己的小說，除非作品大功告成，否則絕對片刻不得安寧。她的「寫作服」是一條黑色毛呢背心裙，供她任意擦拭筆尖用，此外還有一頂同材質的便帽，繫上一條討喜的紅色蝴蝶結，當她要開始工作了，便將頭髮全部籠進帽中。這頂便帽對關心喬的家人們來說有如號誌一般，清楚表達出她的當前狀態。

喬一旦開始寫作，家人們只敢保持距離，偶爾探頭進房間，用興味盎然的語氣問道：「喬，大師，還在燒腦嗎？」其實他們通常也不太敢這樣問，只能觀察那頂帽子，以帽子的動靜來下判斷。如果帽簷拉下額頭，那意味著喬正陷入苦思，如果是文思泉湧的當下，那頂帽子就會俏皮地斜躺在頭上，如果遭逢挫折、情緒低落，那帽子就會被摘下扔到地板上。碰到這種時候，進來窺探軍情的人就會默默退出去，除非看到那頂帽子再度榮登寶座、蝴蝶結聳立在喬那聰慧的眉頭上方，否則誰都不敢再跟她搭話。

喬從不認爲自己是天才，她只不過會在靈感上門的時候，渾然忘我地栽進寫作的懷抱裡，幸福快樂，對身旁一切無知無覺，安穩且愉快地置身於想像世界中。她的周遭滿是摯友，推心置腹、親密眞切得宛如現實世界中有血有肉的人一般。此時的她，雙眼絲毫不覺疲勞，三餐時常忘在一邊，白天與黑夜轉瞬即逝，短少得令她感到意猶未盡。即便除了產出的文字以外沒有半點成果，這些過程依舊使她覺得此生不至虛度，這份幸福只在振筆疾書的時刻才能擁有。這美妙的靈感通常持續一到二週，接著她就會又餓又睏、脾氣暴躁、鬱鬱寡歡地從「漩渦」中浮出來。

那時她剛從某個「漩渦」中歷劫歸來，身心調養完畢、安舒自在，卡克小姐就要求她一起去聽演講。答應這事讓喬好心有好報，她因爲這個契機有了個新主意。

這場演講是開放給社會大眾的，主題是埃及金字塔，喬相當好奇怎麼在面對這類觀眾時，選擇了這種題目，繼而想想還覺得頗有道理。這些聽眾每天都得打轉於柴米油鹽中，絞盡腦汁解決比斯芬克斯[1]的提問更難解的日常難題，這樣的現實生活早已壓得人喘不過氣，深埋心中的想望也極度欠缺澆灌滋養，在這種情況下，給他們一個機會窺見法老昔日的榮耀，不啻是一帖心靈良藥。

她們到得早，喬趁卡克小姐調整腳跟上的長襪時，研究起四周觀眾的長相打發時間。她的左手邊坐了兩個主婦，綁著繫帶的軟帽套在寬大的前額上，一邊討論婦女權益一邊做梭織。後面是一對低調的情侶，天眞爛漫地互相手拉手，一個陰鬱的老女人從紙袋裡拿出薄荷糖吃，再過去是個正在呼呼大睡的老人，用黃色大手巾蓋住整張臉。喬的右手邊只坐了一個人，一位正聚精會神看報紙的年輕人。

那是報紙的插畫版，喬仔細端詳身旁的藝術創作，十分不解地苦思起來，到底是如何陰錯陽差的故事，需要來這麼一張浮誇的插圖：一位全副武裝的印地安戰士在懸崖上翻滾，咽喉還被一匹狼死死咬住，兩個擁有異乎尋常的小腳和大眼睛的年輕人，正在氣憤不已地互相刺殺對方，插圖背景中還有一個披頭散髮、衣衫凌亂的女子張開大嘴逃離現場。看報紙的年輕人停下來翻頁，看見喬好奇的樣子，隨即自然大方地與她分享報紙，坦率地說道：「要看嗎？這可是一流的作品。」

喬微笑地接受了他的好意，因爲她對於男孩們喜歡的事永遠都有興趣。然而，她很快就發現這只是個集愛情、神秘與謀殺於一身的老套羅曼史，既濫俗又混亂，這種輕鬆的文學作品讓大眾的激情有所寄託，而當作者的靈感走到窮途末路、寫不下去時，就會來一場大災難，讓登場的半數人物死光，讓剩下來的另一半爲他們的下場大肆慶祝。

「很棒吧？」身旁的男孩兒問道，他看見喬的眼光已經移到文末。

「我想，不管是你或我，只要我們敢寫，都可以寫得跟這篇一樣好。」喬答道，對於男孩欣賞這樣的垃圾感到不可思議。

「如果眞能像你說的那樣，我就是個幸運兒了。聽說她靠這些故事賺了不少錢。」男孩說道，指了指報上的作者姓名，就列在這個故事標題底下：S．L．A．N．G．諾柏里夫人。

「你認識她嗎？」喬突然興致高昂地發問。

1 斯芬克斯（Sphinx），希臘神話中人頭獅身擁有翅膀的怪物，凡經過其身邊的路人皆須回答她提出的謎題，答錯者即遭其撲殺。

「不認識，不過她寫的故事我全都讀過，而且我還認識一個在刊印她作品的報社工作的人。」

「你說她靠這樣的故事賺了不少錢？」喬問道，不禁對周遭這群興奮的聽眾多了些敬意，也對眼下的故事另眼相看了起來。

「當然！她眞的很厲害，完全知道讀者的胃口，投其所好然後賺大錢。」

演講開始了，台上的桑德斯教授說起諸如貝柔尼[2]、基奧普斯[3]、金龜子、象形文字等主題，語調平板且連綿不絕。喬幾乎沒有聽進去多少，反而偷偷忙著抄下報社地址，暗自打定主意要投稿這家報社的徵文啓事，要是獲選爲最驚險刺激、最優秀的故事，即可獲得一百美金的稿酬。待演講結束，聽衆們也自夢鄉中悠悠醒轉時，她已替自己架構起一個閃亮未來（雖然不是第一次），而且也想好故事大綱了，只是還拿不定主意要讓決鬥發生在私奔前還是謀殺後。

回到家後，她隻字不提自己的計劃，但從第二天起就投入工作。她的母親爲此甚感不安，因爲每逢「大師開始燒腦」，做母親的就免不了擔憂起來。喬刊登至《鷹隼報》上的浪漫愛情小品向來就能滿足她，反而從未寫過這類題材。不過，她的寫作經驗與廣泛閱讀都在此刻派上了用場，讓她知道該如何營造戲劇效果、鋪陳故事情節、設計言語對白、安排服裝。她盡可能利用她有限的負面情緒感受，將故事寫得既感傷又絕望，並將故事背景選在葡萄牙首都里斯本，以一場大地震了結故事，作爲令人震驚且再合適不過的結尾。她祕密地寄出手稿，並附上一張短箋，客氣地說道不敢奢望得到首獎，但若能知曉這篇故事的價値，得到報社認爲與之相應的稿酬，不論多少她都會感到十分開心且感謝的。

六個星期眞是漫長的等待，何況還得將此事當作祕密保守，對一個女孩而言實在難熬。不過，喬做到了，她靜靜地等待，就在即將放棄一切希望、放棄再看見一次她的手稿時，一封信件翩然而至。當她打開信封，一張一百元美金的支票落在她膝上，她感到自己幾近窒息。

有那麼一刻，她像盯著一條毒蛇似的盯著那張支票看，接著她讀起信來，最後喜極而泣。如果那位寫了稱許函的善心先生知道，他的信帶給這位同胞多大的快樂的話，我想，在他得空休息時，眞該享受一下這種讓別人快樂的喜悅。因爲他的鼓勵，也因爲喬多年來的努力，她終於嘗到了苦盡甘來的美好——雖然她僅僅是寫了篇聳動煽情的故事而已。

此刻恐怕很難找出比喬更自豪的年輕女性了，她先鎮靜下來，接著彷彿想讓全家人經歷這種觸電感覺似的，只見她一手拿著信，一手拿著支票出現，宣布自己贏得報上徵文的獎金。全家人當然盛大慶祝了一番，故事一刊載出來，不但每個人都讀過一遍，而且全部讚譽有加。不過父親後來告訴她，儘管她的文章用字遣詞相當優秀，愛情故事清新感人，悲劇結尾令人震顫，可是——父親搖搖頭，以他向來淡泊名利的口吻說道……

「你可以寫得更好的，喬，以最好的作品爲目標，不要以金錢爲考量。」

「我認爲金錢是最棒的部分。你打算怎麼花這筆錢呢？」艾美問道，兩眼虔誠地望向那張施了魔法的紙片。

2貝柔尼（Giovanni Battista Belzoni, 1778-1823），義大利探險家，也是埃及古物的考古學家。

3基奧普斯（Cheops），埃及古王國時期的法老古夫王（Khufu）的希臘名，以世上最大的金字塔古夫金字塔聞名於世。

有那麼一刻，

她像盯著一條毒蛇似的盯著那張支票看。

「送貝絲和媽媽到海邊住一、兩個月。」喬迅速答道。

詳加討論後，她們還是去了海邊，儘管貝絲回來時並未如預期中那樣臉色豐潤，不過身體好多了，瑪楚太太則高興地宣布自己感覺年輕了十歲。喬聽她們這樣說也感到心滿意足，誠心認為自己把獎金花對了，隨後她更精神奕奕地一頭栽進工作，一心一意想要賺更多張令人開心的支票。她那年的確賺了好幾張支票，且開始覺得自己在家中有了重要地位。藉由一支生花妙筆，她的「垃圾」竟能為全家人帶來實質上的慰藉！〈公爵的女兒〉讓家裡得以付清肉攤的帳單，〈鬼魅之手〉為家中帶來一塊全新地毯，〈康文垂家的詛咒〉則為瑪楚一家捎上日用雜貨與衣物的祝福。

財富的確是人人想要的好東西，不過貧窮也有其光明面，而逆境所帶來的好處之一就是在勞心勞力之後所得到的滿足感。人世間成就的智慧、美麗或實用的美好事物，大半是來自打拚生活而燃起的鬥志。喬非常享受這樣富足的感覺，不再忌妒較為富裕的女孩們，她為自己感到無比安慰，因為她有能力自給自足了，連一分錢都不需要再與人開口討要。

雖說沒有太多人注意到喬的故事，但這些文字仍然有其市場，受到這個事實鼓勵後，她決定為名聲與財富大膽一試。喬第四次抄寫下自己的小說，念給知己好友們聽，然後誠惶誠恐地寄給三家出版社。最後她終於有機會賣掉這部小說，條件是她得砍掉三分之一的內容，並省略掉所有自己特別欣賞的部分。

「現在我得決定這篇故事最後要往哪裡去，看是要把打包塞回我的錫櫃裡，整形一下最後自費出版，還是把它砍成符合買家期待的樣子，然後看我可以拿到多少錢。對我們家而言，出名是件很棒的事，但是現金更好用，所以我想邀大家一起開個會，商討一下這件重要的事。」喬召開了一場家庭會議，在會上如此說道。

「別毀了你的作品，女兒，其中的意義遠勝於你所認知的，你也讓這部作品呈現出它最完美的樣子了，就靜待時機成熟吧！」向來言行合一的父親這樣建議道。他習於韜光養晦，靜等自己結出成熟的好果子。如此下來已持續三十年，即便現在已屬瓜熟蒂落之時，他的步調也是一如既往，不疾不徐地平穩採收。

「依我看，喬去試試或許會比等待來得好。」瑪楚太太說道，「批評是創作最好的檢測，因為作品的優缺點都會不留情地被提出來，下次的創作就會更完整了。我們的看法當然都太偏頗，外人的讚美與批評才有實際意義，就算只得了一點兒稿酬也都是好事。」

「對，」喬說道，皺起眉頭，「就是這樣，我已經為這件事煩心太久了，我真不知道這篇故事到底是好是壞，還是不好不壞，一點特色都沒有？要是讓冷靜公平的人們讀過一遍，並且把他們的看法告訴我，對我而言一定會更有幫助的。」

「我一個字都不會拿。你要是聽從別人的批評才會毀了這部作品呢！因為故事的有趣在於人物的心理層面描寫，而不是他們外在的動作。況且你如果不先做點說明就繼續往下寫，那才會讓人看不懂吧。」瑪格說道，她堅信這是有史以來寫得最好的一部小說。

「可是艾倫先生說：『無須解釋，盡量精簡、強化戲劇性，讓故事中的角色來說故事。』」喬打岔道，轉述出版商信上的話。

「照他說的去做。他知道怎麼寫才會大賣，但我們不知道。你先寫好那種好看又暢銷的書，盡可能大賺就好。等到你出名了，就可以寫其他旁枝末節的東西，在小說裡安插那些哲學或形上學類型的人物了。」艾美說道，以所有人之中最實事求是的眼光來看待此事。

「是這樣嗎？」喬笑了起來，「如果我的角色屬於『哲學或形上學類型的』，那不是我的錯，因爲我根本就不懂這些啊，只是偶爾從爸那裡聽來一些而已。爸爸的意見那麼有智慧，如果我能把他的見解寫進我的愛情小說裡，那對我來說不是更好嗎？好了，貝絲，你有什麼想法呢？」

「我希望，小說能**盡快**出版就好。」貝絲只說了這句話，臉上帶著溫柔的笑容。然而，她不經意強調了「盡快」一詞，而且在那雙未曾失去孩提時代天眞坦白的眼睛裡，倏忽閃過一抹帶著眷戀的苦澀。喬看見了，她的心底涼了一下，升起一股不祥的預感，當下決定**盡快**冒險一試。

於是，武裝起斯巴達勇士般的堅定意志，這位女作家將她初試啼聲之作放上桌，立刻對書稿大肆砍伐起來，毫不留情地就像個怪物。爲了要讓大家都高興，她採納了每個人的意見，就像寓言故事〈父子騎驢〉中的父親一樣，莫衷一是。

父親喜歡她在不知不覺間放進去的哲學味道，儘管對此存疑，喬還是將這部分保留了下來。母親認爲有些描述太過瑣碎，她於是大筆一揮，連帶故事中許多必要連結也一口氣抽空。瑪格愛看悲劇，她便爲瑪格量身訂做一連串悲情；而艾美不喜歡輕快的玩笑，於是，秉著此生最美的善意，喬將可以喘口氣的歡樂場面全部掐掉，將故事中那些陰鬱角色一把推回愁雲慘霧的角落裡。最後，爲了將終局的毀滅弄得撲朔迷離，她砍掉了全文三分之一的篇幅。就這樣，這部可憐的小羅曼史就像一隻精選出來的知更鳥，被人大著膽子放進廣袤而忙碌的世界中去探探運氣。

小說出版了，喬也賺到了三百塊美金的報酬，隨之而來的還有許多讚美與抨擊。然而，不論是褒是貶，其程度之激烈都是喬始料未及的，她因此陷入極大困惑中，花了一段時間才恢復過來。

「媽媽，您說批評可以讓我得到幫助，可是怎麼會這樣呢？這些批評互相矛盾，我都不知道我是寫了大有前途的作品，還是把聖經中十條誡命都給犯光了？」可憐的喬哭道，將一疊信紙翻來覆去地看，仔細閱讀這些批評，上一會兒還在驕傲與喜悅裡飄然，下一會兒又立刻被打進憤怒與沮喪中。

「您瞧，這個男的說『此乃細膩之作，充滿眞、善、美的表現。全篇讀來令人愉快，感覺純淨而健康。』」這位不知如何是好的女作家讀道，「下一個，『其理論甚差，隨處可見病態幻想、唯心論的主張，以及不自然的人物角色。』我又沒用什麼理論，也不相信唯心論，故事中的人物都取材自現實生活中，這個評論講的話到底有哪一條是對的？還有一個說『這是美國近年來寫得最好的小說之一』——我才不信——下一個卻又斷言『雖然是原創而且寫得很有力道與感覺，但終究爲一危險之作。』什麼危險之作啊！有些人寫來嘲笑我，有些人又對我稱讚過頭，而幾乎所有人都堅持說我在闡述一個很深的理論，可是其實、我就只是爲了娛樂和賺錢寫的啊！眞希望當初印的是一字不刪的版本，要不就全都不要印，因爲我眞的恨死被誤解成這樣了。」

她的家人朋友們毫不吝惜地安慰她、支持她，對於敏感又自尊心極高的喬而言，她原本的美意卻招致這樣不堪的後果，著實令她難過不已。不過，這個經驗終究是對她有好處的，因爲那些眞實說出看法的人所帶來的批評，就是一個作家所需接受最好的一課。而且當最初的痛楚過去，她竟也能對自己那部弱小可憐的作品開玩笑了，並且深刻地感受到自己在吃過批評的苦頭後，變得更有智慧，成長得更爲茁壯。

「知道自己不是濟慈[4]那樣的天才也不可能打擊到我。」她堅決地說道，「畢竟我是被人開了個大玩笑了，直接取材自眞實生活的部分被說成不可能是眞的，而且滑稽可笑；我自己這顆蠢腦袋編出來的場面卻被說成『自然有趣，親切而眞實』。所以，我就用這個來自我安慰好了，等我準備好，我一定會再度站起來，迎接另一個挑戰。」

4 約翰・濟慈（John Keats, 1795-1821），英國作家，被公認爲是最傑出的英詩作家之一，也是浪漫主義的代表之一。

第五章　朝　夕

如同大多數新手主婦般，剛結婚的瑪格立志要成爲模範家庭主婦，她要讓約翰覺得家裡就是天堂，妻子永遠巧笑倩兮，他可以每天暢快恣意過日，連掉了顆鈕扣都不會知道。她投注了大量的愛與精力，雀躍不已的朝目標邁進，所以即便有些困難阻滯，瑪格還是成功了。

然而她的天堂樂園並非平靜無波，這個小婦人讓自己忙得團團轉，過於心急地要讓丈夫高興，就像馬大[1]一樣操心著許多事，把自己弄得心煩意亂。有時她甚至累得連笑都笑不出來，她費心爲約翰準備精緻菜餚，他卻吃到消化不良，還不知感恩地要她預備清淡的飲食就好。至於扣子，她很快就發現丈夫根本連鈕扣掉到哪去都不知道，讓她忍不住爲男人的粗心大意搖頭嘆息，只好威脅丈夫說，再這樣下去要叫他自己縫扣子，讓他嘗嘗箇中辛勞。

他們發現生活並非光靠愛情就能維持下去，儘管如此，他們依然過得幸福快樂。即便瑪格的微笑是從一只平凡無奇的咖啡壺後方投過來的，約翰也絲毫不覺得她的美麗有任何減損；即便約翰在每天出門前的一吻後，對瑪格溫柔道出的問句是：「要不要我叫人送些小牛肉或羊肉回來做晚餐？」瑪格同樣覺得他倆的生活浪漫如昔。小屋已褪去憧憬的光環，成爲一個實在的家，這對新婚夫妻不久卻發現生活因此變得更美好。起初，他們像孩子似的把操持家務當成玩遊戲，待到後來，約翰的工作步上軌道，開始感受到一家之主肩頭上所需擔負的壓力，瑪格也換下小姐時期的漂亮衣飾，套上家務用的大圍裙，致力於勤奮工作，如前所述，熱情洋溢大於戒慎小心。

當她的料理狂熱燃燒起來，便會翻閱康納留斯夫人[2]的著作，好像這是一本數學習題似的，耐心仔細跟緊每一道過程。有時候實作成果美好但過於豐碩，她便邀請家人們過來幫忙吃掉這頓大餐；要是做壞了，爲避免在衆目睽睽下丟臉，她就會將這一大包失敗作祕密地塞給莉恩帶回家，這些食物就進了漢默爾家小孩們的肚子裡。而當記帳的夜晚來到，與約翰一同討論開銷時，瑪格對料理的滿腔熱情就會暫時平息，接下來轉爲長達數天的節約計劃，可憐的約翰只能連吃好幾天的麵包布丁、馬鈴薯泥，以及一再加熱的咖啡。這對他的靈魂簡直是場試煉，但他仍以令人稱讚的堅毅忍住了。在找出最完美的持家之道前，瑪格又給家裡添了一件年輕夫婦長久和樂的必備良伴——自製果醬。

懷抱著家庭主婦的熊熊鬥志，瑪格打定主意要以手工果醬讓自家儲物櫃不虞匱乏，隨即決定以醋栗果醬打頭陣，因爲他們自己種的醋栗已經成熟到可以立刻採收了。她吩咐約翰去訂購一打左右的小罐子與大量的糖，而約翰這方面，由於他深信「吾妻」沒有不會做的料理，對她的手藝深具信

1馬大（Martha），典故出自《新約・路加福音》10:41：「馬大伺候的事多，心裡忙亂。」
2康納留斯夫人（Mrs. Mary Hooker Cornelius, 1796-1880）於一八五〇年代出版《少婦之友》（*The Young Housekeeper's Friend*）一書，作爲新婚婦女的烹飪指南。

心，當下便決定讓妻子好好高興一下，讓家中唯一的農產品發揮它們冬天裡的最大價值。家中最後來了四打漂亮的小罐子、裝了半個橡木桶的糖，還有一個小男孩幫瑪格採醋栗。瑪格將一頭秀髮紮進一頂無邊小帽裡，袖子一口氣捲到手肘，身上的格子圍裙雖然多了一塊圍兜，看起來依然嬌俏可愛。

這位年輕主婦一頭栽進工作裡，篤定自己早已勝券在握，因為，噢，她不是看過漢娜做果醬做了幾百次了嗎？起初，那些小罐子一字排開時，的確讓她心下吃了一驚，但是一想到約翰那麼愛吃果醬，還有屆時把果醬陳列於櫃上的壯觀模樣，瑪格便下定決心，要把這些小罐都塡得滿滿的。

她花了一整天時間，採摘果實、煮滾、過濾，小心翼翼伺候著她的果醬。她竭盡全力，向書裡的康納留斯夫人討教過，更努力在腦海中搜尋漢娜做果醬的細節，想要找出自己還有哪個步驟漏掉了。她又將材料重新煮過一次、再加一次糖、再過濾一次，但那一大鍋不明物體不管怎樣就是不肯凝固。

瑪格好想就這樣衝回家請求母親幫忙，不管這條附圍兜的圍裙有沒有在身上，但又想到她跟約翰早有約定，不要拿他倆私下的煩惱、實驗或爭執去打擾任何人，尤其是最後一項，他們還覺得荒謬得好笑呢！於是他們凡事盡量自己解決，能不麻煩他人就不麻煩他人，遵循瑪楚太太建議他們的方法。就這樣，在那個炎熱的夏日裡，瑪格獨自和那一鍋難以駕馭的甜味奮戰，直到下午五點，她坐在亂七八糟的廚房裡，用力絞著黏膩不堪的雙手，忍不住尖著嗓子大哭起來。

在新婚的喜悅下，她不只一次地說過：「我丈夫隨時都可以帶朋友回家吃飯。我隨時都會做好準備，沒有慌張、不帶指責、不會表現出任何不自在，只有一個整潔的家、一個心情愉快的妻子，以及一頓美好的晚餐在等你。約翰，親愛的，你無須得到我的同意，愛邀誰來家裡就邀誰過來，我絕對都會竭誠歡迎。」

眞是令人感動哪！約翰每回聽她這樣說都感到無比驕傲，也爲自己能娶到這樣一個優秀的妻子而覺得三生有幸。雖說他們偶爾會有訪客到來，但均爲事先說好的邀約，而這次在毫無預備的情況下，瑪格總算有機會展現自己的才幹了。眞所謂屋漏偏逢連夜雨，她就在淚眼婆娑中迎來了這場意想不到的挑戰。

要不是約翰把做果醬這回事全給忘了，他今天這個舉動實在是不可原諒：一年三百六十五天，哪天不好選，偏偏就選在這一天，連聲招呼也不打就帶朋友回家來。他這會兒還在暗自慶幸早上吩咐了一批豐富的食材送到家，非常肯定瑪格這時一定早就準備好令人食指大動的晚餐了，於是滿心喜悅地期待即將映入眼簾的溫馨畫面：他領著朋友走進他溫馨的家，與此同時，美麗的妻子笑盈盈地奔出來迎接他，越想就越讓這位新婚的男主人感受到無可比擬的幸福。

當約翰走近他們的「鴿鴿窩」時，他卻赫然發現，眼前的景象豈止是令人失望而已！總是敞開的前門這會兒不但緊閉，還上了鎖，門前台階殘留有昨日的汙泥，客廳的窗戶關上，窗簾也拉了起來。原先所期待的美麗妻子穿上一襲潔白衣裳，髮間妝點精緻迷人的小蝴蝶結，坐在門廊縫紉的景致，此刻盡數化爲泡影。遑論在他的想像中，這位女主人還會張著一雙晶亮明眸，帶著羞怯的笑容迎接訪客呢！兩人在屋子前面一個人也沒看見，除了一個渾身沾滿血紅色的男孩兒，倒在醋栗叢下呼呼大睡。

「家裡恐怕出事了……史考特，你先進來院子吧，我去找一下布魯克太太。」約翰說道，這般寂靜不禁讓他心生警覺。

他快速巡行小屋一圈，聞到一股糖燒焦了的刺鼻味便上前察看，史考特先生則一臉狐疑地跟在後頭。他與布魯克保持了一段距離，看見友人從視線中消失，於是識趣地站住不再往前，不過還是能聽見和看見發生什麼事。而他身為一名單身男子，對於現在這什麼情況其實還挺有興趣的。

廚房裡一片狼藉，氣氛低迷，還有多種狀態的果醬。第一種狀態黏答答地流淌在各個小鍋間，第二種一大片地灑在地板上，第三種尚且待在爐子上，正劈哩啪啦地沸騰著。廚房裡有兩個人，莉恩挾著德裔民族獨有的冷靜寡淡，氣定神閒地吃麵包搭配醋栗糖漿，因為預想中的果醬此時仍是無法凝結的絕望狀態；布魯克太太則用圍裙蒙著頭，坐在一旁難過地啜泣不止。

「親愛的！你、你怎麼啦？」約翰驚叫道，一看見妻子雙手燙傷，立刻衝進屋裡，語氣中是一個勁兒地捨不得，繼而想到花園裡還有位客人，原本雀躍的心更是涼了半截。

「噢！約翰……我太累太熱了，又生氣又擔心！我一直在弄果醬，弄得整個人都沒力了。快，快過來幫我，不然我乾脆不要活好了！」疲憊的妻子說罷，直撲進丈夫懷中，以全身心從裡到外的甜美迎接丈夫，因為她的大圍裙也被糖漿潑得整身都是，浸染的甜味就跟漫開在地板上的那些一樣甜。

「你在擔心什麼呢？親愛的，出了什麼可怕的事嗎？」約翰焦急地問道，同時溫柔親吻瑪格的小軟帽，此刻已經整頂歪斜在頭上了。

「沒錯。」瑪格絕望地啜泣道。

「那就快告訴我，別哭了，再壞的事，我也承受得住，說出來就好了，親愛的。」

「那個……那個果醬怎樣都不會凝結，我不知道該怎麼辦才好了！」

約翰．布魯克大笑出聲，然後他就再也不敢笑了。外頭看熱鬧的史考特剛好聽見約翰發出的宏亮笑聲，被友人的快樂所感染，他也不自覺泛出微笑，而這對瑪格而言不啻是壓垮駱駝的最後一根稻草。

「就這樣？那你把果醬全扔到窗外去，當作沒這件事就好了。如果你喜歡果醬，我買一大堆給你，可是現在，看在老天的份上，先別歇斯底里了，我帶了傑克．史考特回家吃晚餐，而且……」

沒等約翰說完，瑪格就一把推開他，自個兒跌進椅子裡，無限哀戚慘淡地交握起雙手，用充滿憤怒、責備和沮喪的聲調哭叫出來：

「有個人要來吃晚餐，家裡卻亂七八糟！約翰．布魯克，你怎麼做得出來這種事？」

「小聲點，他就在花園裡！我忘記你要做那可惡的果醬了，但現在也沒辦法了。」約翰說道，焦慮地環顧四周。

「你應該至少傳個話回來，或是今天一早就告訴我的！還有你應該記得我今天會有多忙才對！」瑪格繼續哭鬧，即便是恩愛的斑鳩，也會有羽毛直豎、彼此對啄的時候。

「我今天早上還不知道，況且也沒時間傳話回來，因爲我是出來時才遇到他的。你不是老說我不用通知你就可以帶朋友回家的嗎？我從未這樣做過，而且以後打死都不會再這樣了！」約翰也開始爲自己抱不平了。

「最好是！立刻帶他離開，我沒辦法見他，而且家裡也沒有晚餐可以吃！」

「哈，說得好！我讓人送來的牛肉和青菜呢？還有你說好的布丁呢？」約翰叫道，衝向食品儲藏室。

「我沒時間做菜，正想回媽媽家吃晚餐。很抱歉，可是我眞的太忙了。」瑪格說道，眼淚又掉下來了。

雖然約翰個性溫和，可他終究只是個凡人，在工作了一整天之後，又餓又累但滿懷期待地回到家，希望獲得的紓壓與沉澱時刻，可不是拿來面對一團亂的屋子、空空如也的餐桌，還有一個情緒失控的妻子哪！話雖如此，約翰還是努力克制住自己的脾氣，眼看這場小風暴就要結束，哪知又讓一個錯誤的字眼燃起戰火。

「我知道困境已經造成了，我明白，可是如果你願意伸出手，我們可以攜手同心解決問題，有個愉快的晚餐。別哭了，親愛的，就爲我們再振作一下嘛，給我們準備點吃的。我們兩個都要餓瘋了，隨便給我們吃什麼都行。你給我們拿一些冷肉、麵包和乳酪就好啦？我們不會要求果醬的。」

約翰只想幽默一下而已，哪知卻讓自己的下場悲慘不已。因爲瑪格將其解讀爲丈夫對自己做果醬失敗的嘲諷之語，待約翰說完，瑪格便再也按捺不住了。

「你就自己去跳出那個困境好了！我太累了，沒辦法再爲任何人振作一下了！都說沒東西吃了，還要我隨便準備個骨頭、麵包配乳酪拿給客人？我不可能讓家裡發生這種事！你帶史考特去媽媽家好了，就跟他說我不在家，或病了、死了，隨便你怎麼說！我不會見他的！你們兩個想怎麼笑我和我的果醬都行！就這樣，我不想再弄了！」一口氣將心中不滿全部宣洩出來後，瑪格拽下圍裙扔在地上，頭也不回地奔回房間自怨自艾去了。

她不知道自己不在時，那兩個男人都做了些什麼，不過，約翰並沒有帶史考特去媽媽家。當他們一起出門後，瑪格下樓來，看見他們留下的大雜燴痕跡嚇了一大跳。莉恩報告他們「吃了好多，笑得好厲害，先生囑咐她把那些甜膩膩的東西都給扔了，然後把那些罐子都藏起來。」

瑪格很想去跟母親訴苦，可又覺得自己有錯，頗爲丟臉。並且，基於對約翰忠實的心理，「他也許可惡，但也不必讓人知道。」她這樣想著，也就忍住不去了，簡略收拾過屋子一遍，她把自己打扮得美美的，坐下來等約翰回家後向她乞求原諒。

然而事與願違，約翰並沒有回來，也沒有像她想的那樣乞求她的原諒。他只把這件事當成一個超級笑話跟史考特講，盡可能地代替他的年輕妻子道歉，善盡地主之誼招待史考特，結果史考特對這出乎意料的一餐吃得高興極了，還答應下次要再來。雖然約翰並未表現出來，但他內心其實甚爲氣惱，因爲他覺得瑪格在他需要幫助時棄他而去。「這太不公平了，跟我說隨時想帶朋友回家都可以，自由得很，一旦遵照你的話去做又惹你生氣、怪罪我，棄我於困境中而不顧，讓我被嘲笑和憐憫。不行，事情不是這樣做的！瑪格得知道這一點才行。」

陪史考特用餐時，他的心中氣憤難平，不過在送史考特出門、散步回家，怒氣也漸消之時，一種更爲溫柔的思緒籠罩住他的心。「可憐的小東西！她這麼努力還不是爲了要讓我高興，眞是難爲她了。她做錯了，無庸置疑，可她畢竟還年輕，我得耐心教導她才是。」他衷心企盼她不要回媽媽家才好——他討厭人碎嘴，更討厭別人管閒事。

一想到這裡，他熄滅了不久的怒火再度燃起，繼而又想到瑪格也許正一個人無助地哭泣，他的心又軟化下來。約翰於是加快腳步回家，並暗自下定決心：一定要冷靜、溫和地解決此事，不過一定要態度堅定、非常堅定地告訴瑪格，她在何處沒有盡到一個爲人妻者應盡的職責。

無獨有偶，瑪格也下定決心要「冷靜、溫和但堅定地」告訴丈夫他應盡的職責。她想要跑出去迎接他、尋求他的原諒，讓他親吻她、安慰她，然而瑪格並沒有付諸行動。當她看到約翰走過來時，只是好整以暇地繼續哼歌，坐在搖椅裡做縫紉，就像一位仕女悠悠哉哉地閒坐在她最好的會客室裡。

約翰沒看見預期中嬌柔哭泣的尼娥比[3]，心中不免有些失望，不過他的尊嚴告訴他，他應該是首先得到道歉的那方才是。於是他什麼話也沒說，只是故做輕鬆地走進來，坐到沙發上，彷彿隨口挑個話題般開口：「親愛的，今晚是新月呢。」

「嗯哼，是啊。」瑪格同樣不慍不火地回答。布魯克先生又開了幾個不痛不癢的主題，布魯克太太仍舊「冷靜」以對，對談如此這般被潑了幾次冷水，只能有氣無力地走向終結。約翰走到一扇窗前，翻開他的報紙專心沉浸於閱讀中，好像上頭眞有什麼大事一樣。瑪格走到另一扇窗前，專心縫製拖鞋上的裝飾，彷彿那些薔薇花圖樣是生命中不可或缺的要素。兩個人都沒說話，看起來都相當「冷靜決絕」，心底也都感到相當不舒服。

「噢，眞是的，」瑪格思忖道，「婚姻生活眞不容易，

除了愛情以外，確實還需要無比的耐心，就像媽媽說的。」一想到媽媽，瑪格便想起以前母親給她的婚姻建言，現在想來，她覺得媽媽說的眞是對極了。

母親當時是這樣說的：「約翰是一個很好的人，可是也有他的缺點，你要學會去看出來，並且加以包容忍耐，你得記住你自己也有缺點。他很有主見，但並非冥頑不靈，只要你能和顏悅色地跟他講道理，而不要只是不耐煩地加以反駁。他是個講求準確的人，喜歡實事求是——這是個優點，雖然你會說這是『愛挑剔』。瑪格，不要在外表或言語上欺騙他，他就會給你應得的信心、你需要的支持。他有他的脾氣，跟我們不一樣——我們家的人總是發作完就沒事了——但是，一個不常生氣的人，一旦被激怒，怒火就很難平息。小心，千萬要小心，別惹得他對你生氣，你要贏得他的尊敬，你們的婚姻生活才有和諧、幸福可言。注意自己的言行，如果你倆都有錯，就先去道歉吧，別爲了小事嘔氣，有誤解就要說開，不要心直口快、意氣用事，否則只會換來痛苦與後悔。」

當瑪格迎著夕陽縫紉時，這些話又在耳畔響起，尤其是最後那一句。這是他們結婚以來第一次嚴重的爭執，她回想起自己那番急躁的話語，現在聽來覺得既愚蠢又刻薄，她當時的憤怒簡直太過孩子氣，尤其想到可憐的約翰回家時所面對的光景，更是讓她的心都要軟成一片。她噙著淚水看向他，他卻渾然不覺。她放下手上工作站起身，思忖：「我要先去說『請原諒我。』」可是他也許會

3尼娥比（Niobe），希臘神話中的女性人物，自恃美貌與擁有七子七女的福氣，對勒托女神（Leto，太陽神阿波羅與月亮女神阿緹密斯的母親）語出不敬，遭到阿波羅與阿緹密斯懲罰，殺盡她的子女，悲痛不已的尼娥比最後變成一塊石頭，終至不再哭泣。

聽不見。

她極爲緩慢地走過大半個客廳，畢竟，要呑下心中的驕傲著實不易，她站到他身旁，但他並未轉過頭來。有那麼一刻瑪格覺得自己實在做不到，繼而轉念一想：「這是個開始，我就做我該做的，接下來就沒有什麼好被指責的了。」她於是彎下身來，在丈夫的前額落下溫柔的一吻。當然，一切就此解決，一個誠心懺悔的吻勝於用盡一切眼花撩亂的語句。約翰立刻擁她入懷，聲音低緩地開口：「嘲笑可憐的小果醬罐實在太壞了，請原諒我吧，我的好老婆，我絕不再提了。」

然而，他卻一提再提。說眞的，提過好幾百次了吧，而瑪格也一樣，兩人都堅信他們做出了最甘甜的果醬，因爲家庭的和諧喜樂全都蘊藏在那小小的玻璃罐中。

經過此事，瑪格特別邀請史考特先生過來吃晚餐，而且賓至如歸、賓主盡歡，席間瑪格神情愉快、舉止優雅、談笑風生，處處展現出令人讚嘆的魅力，以致史考特先生告訴約翰，他眞是個幸運的傢伙，在回家路上更不禁爲自己身爲單身漢的苦處而大搖其頭。

秋天來到，新的試煉也隨之前來拜訪瑪格。話說瑪格與莎莉．墨法特又恢復熱絡了，莎莉時常會過來瑪格的小屋聊聊八卦，或邀請「這個小可憐」到他們家的豪宅裡去玩。這還滿不錯的，因爲天氣不好時瑪格經常覺得寂寞，老家的每個人都很忙，而約翰要到晚上才回家。瑪格能做的活動不是縫紉就是看書，要不就是隨便找些輕鬆活兒打發時間，所以她自然而然常和朋友一同閒逛、瞎聊起來了。

瑪格很羨慕莎莉擁有許多漂亮東西，也爲了自己沒有那些東西而自憐。莎莉爲人和善，也想將瑪格喜愛的一些小物送給她，但瑪格都婉拒了，因爲她知道約翰不喜歡這樣，只是這愚蠢的小婦人後來竟做出約翰更不喜歡的事情來。

她知道丈夫的收入有多少，也喜歡丈夫信任她，將事情託付予她——不僅限於他的幸福，而是包括有些男人更加重視的——金錢。瑪格掌管家中的經濟大權，可以自由花用家中的錢，她的丈夫只要求她詳細記錄每一分錢的用處、一個月付一次帳單，並且將家中經濟拮据這件事銘記在心。截至目前爲止，她表現得相當好，謹愼用度、詳細記錄支出、一個月給丈夫看一次帳本，胸懷坦蕩，一點也不怕細問。

然而，那年秋天，毒蛇闖進了瑪格的樂園，就像引誘夏娃一樣地誘惑了瑪格，不過這回用的不是蘋果而是衣服。

瑪格不喜歡別人覺得她可憐，也不要人覺得她貧窮。這些憐憫每每都會激怒她，可她又不好意思承認心裡的感覺，於是她偶爾會買些漂亮東西讓自己好過些，也讓莎莉不用可憐她，覺得她只能節儉度日。買過東西後她總會有罪惡感，因爲漂亮的東西往往不是不可或缺之物，可它們也不至於太貴，不用擔心付不起。不知不覺中，這些小東西越買越多，瑪格在逛街時也已不再是只看不買地純欣賞了。

那些瑣碎小玩意兒加總起來的金額遠超過當初所想的，瑪格月底結算時不禁被這筆數字嚇了一大跳。那個月約翰非常忙碌，帳單於是全交由瑪格負責，第二個月他又不在家，直到第三個月，約翰想要來個當季總結，而那天也成爲瑪格一輩子都忘不了的經驗。就在幾天前，她做了一件可怕的事，爲此她一直感到良心不安。

莎莉買了些絲綢，瑪格也很想買來做件好看又輕便的新衣，好在舞會中派上用場。因爲她的黑絲禮服太普通了，而且這樣單薄的晚宴服只適合小女生穿。瑪楚姑媽通常會在新年給家裡每個女孩兒二十五塊美金作爲禮物，再一個月就是新年了，然而此刻，美麗的紫色絲綢正在打折，瑪格手邊也有錢，如果她敢花的話。約翰常說凡他所擁有的就是她的，不過，先預支瑪楚姑媽會給的二十五塊錢，再從家庭基金挪出另一筆二十五塊錢，他能接受嗎？這就是問題所在了。莎莉慫恿她把絲綢買了，還好心地要借錢給她，這眞是人生中最美好的一次善意，瑪格終究陷入了誘惑。在那邪惡的一刻裡，店員展開那美麗、閃亮的布匹，說道：「絕對是撿到便宜啦！夫人，我跟您保證。」

「我買了。」瑪格回答。布匹被裁下來、結帳，莎莉非常高興，瑪格則當沒事兒一般，乘上馬車離開，心裡卻覺得自己好像偷了東西，警察正尾隨在後。

瑪格回到家，爲了舒緩良心苛責之苦，便將那美麗的絲綢攤開來欣賞，此時卻覺得它不似方才在店裡那般閃亮了——這終究不是適合她的，而且當她看著它，「五十塊美金」這幾個字就彷彿滿版花紋一樣，印滿在布料上每一吋角落。她將絲綢布料收起來，心中卻不斷想到它，而且不是以晚宴服的姿態，光鮮亮麗地出席舞會那種愉快感，而是陰魂不散、令人感到寢食難安的焦灼。

那天晚上，當約翰拿出帳本時，瑪格的心簡直盪到谷底，這是她的婚姻生涯中，第一次對丈夫感到害怕。約翰那雙溫和的棕色眼睛彷彿就要變得嚴肅冷硬，那一天他雖然特別愉快，瑪格卻猜想著，他一定已經發現了，只是不想拆穿她而已。家裡所有帳單皆已付清，帳簿也整理得有條不紊。約翰誇讚了她，正要打開他們稱之爲「銀行」的一個舊皮夾，瑪格知道那裡頭已然空無一物，於是按住他的手，緊張地說道：……

「你還沒……你還沒看我的私人帳本。」

「絕對是撿到便宜啦！夫人，我跟您保證。」

約翰從未要求看她的私人帳本，倒是她一直堅持要讓他看，然後享受他臉上驚奇的表情，聽他感嘆女人想要的東西怎麼如此千奇百怪呀！他會猜測起滾邊是什麼，激動地詰問什麼東西要取個「抱緊我」這種名字[4]，或是冥思苦想起來：爲什麼三朵玫瑰花蕾、一片天鵝絨布和兩條繩子組起來的東西就可以叫做無邊軟帽？以及這東西爲什麼還能賣到六塊美金的價值？那天晚上他看起來似乎想跟她玩數字猜謎，然後假裝對她的揮霍大爲震驚，一如往常，因爲他深以妻子的節儉自豪。

瑪格緩緩拿出帳本擺到約翰面前，隨後藉口要幫忙撫平額上皺紋，站到丈夫的椅子後面。她開口了，心中的恐慌隨著一字一句吐出而逐漸升高……

「約翰，親愛的，要讓你看我的帳本，我眞的覺得很不好意思，因爲我最近花錢花太兇了。我覺得有些東西非買不可，然後，莎莉建議我應該要買，所以，我就買了，我會用我新年的錢來支付部分金額，可是我買完之後就難過起來了，因爲我知道你會認爲我做錯了。」

約翰大笑著把她拉到身邊，打趣地說道：「別躲起來。就算你買了一雙貴到嚇死人的靴子，我也不可能對你動手動腳的呀。我老婆的腳那麼漂亮，就算她砸了八或九塊錢在一雙靴子上，只要它的品質好，那就當然沒有問題啦。」

那是她上次買的「小物」之一，約翰說話時，目光也落在她的鞋子上。「噢，要是提到那要命的五十塊，他會怎麼說呢！」一思及此，瑪格忍不住打了個寒顫。

「比靴子貴多了，是一件絲綢禮服。」她說道，心都涼了的冷靜，因爲她已做了最壞打算。

「那麼，親愛的，我就來演示一下馬塔利尼先生[5]的口氣：『一句話！多少錢哪？』」

這樣說話聽起來一點也不像約翰，她知道約翰正在看著她，眼神眞誠無僞，她習於看見約翰這樣的表情，也一直以同樣眞誠的眼神回應——直到剛才爲止。她趁翻開帳本時轉過頭，把開銷總額指給他看，還沒把那五十塊美金加上去就已經足夠駭人，再加上那個數字，她眞快要嚇昏了。整整一分鐘內，屋子裡靜得出奇，接著約翰緩緩開口——瑪格感覺得到，她的丈夫得耗費多大的努力，才能克制住自己的聲音，聽起來比較沒有那麼不愉快……

「嗯，我不知道現在一件衣服五十塊錢算不算是貴的，因爲你還得加上褶飾、花邊什麼的才算完成。」

「只是布料而已，還沒做，還沒剪裁。」瑪格嘆道，感覺都快暈了，因爲她忽然想到這又是一筆錢。

「二十五碼絲綢用來裹住一個嬌小的女人應該綽綽有餘了。我相信，當我妻子穿上它，看起來一定會跟奈德・墨法特的妻子一樣好看。」約翰意有所指地說。

「我知道你在生氣，約翰，可是我沒辦法呀！我不是想浪費你的錢，我不知道這些小東西加起來要這麼多錢啊！當我看到莎莉想買什麼就買什麼，因爲我沒買就一臉可憐我時，我實在忍不住了。我試著想要當個知足的人，可是這太難了……而且我已經受夠當個窮人了。」

最後那句話她說得很小聲，以爲約翰不會聽到，但他聽到了，而且被這句話深深地中傷了，因

4原文 hug-me-tight，十九世紀一種穿在長披風底下的內搭衣物。

5馬塔利尼先生（Mr. Mantalini），英國文豪查爾斯・狄更斯筆下的小說人物，出自《尼可拉斯・尼克貝》（*Nicholas Nickleby*）一書，是個倚靠妻子供給而揮霍金錢之人。

爲他爲了瑪格，早已犧牲過許多娛樂活動。瑪格話一出口就後悔了，只見約翰推開帳本站起來，語帶顫抖地說：「我就怕這樣。我已經盡力了，瑪格。」假如約翰是毫不留情地斥罵她，甚或抓著她用力搖晃，都還沒有這寥寥幾字那麼令她心碎。她衝向約翰，緊緊抱住他，懊悔的眼淚撲簌簌地流個不停，「噢，約翰！我親愛的、善良的、努力工作的約翰……我不是那個意思！我怎麼可以說出如此邪惡、虛僞、不知感恩的話來！噢，我怎麼會這樣說！」

他眞是太善良了，二話不說就原諒了她，連聲責備都沒有。儘管約翰可能連提都不會再提，然而瑪格心裡清楚得很，她所做的事以及所說的話不是短時間內就能一筆勾銷的。她曾立下誓言，不論貧窮或富足都會愛著他，卻在成爲他的妻子後，在衝動地揮霍了他辛苦賺的錢之餘，因他的貧窮而對他有所責難。這眞是可怕，而最糟的是約翰在這件事以後變得安靜沉默，彷彿什麼事都沒發生過，只是，他留在城裡的時間變長了，連晚上也忙碌於工作，瑪格往往得一個人哭著入睡。

一週以來的傷心後悔，幾乎讓瑪格生病了，而在發現約翰退掉原來下訂的大衣後，瑪格更是感到要被傷心難過的情緒呑沒掉。她大惑不解地問他爲何退訂，約翰只簡短答道：「親愛的，我買不起。」瑪格不說話了。幾分鐘後，約翰卻發現她坐在玄關裡，把臉埋進他的舊大衣裡哭泣，彷彿連心都要哭碎了。

那天晚上，他們談了許久。瑪格體認到自己因爲丈夫的貧窮而更加愛他，正是因爲貧窮讓他成爲有擔當的男人，給他力量與勇氣開拓出一條屬於他自己的路，並讓他學會以溫柔、耐心去包容並安慰他所愛之人的內心慾望及個性上的弱點。

第二天，瑪格收起自尊，主動去找莎莉，把實情告訴她並請她幫忙買下那塊絲綢。好心的墨法特太太很樂意這樣做，而且很體貼地沒有在買下布料後立刻當作禮物送給她。瑪格接著吩咐店家送來約翰的大衣，在約翰回家當下立即披上大衣，問道「我的新絲綢禮服好看嗎？」想必讀者們都猜到約翰會怎麼回答，以及會如何收下這份禮物了。這件事幸福圓滿地落幕，約翰每日早早回家，瑪格也不再流連於商店街前，而那件大衣總在早晨由一位滿心幸福的丈夫所穿上，在夜晚由一位情眞意摯的妻子從肩上除下。一年就這樣過去，次年仲夏，瑪格迎來了人生中另一場全新的經驗——一個女人一生中最深刻、最溫柔的體驗。

某個星期六，勞瑞一臉興奮地偷溜進鴿鴿窩的廚房，然而一進去就接收到鳴鑼敲鈸似的喧囂洗禮，原來漢娜正在大力鼓掌——在她一手拿鍋子、一手拿蓋子的情況下，使勁地敲擊喝采著。

「小媽媽怎麼樣了？人都到哪去了？我來之前怎麼不先告訴我呢？」勞瑞彷彿要靠近她講悄悄話，耳語的聲音卻大得可以。

「她快樂得像個女王！大家都在樓上做禮拜，我們可不想把屋頂給掀了！你到客廳去，我去請他們下來！」漢娜興高采烈地回答，一溜煙兒地不見了。

喬出現了，得意洋洋地抱著一個法蘭絨布包，放到一顆大枕頭上。她的神情嚴肅，雙眼卻閃閃發亮，聲音聽起來有些奇怪，好像正在刻意壓制住某種情緒。

「眼睛閉上，手伸出來。」她發出指令。

勞瑞慌忙退進角落，兩隻手緊緊背在身後，連聲求饒道：「不用了，謝謝你，不要比較好，我一定會失手讓它掉下去，摔個粉碎的。」

「看來你是不想見見你的外甥了。」喬於是毫不留情地說道，轉身作勢要走。

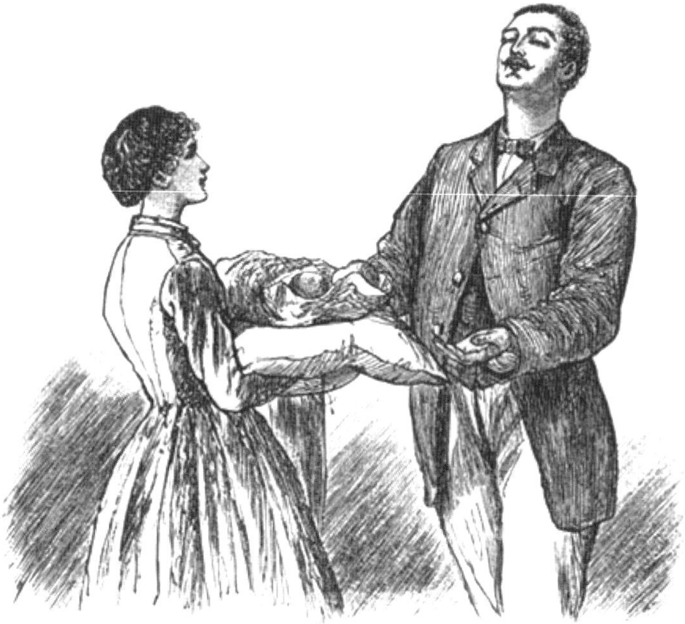

「眼睛閉上，手伸出來。」

「要啦，要啦！只是，要是我失手了，你就要負全責。」勞瑞說完便遵照指示，一臉悲壯地閉起眼睛伸出雙手，感覺到東西放到自己手上。隨即一陣爆笑聲催促他睜開眼睛，喬、艾美、瑪楚太太、漢娜及約翰都在他面前笑著，他發現自己抱在手上的不是一個而是兩個嬰兒。

難怪他們笑彎腰了，因爲勞瑞雙眼發直的表情太過有趣，足以讓最嚴肅的貴格會教友也笑開懷。他傻站在那兒，驚訝的目光從毫無所知的新生兒一路掃到欣喜欲狂的觀衆身上，那副狼狽的樣子讓喬跌坐在地板上尖聲大笑。

「雙胞胎喔……我的天啊！」他一度只能吐出這幾個字，隨即帶著急需救助的表情轉向他的女性親友們，一臉可憐的樣子卻滑稽得好笑，「快來一個人把他們抱走吧，快點！我要笑出來了，會讓他們摔下去的。」

喬一步向前解救了他手中的嬰兒，一手抱一個，在屋裡來回踱步，好像已經完美掌握育嬰技巧了，勞瑞則在一旁笑得連眼淚都滾落下雙頰。

「這是本季最佳笑話，對吧？我沒事先告訴你，因爲我打定主意要讓你驚喜一下，這下子我可以給自己好好開一場慶功宴了！」喬在呼吸緩過來後如此說道。

「我這輩子還沒被這樣驚嚇過，這也太有趣了吧？都是男孩嗎？要給他們取什麼名字呢？讓我們再看一眼吧！喬，讓我再看看小嬰兒，老實說我還眞拿這樣的事沒輒呢。」勞瑞再度走近喬，注視著她懷裡的雙胞胎，就像一隻溫和慈祥的巨大紐芬蘭犬盯著一對初生的小貓咪似的。

「一個男孩，一個女孩。他們很漂亮吧？」驕傲的爸爸說道，對眼前兩個小傢伙微笑。儘管他們長得渾身紅通通，像蟲一般蠕動著，在他看來卻儼然就是羽翼未豐的小小天使。

「我這輩子看過最漂亮的……哪個是男，哪個是女的呀？」勞瑞問道，像隻長頸鹿似的彎下脖子，仔細審視這兩個小嬰兒。

「艾美在男孩身上繫了條藍絲帶，女孩則是粉紅色的，這是法國習俗，這樣你就不會弄錯了。而且一個眼睛是藍色，另一個是棕色的。泰迪舅舅，親他們一下嘛。」喬故意逗起勞瑞。

「我怕他們不喜歡哪！」勞瑞開口道，對這類的事特別害羞。

「他們當然喜歡！他們現在早就習慣了。趁現在，快！」喬命令道，不讓勞瑞推託。

勞瑞噘起嘴巴，聽話地在兩張小臉上各啄一下，此舉又引得眾人一陣爆笑，小嬰兒也尖聲啼哭起來。

「就說嘛，他們不會喜歡的！那個就是男孩，瞧他踢的，拳頭還握得那麼緊！好傢伙！得了，小布魯克，去找個跟你一樣體型的傢伙，痛揍他一頓，怎麼樣啊？」勞瑞叫道。胡亂揮舞的小小拳頭打在他臉上完全無害，讓他覺得非常好玩。

「他應該取名爲約翰．勞倫斯，女孩就以外婆和媽媽的名字命名，取名爲瑪格麗特好了。女孩的小名是黛西，免得家裡有兩個瑪格；男孩的話，在我們找到更好的名字之前就暱稱傑克好了。」艾美以姨母之姿開口道。

「給男孩取名叫小約翰，然後暱稱戴米。」勞瑞說道。

「黛西和戴米，就是這樣！我就知道，這種事問泰迪就對了！」喬拍著手高聲說道。

泰迪那回表現不俗，因爲直到本故事完結，兩個小傢伙都依然是大家眼中的「黛西」與「戴米」。

第六章　拜　訪

「走吧！喬，時間到了。」

「要幹嘛？」

「你該不會忘了你答應過我，今天要跟我一起去拜訪六戶人家吧？」

「我一生中做過不少魯莽、愚蠢的事，但是我想，我應該不至於瘋到說要在一天內去拜訪六戶人家吧？光是去一戶就夠我難受一個禮拜了。」

「沒錯，你就是答應過，這是我們的交換條件。我給你畫張貝絲的蠟筆肖像，你要打扮得宜，陪我去回訪我們的鄰居們。」

「我當初答應是有附帶條件的——我是說，如果天氣好的話。我會信守承諾的，賽洛克[1]，可是你看，東邊的天空出現了一大堆雲，天氣不好，所以我不去了。」

「喬，面對現實。天氣好得很，沒有要下雨的跡象，你一向以信守承諾爲榮，現在就是你的光榮時刻，起來盡你的職責，然後你就有天下太平的六個月可以過了。」

1 賽洛克（Shylock），英國大文豪莎士比亞作品《威尼斯商人》（*The Merchant of Venice*）中一個放高利貸的冷血商人，若沒有在規定時間內歸還所借款項就要取借貸者胸前的一磅肉抵債。

那時，喬正巧在全心做衣服，她可以縫製出最時尚的外套，手藝在衆姊妹中首屈一指，這一點也讓她相當引以爲傲，因爲她拿針的技巧就跟拿筆一樣，使得爐火純青。喬聽了艾美的話不禁覺得心煩，但是承諾都說出口了，不但得去拜訪鄰居，還得在炎熱的七月天盛裝打扮。她討厭正式的拜訪活動，除非艾美提出交換條件、或賄賂、或勸誘，否則她絕對不去。眼下看著是躲不掉了，她大動作放下剪刀，哐噹作響地發出聲音，此舉讓她嗅到艾美那邊發出來的火藥味，她只好乖乖放下工作，一副無可奈何的樣子拿起帽子和手套，告訴艾美受害者已準備妥當。

「喬．瑪楚，你任性得足可惹惱一位聖人了！你該不會就想穿那樣出門拜訪人家吧？」艾美大叫道，不可思議地打量起喬。

「不行嗎？我覺得俐落、涼爽、又舒服，大熱天裡又塵土漫天的，穿這樣走在路上最適合了。如果人們在意的是我的穿著而不是我，那我同樣連看也不會想去看他們。你倒是可以爲自己的外表內在都好好打扮一下，看你高興表現得多優雅就多優雅。這樣做對你絕對是一件好事，對我可就不是了，何況我最受不了衣服上那堆花邊皺褶。」

「噢，又來了！」艾美嘆氣道，「又在跟我唱反調，想藉此轉移我的注意力，讓我沒辦法去盯她的穿著……我告訴你，喬，我才不是爲了好玩去拜訪那些人，而是爲了盡我們的社會責任。家裡能做到這件事的就只有你跟我了，我可以爲你做任何事，只要你穿得像樣一點，陪我去敦親睦鄰就好。你一定做得到的，你的談吐向來這麼言之有物，好好打扮完全做得到端莊貴氣，而且舉止高雅合宜。只要你願意嘗試一下，我會很驕傲能擁有你這個好姊姊的……我害怕一個人去啦，你就行行好，陪我一起去吧？」

「你眞是一個狡猾的小鬼頭，滿嘴甜言蜜語來哄你脾氣暴躁的老姊。說什麼我言之有物、端莊貴氣，還說你怕自己一個人去！眞不知道哪句是你講過最誇大不實的東西！算了，既然非去不可，我就去吧，我會盡力扮好我的角色的。不過，你得擔任我們今天任務的指揮官，我只負責盲從你的帶領，保證半點都不反對。這樣，你滿意了吧？」喬說道，並且她的態度立刻從桀驁不馴轉變成聽話的小綿羊。

「你是最棒的小天使！快，去把你最好的衣服全穿起來，我會告訴你在哪一家該做哪些事，這樣人家就會對你留下很好的印象。我要大家都喜歡你，而你，其實只要稍微親切一點，就會很討人喜歡的。把你的頭髮梳漂亮一點，軟帽上再加這一朵粉色玫瑰。嗯，這樣好看多了，不過你的衣服太單調了，讓你看起來很拘謹、不好親近。手套換一雙亮色的，刺繡手帕也準備著。我們先去瑪格家，跟她借她的白色陽傘，那你就可以用我那把鴿灰色的了。」

艾美一邊穿衣一邊下指令，喬雖然照做卻也無法不表現出她的抗拒。當她磨磨蹭蹭地把自己套進新買的紗裙時，她嘆氣；當她把軟帽上的絲帶打成個完美無瑕的蝴蝶結時，她深深地皺起眉；當她別上衣領時，動作粗暴得簡直像在跟領針角力一樣；當她抖動手帕時，更是忍不住把五官皺成一團，因爲上頭的刺繡讓她的鼻子深感不適，就像眼前的任務對她的情緒造成的影響一樣。當她終於把手塞進過緊的手套，固定好裝飾其上的三顆扣子與一條流蘇，完成優雅仕女之途的最後一步以後，她用一臉憨呆癡傻的的表情轉向艾美，溫順地開口……

「我感到十分地不舒服，不過你若認爲我這身打扮可以出去見人了，那麼我死也開心。」

「你讓我太滿意了。慢慢轉過身去，讓我再仔細瞧一瞧。」喬依言轉了一圈，艾美伸出手，這裡拉拉、那裡摸摸，再倒退一步偏著頭，語帶欣賞地嘆道：「我就說嘛！你可以的！你的頭髮是最棒的部分，白色軟帽搭上那朵玫瑰眞是絕配。挺胸，兩手自然下垂，不論你的手套多緊都要一派自然的樣子。還有一件事能讓你加分，喬——帶條披肩。我穿不了披肩，但你就不一樣了，你穿上披肩眞的很好看，而且我很替你高興，因爲瑪楚姑媽送了你一件很好看的，樣式簡單，不過效果非常好。噢，手臂上方這些打褶簡直是藝術品……。我的斗篷有沒有對正？裙子呢？有沒有拉好？我喜歡露出我的靴子，因爲我的腳很漂亮，雖然我的鼻子並不怎麼樣。」

「你永遠都是個美麗又快樂的小可愛。」喬舉起手，一副鑑賞家的氣勢打量起艾美裝飾有藍色羽毛的金髮。「敢問夫人，我該拖著裙襬走過塵土，還是把裙襬提上來呢？」

「走路時就往上提，在室內就放下來。長裙曳地最適合你了，還有，你得學會如何優雅地讓裙襬拖在地上走。你袖口的扣子沒扣好，馬上弄。小細節不注意的話你就不算是打扮妥當，因爲再小的細節對整體而言，也都有舉足輕重的影響力。」

喬嘆了一口氣，開始解開手套扣子，處理起袖口的扣子。兩人最後終於準備妥當，要「華麗出航」了。漢娜推開樓上窗戶目送姊妹倆出門，直呼她們看起來簡直「如夢似畫」般地美麗。

「好了，喬，我跟你說，契斯特家自認爲是非常有教養的人家，所以我要你拿出最好的禮儀風度來。不要冒出一些唐突的話，或做出任何蠢事，可以嗎？你只要沉著、冷靜，保持安靜，那就是最保險又有淑女樣子的做法了。撐個十五分鐘就好，這對你應該是很容易的。」往第一戶人家前進時，艾美如此叮囑道。她們已經先去瑪格家借了白陽傘，瑪格當時一手抱一個孩子，把兩個妹妹們從頭到腳又檢查了一次。

C
CHESTER

「讓我想想，『沉著、冷靜，保持安靜』，會啦！我想我可以答應你。以前演話劇時，我也出演過年輕氣質淑女的角色，今天就當作再演一次。我功力很深厚的，所以，親愛的，你就放寬心，拭目以待吧！」

艾美看來輕鬆不少，然而調皮的喬卻是故意玩起了文字遊戲。在第一戶人家裡，她特意擺出最優雅的姿態坐著，衣服上的褶痕一絲不亂，沉著得恍若盛夏海洋，冷靜得有如積雪堤防，保持安靜則被她詮釋得彷彿一尊獅身人面像。當契斯特夫人客氣地提起她的小說「令人驚豔」，或當契斯特小姐們說起舞會、野餐、歌劇、時尚等話題時，喬仍然保持安靜。她對每一個提問都只是報以微笑、點頭，或故作嚴肅地回答「是的」、「不是」，使得全場氣氛甚為冷淡。就算艾美偷偷踢她，用腳跟她打暗號「講話！」也是徒勞無功。喬就端坐在那兒，對於周遭景況無知無覺，空靈得就像詩人丁尼生筆下的女子莫德——「冷得完全，美得盡空」[2]。

「瑪楚家的姊姊竟是如此傲慢無趣的人！」她們一走出契斯特家，立刻聽到門裡某位小姐發出這樣的負評。喬一路無聲大笑著穿過整條門廊，艾美則對自己認眞指點竟換來這般下場感到厭惡不已，並且自然而然地怪罪給喬。

「你怎麼可以這樣曲解我的意思？我只是要你舉止適當、行為得宜而已，你卻讓自己像木頭、像石頭一樣！等一下到蘭姆家，希望你可以多融入大家，和其他女孩兒一樣，聊聊八卦、衣服或談情說愛，或其他任何沒營養的話題，只要有人在聊，你就去展現出興趣。蘭姆家是上流社會的人，很值得我們去認識，我一定得藉此機會讓他們留下好印象，絕不能失敗。」

「我會盡量迎合他們的，聊八卦、咯咯笑，裝出一副一點小事就快要嚇死或笑死的樣子。嘿，這個比較好玩，我就來模仿個所謂的『萬人迷少女』給你看好了。這我絕對沒問題，只要把梅伊・契斯特當作範本就行了。我還可以來個改良版。到時候啊，要是蘭姆家的人不稱讚一句『喬・瑪楚是個多麼活潑風趣、有意思的人呀！』那才奇怪呢。」

艾美不免擔憂起來，這也不無道理，因爲喬要是開始搞怪，沒人知道她會玩出什麼花樣。果不其然，喬一晃進人家客廳就熱情洋溢地親吻在場每一位年輕淑女，對在場每一位年輕紳士都拋出燦然一笑，並且立刻興致勃勃地加入談天，簡直看得艾美目瞪口呆，表情複雜得可以。她一進門就被蘭姆太太拉住了，這位太太非常喜歡艾美，此刻硬是把艾美拉在身邊，聊起她沒完沒了的《盧克莉夏的最後反擊》[3]。旁邊還有三個年輕帥哥正在伺機而動，等待空檔出現，好讓他們衝上去英雄救美。眼見局勢如此，艾美也就無法親自確認喬在做什麼了。至於喬那一頭，她似乎是搗蛋鬼上身一般，語不驚人死不休，只見她滔滔不絕地講，儼然是蘭姆太太的翻版。她身邊圍了一群人，艾美努力拉長耳朵，想聽聽她到底在講什麼，斷續不全傳進耳中的訊息令她大起疑心，加上不時爆出來的笑聲更是讓艾美想前去一探究竟。讀者諸君應該可以想像，這樣的談話讓艾美的心有多忐忑、多好奇……

「她騎術精湛啊！誰教她的？」

2 原文爲 'icily regular, splendidly null'，語出 Maud; A Monodrama, Part I, Sect. ii，爲英國桂冠詩人丁尼生（Alfred Tennyson, 1809-1892）的作品。

3 盧克莉夏（Lucretia），卒於西元前四九六年，羅馬王政時期的一位貴族仕女，爲了捍衛自己的貞節而自殺。

「沒人教，全靠自學。她就把老舊的馬鞍掛在樹上當馬騎，上馬、握韁繩、矯正姿勢，全在一棵樹上完成。現在，她什麼馬都能騎，因爲她什麼都不怕，而且馬廄裡的人總給她打折，因爲她可以幫忙訓練馬匹載女士。她做得很好，而且樂此不疲呢！我常跟她說，萬一她一事無成也別擔心，盡可以去當馴馬師，保證生活無虞。」

聽到這樣莽撞的發言，艾美整張臉都綠了，因爲這些話給人一種艾美是放蕩少女的感覺，這絕對是她最不樂見的情況。可是，她能怎麼辦呢？老太太說故事才說到一半，離結局還遠得很，喬又開口了，爆出更多慘不忍睹的滑稽內幕。

「對呀！艾美那天還滿絕望的，因爲所有的好馬都被騎走了，只剩下三匹，一匹跛腳、一匹眼盲，還有一匹個性太差了，除非你威脅牠，不然怎麼樣也不肯走。哪兒來這麼好的運氣呀！不是嗎？」

「那，她選哪一匹呢？」爆笑的紳士中有一位問道，顯然對這個話題很感興趣。

「都沒選。她聽說在河對岸的農舍裡有一匹年輕的馬，雖說都還沒有女孩子騎過牠，但是艾美下定決心要試試看，因爲那匹馬長得很漂亮，個性又活潑。她付出的努力眞是令人感動，因爲那匹馬沒有馬鞍，所以艾美親自帶了馬鞍去，我的好妹妹，她其實就是划著馬鞍過河去的，然後把馬鞍頂在頭上，大踏步朝穀倉走去，嚇得農場裡的老人家眼珠子差點掉下來！」

「她有沒有騎上那匹馬？」

「當然啦！還快樂得很呢！我本來還以爲她會被抬著回家的，沒想到她完全馴服了那匹馬，還成爲我們野餐會中的靈魂人物。」

「哇！眞有勇氣！」年輕的蘭姆先生說道，對艾美投以讚許一眼，心中卻在同時不禁納悶，自己的母親到底對艾美說了些什麼？這女孩兒當下竟是滿臉通紅，一副很不舒服的樣子。

過了一會兒，話題轉移到服飾，艾美的臉也變得更紅，看起來更不舒服了。有位年輕女孩兒問喬，她戴去野餐會那頂淺褐色的漂亮帽子在哪兒買的，喬這個蠢蛋，逕直跳過兩年前的購買地點，反而直截了當地回答完全不必要的資訊：「噢，是艾美畫的。這種柔和的色調沒得買，所以我們都是喜歡什麼顏色就把什麼顏色畫上去。能有這樣一個藝術家妹妹，眞是三生有幸！」

「這不就是所謂的原創嗎？」蘭姆小姐叫道，覺得喬簡直太有意思了。

「這跟艾美其他的表現比起來，實在不算什麼呢，我家小妹沒有做不來的事。告訴你們吧！有一次她想穿藍色的靴子去參加莎莉的舞會，於是就把弄髒的白靴塗上了天藍色！想像一下，那種你曾看過最美麗的天藍！效果好得就像穿了一雙藍色的綢緞靴子一樣呢！」喬說完了這一大段，一副深深以妹妹的成就爲驕傲的神氣。艾美將這一切全聽進去了，此刻只感到怒火中燒，只想狠狠將手上的名片夾砸到姊姊頭上以洩心頭之恨。

「我們前幾天讀了你寫的一篇故事，很喜歡呢！」蘭姆家的大小姐說道，想對眼前的女作家好好讚美一番。她的模樣沒有虛假做作的成分，必定是肺腑之言。

然而，只要提到喬的「作品」，多半不會得到原作者多好的回覆，她若不是悶不吭聲滿臉不高興，就是毫無技巧地強硬轉移話題，比如現在。「不好意思，你其實可以找些更好的東西來看的。我寫那些垃圾只是爲了賣錢，凡夫俗子喜歡那樣的材料。你今年冬天要到紐約去嗎？」

蘭姆小姐對故事的「喜歡」並未得到喬的感激，也沒有達到稱讚的效果，喬於是意會到自己把氣氛弄僵了，很擔心接下來會出更大的錯。在此同時，她忽然想起該是她們提議要離開的時候了，接著，她突如其來地開口告辭，那時有三個人話才說到一半。

「艾美，我們得走了。大家再見！記得過來看我們，我跟艾美接下來得去拜訪其他人了。蘭姆先生，我不敢邀您到舍下小坐，不過，您要是來了，我一定捨不得讓您走的。」

喬模仿起梅伊．契斯特矯情而滑稽的樣子邀請眾人，使得艾美幾乎是逃命似的逃出蘭姆家，心中頓時充滿想大笑又想大哭的衝動。

「我的表現可圈可點吧？」當她們走遠時，喬帶著滿意的神情問道。

「爛透了，不會再比這更糟了。」艾美尖銳地回答。「你是吃了什麼藥非得告訴那些人我用馬鞍做了什麼？還有帽子和鞋子還有那一大堆有的沒有的？」

「啊，那很有趣呀！他們都聽得津津有味的。他們知道我們家沒錢，所以我們也不必假裝有專門照料馬的馬夫，一季得買三、四頂帽子，或像他們那樣要什麼有什麼，而且還都要最好的。」

「那你也不用把我們的權宜之計告訴他們，更無須用那種完全不必要的方式來暴露我們的貧窮。你這樣弄得自己一點兒尊嚴都沒有，而且永遠學不會何時該說話，何時該勒住自己的舌頭。」艾美絕望地說。

喬看起來感到難爲情了，默默地用漿得硬挺的手帕一角戳弄自己的鼻尖，好像在爲自己的不當言行懺悔。

「那我接下來該怎麼做？」當她們逐漸靠近第三家時，喬問道。

「你愛怎麼樣就怎麼樣，我不管了。」艾美回答得很短促。

「那我一定會很開心。他們家的兒子們都在，我們會玩得很愉快的。我還眞得喘口氣不可，優雅的舉止簡直快把我逼瘋了。」喬粗聲粗氣地回嘴，對自己剛才的失敗表現有些惱怒。

三個大男孩與其他幾個可愛小孩子熱情歡迎她們，讓喬原本低落的情緒快速回溫。她把寒暄的任務放給艾美，留她給主人家都鐸夫婦——剛巧他們也喜歡和艾美聊天，喬自己則只負責和年輕人玩耍，還能藉此轉換一下情緒，感到眞是開心極了。她懷抱濃厚興致，仔細聆聽男孩兒們的大學生活故事，閒話一句也沒有地撫摸身旁的大獵犬和小貴賓狗，打從心底贊同「湯姆・布朗是個好傢伙[4]」，一點也不在意選用的讚美詞是否合宜。

其中一個男孩提議去看他養的烏龜，喬立刻興沖沖地響應，讓孩子的母親不由得對她微笑了一下，這位慈母似的貴婦正把頭上的軟帽拉好，因爲剛才她孝順的兒子充滿感情地熊抱過來，沒留意到母親的帽子都歪掉了。然而，這頂歪七扭八的軟帽在喬的眼中顯得既美麗又親切，遠勝過雙手最靈巧的法國婦女所能做出最毫無瑕疵的髮型。

讓喬在一旁自得其樂的艾美感到同樣愜意，因爲她也可以盡情聊天了。都鐸先生的叔父前不久和一位貴爲王室遠親的英國女士共結連理，所以在艾美心目中，都鐸家顯然地位崇高。雖說艾美是土生土長的美國人，但她對於擁有尊貴頭銜的人們還是充滿了崇敬——那是不自覺發自心底的，對前朝執政者的忠貞信心。這份忠誠同樣在若干年前起過作用，當一位金髮的王室少年[5]造訪這個普天之下最民主的國家之際，舉國上下無不歡欣沸騰。這份忠誠可以比喻爲一個年輕的國家對於母國的情感，就像一個長大成人的兒子與他的母親。兒子的身形已然壯碩，在面對他那個頭嬌小、性格專制的母親時，儘管她曾緊抓住他不肯鬆手，或在他執意反抗時痛罵一頓才放予自由，懷藏的那份依戀卻是難以隨著時間流逝而沖淡的。

話說艾美儘管和眼前英國貴族的遠房親戚聊得很開心，但也沒有忘記時間，當這段愉快時光差不多該進入尾聲之時，即便捨不得離開這個貴族的世界，她也不得不起身告辭。艾美尋找起喬的身影，心下暗自祈禱，希望她頑固的姊姊可別做出什麼讓瑪楚家丟臉的舉動才好。

本來艾美還以為情況會更淒慘的，幸好只是「慘」而已。她看到喬坐在草地上，身旁圍坐了一圈小男孩，狗兒把髒兮兮的腳放在她最正式的宴會禮服裙襬上，而喬本人正忙著把勞瑞的一樁惡作劇說給這些捧場的觀眾聽。一個小孩子手拿艾美的寶貝陽傘戳著烏龜玩，第二個把喬最好的一頂軟帽墊在手下吃薑餅，第三個小孩則戴著喬的手套在玩球。大夥兒玩得和樂融融，當喬收拾起她損壞的衣飾們要離開時，這些護花使者全都跟著起身送她到門口，並且熱烈地要求她再次光臨：「聽你說勞瑞的那些傑作實在太有趣了！」

「他們是很優秀的小男生，對吧？跟他們在一起，我感覺自己又年輕了起來，而且精神舒暢得不得了。」喬說道，雙手背在身後漫步。她這個姿勢半是習慣使然，半是為了要隱藏那把損壞了的洋傘。

4 湯姆．布朗（Tom Brown）為英國作家湯馬斯．休斯（Thomas Hughes, 1822-1896）於西元一八五七年出版的小說《湯姆布朗求學記》（*Tom Brown's Schooldays*）中的主角。

5 此處所指的王室少年即指當時仍為王儲的英王愛德華七世（Edward VII, 1841-1910），他是維多利亞女王之子，於西元一八六〇年造訪美國，當時年僅十九歲，是首位訪美的英國王室成員。

幸好只是「慘」而已。

「你為什麼老是躲著都鐸家大兒子？」艾美問道，冷靜地選擇避談喬那身不忍卒睹的外表。

「我不喜歡他，裝模作樣的，對妹妹們頤指氣使，讓父親憂心，談起母親也欠缺應有的尊敬。勞瑞說他是個浪蕩子，我也覺得他不是個值得認識的人，所以就不想理他了。」

「至少你也應該以禮相待。你只是冷冷地跟他點個頭，卻對那個家裡開雜貨店的湯米・錢伯倫禮數周到，又是鞠躬又是燦笑的。要是你能把對待他們兩個的態度對調一下就太好了。」艾美批評道。

「不行，那樣才是錯的。」喬反駁，「對於都鐸，我既不喜歡也不欣賞，更無法敬重，就算他祖父的叔叔的姪子的姪女是英國貴族的表親也一樣。湯米雖然又窮又害羞，卻很討人喜歡又伶俐。我對他印象非常好，也樂於讓人知道我怎麼想，雖然他家是賣柴米油鹽的，他卻是位不折不扣的紳士。」

「跟你爭辯一點用都沒有。」艾美起了另一個話題。

「當然了，一點用都沒有。」喬沒等她往下說就打岔，「好了，我們來擺出笑容可掬的樣子，然後留下拜訪的卡片就好。因為金恩家很明顯外出了，沒有人在家，對此我感到無比慶幸。」

於是她們留下卡片問候，便繼續往下一家走。來到第五家，喬再次發出衷心的感謝，因為她們被告知第五家的女兒們正在接待訪客，分身乏術。

「我們現在就回家吧！今天先別管瑪楚姑媽了，我們要去隨時可以去。況且，我們穿著最好的衣服出門，卻要走過這一路風沙，實在可惜了，更何況我們已經又累又煩了。」

「你愛怎麼說就怎麼說吧。姑媽喜歡看到我們穿上最體面的衣服去看望她、做正式的拜訪，這讓她覺得很有面子。對我們來說也不過是小事，卻能讓她老人家高興很多。而且，我才不信這會比髒髒的小狗和一群小鬼頭對你的衣服造成的傷害大。蹲下來，你帽子上有餅乾屑，我幫你拿掉。」

「你眞是個好女孩兒，艾美！」喬說道，帶著懊悔的眼神望向自己半毀的衣裙，再把視線移向身旁的妹妹，她的衣著依舊乾淨整潔，毫無瑕疵。「眞希望我也能像你一樣，做些小事就能讓人高興快樂。我也想做些能讓人快樂的小事，但是太花時間了，所以我想算了，就等待機會，到時一口氣幫人一個大忙豈不更好？只是到頭來……大概還是小事比較管用吧？」

艾美聽完當即露出笑容，似乎怒氣已就此平息。她以慈母般的語氣說道：「女人要學會讓人感到溫婉親切才好。貧窮的女人更該如此，因爲除了這樣做，她們也沒有別的方法可以報答別人給她的慷慨善意了。如果你能記住這一點，多加練習，你就會比我更討人喜歡，因爲你能做到的比我多得太多。」

「我是個怪裡怪氣的老傢伙，而且恐怕永遠也改變不了，雖然我很願意接受你的說法。不過，要我在一個不喜歡的人面前擺出親切和善的臉色，倒不如叫我去死還容易些。有這種這麼愛恨分明的性格眞是太不幸了，對吧？」

「無法隱藏心中的好惡才是更大的不幸。說眞的，我對都鐸的印象其實跟你差不多，可是我去拜訪他們家，並不是去告訴都鐸，我有多不喜歡他，你也一樣。況且，何必因爲他是個討厭的人，就把自己也弄得令人討厭呢？」

「可是我覺得女孩子對於不喜歡的男性應該明確表示，如果不表現在態度上，那還可以怎麼明確表示呢？據我所知，說教是沒有用的，我有泰迪爲例，老是對他嘮叨並沒有用，但我有其他更多方法，可以做到連一個字都不用說就對他產生影響。所以我說，以行動表示才是最有用的。」

「泰迪是一個很優秀的男孩子，像他那樣的人畢竟不多，以他爲例算不得準。」艾美說道，語氣認眞嚴肅，叫人不信服都難。要是那位「很優秀的男孩子」聽到這番評價，怕是不傻眼得下巴掉下來才奇怪。「倘若我們是美女，或是有錢有地位的女人，有些舉動也許還能被接受。但要是我們只因爲不喜歡某一型的男孩子就對他們皺眉，而對另一類型喜歡的男孩子們笑臉相迎，這樣一點作用也沒有，我們只會被視爲特立獨行和喜歡裝清高而已。」

「所以我們得忍受不喜歡的事和人，就因爲我們不是美女、不是有錢人，是嗎？那還眞是一套很棒的價值觀。」

「我沒什麼話可反駁，我只知道這個世界就是這樣，唱反調的人通常只會因爲徒勞無功而被嘲笑。我不喜歡改革者，也希望你永遠都不要去親身嘗試。」

「我倒挺喜歡那種人的，如果可以的話，我也想成爲其中一員。笑歸笑，這世界要是缺少了改革者，又哪裡進步得了？我們不要再爭了，再爭也不會有共識，因爲你屬於老派思想，我則是新派的。你會一步一步往上爬，我則會活出眞實的自我，我想我寧願享受安貧樂道的快樂。」

「好了，那整理一下你的情緒吧！別拿你的新派思潮去煩姑媽才好。」

「我盡量啦！不過，在她面前我眞是忍不住會講話講得特別直白，或是冒出非常叛逆的感想。天性如此，我沒辦法。」

她們一走進去就發現卡羅姑媽也在，兩位長輩不知在聊什麼，聊得正高興，一看到女孩兒們進來，卻立刻閉口不語，臉上的表情教人一看便知，剛才正以姪女們爲話題聊得不亦樂乎。喬很不高興，暴躁彆扭的脾氣又回來了，艾美卻依然克盡職責，維持一貫的風度，以天使般的好心腸，讓每個人都開心。兩位姑媽立刻察覺她的善意，一個勁兒地對她「親愛的」長「親愛的」短，親熱地叫個不停，各位真該聽聽拜訪結束後她們異口同聲的肺腑之言：「那孩子每天都有所長進。」

「親愛的，你會去幫忙義賣會嗎？」卡羅太太問道。那時艾美剛在她旁邊坐下，姿態大方優雅又乖巧，老人家最喜歡年輕人這樣了。

「是的，姑媽。契斯特太太已經問過我了，我答應會去擺個攤位，因為除了時間以外，我也沒有別的地方可以盡一分力了。」

「我不會去。」喬語氣堅決地插嘴，「我討厭那種別人施恩給我的感覺。契斯特家認為，允許我們去幫忙他們家那種上流人士的義賣會，是給我們的莫大恩賜。艾美，我真的不懂你為什麼要答應，他們不過就是要你去出勞力而已。」

「我願意去呀！那個義賣會不僅是為了契斯特家，也是為了得到自由的奴隸。我認為他們讓我去參與這樣的勞動、分享快樂，就是一件好事。至於說施恩惠給我們嘛，只要出發點是良善的，那我就一點也不在意。」

「說得對也說得好。我喜歡你這樣感恩的心，親愛的。能給欣賞我們才能的人盡點心力是件樂事，有些人就不這麼想了，而那也真是令人不敢恭維。」瑪楚姑媽意有所指地說，眼睛隔著鏡片瞪視喬，而喬坐在稍遠處，搖來晃去的，臉上更是一副悶悶不樂的表情。

如果喬能得知她接下來的表現對她未來的幸福快樂有多大影響，她應該會立刻乖得像隻鴿子一樣。然而，很不幸，我們心上都沒有窗戶，看不透周遭朋友們的心思。作為凡夫俗子的我們，這當然是好事一樁，但若偶爾看得見的話，又該多好呢——輕鬆愉快、節省時間，也無須費疑猜。

這下子，喬再次開口的一席話剝奪了她自己好幾年的快樂，卻也適時學會了勒住舌頭是多麼重要寶貴的一課。

「我不喜歡別人給我恩惠，那讓我有壓迫感，覺得自己像個奴隸似的。我喜歡凡事自己來，完全獨立。」

「咳嗯！」卡羅姑媽輕咳一聲，隨即看向瑪楚姑媽。

「我早跟你說過了。」瑪楚姑媽道，對卡羅姑媽點點頭，表示心意已決。

完全不知道自己做了什麼好事的喬，坐在那兒鼻孔朝天、旁若無人，一副桀驁不馴的樣子。

「親愛的，你會說法語嗎？」卡羅姑媽問道，把一隻手放在艾美手上。

「說得挺流利的，這得感謝瑪楚姑媽，是姑媽願意讓艾絲塔儘可能地陪我練習。」艾美答道，感激之情溢於言表，樂得老太太笑逐顏開，滿臉和藹可親。

「你的語言能力如何呢？」卡羅夫人轉而對喬提問。

「一個字也不認識。我學什麼都很笨，當然是受不了法文，爲什麼能有種語言講得這麼滑溜又聽起來這麼愚蠢啊？」喬的回答就是如此莽撞。

兩位夫人又互相交換個眼色，然後瑪楚姑媽對艾美說：「你現在身體狀況好多了，對嗎？眼睛也沒有什麼問題了吧？」

「一點問題也沒有，謝謝姑媽。我現在身體很好，打算明年冬天來做點大事，就當作是爲了以後鋪路做準備。這樣一來，只要時機成熟，我隨時都可以去羅馬。」

「我早跟你說過了。」

「好孩子！你應該去的，而且我很確定，你有一天一定可以成行。」瑪楚姑媽讚許道，愛憐地拍拍艾美的頭，她正把瑪楚姑媽的毛線球撿回來給她。

「壞脾氣！鎖大門！坐到火旁紡紗線！」鸚鵡波利扯著嗓子尖叫，站在椅子後的棲木上，彎下身偷看喬的臉，彷彿極不客氣地審訊她，那滑稽的樣子叫人不笑也難。

「最會看人臉色的小鳥。」老太太說道。

「親愛的！咱們去散個步吧？」波利繼續尖叫，朝瓷器櫃一下跳過去，一副想討塊糖吃的期待樣子。

「謝謝你，我會的。艾美，走吧！」接著，喬率先起身告辭，將這場拜訪帶向尾聲，並且更加深切地體認到，出門作客對她而言究竟有多折磨，彷彿能把不舒服的感受帶向全新境界。

道再見時，喬僅如同紳士般握手致意，艾美卻親吻了兩位姑媽。兩個女孩兒就這樣返家了，各自留下陽光與陰影兩道迥然相異的印象，以至於當她們從姑媽們的視線中消失後，瑪楚姑媽開口道：

「你最好就這樣決定了吧，瑪莉。我會提供金錢的。」

卡羅姑媽果斷回答：「當然，只要她父母親同意的話。」

第七章　結　果

契斯特太太的義賣會向來以格調高雅、氣勢非凡著稱，所以鄰近地區的年輕淑女們都以能受邀前去擺個攤位為榮，這在當地可謂盛事一樁。他們邀請了艾美，卻沒有邀請喬，其實這對大家來說反倒好，因為此時的喬正在經歷人生中看什麼事都不順眼的階段，得多碰幾次釘子、付上好些代價才能讓她回歸現實世界。這個「倨傲不馴又無趣的傢伙」讓人不想靠近，艾美的才華和品味卻備受讚賞，得以在義賣會中擺一個藝術品攤位。一確定此事，艾美立即投入心力準備，確保此次的擺攤得以盡善盡美。

原本一切都進行得很順利，直到義賣會開幕前一天，一點小摩擦出現了。畢竟，在場二十五個女人在一起，老少皆有，各自都帶了點小心眼和偏見，一塊兒工作，發生嫌隙在所難免。梅伊．契斯特相當忌妒艾美，因為後者顯然比她更受歡迎，而就在此時發生的幾件瑣碎插曲，讓梅伊更是妒火中燒。艾美精巧的鋼筆畫讓梅伊的手繪花瓶黯然失色，此為其一；前不久的舞會上，萬人迷都鐸跟艾美跳了四支舞，卻只跟梅伊跳了一支，此為其二。然而，真正讓梅伊的不滿爆發，並且讓她的不友善有藉口可循的源頭是一則謠言——一些耳語告訴她，瑪楚姊妹倆在蘭姆家以取笑她為樂。

這其實應該怪到喬頭上去，因為她調皮模仿梅伊．契斯特的效果太好了，猜都不用猜就知道本尊是誰，喜歡玩鬧的蘭姆家也不介意讓這樣的笑話外洩。始作俑者們對此事全不知情，被梅伊恨得牙癢癢的艾美同樣一無所知，然而，怒火卻只波及到她一人，她接下來的心情會有多沮喪自是不難想像。義賣會前一晚，艾美正在對她那個美輪美奐的攤位做最後修飾，契斯特太太就走過來了，由於對自家女兒所遭受的訕笑感到義憤填膺，契斯特太太的語氣儘管平穩祥和，臉上神情卻冰冷得可以……

「親愛的，我發現，一些年輕淑女們對於我把這個攤位給了你而不是我自己的女兒感到有些不平衡。因爲這個位置是最搶眼的一桌，也有人說是最吸引人的一桌，而我的女兒們是這個活動最主要的策劃者，有人覺得該由她們來負責這個攤位才是。眞是抱歉，不過我知道你打從心底支持這個活動，所以，雖然會有些失望，不過我想，你應該也不會在意，你要的話就再選一個攤位好了。」

契斯特太太原本以爲說出這樣一席話輕而易舉，然而，當艾美直視著她，率眞的雙眼充滿了驚訝與不可置信時，她竟也有些費力地才把話說完。

艾美察覺事有蹊蹺，不過她不願多想，只是用平靜卻難掩受傷的語氣表示她的心意：「也許您覺得我不要擺攤比較好？」

「聽我說，親愛的，拜託你不要胡思亂想了。這完全是不得已的權宜之計呀！你看看，我的女兒們是活動的當然主導者，而這個攤位被視爲她們的最佳活動地點。雖然這裡很適合你，你也把它擺設得非常漂亮，我很感激你的辛勞與付出，不過，在必要的時候，我們還是得把個人願望擺在一旁，不是嗎？我來看看哪個攤位比較適合你好了，賣花的那個攤位如何？那是一群小女生負責的，可是她們做得不太理想，看起來還不是很上手。你去那兒的話，一定可以讓那個攤位脫胎換骨的，況且你也知道，賣花的攤位總是最吸引人前去的呀。」

「這完全是不得已的權宜之計呀！」

「尤其是紳士們。」梅伊補了一句，神情讓艾美頓然省悟自己為何突然失寵。她氣得漲紅了一張臉，卻不對女孩兒間的嘲諷式言語多加理會，反而出人意料地，以非常親切的口吻回答：

「好的，一切當然按您所願，契斯特太太。我馬上放棄這個攤位，過去照料那些花朵，若您覺得這樣安排最適合的話。」

「如果你願意，也可以把你的東西帶過去那邊擺。」梅伊接口說道，看著那些漂亮的層架、彩繪貝殼、別緻的復古燈飾等等，全是艾美精心製作、用心擺設的成品，心中忍不住感到過意不去。她提這辦法原是好意，但艾美誤解了她的意思，並且迅速回道：

「喔，當然好，如果你覺得這些東西占了你空間的話。」語畢，她隨即將一桌子擺設全掃進自己圍裙裡，拎著一團混亂飛快離去，覺得自己和自己的藝術品都受到了不可原諒的侮辱。

「這下可好，她生氣了。媽媽，要是我沒請您跟她說這件事就好了。」梅伊說道，一臉鬱悶地看著她那空空如也的桌子。

「女孩們的爭執罷了，很快就過去了。」她的母親回答，同樣為了自己的干預感到一絲羞愧，而她也理當感到羞愧。

小女孩們熱烈歡迎艾美帶著她的寶物過來，她們發自內心的歡呼讓艾美繁亂的情緒緩解不少，於是她馬上投入工作，打定主意要把這個攤位做得有聲有色——賣不成藝術品，好好地賣花一定可以吧！然而，似乎每一件事都要跟她唱反調似的，那時天色已晚，她也累了，每個人同樣都自顧不暇，根本沒人有時間幫她，那些小女孩們只是礙手礙腳而已，什麼忙也幫不上。她們煞有介事地跑來跑去，好像忙得團團轉，其實就跟一群喜鵲似的聒噪個沒完，七手八腳弄了半天，也沒辦法將艾美原先的藝術氣息照搬過來。

艾美好不容易架起用常春藤做的拱門，卻一副搖搖欲墜的樣子，想懸掛幾個提籃在上面，拱門卻在籃子裡裝上東西後差點要垮在艾美頭上。她最漂亮的瓷磚濺到水，水漬溜過邱比特的臉頰，看起來就像掛了一抹黑色淚痕。她在使用榔頭時把手敲到瘀青，在寒涼的夜晚中工作而感冒，種種不順匯集起來，使她一想到明天就更憂心。任何一位正在閱讀本章的少女們，若曾經歷過這種不安，一定都會對可憐的艾美感到同情，並且祝福她順利度過難關的吧。

晚上回到家，艾美把所發生的一切告訴家人，引來一陣忿忿不平的議論。母親說發生這樣的事太令人失望了，不過她也說艾美做得對。貝絲宣布她一步也不會踏進義賣會去，喬則態度堅定地說艾美大可以帶著她美麗的藝術品就此離去，留那些刻薄的人們自己看著辦。

「雖然她們很卑劣，但那並不意味我得和她們一樣。我討厭這樣的事，即便我認為我有充分理由感到不好受，我卻不想表現出來。我用正面的回應來迎擊，反而更勝於用憤怒的言辭或暴躁的行動讓她們感覺被譴責。媽媽，我說的對嗎？」

「有這樣的精神是對的，孩子。以寬容回應對方的攻擊是最好的作法，雖然有時並不容易做到。」她的母親說道，語氣聽起來明顯是經驗之談而非說教。

第二天，雖然有許多天經地義的理由讓艾美可以感到憤懣和報復，她仍堅持要做心中認為對的事，下定決心以仁慈戰勝敵意。多虧有一聲提點在無意中出現，它來得悄無聲息卻恰到好處，適時地提醒艾美，讓她有一個好的開始。那天早上她在擺設攤位時，小女孩們正在接待室內整理籃子，她拿出她寶貝的藝術作品，那是一本小書，書上包著父親從他自己的寶物堆中找出來的古樸書套，而在書的牛皮紙內頁裡，她以許多精美插畫裝飾聖經文句。就在她甚覺滿意地翻閱她認為非同凡響的書頁時，她的視線留意到一句經節，於是停下來思考。當初她並沒有多想，只是單純懷抱善意，想用這樣鮮紅、湛藍與金黃色線條繪製的美麗花紋，框出那一句不論順逆都希望能陪伴人度過的話語——「當愛你的鄰舍如愛自己。」

「我該做的，卻沒去做。」艾美思忖道，她的眼光從明亮的書頁轉向梅伊頗為失意的臉，她就待在攤位後方，雖說桌上擺了她的好幾支大花瓶，卻掩不住艾美撤走自己的藝術作品後留下的空洞。艾美站了一會兒，翻動手中的書頁往下讀，越讀越覺得內心因為所有的不滿與不饒恕而受到和藹的譴責。我們每天在街上、學校、辦公室甚至在家裡，都可能在不經意間收受到此般飽含智慧與真誠的教誨。此時就連義賣會的一個攤位也可以成為講道桌，提供我們無論何時都需要的幫助。

艾美的良心以她所讀的那句聖經文句對她講了一小篇道，而就在此時此刻，她做了一件我們當中許多人往往不會去做的事——她聽進了內心的教誨並且付諸實行。梅伊的攤位前聚集了一群女孩兒，她們正在欣賞攤位上美麗的物品，也談論攤位換了主人的事。儘管她們壓低聲量，傳出來的片面之詞與單方面隨意做出的批判，使得艾美一下便知道她們的話題中心就是她。那些話聽在艾美耳裡當然很不好受，不過此刻的她心中充盈著積極向善的能量，眼前也正好出現一個讓她證明自己的機會。她聽見梅伊不勝淒慘地說：

「攤位看起來太慘了，因為我沒有時間再做其他東西，也不想拿些半成品來充場面。這攤位之前相當完美，不過現在眞是毀了。」

「如果你開口的話，我相信她會把東西拿回來擺的。」有人建議道。

「都鬧得這麼不高興了，我怎麼還開得了口啊？」梅伊才起了個頭，不過還沒等她說完，艾美的聲音就從走道另一邊傳來，語氣中滿是欣喜愉快：

「這些東西可以給你，歡迎來拿，不用問我，如果你需要的話儘管拿就是了。我才在想應該把這些東西拿回去的，它們擺在你的攤上比擺在我這邊適合得多。來吧！請盡量拿，還有請原諒我昨天晚上急著把它們帶走了。」

艾美一邊說，一邊動手把她的作品都放回藝術攤位上，一個點頭、一個微笑後，隨即一溜煙地跑開了，因爲她覺得單做一件友善的事情，遠比站在那兒接受人家道謝要容易得多。

「啊，我說她人眞好，不是嗎？」一個女孩高聲說道。

梅伊回答了什麼沒有人聽到，可是另一位年輕淑女就不同了。不知是否因爲製作了檸檬水的關係，連性格都變得酸溜溜的，只聽她不以爲然地笑道：「眞的非常好，因爲她心裡很清楚，那些東西在她自己的攤位上根本賣不出去。」

這下子難題來了。當我們做了些小犧牲時，總希望因此得到欣賞，這使得艾美至少有一分鐘左右後悔了自己的作爲，反應到好心並不一定總是有好報。然而，好心確實是會有好報的，下一秒，她就發現她的心情開始好轉──在她靈巧的雙手努力下，她的攤位逐漸耀眼起來，小女孩們都很善良，加上此刻發生的另一件事，幾乎奇蹟般地將陰鬱的氣氛一掃而空。

對艾美而言，這是又長又難熬的一天，她只能一個人枯坐在攤位後方，因爲小女孩們坐不住，很快就棄守了。炎炎夏日又沒有多少人想買花，甫到下午她的花束就已經一個一個喪氣地垂下頭來。

藝術品攤位是全場人氣最高的攤位，一整天下來人潮不斷、生意興隆，管攤位的人忙進忙出，滿臉慎重地抱著叮咚響的錢箱來回奔波。艾美不時往那兒看過去，眼神裡充滿無限嚮往，好希望自己也能在那兒。對她而言，那個攤位才是她的歸屬，才是能讓她眞正泰然處之的所在，而不是在這個角落裡無事可做。這對我們部分人而言似乎看不出什麼難受的地方，但對一個美麗而充滿理想的年輕女孩來說，就是既沉悶且難捱的處境了，加之又想到勞瑞和他那些朋友們，艾美心中簡直苦惱到了極點。

她直到天黑才回家，臉色慘白，人也異常安靜，雖然她一句抱怨也沒有，甚至沒告訴家人們她做了些什麼，但是大家一看就知道，她今天一定很不好過。母親給她多沖了一杯茶，好爲她加油打氣，貝絲幫忙她更衣，還爲她編了一頂迷人的小花圈作爲頭飾。喬的作法更是跌破家人眼鏡，她老早就準備就緒，難得地好好打扮過自己，隱約對艾美暗示道，接下來她的花藝攤上，生意將會好到整張桌子都被翻過去。

「喬，拜託你，千萬別搗蛋。我不想看到任何意外發生，所以你千萬別多事，乖乖的，管好你自己就好。」艾美懇求道，她正打算早點兒出門，希望能找到些新鮮花朵，好給自己可憐的小攤位增添活力。

「我只是想對認識的每個人都施展一下魅力，讓他們高興，好讓他們在你的小角落裡盡量待久一點。泰迪和他的朋友們會來幫忙，我們會玩得很愉快的。」喬一邊答一邊斜倚向大門，等待勞瑞出現。不一會兒，熟悉的腳步聲在薄暮中響起，她立即衝出去迎接他。

「嘿！這是我家勞瑞嗎？」

「當然！如假包換，就像這是我家的喬一樣！」勞瑞回道，抓住喬的手搭在自己臂彎裡，眼中流露出心滿意足的情緒。

「噢，泰迪，跟你說些事！」喬隨後護妹心切地將艾美所受的委屈全說出來。

「我們一群人會駕車，等等就跟上，如果我沒讓他們把艾美攤位上每一朵花都買下來，還要甘願在她的攤位前面繼續留守，你就吊死我好了。」勞瑞非常樂於傾情相助。

「艾美說那些花品質一點也不好，新鮮的花又不一定能及時送到。我不想說些不公平或多疑的話，可是就算那些花永遠都沒送來，我也不會覺得奇怪。因為人如果幹了一次壞事，就很有可能再做下一次。」喬一臉不屑地評論道。

「海斯沒把我們最好的花給你們嗎？我吩咐過他了。」

「我不知道這件事，我猜他也許忘了吧！而且，你爺爺身體不舒服，我也不想開口讓他擔心，雖然我是挺想要一些花的。」

「喬，你怎麼會認為你還需要開口問呢？我的東西就是你的東西，我們不是每件東西都互相平分的嗎？」勞瑞開口。他說這話時所用的語氣，喬每回聽了都要像刺蝟一樣反擊。

「拜託，才不是！你的東西有半數以上我都不能用。好了，我們別站在這兒瞎聊了，我還得去幫艾美呢！所以你也快去把自己弄得好看一點，最好能迷倒全場！對了，如果你願意大發慈悲的話，就讓海斯送些漂亮的花去會場吧，我會一輩子給你祈禱好運的。」

「你不能現在就給我嗎？」勞瑞意有所指地問，激得喬毫不留情當著他的面甩上門，隔著柵欄叫道：「一邊去吧！泰迪，我沒空！」

眞多虧喬和勞瑞等人的密謀策畫，那天晚上艾美的桌前簡直是人滿爲患。海斯送來了大量鮮花，並且以他匠心獨具的插花絕活，將花籃打點得賞心悅目，擺到攤位中央果眞美不勝收。接著是瑪楚一家全員到齊，喬徹底發揮所長，一張嘴說得不只讓人們靠近過來，還個個停留在攤位上，被她的妙語如珠逗得捧腹大笑，駐足欣賞艾美的藝術品味，看上去都非常享受這段愉快時光。勞瑞和他的朋友們則將攤位擠得水洩不通，他們買走所有花束，仍在攤位前方沒有離去，使艾美的攤位成爲全會場最熱鬧的焦點。

現在完全是艾美的主場了，她在場內優游自如，感到一切太過美好，心中更是充滿感激，她無以回報，只能拿出更活潑可親的模樣張羅這一切。那次的事情令她感觸良深，體認到其實我們在幫助別人的當下，往往就已經得到最好的回報。

喬的表現可圈可點，有這樣一個護衛在身邊，艾美覺得既開心又榮幸，喬還在義賣會場內來回穿梭，留心人們所談論的每一條小道消息，而且終於讓她聽出端倪了，原來契斯特家的陣前換將是因自己而起。她忍不住責備起自己並打算盡快幫艾美洗清冤屈。此外她也發現艾美早上主動幫忙梅伊的事蹟，頓覺艾美堪稱寬宏大量的典範。她在經過藝術品攤位時特意掃了那張桌子一眼，想要看看艾美的作品，然而卻一件也沒看到。「她們一定是把那些東西收起來了。」喬思忖著，她可以原諒誣陷自己的人，但要是有人做出對她家人不客氣的事，她可就無法手下留情了。

「喬小姐好，艾美那邊怎麼樣了？」梅伊客氣地問道，她也希望展現出她的落落大方。

「她攤位上能賣的東西全賣光了，現在還挺高興的呢！賣花的攤子總是最吸引人的，你知道，尤其是『紳士們』。」

喬實在忍不住酸了梅伊兩句，然而梅伊溫和地接下她的怒氣，這般以禮相待倒叫喬有些不好意思起來，轉而稱讚起梅伊桌上還沒售出的花瓶很好看。

「艾美的作品擺在哪裡呢？我想買一個帶回去送給我爸。」喬問道，急著想知道妹妹的心血結晶命運如何。

「艾美的作品早就賣得一個不剩了。我特別留意過，務必讓適合的買家買走它們，這也讓我們的收入增加了不少。」梅伊回應道，她那天也跟艾美一樣，收起了自己的小任性，表現出美好寬容的風度。

喬心滿意足地飛奔回艾美身邊報告好消息，聽完喬的敘述，得知梅伊的美言和態度，都讓艾美感到又驚又喜。

「好了，紳士們，現在請你們盡量大方地去照顧其他攤位，就像照顧我的攤位一樣，尤其是藝術品那攤。」艾美接著分派任務給「泰迪幫」——這名號是特地取的，瑪楚家的女孩們都管泰迪那些大學朋友叫這個名字。

「『目標，契斯特，前進！』這是那一桌的標語，不過，你們務必要像個男人一樣盡責，放心好了，那攤子上的藝術品絕對物超所值。」難掩興奮之情的喬說道，泰迪幫則已然躍躍欲試，要去攻城掠地了。

「聽到就要說好，但瑪楚比梅伊更好。」小帕克說道，很興奮地想表現自己的機智與溫柔，不過立刻被勞瑞潑了一盆冷水，只聽他不疾不徐地說：

「說得好，孩子，一個小男生能說出這樣的話！」然後便陪著他走了，還像個父親似的拍拍小帕克的頭。

「把花瓶買下來。」艾美對勞瑞耳語道，成爲堆在敵人頭上的最後一塊炭火[1]。

梅伊眞是喜出望外，因爲這位年輕的勞倫斯先生不但把攤子上的花瓶全買了，還帶了一群人過來，把攤子擠得水泄不通。其他紳士們照樣熱情席捲攤位上的各式瑣碎小物，一行人滿載而歸，雙手滿滿的不是拿著蠟製花朵或彩繪扇子，不然就是金銀細絲鑲嵌的紙夾，以及其他既實用又美觀的物品。

卡羅姑媽也在那兒，她聽說了所發生的一切，爲此感到十分愉快的樣子。她和瑪楚太太在角落裡交談了一會兒，後者笑逐顏開地看向艾美，臉上混雜著驕傲與擔憂，不過她直到數天後才說出讓她替艾美感到高興的原因。

義賣會相當成功，當梅伊和艾美道再見時，不再像往常那般世故且做作，只是誠摯地親吻了艾美一下，臉上的表情似乎在表達她的「原諒與遺忘」。艾美爲此感到心滿意足，當她回家後又發現另一件驚喜：義賣會上的花瓶都出現在客廳壁爐架上，閱兵似的一字排開，而且每一只都插上了盛放的花束。「這是氣度寬宏的瑪楚小姐應得的獎賞！」勞瑞浮誇地大聲宣布。

「艾美，我從來都不知道你是這麼正直、慷慨、品格高尚的人，你今天的表現太棒了，我要向你致上我最高的敬意。」那天晚上，當姊妹們湊在一起梳頭時，喬暖心地說道。

「對，我們都要，而且也爲了艾美願意原諒別人而更愛她。花了那麼多時間心力在義賣會作品上，一心一意想要有個好成績卻突然被調離，這眞是太讓人難以接受了。如果是我，恐怕還無法像你處理得那麼好呢。」靠在枕頭上的貝絲也開口道。

「咦，你們怎麼啦？不必這樣稱讚我呀！我只是將心比心而已。當我說我要當個淑女時，你們還嘲笑我，可是我的意思是在心態與儀態上當個眞正的淑女、一個有教養的女性，我只是盡我所能地照我知道的去做而已。我也不知道怎麼解釋，可是我想要跨過小心眼、愚蠢和發牢騷的層次，這些缺點傷害過多少女人是大家都能理解的。當然我現在還遠得很，不過我盡力就是了，希望假以時日可以跟媽媽一樣。」

艾美說得懇切，喬因此給了她一個發自內心的熱情擁抱，說道：「現在我明白你的意思了，而且以後我不再笑你了。你成長的速度比你想的還要快，我會在眞正的禮貌這方面向你學習，因爲我相信你是學到精髓了。親愛的小妹，繼續加油吧！總有一天你會得到你應得的獎賞，而我將會是那個最替你高興的人。」

一星期後，艾美果然得到了她的獎賞，不過，可憐的喬卻發現她很難高興得起來。原來是卡羅姑媽來了一封信，瑪楚太太一邊讀信一邊綻出笑容。母親笑得格外燦爛，使得陪在她身邊的喬和貝絲開始央求母親，告訴她們到底是什麼好消息。

「卡羅姑媽下個月要到國外去，她要……」

「要我陪她一起去！」喬忽然大叫一聲，欣喜若狂地從椅子上彈起來。

1此處意指以善勝惡的教誨，出自《新約．羅馬書》12:19-21：「你的仇敵若餓了，就給他吃，若渴了，就給他喝；因爲你這樣行就是把炭火堆在他頭上。」

「不是，親愛的，不是你，是艾美。」

「噢！媽——！艾美年紀還太小了，應該是我先去才對！我想出國想好久了，這對我一定大有好處，而且也會讓整趟旅行更精彩——我非去不可！」

「恐怕沒辦法，喬。姑媽斬釘截鐵地說要艾美去，何況這是她要出資的，我們不能要求她改變心意。」

「每次都這樣！好玩的都讓艾美占了去，我卻只有做工的份！不公平！噢，真不公平！」喬情緒失控地嚷嚷。

「孩子，這當中恐怕有一部份是你自己的錯。那天姑媽跟我談話時曾提到你，她對你粗魯的態度以及太過獨立的個性覺得有些吃不消。她在信上節錄了幾句話，好像是你曾說過的？我念給你聽——我本來打算先問喬的，可是她說『我不喜歡別人給我恩惠，被施恩會造成我的負擔』，而且喬『討厭法文』，我想我就不冒險邀她了。艾美則溫順得多，她會是芙洛的好旅伴，而且對於旅行中收到的一切幫助或啟發，她也都會心存感激的。」

「啊……我的舌頭！我這討人厭的嘴巴！我怎麼就管不住這嘴呢？」喬慘叫著，想起自己確實說過這些話，導致如今萬劫不復的慘況。在聽完喬的親身解釋後，瑪楚太太只能幽幽開口：

「我真希望你能夠去，可是這次的確沒辦法了，所以試著坦然接受事實吧。還有，千萬別說洩氣話或是口出惡言，不要壞了艾美的興致。」

「我盡量。」喬答道，蹲下身撿拾剛才一時高興而打翻在地上的針線籃，同時偷偷用力眨眼，逼回即將流出的眼淚。「我會向艾美學習的，而且會盡力做到不只是外表看起來為她高興，而是要打從心底祝福她才行，連一分鐘也不可以忌妒她。但這眞不是一件容易的事，因爲這實在太叫人失望難過了。」可憐的喬還是忍不住，手裡緊捏著又小又肥厚的針墊，幾滴傷心淚就這樣啪噠啪噠掉在上頭。

「喬，親愛的姊姊，我很自私，但我實在離不開你，我很高興你這時還沒有要離開我。」貝絲輕聲說道，緊擁住喬與她的針線籃，以及她周遭的一切。貝絲眞摯的擁抱與充滿關愛的臉龐讓喬得到極大的安慰，雖說此刻的她內心依舊無限懊悔，恨不得痛揍完自己一頓，再謙卑地去乞求卡羅姑媽給她這份有壓迫感的恩惠，好讓姑媽看看她會有多感激。

在艾美進門前，喬已經控制住情緒，可以參加全家人的慶祝會了，儘管她表現得可能沒有平常那般直爽，但至少她沒有酸溜溜地對待艾美的好運。艾美本人對於這個好消息當然是興高采烈地接受，不過卻以冷靜的態度面對自己的狂喜。她在那天晚上就開始分門別類地收拾她的畫具與畫材，衣物、金錢與護照等項目卻留到稍後才處理，顯然將藝術的重要性置於自己本身之上。

「姊姊們，這次的旅行對我而言不單是玩樂而已。」她說道，語氣裡滿是遠大的抱負，邊說邊把她最好的調色盤刮乾淨。「此行將決定我的職業生涯，如果我有藝術天分的話，我就會在羅馬發掘它，並且做點大事來證明我自己。」

「如果你發現你沒有天分呢？」喬問道，眼睛紅紅的，手上正在縫製要給艾美的新衣領。

「那我就回家，教人畫畫來過日子了。」這位想要揚名立萬的年輕女孩兒說道，口吻中透著哲學家般的沉穩，臉上卻又流露一絲諷刺的神色。艾美用力刮著調色盤，彷彿在表明放棄理想之前她總要奮力一搏似的。

「你才不會。你討厭辛苦工作，你一定會嫁個有錢人，帶著榮華富貴回家來，一輩子享福過好日子。」喬說道。

「你的預測有時會應驗，不過這次我看難了。我承認，我很希望你的預測成眞，因爲就算當不成藝術家，我也想要有能力扶持那些有藝術天分的人。」艾美微笑說道，似乎認爲當個龐德富夫人[2]比當個窮困的美術老師更加適合。

「唉！」喬嘆道。「如果你這樣希望，那事情當然如你所願。因爲你的願望永遠會成眞——我的則是永遠落空。」

「你想要去嗎？」艾美問道，拿高手上的刮刀，若有所思地輕拍自己鼻頭。

「想死了！」

「喔，那樣的話，再過個一、兩年我會邀請你來，我們就可以一起在古羅馬的公共集會場考古了，實現我們煞費苦心做了好多次的所有計劃。」

「謝了！當那美妙的日子來臨時，我會提醒你實踐諾言的，如果眞有那麼一天的話。」喬回應道，以最感激的態度收下這渺茫卻豪情的邀約。

準備的時間相當匆促，家中手忙腳亂的情況一直到艾美要啓程了才得以平靜下來。喬隱忍得很好，直到看見艾美繫在頭上的藍色緞帶也消失了，才終於躲回自己的避難小閣樓痛哭一場，哭到再也哭不出來爲止。艾美同樣也在隱忍，她對於離別始終表現得很勇敢，一直到大輪船開航，舷梯即將收起，才猛然驚覺大海就要把她和最疼愛自己的人們遠遠地隔開了。她抓住最後一個與她道別的勞瑞，哽咽著說道：

「請替我好好照顧他們，如果出了什麼事……」

「會的，親愛的，我會啦。如果出了什麼事，我會來安慰你的。」勞瑞輕聲說道，心裡偷偷幻想著他得以實踐諾言的那一天。

於是艾美出發，航向舊世界去了，那一片對年輕的雙眼而言永遠是那麼新奇而美麗的世界。此時，她的父親與朋友仍留在岸上，目送載著她的大船漸行漸遠，兩人皆衷心期盼美好的未來降臨在這滿心雀躍的女孩兒身上。他們看著她不停對岸上揮手，直到夏日豔陽反射在波光粼粼的海面上阻斷了視線為止。

2 龐德富夫人（Lady Bountiful），意指有錢又常大方贊助藝術家的人，但常自視甚高，覺得自己優於其他人，常帶貶義。

第八章　旅　外

倫敦

我最親愛的大家：

這會兒我正坐在巴斯大飯店窗前，就位在繁華的皮克帝利街[1]上。這不是頂時尚的地方，不過姑丈幾年前住過這兒，此次舊地重遊非待下來不可。反正也不會待太久，所以就無所謂啦！噢，我眞不知該怎麼訴說我有多快樂！心裡的感動眞非筆墨所能形容，所以只好給你們看看我筆記本中的片段，因爲打從一開始，除了素描和潦草的寫些東西、塗鴉以外，我就什麼事也沒做了。

我在哈利法克斯[2]時，身體很不舒服，便給你們寫了封信，但那之後就好多了，我漸入佳境，也很少生病了，整天待在甲板上，身邊圍著一群有趣的人們逗我開心。大家都對我很好，尤其是那些高級船員們。喬，你別笑，在船上還眞需要有紳士們相伴，或互相幫助或爲你服務，而且他們其實都閒著沒事做，差遣他們跑腿一下也算在做善事，否則我還眞擔心他們會在那兒抽菸抽到死。

姑媽和芙洛一路上都暈船暈得厲害，泰半時間只想獨處，所以我在盡量幫完她們之後就去玩我自己的了。在甲板上散步、欣賞日出、呼吸清新爽朗的空氣、享受眼前海浪起伏的美景，在在都令人心曠神怡！當船隻乘風破浪向前猛衝，感覺就像騎了匹快馬一樣令人興奮。眞希望貝絲也能來，這對她的身體一定大有好處。至於喬的話，她要是來了肯定會爬上大桅杆的三角帆，就是那個高高的，我也不知道它叫什麼，總之她會坐在那裡，然後跟所有機師交朋友，再來就會把船長的廣播用喇叭吹得嘟嘟響，她一定會一路玩到瘋掉。

雖說這一切都很棒，但是當終於看見愛爾蘭海岸時，我還是感到非常高興。那兒眞是美極了，綠意盎然、陽光普照，隨處可見小木屋錯落其間，有些山腳下還可以看見遺跡，村莊裡還有鄉紳們的別墅，莊園裡有人在餵鹿吃東西。那時天色還很早，但我一點也不後悔起了個大早來大開眼界，當時港灣裡停滿小船，海岸美麗如畫，頭上的天透著玫瑰般的淡紅，這幅景象我永生難忘。

在昆士鎮[3]有一位剛認識不久的乘客雷諾克斯先生下船了，當我跟他提及基拉尼湖[4]時，他嘆了一口氣然後看著我，吟唱道……

噢，你可曾聽聞凱特．基爾妮？
她住在基拉尼湖岸邊，
雙眸所及之處，
危難走避，如飛而去，
唯恐凱特．基爾妮的一瞥會致命。[5]

1皮克帝利街（Piccadilly），位於倫敦市中心，早期爲零售商店集中地，今日已成爲倫敦購物街道的核心區。
2哈利法克斯（Halifax），加拿大東部新斯科細亞省的省會，爲一海港城市。
3昆士鎮（Queenstown），愛爾蘭城鎮，現名爲科夫（Cobh）。
4基拉尼湖（Lakes of Killarney），愛爾蘭當地的湖泊。
5此爲愛爾蘭小說家摩根夫人（Sydney, Lady Morgan, 1781-1859）的詩作〈凱特．基爾妮〉（*Kate Kearney*）中的一節。

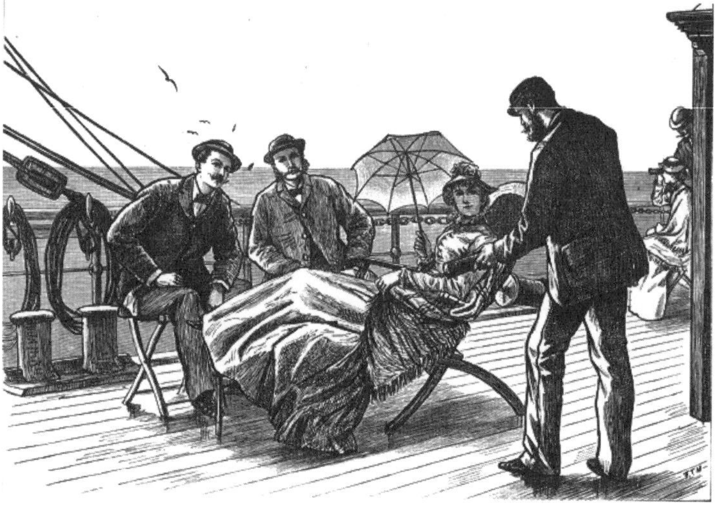

是不是很不知所云呢？

我們在利物浦只停留幾小時，那地方又吵又髒亂，我很高興可以快點離開那裡。姑丈趕著去買了雙狗皮手套、幾雙難看又笨重的鞋子、一把傘，還理了個上寬下細的絡腮鬍，說這個是基本款，頗自豪地認爲自己現在看來就像個如假包換的英國紳士。接著他生平第一次去讓人擦鞋，那小擦鞋童一看就知道上門的是美國人，便露齒一笑說：「大爺您請坐，我來給您擦個最亮的美國鞋。」聽得姑丈哈哈大笑，樂不可支。對了，我得告訴你們那個荒唐的雷諾克斯做了什麼好事！跟我們同行的人當中有個人叫華德，是雷諾克斯的朋友，雷諾克斯竟然叫他給我訂了一束花！我一進房間就看到那束美麗的捧花，上面一張卡片寫著「羅伯特．雷諾克斯向您致意。」姊姊們，這是不是很好玩呀？我眞喜歡旅行。

我如果不快一點兒就永遠到不了倫敦了。這趟旅行就像駕車奔馳過一個長長的藝廊，放眼所及盡是美好的田野風光。鄉間小屋是我的最愛，它們都擁有茅草屋頂、格子窗花，常春藤蔓直攀到屋簷，身材壯碩的婦人們佇立門邊，帶著臉頰如玫瑰般紅潤的孩童。牛群看起來似乎比我們的安靜多了，牠們站在高可及膝的苜蓿草中，母雞們也咯咯叫得很滿足，彷彿牠們都不會像美國的母雞那般緊張似的。我從未見過如此完美的色澤——草皮如此青綠、天空這般湛藍、穀物如此金黃、森林這般深幽，我一路上都非常快活。芙洛也是，我們兩個在車廂裡蹦蹦跳跳的，從一邊車窗跑到另一邊車窗，想在這樣時速六十英里的路程上，拚命將沿途所有景物都收入眼簾。姑媽累得去睡覺了，倒是姑丈還在翻閱旅遊導覽，好像這樣就什麼事都不會嚇到他一樣。我們一路上的情況大概就像這樣——艾美驚訝得跳起來，「噢！那一定是凱尼爾沃斯[6]，看！那邊樹林裡一大塊灰色的地方！」芙洛應聲衝來我窗前，「眞漂亮！我們有機會一定要去那兒逛逛，爸爸，好不好？」姑丈冷靜地欣賞他的靴子，「不，親愛的，你想買啤酒我們再去，那兒是個釀酒廠。」

一陣沉默後，芙洛再度叫道：「嚇死人啦！那裡有個絞刑架，上面還掛著個人哪！」

「在哪裡？哪裡？」艾美一起尖叫，直盯著遠方兩根高高聳立的長桿，頂上用一根橫樑連接起來，還有鐵鍊懸在上頭晃來晃去。「那是煤礦坑。」姑丈應道，眼裡閃過一絲光芒。「那裡有一大群小羊！牠們全躺下來了，好可愛啊！」艾美說道。「爸爸，看！那些羊是不是很漂亮啊？」芙洛情不自禁幫腔一句。「那是鵝，小姑娘。」姑丈回應道，那語氣硬是讓我們安靜了下來，芙洛只好坐下來讀她的《凱文帝許船長的情與愛》[7]，窗外所有景色就由我一人獨享了。

倫敦在我們抵達時當然也下著雨，所以除了煙雨濛濛和一大堆雨傘外，什麼都沒得看。我們在且下且停的陣雨間休息、卸行李、上街採買。瑪莉姑媽給我買了些新衣服，因爲我走得匆促，很多東西都沒帶。於是我有了一頂裝飾藍色羽毛的白色帽子，搭配一件白紗棉裙，還有一件肯定會是你們見過最可愛的斗篷！在攝政街[8]逛街購物眞是美妙得無以復加，東西好像都很便宜，好看的緞帶一碼才賣六便士，我買了一些要帶回去，至於手套就等到去巴黎才買。聽起來是不是有種時尚且富裕的感覺呀？

我和芙洛爲了好玩，趁姑媽和姑丈外出時租了一輛精巧的小馬車[9]出遊！不過我們後來才知道，年輕淑女在沒有年長者陪伴下單獨出遊是很不合宜的。這眞是場滑稽的冒險！我們坐上馬車，一關起木製擋泥板，馬車便急馳狂奔起來！芙洛被嚇得不輕，她很害怕，要我告訴車夫停下來，可是從我們的座位根本看不到他在哪裡，我完全沒辦法跟他對話。我大叫他聽不到，舉起陽傘來揮舞他也看不見，我和芙洛無助地坐在車廂裡，任憑馬車一路向前衝刺，速度之快使我們在繞過街角時一度擔心脖子就要扭斷了。最後我在絕望中看見頭頂上有個小門，我用陽傘把它頂開，一隻布滿血絲的紅眼睛出現在我面前，一個醉醺醺的聲音問道：「有事嗎？女士。」

於是我盡量清楚地表達我的要求，對方說著「是的，是的，女士」然後啪一聲關上門，馬車終於放慢了速度，卻慢得彷彿這是喪車一樣。我又頂開小門，說道「請快一點點」，他又開始像先前那樣狂奔起來，我們只好聽天由命了。

今天風和日麗，我們到附近的海德公園去，看來我們比

6 凱尼爾沃斯（Kenilworth），位於英格蘭中部的城鎮。
7《凱文帝許船長的情與愛》（*Flirtations of Captain Cavendish*）描寫關於兩個美國姊妹到英國旅遊時發生的愛情故事，於西元一八六五年間刊載於倫敦一本插圖月刊中。
8 攝政街（Regent Street），英國倫敦西區一條著名的購物街。
9 此種馬車稱為 hansom cab，是一種單馬雙輪雙座的簡易型載客馬車。駕駛座位於乘客車廂後方偏車頂的位置，於十九世紀出現在英國各城市街頭，可視為現代計程車的雛形。

外表看起來的更有貴族氣派呢！德文郡公爵就住在附近，我經常看見他的僕從在後門閒晃，威靈頓公爵的宅邸也在不遠處。哈，眞是開了眼界啦！感覺就像在看英國的《潘趣雜誌》一樣有趣，因爲那些肥胖的孀居貴婦們總是搭乘顏色鮮亮的馬車到處跑，伺候她們的僕役也很不平凡，足蹬絲質長襪、身穿天鵝絨外套、衣著盡顯華麗，駕駛座上的車夫們臉上還得撲粉呢！打扮亮眼的女僕們陪在我所見過臉色最紅潤的孩童身旁，一副快睡著了的樣子，是一群十分漂亮的年輕女孩。穿著時尚的花花公子們，頭戴怪異的英式帽子，領著天使般的小男孩們漫步閒逛。還有身材高䠷的英國衛兵，身穿猩紅色短外套，頭戴無邊高帽，看起來像馬芬鬆糕，帽子還戴歪了一邊，看起來有趣極了，好想給他們畫張素描啊。

羅騰道[10]的原意是「王者之道」，或指國王之路，不過現在看來幾乎像是個騎馬專門學校了。馬匹都非常駿美，男人們——尤其是馬夫——騎術都很精湛，婦女們就騎得僵硬多了，還會在馬背上晃啊晃的，跟我們的規矩不一樣。我眞想示範一段激昂的美式奔馳給她們看看，因爲她們都只會嚴肅地小跑步，穿的服裝礙手礙腳，還得戴一頂高高的帽子，看起來像極了玩具諾亞方舟裡的女人模型。每個人都在騎馬——老年人、胖女人、小孩子都有——年輕人則經常在這裡調情，我指的是他們會互贈玫瑰花苞，這樣彼此都可以在鈕扣眼裡繫上一朵，獨領風騷！這主意眞是挺不錯的！

下午到西敏寺去了，不過千萬別叫我描述詳情，因爲我辦不到啦！總之整個行程就是令人讚嘆！晚上我們要去看費雪主演的戲，爲我人生中最美好的這一天畫下完美的句點。

已經深夜了，可是我一定要趕在明早將信寄出前，告訴你們昨晚發生的事！快猜猜我們在喝茶時，誰進來了？是勞瑞的英國朋友——弗雷德．沃恩和弗蘭克．沃恩！我非常驚訝，要不是看了名片，我根本不知道是他們。兩人都長成了高個子，也都留起了小鬍子，弗雷德是典型的英國帥哥，弗蘭克看起來好多了，他現在只是稍微有些跛足，但已經不用拐杖了。他們從勞瑞那兒得知我們的下榻處，特地過來邀請我們去他們家作客，但是姑丈不想去，所以我和芙洛就負責回應人家的邀請了。他們和我們一塊兒去看戲，大家相處得非常愉快。弗蘭克熱誠地陪伴在芙洛身邊，弗雷德和我則愉快地聊著過去、現在與未來，彷彿我們從出生起就認識了似的。請轉告貝絲，弗蘭克向她致上問候，並且對她生病的事感到很難過。弗雷德一聽到我講述喬的事情就哈哈大笑，要我轉達他「對那頂大帽子的敬意」。他們對勞倫斯營地記憶猶新，當然還有那天發生的所有趣事。現在想來彷彿是很久以前的事了，你們也是這樣認爲吧？

姑媽已經第三次拍牆了，我得停筆了。此刻的我眞覺得自己像極了倫敦城裡不事生產的富家小姐，寫信寫到這麼晚，屋子裡擺滿精緻美好的物品，腦袋裡也混雜地充塞公園、戲院、新衣服、一派英倫貴族氣息的帥哥們，捻著金黃色鬍鬚，大方地向你說聲「嗨！」我好想念你們大家，內心百感交集不知所云，愛你們的……

艾美　筆

10 羅騰道（Rotten Row）意即騎馬道，是一條沿著倫敦海德公園往南延伸近一千四百公尺的寬闊道路，在十八、十九世紀乃是倫敦上流社會人士騎馬的時尚場所。

巴黎

親愛的姊姊們：

我在上一封信裡提到我們的倫敦之旅以及沃恩兄弟人有多好，我們一起玩得多愉快等等。我最喜歡的行程是漢普頓宮和肯辛頓博物館，因爲我在漢普頓宮看到了拉斐爾的掛毯設計圖稿！而悠遊在博物館各個陳列室裡，舉目所及則都是透納、羅倫斯、雷諾茲、霍加斯以及其他偉大畫家的作品。在里奇蒙公園的那一天非常有意思，我們在那兒享受了一頓正統的英式野餐，還有雄偉參天的橡樹、自在穿梭的鹿群相伴，題材多到讓我畫不完，也聽見了夜鶯啼聲，目睹了雲雀跳躍。我們的倫敦漫步眞是走到了心滿意足的地步，眞得感謝弗雷德與弗蘭克，到了我們要離開時，大家都感到依依不捨。我想，雖然英國人很慢熟，不過一旦跟你交上朋友，那確實是竭誠款待沒有話說。沃恩家希望明年冬天可以在羅馬與我們重逢，到時候如果他們不能成行的話，我一定會很失望，因爲葛瑞絲跟我成爲至交了，男孩們又都是很好的人，尤其是弗雷德。

嗯，這麼說吧，其實我們剛到法國都還沒安頓好的時候，他就再度出現了，說是也要來度假，而且即將啓程前往瑞士。姑媽起初一副無法苟同的嚴肅模樣，可是他表現得很沉著，所以姑媽也沒什麼好說的了。現在我們相處得非常融洽，而且很慶幸有他當旅伴，因爲他的法語說得跟法國人一樣好！我眞不知道如果沒有他，我們該怎麼辦才好了。姑丈認識的法文不超過十個字，只願意堅持把英語講得很大聲，好像這樣人家就會聽懂他的意思。姑媽的發音又太老派，至於芙洛跟我，我們原先自認法文不錯，卻發現事實並非如此，所以我們都非常感謝弗雷德說著一口——套一句姑丈說的——「夫夫夫的法國話」。

我們在這兒盡情享受美好時光！從早到晚都在觀光，午餐就在令人愉快的咖啡館裡解決，一路上體驗了好多驚喜有趣的冒險。碰到下雨天我就在羅浮宮消磨時光，沉湎於精彩畫作中。喬或許會對一些最好的作品刻意嗤之以鼻，因爲她沒有藝術的靈魂，可是我有，也正在盡快地拓展眼界、培養品味。她應該會比較喜歡一些名人遺物，我看過她的英雄拿破崙的招牌雙角帽跟灰外套、他的嬰兒搖籃與舊牙刷，還有瑪莉・安東尼的小鞋子、聖德尼的指環、查理曼的寶劍，以及其他許多非常有趣的事物。等我回家後就可以講這些東西講好幾個小時，可是現在眞的沒時間寫了。

巴黎宮殿[11]眞是天堂一般的地方，裡頭展示了許多珠寶飾品和珍奇好玩的東西，看得我心情起伏跌宕，因爲我一件也沒辦法買。弗雷德原想買幾件給我，可是想當然爾，我嚴詞拒絕。

森林公園與香榭麗舍大道眞令人嘆爲觀止，我還看過幾次皇室家庭，皇帝是個一臉嚴肅的醜男人，皇后臉色蒼白，但還滿漂亮的，只可惜穿衣品味不佳——我覺得啦——她穿了件紫色禮服，但帽子竟然是綠色的，手套則是黃色的。小拿破崙長得很可愛，坐著跟他的家教老師聊天，當他乘坐由四匹駿馬所拉的豪華大馬車經過群眾面前時，甚至舉起小手給大家送飛吻！駕車的是身穿紅緞外套的左馬御者，馬車前後皆有騎馬的護衛。

我們經常到杜勒麗花園[12]散步，眞是個令人心曠神怡的好去處，雖然我覺得典雅的盧森堡公

11 巴黎宮殿（Palais Royal）是位於法國首都巴黎第一區的宮殿建築，前院爲著名的巴黎皇家宮殿廣場。

12 杜勒麗花園（Tuileries Gardens）位於巴黎羅浮宮與協和廣場間，是一座美麗的庭園，在法國大革命後成爲對外開放的花園。

園[13]更適合我。拉雪茲神父公墓[14]是一處奇特的地方，因爲那裡有好些墳墓闢建得像一個個小房間，往裡看可發現桌子和逝者的肖像，也備有椅子供前來憑弔的人們小憩，回憶逝者或緬懷往事。非常法式作風！

我們住宿在維若立街，這是一條景致美麗的長街，坐在陽台上就得以飽覽街頭街尾的風光。當我們白天逛得太累，晚上不想出門時，坐在陽台上聊天、賞街景就成爲令人感到通體舒暢的活動了。弗雷德很會逗我們開心，堪稱我目前爲止所認識的最討人喜歡的男孩子——勞瑞是個例外，因爲他的風度、氣質更勝一籌。我眞希望弗雷德的髮色是深的，因爲我不喜歡淺髮色的男人。不過，沃恩家是個相當富裕且體面的家族，所以金色頭髮對我而言也構不成不滿意的理由了，畢竟我自己的金髮顏色還更淺呢！

下週我們就要啓程去德國和瑞士了，而且行程會比較緊湊，到時候就不大有時間給你們寫長信了。不過我每天都還是有寫日記，而且試著按照爸爸的建議那樣，「正確記憶並清楚描述我所眼見與驚嘆的一切」。這對我來說的確是很好的練習，到時候再把我的素描簿給你們看，相較

於文字描述，果然還是繪圖更能說明我此次的旅程。

Adieu!（再見了！）獻上無限溫柔的擁抱。

你們的　艾美　筆

海德堡

我親愛的媽媽：

在我們前往伯恩[15]以前有整整一小時的休息時間，我想趁這空檔告訴您一些事，因爲其中有些部分很要緊，您往下讀就會知道的。

坐船遊萊茵河是人生最精彩的體驗，我靜靜地坐著，只願全心全意去享受這一切。我拿出爸爸的舊旅遊書翻閱，面對美麗的萊茵河，卻再也找不到適當的詞彙形容它的炫目。我們在科布連茲[16]玩得很愉快，因爲從波昂[17]上來了一些學生，弗雷德就在船上跟他們交上朋友了，一夥人來給我們唱情歌。那天晚上月光皎潔，大概在夜裡一點多，芙洛跟我被窗外傳來的樂聲吵醒。那音樂非常好聽，我們從床上跳起來，躲到窗簾後面偷看外頭，只見弗雷德和他的朋友們在我們窗戶下方悠然歌

13盧森堡公園（Luxembourg Gardens）位於巴黎第六區。
14拉雪茲神父公墓（Pere la Chaise）是巴黎市內最大的墓地，位於巴黎第二十區。
15伯恩（Bern，法文拼寫爲Berne），瑞士首都。
16科布連茲（Coblenz），德國城市名，位於萊茵河畔。
17波昂（Bonn），德國城市名，位於萊茵河畔，二次大戰後至德國統一前爲西德首都。

唱。這場面是我從未見過的浪漫——那河、那浮橋、那雄踞在對岸的碉堡、那遍灑各處的月光，即便鐵石心腸也要叫這歌聲給融化了。

待他們唱完，我們從窗户拋下幾朵花，他們便忙著撿拾花朵，然後向空中看不見的女士們拋送飛吻，笑著走開去抽菸喝啤酒了，我猜。隔天早晨，弗雷德感性地從他的背心口袋裡掏出弄皺了的花朵來給我看。我嘲笑他，說那花不是我丢的，是芙蘿倫斯，他一聽好像覺得很噁心似的，因爲他直接把花扔出窗外，然後變回一臉冷靜的樣子。我怕我和弗雷德之間會有麻煩事出現，而且好像就要開始了。

拿紹[18]的溫泉池非常棒，巴登巴登[19]的也是，弗雷德在那裡輸了些錢，我罵了他。弗蘭克不在他身邊時，果然得有個人在旁邊盯著他。凱特有一次就說她希望弗雷德能早一點結婚，我同意她的說法，因爲這樣對他比較好。法蘭克福是個好地方，我參觀了歌德的房子、席勒[20]的雕像，以及雕塑家丹內克著名的作品阿麗阿德涅[21]。那是件很棒的雕塑，不過要是我對那個人物的故事更熟悉些的話，應該能更欣賞它。我不喜歡發問，在場的人們好像都知道那個故事，或裝作知道的樣子。眞希望喬可以爲我解惑，告訴我阿麗阿德涅到底是誰。我眞該多念點兒書的，意識到自己的知識量有多稀薄，眞是令我感到無地自容。

現在我要說到重點了，這是才發生不久的事情，弗雷德也才剛離開。他一直都很和善，跟他相處非常愉快，所以我們都很喜歡他。在唱情歌的那個夜晚之前，我完全只把他當成旅伴而已，從沒想過其他的事。但在那之後，我才察覺到，不論是月下漫步、陽台閒聊，或在各個景點的旅途上，對他而言的意義似乎都比單純出遊的樂趣要重大許多。我沒有跟他調情，媽媽，眞的，我謹記您的教訓並且認眞遵守，但我阻止不了有人喜歡我呀。我從來就沒有試圖這樣做，如果有人喜歡我而我一點也不在乎他們，那我才要擔心自己呢！雖然喬說我冷血得不可能動情。

而現在，關於我要說的事，我知道媽媽的反應肯定是對我搖頭，姊姊們會說「噢！這個唯利是圖的小壞蛋！」可是我心意已決，如果弗雷德開口，我會答應。雖然我並未瘋狂與他相戀。我喜歡他，我們在一起也滿愉快的。他長得帥、年輕，腦袋夠聰明，而且非常有錢——甚至比勞倫斯家還有錢。我想，他的家人不會反對的，我會過得很幸福，因爲他們家的人都很好，出身良好又慷慨善良，況且他們也都喜歡我。弗雷德是雙胞胎中的長子，所以房產應該會由他來繼承——我是這麼想的啦，哈哈，他們家的房子很漂亮呢！坐落於時尚街區的城市建築，不像我們那種炫耀型的大院落，住起來卻是雙倍的舒適，而且内裝華麗精緻，十足的英式品味。我喜歡那棟房子，因爲它就是那麼渾然天成。

我看過他們家的餐具、珠寶、老僕役，還有他們鄉下莊園的掛畫，有庭園、宏偉的房子、漂亮的草坪和駿美的馬匹。噢，這一切就是我所要的了！我寧願要這些東西，也不要女生成天掛在嘴上

18拿紹（Nassau），德國城鎮名。
19巴登巴登（Baden-Baden），德國城市名，以溫泉療養勝地著稱。
20席勒（Friedrich von Schiller, 1759-1805），德意志神聖羅馬帝國著名詩人、哲學家、歷史學家、與劇作家，被公認是德意志文學史上地位僅次於歌德的偉大作家。
21丹内克（Johann Heinrich von Dannecker, 1758-1841），德國雕塑家；阿麗阿德涅（Ariadne），古希臘神話人物。

卻沒什麼實際效益的貴族頭銜。我也許唯利是圖，但我就是厭惡貧窮，而且既然有機會跳脫貧困，我現在不把握機會更待何時？我們姊妹中總得有個是嫁得好的，瑪格沒希望了，喬不想結婚，貝絲不能嫁。那就是我了，讓我來打點一切吧！我不會嫁一個我討厭或看不上眼的人，這一點您是可以確定的，雖然弗雷德不是我心目中的理想型，但他的條件也已經足夠好了。而且若他非常喜歡我，也願意放手讓我做自己喜歡做的事，假以時日我一定也會很喜歡他吧。所以我上個星期就已經打算好了，因爲弗雷德喜歡我實在太過明顯，想忽略掉都沒辦法。他是沒說過什麼，但一些小細節就已經說明了一切。

他從不跟芙洛出門，搭乘馬車、用餐、散步時都要和我同一邊，每當我們兩人獨處，他就表現得特別多愁善感，而且要是有人想跟我說話，他就會皺起眉頭瞪著那人。像昨天晚餐有個奧地利軍官，他一直盯著我們瞧，然後對他朋友——一個痞子似的男爵，說了些什麼「ein wonderschones Blondchen（一個漂亮的金髮妞）」之類的話。弗雷德聽見了，而且憤怒得像一隻被惹火的獅子，他切肉的動作變得相當粗魯，切得那塊肉都快飛出盤子了。他不是那種冷靜、木訥的英國人，脾氣反而暴躁許多，因爲他擁有蘇格蘭血統，光看他漂亮的藍眼睛就可以猜到了。

昨天日落時，我們去地勢較高的古堡玩，除了弗雷德以外，我們幾乎都到了，他要先去郵局拿信，再過來跟我們會合。我們在古堡遺跡中到處閒晃，玩得很開心，地窖裡放了一個怪物一般大的酒桶，絕美的花園則是這位神聖羅馬帝國時期的選帝侯爲他的英格蘭妻子建造的。我最喜歡高地上那塊大露台，因爲那裡的視野無與倫比，所以當其他人進去參觀古堡裡的房間時，我就坐在陽台上畫素描，那邊的牆上有一顆灰色石獅頭，被紅色的五葉地錦籠罩住。我試著把那顆獅頭畫下來，那時覺得自己好像走進一個浪漫愛情故事的場景，我靜坐著，眼看內卡河[22]水穿越山谷，聆聽古堡下方奧地利樂團的演奏，就那樣等候我的愛人，像小說裡的女主角一樣。我直覺到有什麼事即將發生，而我已經準備萬全。我沒有一絲臉紅或顫慄，反倒相當冷靜，只是有一點兒興奮而已。

不久，我聽到弗雷德的聲音，他加快腳步穿過大拱門來找我。他愁煩不堪的樣子，讓我瞬間把自己的事都給忘了，只顧著問他發生了什麼事。他回答道家裡來信要他盡快回去——弗蘭克病得很嚴重，所以他得立刻搭夜車啓程，時間緊迫得只夠過來道聲再見而已。我替他感到難過，也對自己方才的各種念頭感到失望，不過也只難受了那麼一分鐘左右罷了，因爲他在和我握手道別時，說了一句：「我很快就回來，你不會忘了我吧？艾美。」那語氣、那態度，我絕不可能會錯意。

我沒有給任何承諾，只是注視著他，而他似乎已心滿意足。不過，沒有時間了，接下來就只有簡單的聯絡訊息以及和大家道別，因爲他在一個小時內就要出發了，我們都很捨不得他。我知道他想說些什麼，可是我記得他以前提過，他答應過他的父親，不能在這種事上太快做決定，因爲他是個魯莽的男孩，老先生也怕將來會有個外國媳婦。我們很快會在羅馬相見，到時如果我沒改變心意

22內卡河（Neckar），位於德國的河流，是萊茵河的支流之一。

的話，當他問我「你願意嗎？」我就會回答：「是的，謝謝你。」

當然這是非常私密的事，但是我不想瞞著您，希望能讓您知道事情進展到哪裡了。請別替我擔心，別忘了，我是您「謹慎持重的艾美」呀，我絕不會魯莽行事的。請盡量給我您的忠告與建議，我一定時刻將它們銘記在心，以便隨時派上用場。媽咪，眞希望我們可以親身面對面，好好聊上一陣子。我愛您，也請您對我有信心。

您永遠的　艾美　敬上

第九章　愁　緒

「喬，我很擔心貝絲。」

「媽，怎麼了？自從瑪格給我們家添了外孫後，貝絲似乎就一直很好呀，超乎尋常地好。」

「我擔心的不是她的身體，是她的心理。我很肯定她有心事，希望你能去探個究竟。」

「媽？您怎麼會有這樣的想法呢？」

「她常常一個人坐著，也不像往常那樣，那麼愛跟爸爸說話了。前幾天我還看見她對著雙胞胎掉眼淚，唱歌的時候也總是唱些悲傷的曲子，偶爾甚至會發現她臉上出現一種我無法理解的表情。這太不像貝絲了，我眞的很擔心。」

「您問過她這些事嗎？」

「我試過一、兩次，可是她不是規避我的問題，就是表現得非常壓抑、難以說出口的樣子，我也問不下去了。我不會逼我的孩子說出祕密，因爲通常要不了多久，你們就會自願告訴我了。」

瑪楚太太說話時眼睛直視著喬，不過喬似乎完全沒有意識到，臉上表情不像藏有任何祕密的樣子，只是全心全意在苦思貝絲的祕密。喬就這樣邊想邊做了一分鐘的針線活，隨後才開口道：「我想這是因爲她長大了，開始有自己的夢想了，心裡也出現希望、恐懼和躊躇，可是不明白爲何會如此，或自己也說不出所以然來。唉，媽媽，貝絲十八歲了，我們卻都沒注意到，還一直把她當小孩子看，都忘記她已經是個女人了。」

「說的也是。哎呀，你們怎麼這麼快就長大了？」她的母親嘆一口氣，微笑著答道。

「沒辦法呀！媽咪，所以您就什麼都別擔心了，只管讓您的小鳥一隻一隻飛出鳥窩吧！不過我保證，我的話絕對不會飛太遠，這樣您會不會覺得好過一些呢？」

「這對我來說是莫大的安慰，喬。瑪格出嫁以後，有你在家我總覺得安心許多。貝絲身體太虛弱，艾美太年輕還靠不住，每次遇到風浪，你總是我最強力的支援。」

「噢，您知道我不介意做粗活的，每個家裡都需要個什麼工作都包的雜役嘛！艾美的手藝很精巧，我就不行了。不過，要是家裡哪天要換掉全部的地毯，或是半數的人都生病了需要照顧，那就是我登場的時候啦，捨我其誰呢？艾美這會兒在國外嶄露她真正的自我，所以家裡要是出了什麼事，我就是您的左右手啦！」

「那麼，我就把貝絲交給你了，因為她對你比對任何人都要容易敞開她溫柔的心扉。記得要溫柔些、小心些，別讓她認為有人在監視她或談論她。要是她能恢復健康，再次充滿活力就好，除此之外我也別無所求了。」

「幸福的女人！我所求的事可多了。」

「真的？親愛的，你求些什麼呢？」

「我先把小貝絲的麻煩解決掉，然後再跟您說。反正不是什麼要緊事，可以等等啦，先擱在一旁沒關係。」喬說著又回到她的針線活兒裡。她向母親點點頭，一副對現況了然於心的模樣，讓母親至少在目前能安下心來。

喬深深埋首於她的工作中，卻也仔細觀察著貝絲，在她做出許多衝突矛盾的推測後，終於得到一個有關貝絲改變的可能假設。有個小插曲讓喬覺得是條線索，於是想像力出籠加上懷春少女心，使她認爲一切早已盡在不言中。那是個星期六下午，只有喬和貝絲兩人獨處，喬忙碌於振筆疾書，眼光卻也不忘隨時瞟到妹妹身上。貝絲看起來安靜得出奇，她坐在窗前，手上的工作不時滑落到大腿上，用手托著頭，眼睛望向窗外陰沉的秋景，一副心事重重的樣子。

突然，一個人打窗前走過，他吹起口哨，快活得像隻唱歌劇的鶇鳥，隨後扯起嗓子叫道：「一切平安！晚上過來喔！」

貝絲嚇了一跳，傾身向前，微笑著點點頭，目送那過客直到不見他大踏步離去的影蹤，然後輕聲地自言自語道：「他看起來多強壯、多健康、多快樂啊，不愧是我們親愛的男孩。」

「嗯！」喬應聲道，依然心無旁鶩地盯著妹妹的臉，只見貝絲臉上的紅潤氣色瞬間消失，就像剛才突然紅潤起來一樣，笑容也不見了，一顆晶瑩淚珠迅速掉落在窗檯上。貝絲立刻將淚珠抹乾，半側的臉上隱約可見一絲惆悵，雙眼因此蓄滿淚水。喬害怕被發現自己在偷看，於是一溜煙地逃離現場，爲了掩飾心虛，口裡還在喃喃念著她需要多拿幾張紙。

「我的天啊！貝絲愛上勞瑞了！」喬說道，回到自己房裡坐下來，臉上因爲剛才的新發現而嚇得一片慘白。「我作夢也想不到有這種事！媽媽會怎麼說啊？要是她……」想到這裡，喬突然停下來，並且因爲腦中的靈光一閃而臉色爆紅：「那，如果他不愛她怎麼辦？那豈不是太糟糕了！他非得愛她不可。我一定要讓他愛上她！」於是，她望向掛在牆上的肖像畫，裡頭那個男孩正對她噙著一抹頑皮的微笑。喬搖搖頭，表明自己決不會讓這種傢伙得逞，「唉！時間過太快了，我們根本是被硬扯著長大的吧！瑪格結了婚還當了媽，艾美在巴黎揮灑她的青春，貝絲也想談戀愛了。我是唯

一保持頭腦清醒，懂得遠離這種災害的一個。」喬定睛在那幅畫像上，專心地思考了一分鐘，隨即舒展眉頭，撫平額上皺褶。她斬釘截鐵地對畫像點點頭，說道：「不了，謝謝你，先生。你是很個很優秀的人，但是也跟風向雞一樣，一點穩定性也沒有。所以你不必再寫那些溫馨小語想要打動人心，也不要再笑得好像自己很犧牲很委屈一樣，因爲一點兒用也沒有，我是不會接受的。」

然後她嘆了一口氣，隱入自己的幻想世界中，一直到快傍晚了，她才讓夕陽餘暉給喚醒，下樓繼續她的觀察，結果只是印證了她的預感無誤。雖然勞瑞會和艾美打情罵俏、和喬開玩笑，但他對貝絲一直保持非常親切溫柔的態度，一如其他所有人對她的那樣。正因爲如此，從來沒有人想到勞瑞給予貝絲的關愛遠多於給予旁人的。事實上，最近家人們的猜測普遍是認爲「我們家的男孩」越來越喜歡喬了，然而喬卻連聽都不想聽到這種話，要是有人膽敢提起這個話題，總不免遭到喬的一頓惡罵。其實要是他們知道有多少柔情細語在剛要長出花苞時就被掐斷掉，大夥兒一定會志得意滿地說道：「看吧！早就跟你說過了。」但是喬恨透了「搞曖昧」，也不容許這樣的事發生，總是在嗅到一絲危險氣息的當下立刻用玩笑話帶過，或僅只用微笑以對。勞瑞剛去念大學時，大概一個月就談一次戀愛，可是這些愛的火苗燃燒的時間就和激情一樣短暫，根本構不成傷害，只會讓喬覺得太有趣了，娛樂性十足，總是饒富興味地聽完這些追求、失望、整段告吹的過程，因爲勞瑞每個週末回來都會說給她聽。

然而，勞瑞最終停止了追逐群芳，並幽幽地給出暗示，表達自己燃起一種全心全意的熱情，偶爾更沉迷於拜倫式的憂鬱詩歌中。他避談一切風花雪月的話題，寄給喬的信件內容只剩下莫測高深的、哲學箴言一般的隻言片語。同時間他變得勤奮向學，放出風聲要「埋頭苦幹」，要以優異的成績畢業。這遠比那些溫柔情話、拉拉小手、深情凝望還要來得符合喬的心意，因爲她思考任何事情都比思考感情還要快，而且她比較喜歡幻想世界中的男性，要是她對這些想像中的英雄們厭膩了，只須將他們關進裝稿紙的錫櫃裡，要他們上場再召喚過來即可，現實世界中的英雄可就難處理得多了。

這就是目前難以處理的狀態，發現了這事令喬大吃一驚，就在那天晚上，她以前所未有的視角觀察起勞瑞。如果喬的腦袋裡沒有注入這個新想法，她就永遠也觀察不出眼前是個如何異常的景況，看不出貝絲的安靜和以往有何不同，或者勞瑞對貝絲的親切是否高於對其他人。正是，一旦給充沛的想像力套上韁繩，喬就可駕馭它恣意馳騁起來，而且在天馬行空的浪漫情懷驅使下，一般的理性是怎樣也拉不回飛快奔馳的想像力了。貝絲一如往常躺臥沙發，勞瑞也坐到她身旁一張矮凳上，翻著花樣天南地北地閒聊來逗她開心，因爲這樣一週一次的「說故事時間」是貝絲最期待的事情，勞瑞也從未讓她失望過。然而，那天晚上喬覺得貝絲看著身旁那張黝黑且可親的面龐時，似乎顯得特別開心，聽故事的表情也聚精會神的樣子。那是一場精采的板球比賽轉播，雖然這些術語，諸如「貼面球」、「擊殺出局」、「國王的對子」等等，聽在貝絲耳裡就跟鴨子聽雷差不多，她還是聽得津津有味。喬同樣興致勃勃地聽著，而且由於先入爲主的想法，她總感覺眼前的勞瑞對貝絲更溫柔了些，只見他時不時壓低嗓音，笑容比平常來得少，還有些心不在焉。他悉心照料著貝絲，堪稱極度溫柔地將厚毛毯裹在貝絲腳上。

「誰知道呢？天下無奇不有。」喬思忖道，不耐煩地在屋裡來回踱步，「她會成爲他的天使，而他能讓她輕鬆愉快地過日子，只要他們能彼此相愛。我看不出來他有什麼好拒絕她的，而且我相信，如果我們大家都樂觀其成、不要擋路的話，他肯定會採取行動。」

沒有人擋住他倆的路——除了喬自己——她當下立刻自覺應該以最快的速度離開。可是她要躲到哪裡去呢？喬的心中熊熊燃燒著姊妹之情，於是決定坐下來好好思考解決之道。

時至今日，家中的舊沙發已是沙發界年高德劭的長老了——它的外型既長且寬、內墊塡得充實、底座低矮，儘管略顯殘破，然而就老沙發而言它的使用狀況算是挺好的了。四姊妹從嬰兒時代起就與這張沙發爲伍，她們在上面睡覺、翻滾，孩提時代就隔著椅背玩起釣魚遊戲、把扶手當成馬背騎乘，還在沙發底下養小動物；來到少女時代，她們在這兒休憩、編織美夢、細聽彼此傾訴。她們全都喜歡這舊沙發，因爲它是家中的避風港，喬也最喜歡窩在它的一個角落裡消磨時光。

在裝飾老沙發的許多靠枕中，有一個抱枕特別不同，它長得又挺又圓滾，以粗短刺人的馬毛爲罩套，兩端各裝飾一顆硬梆梆的鈕扣。這令人反感之物是喬特別的財產，她經常拿它當作防具或護欄使用，或在想要打盹時用來對自己刺激一番，也算達到懸梁刺股的功效。

勞瑞對這個抱枕熟悉得很，而且有足夠的理由討厭它，因爲在前些日子喬還願意跟他嬉鬧時，她會拿起這顆武器攻擊他，下手毫不留情，現在卻只把它當作堅實的護欄，大刺刺地擺在身旁的坐處，也就是勞瑞最垂涎的那個位置。如果「那根香腸」——勞瑞總是這樣叫那個抱枕——直立著，表示勞瑞可以進前坐下休息，如果它橫躺在沙發上，那麼無論男女，甚或孩童，膽敢越雷池一步者必慘遭修理無疑！那天晚上喬忘記把護欄安上沙發，自己又離開座位長達五分鐘之久，一個龐然大物隨即出現，搶進她身旁位置，兩隻長手大大攤開在沙發椅背上，兩條長腿也盡情伸張。勞瑞心滿意足地嘆了口氣，悠哉地吐出一句……

「啊……身心靈都被滿足了……」

「你好好講話。」喬出聲制止，想要立刻把抱枕翻平。不過爲時已晚，勞瑞已占住空間而抱枕順勢滑落地板，以最神秘的方式消失無蹤。

「得了，喬，別像隻刺蝟一樣。你的好友一整個星期都在用功讀書，都快乾枯成一具骷髏了，你看，一個這麼努力向上的好青年，理應得到你一個擁抱吧。」

「去找貝絲要。我很忙。」

「才不呢！我不能打擾她，可是你還挺喜歡被我打擾的，除非你忽然轉性了。你變了嗎？你討厭起你家勞瑞了，想要拿抱枕砸他嗎？」

勞瑞平常並不會像這樣說些甜言蜜語，不過喬一點也不賞臉，照舊給「她家勞瑞」當頭澆下一盆冷水，嚴厲地質問他：「你這星期給藍黛小姐送了幾束花？」

「一束也沒有，我對天發誓。她訂婚了。行了吧？」

「眞高興聽見你這麼說。獻殷勤是你蠢笨又鋪張的壞行爲之一，你幹嘛老是送花和小禮物給你不怎麼在意的女孩子呢？」喬繼續斥責道。

「因爲我在意的聰明女孩子根本不讓我送她所謂的『花和小禮物』，我能怎麼辦？我的感情需要有個出口啊。」

「媽媽不贊同這種曖昧不清的關係，就算只是好玩而已也不行，但是你已經好幾次撈過界了，泰迪。」

「如果我可以反駁你『你也是』，要我付什麼代價我都願意，但我無法這樣回，我只能說這樣

子小小玩一下無傷大雅，只要大家都明白不要當眞就可以。」

「呃，說是這樣說，但我老是抓不到要領。我試過，因爲當一群人在一起而每個人都這樣子說話，我不跟著瞎說兩句就會顯得很奇怪，可是我無論怎麼做都覺得很彆扭。」喬說道，忘了自己正在訓誡人。

「跟艾美學學吧，她在這方面很有天分。」

「是啊，她總是能把分寸拿捏得宜，絕不會踰矩。我猜這也是某些人與生俱來的本能吧，不用跌跌撞撞摸索就能討人歡心，而有些人總會在不對的地方做不對的事，或者說了不對的話。」

「我很高興你不懂怎麼搞曖昧。聰明敏銳、直來直往的女孩子會讓人耳目一新，她不用爲了討人喜歡而把自己弄得一副蠢樣，只要以眞實面貌應對就很好了。說到這個，這件事就我們之間說說而已，喬，我認識了一些女生，她們爲了討好別人而把自己變得愚蠢不堪，我眞替她們感到丟臉。她們當然沒有惡意，這我可以肯定，可是如果她們知道我們男生事後會怎麼討論她們，怕是不早點做改變才奇怪，我猜啦。」

「她們也一樣議論你們，而且意見是最苛刻的那一種，你們男性得到的評價只會一個比一個糟糕，因爲你們就跟她們一樣愚蠢，各方面都是。如果你們舉止得宜，她們也會跟進，但就是因爲知道你們喜歡女生蠢笨的樣子，她們才會那樣表現，你們反倒說要替她們感到丟臉了？」

「您對此很了解喔，這位女士，」勞瑞以過來人一般高高在上的語調說道，「我們當然不喜歡打情罵俏和搞曖昧，雖然有時我們會裝作很樂在其中的樣子。但是，對於美麗、樸實的女孩子，我們身爲紳士是不會隨便去談論她們的，就算提起她們也都會是尊敬的態度。吾友，願你純眞無邪的靈魂蒙祝福！如果你能過上我一個月我的生活，保證你會大開眼界，受到的震撼不讓你嚇瘋都不行。說眞的，每當我看到那種膚淺輕率的女孩時，就想和我們的朋友——知更鳥羅賓，一起唱一句『眞可恥，沒教養，厚臉皮的壞東西！』[1]」

勞瑞擁有絕佳騎士風範，總是極力避免惡評女生，卻又在上流社會打滾的過程裡見識到虛僞的風氣氾濫，進而對這樣矯揉造作的印象感到厭惡。如此自相矛盾下蹦出來的滑稽評論，惹得喬聽完忍不住大笑不止。喬心裡很清楚，這位「勞倫斯少爺」是很多有女兒的媽媽們心目中的乘龍快婿，在她們的女兒們眼裡就更加不同凡響了，女士們不分年齡都對勞瑞讚譽有加，簡直要把他寵成一個眞正的花花公子。喬看在眼裡不由得忌妒起來，生怕她們會對他產生不良影響，這會兒聽他開誠布公地說相信女孩兒還是樸實的好，便感到特別開心。她突然恢復原先訓誡人的語調，壓低嗓子說：「如果你眞想讓自己的感情有個出口可以『宣洩』，泰迪，你就該去找個你敬重的『美麗又樸實』的女孩，把你自己奉獻給她，不要把時間浪費在那些愚蠢的人身上。」

「你眞的這樣建議嗎？」勞瑞問道，注視著喬的臉上是一種混雜了焦慮與快樂的怪異神情。

「是啊，沒錯，可是你最好等到大學畢業，而且要利用這段時間準備好自己，讓自己配得上追求者的資格。你現在連——呃，不論你想追求的樸實女生是誰，你現在連她的一半好都達不到。」喬說道，表情也有些怪異，因爲她差點就把某人的名字給說出來。

1勞瑞引用英文兒歌 *Little Jenny Wren* 中，知更鳥羅賓因爲女子的不知感恩而生氣罵人的話。

「我的確沒有她那麼好。」勞瑞默認道，臉上謙遜的神情眞是前所未見，說罷低垂下眉眼，心不在焉地用手指纏繞起喬的圍裙綁帶玩。

「我的天！這樣根本沒效果啊。」喬思忖著，隨即揚起聲音道：「去，唱首歌給我聽。我現在非常需要音樂，而且最喜歡的就是聽你彈琴唱歌了。」

「謝謝稱讚，但我比較喜歡待在這。」

「喂，沒位子啦！你別杵在這兒，去做些有用的事，以裝飾品的標準而言你的個頭也太大了！我還以爲你討厭被女人綁死在身邊呢？」喬感到好氣又好笑，特意把勞瑞說過的話原封不動送還回去。

「啊，那得看是哪個女人綁的呀！」勞瑞說道，挑釁地用力扯一下手中的綁帶。

「你到底去不去？」喬發令道，彎身拾起抱枕。

勞瑞隨即跳開沙發跑去鋼琴邊，音符與歌聲一同流洩，而當它們「隨著邦妮·丹迪的帽子上揚」[2]時，喬也應聲彈起，趁機溜出沙發再也不回來，讓這位年輕紳士氣呼呼地走了。

那天晚上，喬難以入眠，就在她不知不覺快睡著時，卻被一陣壓抑住的啜泣聲驚醒。她飛快地跑到貝絲床邊，「親愛的！怎麼啦？」

「我不知道你還沒睡。」貝絲啜泣道。

「我最親愛的寶貝……你是舊疾復發了在痛嗎？」

「不，是新的，可是我還可以忍。」貝絲說道，努力抑制淚水。

「快跟我說是怎麼回事，讓我來對症下藥，就像我經常做的那樣。」

「你沒辦法的，這病治不好了。」貝絲氣若游絲，只緊緊抱住姊姊，哭得聲嘶力竭，喬不禁害怕起來。

「哪裡不舒服？要我請媽媽來嗎？」

「不，不用！不要請她來，不要讓她知道。我很快就會好的。喬，你躺在這邊，然後給我『拍拍』，我就會靜下來睡著了，眞的。」喬照做了，她的手在貝絲發燙的額上來回輕撫，滑過貝絲被淚水浸濕的眼睫，心頭裝得滿滿當當，急著想說些什麼。可是貝絲還年輕，喬知道那顆年輕的心就像含苞待放的花朵，不能操之過急，只能靜待它自然綻開。因此，即便她相信自己知道貝絲爲何痛苦，也只能極盡溫柔地問道：「你是不是有什麼煩心事？寶貝。」

貝絲靜默了好一陣子，「是的，喬。」

「如果告訴我，會不會讓你好過些？」

「還不是時候，現在還不能說。」

「那，我就不問了。不過，小貝絲，請記得，如果媽媽和喬派得上用場，我們隨時都樂於聽你說，幫你忙。」

「我明白。我很快就會告訴你了。」

2〈邦妮・丹迪〉（*Bonnie Dundee*）爲英國著名歷史小說家及詩人華特・史考特（Sir Walter Scott）於西元一八二五年所寫的一首詩的標題。

「現在好些了嗎？」

「噢，對呀，好多了。喬，有你在眞好。」

「那麼快睡吧，我會陪著你的。」

於是姊妹兩人臉貼著臉睡著了，隔天早晨，貝絲看似已恢復正常，也許是因爲在十八歲這個年紀，生理與心理的疼痛都不會捱上太久，並且愛與關懷的話語總能帶來療效。

而在喬這一方面，她有件事得跟母親細說。她很確定，她的心意已決，而且已經爲這一個計劃想了好幾天了。

「媽咪，前些日子您曾問我有什麼心願，現在我來告訴您了，」終於待到只有母女兩人獨處的時光，喬率先開口。「今年冬天，我想出去換個環境。」

「喬？爲什麼呢？」母親一聽，立刻抬起眼睛往上瞧，彷彿認定了喬的話中有話。

喬的眼睛仍盯著手上的針線活，冷靜地說道：「我想嘗試新事物。我現在急著想去看、去做、去學習，盼望能超越現在的我。我老是在一些小事上打轉，爲了經營它們已經花掉我太多時間，我需要激勵自己。所以，如果今年冬天您允許我離家，我想離窩飛得遠一些，試試我的能耐。」

「那麼，你想飛到哪裡去呢？」

「紐約。我昨天想到一個好主意，現在就說給您聽。柯克太太曾經給您寫信，要找個可信賴的年輕人去教她的孩子們念書與縫紉。這不是容易的事，不過，我想如果我去試試，應該會有不錯的結果。」

「啊，遠道去那個大寄宿家庭工作！」瑪楚太太聽完一臉驚訝，但是並非表現出不悅之色。

「也不完全只有工作啦！因爲柯克太太是您的朋友呀——她是全世界心地最好的人——會讓我在那兒過得很順利的，別擔心。而且她的家人和其他人是分開住的，那裡沒有人認識我，就算有也沒關係。不過就是份工作而已，我也不會因爲在那兒工作覺得丟臉的。」

「我也是。可是，你的寫作事業怎麼辦？」

「這個改變對寫作有益無害。我會看見或聽見許多新事物、得到新的靈感，即便在那兒會忙到沒有時間寫作，我也可以把這一堆新材料帶回家，爲我寫的垃圾改頭換面一番呀。」

「我完全同意，可是你突然想要換個環境，就只因爲這個理由嗎？」

「不是的，媽媽。」

「可以讓我知道其他原因嗎？」

喬抬起雙眼又垂下雙眼，臉頰突然紅成一片，只見她緩緩開口道：「可能只是我想太多了，是我說錯了，但是——我怕——勞瑞變得太喜歡我了。」

「你發現他喜歡你，但你對他的喜歡並不是他喜歡你的那種感情？」瑪楚太太問道，看起來頗爲擔心。

「對，當然了！唉，我愛那親愛的男孩，一直以來都是，且非常以他爲傲，可是也僅止於此，要我對他有別的感情，那是不可能的。」

「你這麼說，我很高興，喬。」

「啊？怎麼說呢？」

「因爲，女兒呀，我認爲你們並不適合彼此。你們以朋友關係在一起時非常快樂，彼此間的爭執也總是很快結束，但若要成爲終身伴侶，我擔心你們會過得很煎熬。你們兩人太像了，而且同樣過度崇尚自由，火爆脾氣和固執就更不用提了。兩人要想攜手共度幸福人生的話，除了相愛以外，也得要有同等無窮盡的耐心與自制力才行。」

「我也是這樣想的，只是我表達不出來。我很高興您認爲他只是開始喜歡我而已。一想到會讓他不快樂，我就覺得很難過，可是我也不能因爲出於感激就硬要自己愛上老友的，不是嗎？」

「你確定他對你的感覺嗎？」

喬聽了，臉上的紅暈更深了，那是摻雜了愉悅、驕傲、痛苦，一個年輕女孩兒談起初戀情人之時，臉上會出現的表情。她回答：「恐怕是的，媽媽。他沒說什麼，可是都寫在他臉上了。我想我最好在事情變得不可收拾之前趕快離開。」

「我同意，而且如果你處理得來，就放手去做吧。」

喬終於現出鬆一口氣的樣子。片刻沉默後，她微笑道：「要是墨法特太太知道了，一定會很納悶您怎麼這麼欠缺盤算，也會對她們家安妮仍有希望和勞倫斯家的少爺交往而開心不已的。」

「唉呀，喬，其實母親們的盤算各不相同，不過她們懷抱的希望是一樣的——只要孩子們幸福快樂就好。瑪格就是如此，她現在過得這麼幸福美滿，我感到心滿意足。你嘛，我就讓你享受自由到你厭膩了爲止，因爲只有到那時候，你才會發現其他更美好甜蜜的事。艾美現在最令我牽掛，不過我相信，她的聰穎會幫助她度過一切。至於貝絲，除了希望她身體健康以外，我就別無所求了。對了，她這兩天精神似乎好多了，你跟她談過了嗎？」

「是的，她有些煩惱，不過她答應不久之後會讓我知道。我就不再多說了，因爲我想我知道她在煩惱些什麼。」於是喬把她的新發現說了一下。

瑪楚太太聽完搖搖頭，並不從浪漫的角度去看待這件事。她的神情頗為嚴肅，只是重申道她認為喬的確該為了勞瑞的緣故離開一陣子。

「在整個計劃確定之前，我們先別跟勞瑞說。我會趁他收拾完情緒，理清思路追出來攔人前就快快跑掉。貝絲一定會認為我只顧自己開心，我也沒什麼好說的，因為原因就是如此，而且我也實在無法跟她談起勞瑞。在我離家後，她可以好好安慰他一下，順便治療他的情傷。勞瑞是情場老將了，身經百戰，這小小挫折應該沒什麼影響，他很快就能恢復過來了。」

喬說得輕鬆，但心裡忍不住擔心起來，這「小小挫折」勢必不同於以往，勞瑞的這道「情傷」將無法像以前一樣輕易跨過，進而恢復正常。

柯克太太很高興地接受了喬，保證將為她預備一個舒適的家，於是喬拿出這個計劃在家庭會議中討論，並且順利獲得通過。到那兒教書可以讓她過上獨立生活，也能在閒暇時間出遊，欣賞從未看過的景色、體驗新的社會經驗，既愉快又可增添寫作題材，可謂一舉數得。喬喜歡這個新計劃，迫不及待地想走，因為家庭這個窩對她而言已經太小了，滿足不了她好動的天性和喜歡冒險的精神。一切都已安排妥當，她懷著忐忑不安的心，顫抖著告訴勞瑞，然而，勞瑞竟然出乎她意料地、平靜地接受了。他最近比以前嚴肅許多，不過依舊和顏悅色，大家開玩笑地說他改頭換面了，他於是一本正經地答道：「是啊，而且我要繼續保持下去。」

勞瑞及時出現的轉變讓喬鬆了一口氣，打包行李時也是說不出的輕鬆愉快。貝絲看起來也快樂多了，並且誠心祝福姊姊一路順風。

「有一件事我得請你特別費心。」離開的前一天晚上，喬說道。
「你是說你的文稿嗎？」貝絲問道。
「不，是我的男孩。你要好好地、好好地照顧他，好嗎？」
「當然沒問題，可是我取代不了你的地位，他會非常想念你的。」
「他會沒事的。好了，請記得，我把他交給你了，別忘了，你可以煩他、寵他，總之就要讓他乖乖的。」
「看在你的面子上，我盡力就是了。」貝絲嘴巴答應下來，心裡卻感到極度困惑，喬看著她的眼神為何如此詭異。
勞瑞過來道別時，給她的耳語聽來別具深意：「這樣做一點用處也沒有，喬。我的眼睛會盯著你，所以你做事小心些，否則我一定會親自去把你帶回家。」

第十章 日誌

紐約，十一月

親愛的媽咪和貝絲：

我會經常給你們寫信的，即便我不是在歐陸周遊的年輕淑女，我也有一大堆事情要跟你們說。當父親年邁慈祥的臉龐從我視線中消失後，我心裡有些難捨，原本可能還會掉個一、兩滴眼淚，不過有位愛爾蘭婦人完全引開了我的注意力。這位太太帶了四個很愛哭鬧的小孩，每當他們張口準備大哭時，我就拿出小薑餅，往他們座位上拋過去，甚是好玩。

不久小薑餅就被全部吃光了，我把這段插曲視爲一個好兆頭，心中的陰霾一掃而空，接著便全心享受我的旅程了。

柯克太太熱情地歡迎我，讓初來乍到的我即使在滿是陌生人的大房子中，仍能感到置身家中的自在。她給我一個位於頂樓的有趣小房間——她只剩下這間房了。房間裡有個火爐，陽光滿溢的窗前擺了張上好的桌子，我可以坐在這兒，想要什麼時候寫作都可以。窗外景色秀麗，足可看見遠處教堂的尖塔，也算彌補了要爬很多層樓梯的辛苦，我立刻就愛上了自己的新巢穴。育嬰室是我要教書、教縫紉的地方，是一個很舒服的房間，就在柯克太太私人起居室的隔壁，兩個小女孩都長得很漂亮，我猜她們被寵壞了，不過，在我講完《七隻壞小豬》的故事給她們聽後，她們就肯過來跟我說話了。我一點兒也不懷疑，我將成爲一名模範家庭女教師。

要是我不想去大桌那兒用餐，我也可以單獨和孩子們一起吃飯。而我目前確實也只想這樣做，因爲我會害羞，雖然說出來也沒有人會信。

「好了，我親愛的，就把這兒當成自己家吧！」柯克太太慈母般地說道。「我從早到晚都有事情要忙，如你所見，得經營這麼一個大家庭。不過，只要知道孩子們跟你在一起安全無虞，我就可以放心了。我所有的房間你都可以隨意進出，而你的房間我會盡量布置得夠舒適。如果你想要社交的話，這裡也有不少很好相處的人，晚上都是你的自由時間。如果碰上什麼問題，儘管來找我，然後照你的意思快樂過日子吧！下午茶的鐘聲響了，我得趕快去換一下帽子。」她說完便匆忙離開，留下我在我的新窩裡習慣一下環境。

不久後我起身下樓，看見了深得我心的一幕。這棟大房子因爲樓層多，樓梯也漫長得不得了。我站在樓梯上方第三階，等待一個提重物上樓的小女僕通過，接著有位男士從她後方上樓，一把接過她手上的煤斗，幫她一路提上來，放在不遠處的門口。他要離開時向我點頭打了招呼，帶著濃濃的外國口音說道：「這樣比較好。她太小了，提不動這麼重的東西。」

他眞好心，不是嗎？我喜歡這樣的事，因爲爸爸常說小事最容易顯露出一個人的性格。那天晚上我跟柯克太太提起這事時，她大笑，說道：「那一定是巴爾教授，他經常做那樣的事。」

柯克太太告訴我，巴爾教授來自柏林，他非常有學問，人也很好，不過窮得跟隻教堂老鼠差不多。他上課賺些錢養活自己和兩個外甥，遵照妹妹的遺願，讓外甥們在這裡受教育，因爲她嫁的是個美國人。

這個故事眞不浪漫，卻很吸引我，而當我得知柯克太太把她自己的客廳借給他作爲私人授課使用時，心裡眞高興。那客廳和育嬰室中間隔著一道玻璃門，我打算來偷看他一下，然後告訴你們他長什麼樣子。他快四十歲了，所以，媽咪，不用擔心啦！

喝過茶，和小女孩們玩鬧一下，把她們趕上床睡覺後，我拿出大縫紉籃，一邊和我的新朋友聊天，一邊享受這寧靜的夜晚。我應該把每天的生活都寫到信上，一個星期寄出一次，今天就聊到這裡，明天再繼續。

週二　晚上

我今早的課眞是太熱鬧了，學生們的行為就是渾然天成的搗蛋鬼，我一度想掐住全部人猛搖一番，還好某個善良的天使建議我，可以給他們上體育課，於是我讓他們起來動一動，動到他們心懷感激地安靜坐下為止。

午餐過後，那女孩帶他們出去散步，我則心甘情願地拿起針線活兒來做。那時我正在縫鈕扣眼——多虧了這些學生，現在我縫得很好了——隔壁客廳的門打開又關上，有人哼起一首德國民謠《你可曾聽聞此地？》，聲音像一隻大黃蜂。我知道這樣做很不恰當，可我眞的禁不住試探，於是掀起玻璃門上的門簾一角，偷偷往裡瞧。

巴爾教授就在那兒，當他整理書本時，我仔細地觀察他。他長得就像一般德國人的樣子——身材壯碩，頂著一頭棕色亂髮，留著茂密的絡腮鬍，鼻子長得很好看，而且他擁有我所見過最柔和的雙眼。他的聲如洪鐘，但是在聽過我們美國人或尖銳或含糊的說話方式後，他的嗓音聽起來還眞舒服。他的兩隻手掌寬大，身上的衣服都很舊了，五官其實說不上好看，不過牙齒眞是漂亮。不管怎麼說，我喜歡他，因爲他的頭腦聰明，輪廓好看，整個人充滿紳士氣質，雖然外套掉了兩顆鈕扣，鞋子上還有一塊補丁。他即便在哼著小曲，看起來還是稍嫌冷靜嚴肅，一直到他走向窗前，給風信子花苞轉個方向面對太陽的時候。他接著逗起旁邊的貓咪，那隻貓好像是他的老友了，欣喜地迎接他的問候，然後他就笑了。此時，門口響起敲門聲，他立刻回了一聲「這裡！」回得簡短卻聲音洪亮。

我本來已經要開溜了，卻突然瞥見有個小孩帶了一本大書，便停下腳步，打算繼續觀察發展。

「我要我的巴爾。」小孩說著，扔下她的書，逕直向他跑去。

「你的巴爾在這裡。快過來，巴爾要大大地擁抱你一下，我的提娜！」教授說道，大笑著一把抱起她，把她高舉過頭。小女孩樂得彎下身來，用自己的小臉去親吻教授。

「我們現在要來做功課了！」可愛的小傢伙說道。於是教授讓她坐到桌前，打開她帶來的那本大字典，遞給她一支鉛筆和一張紙，她開始在紙上塗塗寫寫，時不時停下來翻動書頁，用胖嘟嘟的小手在書頁上指畫，彷彿在查字義似的，認眞的表情看得我差點要笑出來、曝光自己在偷看。而巴爾教授就站在她身旁，慈父一般撫摸她漂亮的頭髮，我心想小女孩一定是教授的女兒，雖然她看起來比較像法國人而非德國人。

敲門聲再度響起，這回是兩個年輕女孩，於是我回到手上工作，不過留了一點心思在隔壁的動靜上。其中一個女孩不斷嬌笑，用矯揉造作的聲調叫著「噢！教授——」，而另一個女孩的德語口音相當重，只怕教授得費九牛二虎之力才能憋住笑。

她倆似乎是專程來測試教授的忍耐力到底有多強，因爲我不只一次聽到他加重語氣說：「不，

「你的巴爾在這裡。」

不是，不是這樣，你們沒在聽我說。」甚至還聽見一聲重摔，好像是他使勁把書扔到桌上，只聽他絕望地嘆道：「唉！今天眞是太慘了。」

可憐的男人，我眞同情他，一等女孩兒們離開，我立刻去偷看一下他是否還有一口氣在。只見他重重跌坐進椅子裡，累垮了，雙眼緊閉，一直到時鐘敲了兩下，他才趕緊從座椅中跳起來，將書本放進袋裡，似乎要去上另一堂課。他輕巧地把在沙發上熟睡的提娜抱進臂彎，靜靜地走出去，我猜他的日子一定不容易過。

柯克太太問我要不要下樓參加五點的晚餐會，我因爲覺得有點兒想家，便心想下去一趟也好，剛好趁這機會看看鄰居，見識一下和我同住一個屋簷下的都是些什麼人。

我盡量讓自己穿得體面一點，而且打算躲在柯克太太後面溜進去，然而，她個頭較小，我比她高，我的如意算盤是白打了。她讓我坐在她旁邊，我直到整個人足夠冷靜後，才鼓起勇氣環顧四周。長桌邊坐滿了人，每個人都忙著享用晚餐，尤其是男士們，好像時間一到就開動了，因爲他們一點兒也不想浪費時間，坐下來三兩下吃完東西，就像入座那會兒一樣迅速消失了。這群人中，年輕男性通常只聊自己的事，年輕夫妻只專注在彼此身上，已婚婦女只對自己的孩子有興趣，老男人只對政治滔滔不絕。我想我應該不用太費心和這些人建立關係，除了一個有張甜美臉龐的年輕淑女以外，她看起來應該是個有內涵的人。

遠遠坐在長桌另一頭的是教授，他的聲音大到近乎吼叫，因爲他要回答一旁提出一連串問題的耳聾老人，接著又與另一側的法國人談論哲學。要是艾美也在這兒，她鐵定會轉過身去，怎麼樣也不看他。因爲，很不幸，教授當時胃口特佳，吃起東西來那副樣子，鐵定會讓艾美的「名媛教養」

備受衝擊。我倒是不介意，因爲我喜歡看人「吃好吃的吃到會彈舌」——套用一下漢娜的話。況且教了一整天的白癡眞的太可憐了，任誰都需要多吃一點兒。

晚餐後我走上樓，剛好有兩個年輕男人站在走廊鏡子前，他們在調整頭上的帽子，我聽到其中一人低聲對另一人說道：「那個新來的是誰？」

「家庭女教師之類的吧。」

「那她幹嘛來坐我們這一桌？」

「她是老闆娘的朋友。」

「長得挺好看，不過不會打扮。」

「看得出來，完全不會。好了，借個火就走了吧。」

我起初覺得很生氣，後來想想就算了。因爲家庭女教師也不過跟公司職員一樣，就算我不會打扮，至少我還有腦子，不像有些人，衣著光鮮卻言之無物，嘴上還叼了根菸，活像一根排煙不良的煙囪。我討厭這些凡夫俗子。

星期四

昨天是平靜的一天，我除了教書、縫紉以外，就是在小房間裡寫東西，有一盞燈和火爐相伴，這樣的日子眞的很舒適。我得了些新消息，也正式和教授互相認識。提娜應該是一個在洗衣間工作的法國婦人的女兒。小女孩簡直愛上了巴爾教授，只要教授在屋裡，小女孩就像隻小狗一樣，寸步不離地跟著他，這讓他很高興，因爲他很喜歡小孩——雖然他還是一個單身漢。柯克家的琪蒂和蜜妮兩姊妹也很愛他，隨時都在說教授創作了什麼戲劇和故事、他帶來了什麼禮物，以及他說了哪些動人心弦的童話等等。年輕些的男人喜歡給他取綽號，像是「老德仔」、「大隻熊」、「大熊座」之類的，極盡所能地用他的姓氏[1]開玩笑，然而他卻樂在其中，像個小男孩一樣。柯克太太十分坦然地說，雖然巴爾教授的作風挺特立獨行的，但是大家都很喜歡他。

對了，那位年輕淑女是諾頓家的千金，富裕、有教養且心地善良。她在今天晚餐會上跟我說話了（我又去了長桌用餐，觀察人群太有趣了），而且邀請我去她的房間找她。她有很棒的書籍和畫作，認識不少有趣的人們，本人似乎也相當友善，所以我同樣讓自己好相處些，因爲我也想進入好的社交圈，不過不是艾美喜歡的那一種就是了。

昨天晚上我待在客廳裡，巴爾先生剛好給柯克太太送報紙來。太太不在，兩個女兒中的蜜妮就以十足老成得體的口吻將我介紹給他，「這位是媽媽的朋友，瑪楚小姐。」

「是啊，她總是很快樂，我們都很喜歡她。」琪蒂補充了這句，她的作風比較，嗯，「驚世駭俗」。我們彼此鞠躬爲禮，接著便笑開來，因爲蜜妮隆重的介紹襯上琪蒂直白的補述，形成的對比眞是太滑稽了。

「啊，是的，瑪楚小姐，我聽到有些調皮的學生在上課中跟你搗蛋。若再發生這樣的事，叫我一下，我馬上到。」他皺起眉來說道，充滿威嚴的樣子完全娛樂到在場兩個小壞蛋了。

我答應他，我會的，然後他就離開了。可是冥冥中好像註定我跟他很有緣似的，因爲我今天要出門時經過他的房間，手上雨傘意外撞到他的門，於是門緩緩打開，我看見他身穿睡袍出現，一手拿一隻藍色大襪子，另一手拿著縫衣針。他似乎並未因此覺得難爲情，因爲在我跟他解釋完，快步往前走時，他提起襪子和其他東西揮手，用他響亮的聲音愉快說道：

「祝你今天走路愉快。小姐，一路順風！」

我一路笑著走下樓梯，可是想到那個可憐的男人竟得自己縫補衣物，不免有些同情起他來。我當然知道德國男人的刺繡功夫有多厲害，不過縫補襪子可就是另一回事了，只怕成果不會太美觀。

星期六

除了去拜訪諾頓小姐外，沒發生什麼可記上一筆的事。她的房裡擺滿了漂亮玩意兒，個性也很討人喜歡，因爲她向我展示了她的所有寶物，還問我要不要偶爾跟她一塊兒去聽演講和音樂會，就當作是陪她一起去的，如果我喜歡的話。她的邀約聽起來像是請我幫忙，不過我敢肯定柯克太太告訴過她我們家的情況，而她這樣邀請我完全是出於善心。儘管我就跟路西法一樣驕傲[2]，可是當這麼一個

1巴爾（Bhaer）音近德文的「熊」（Bär）。
2路西法（Lucifer），別名撒旦（Satan），又叫墮落的天使，原是光明美麗的天使長，但因驕傲而墮落。

好心人要施予我這麼好的恩惠，我一點都感覺不到負擔，心存感激地接受了。當我回到育嬰室時，客廳裡傳來震天的喧鬧聲，我立即探頭瞧個究竟，只見巴爾先生雙手雙膝撐在地上，在給提娜當馬騎，琪蒂手上拿了條跳繩牽著他行進，蜜妮則拿起雜糧蛋糕餵兩個小男孩吃，那兩個小傢伙正在椅子圍成的籠子裡跳上跳下地嚎叫。

「我們在玩遊戲！」琪蒂解釋道。

「這是我的象象！」提娜補充道，穩穩抓住教授的頭髮。

「媽媽准我們在星期六下午，法蘭茲和埃米爾來的時候，喜歡玩什麼就玩什麼。巴爾先生，你說對不對？」蜜妮說道。

「象象」站起來，表情和在場任何一個孩子一樣眞誠，他認眞地對我說：「我跟你保證，眞的是這樣，如果我們太大聲的話，你就喊一聲『安靜！』我們就會小聲一點了。」

我跟他說沒問題我會的，不過我讓門開著，盡情享受和他們一樣的快樂，因爲我從沒見過有人玩得這麼開心的。他們玩鬼抓人、跳舞、唱歌，直到天色漸暗，就全部擠到沙發上依偎著教授，聽他說故事。那些童話挺有趣的，例如煙囪頂上的白鸛鳥、騎著雪花下凡的小妖精等等。我眞希望美國人可以跟德國人一樣單純而崇尚自然，你們說呢？

我眞喜歡寫信，要不是考慮到經濟因素，我會一直寫下去，沒完沒了。雖然我用了很薄的紙，字也寫得很小，但一想到這麼一封長信，恐怕還是得花掉不少郵資，我就忍不住打了個寒顫。希望你們看完艾美的信後可以盡快寄給我看，我的芝麻小事跟她的壯遊比起來怕是相當平淡無奇，可是我知道你們還是會喜歡的。話說，泰迪用功到連給朋友寫一封信的時間都沒有嗎？好好照顧他，貝

「這是我的象象！」

絲，也請告訴我有關雙胞胎的一切，然後幫我把滿滿的愛送給每一個人。

你們忠誠的　喬

P.S. 我把信再看過一遍後嚇到了，巴爾先生的篇幅太多了吧！不過我向來就對怪人備感興趣，而且也沒其他題材可寫了呀！願上帝賜福你們！

十二月

最親愛的貝絲：

由於這只是潦草的一封信，所以就直接以你爲收信人，因爲它可能會帶給你一些歡樂，也可以讓你知道我的近況，這裡的日子雖然平靜卻也很有趣——噢，眞是太好玩了！在經過艾美會稱爲「堪比海克力斯的偉業」般的努力後——心理和道德上都有下苦工——我的學生總算長進不少，就像播下的種子開始發芽、茁壯一樣，長出來的小枝枒也是我所樂見的形狀。雖說她們不像提娜和那兩個小男孩那般有意思，但我對她們負責盡職，她們對我也是喜歡得不得了。法蘭茲和埃米爾眞是兩個令人愉快的小男生，他們完全合我心意，融合了德國與美國精神的教養，造就出一種持續不墜的朝氣蓬勃。星期六下午是自由奔放的時光，室內室外都一樣，天氣好的時候他們會出去走走，就像戶外教學，教授和我負責維持秩序，太有趣了！

我倆現在成爲好朋友，我也開始上德文課了。這眞是沒辦法的事，而且竟然以這麼荒謬的插曲開場，我非得告訴你不可。我從頭開始講啊，有一天我正走過巴爾教授的房間，柯克太太忽然叫住我，她正在巴爾教授的房裡翻箱倒櫃。

「親愛的，你看過這麼誇張的巢穴嗎？快進來幫我把書都歸位，因爲我把東西都翻過一遍了，前不久才送給他六條新手帕，不知都塞到哪兒去了，我怎麼找都找不到。」

我走進去環顧四周，稱那個房間爲「巢穴」可謂名符其實。書本和紙張到處亂放，壁爐架上擱著一支破掉的海泡石菸管和一把舊笛子，好像剛用過，窗台上有隻連尾巴都沒有的可憐小鳥在啁啾叫，另一扇窗對稱地擺了一盒小白鼠。未完成的模型船和幾綑繩子散放在一堆手稿中，骯髒的小靴子立在火爐前等待烘乾，他好像甘心成爲兩個小男孩的奴隸一樣，無微不至地呵護他們，房裡隨處可見那兩個孩子的生活痕跡。在大規模的搜索後，我們找到三條手帕，一條在鳥籠上方，一條沾滿墨水，最後一條則被拿來墊東西，已經燒焦了。

「男人啊！」好性情的柯克太太笑道，邊說邊把殘骸放進破布袋。「我猜剩下的不是被裁開來當作船帆，就是拿來包紮割傷的手指，要不就是被做成風箏尾巴了。眞慘！可是我罵不了他。他就是這麼心不在焉、這麼好脾氣，還跪在地上給男孩兒們當馬騎。我同意幫他洗衣服、縫補衣物，可是他老是忘記把衣物拿出來，而我也忘了過來收，所以他有時也只好邋遢過日了。」

「我來補衣服吧。」我說道。「我不介意做這些，他也無須知道。我很樂意的，他對我很好，常幫我送信過來，還借我書。」

於是我幫他把東西整理好，把兩雙襪子的後腳跟重新補過，因爲他自己的手藝太獨到，弄得襪子的腳跟都不腳跟了。這些事我都沒說出去，而且也希望他永遠都不要發現，可是上星期有一天還是被他抓到了。因爲提娜老是在兩扇門間跑進跑出的，索性我就讓門一直開著，也能聽聽他都在做什麼。聽他給學生上課有趣又好玩，我不自覺地聽了起來，當時我就一直坐在門邊聽，手裡也沒閒著，一邊修補最後一隻襪子，一邊試圖理解他給新學生上的課——她就跟我一樣蠢。那女生後來離開了，我想他也應該走了，四周安靜得很，我自顧自地練起動詞變化，嘴裡念念有詞，身體也很笨拙地前後搖。忽然間一道黑影掠過，我抬頭往上瞧，是巴爾先生，他無聲地盯著我笑，手裡還在打暗號，叫提娜別出賣他。

「原來如此！」他說道。我停下一切動作，像隻呆頭鵝似的看著他，「你偷看我，我偷看你，這不是壞事，不過，說眞的，你想要學德文嗎？」

「是的，可是你太忙了，我又太笨，怕學不會。」我衝口而出，隨即臉紅不已。

「很好！我們會找出時間的，而且務必要讓你學會。我很樂意在晚上撥出時間來教你，瑪楚小姐，爲了回報你的照顧。」他說道，指指我手上的襪子。「是的，好心的淑女們互相耳語：『這個老傢伙這麼遲鈍，他不會看見我們做了些什麼的，他永遠都不會注意到他的襪子沒破洞了，他只會認爲鈕扣掉了就會長出新的來，相信那些毛線球都是自己捆好的。』唉呀，可是我有眼睛呀！而且看得十分清楚，我也有一顆心，而且心懷感激。來吧，偶爾來一點新課程，否則小精靈就再也不願意幫我忙了。」

在那一番話之後我當然什麼也說不出口，而且這也眞是個千載難逢的好機會，我怎可能不同意呢？於是我們就開始上課了。四堂課過後，我很快便困在文法的泥淖中。教授對我很有耐心，可是他本人一定感到痛苦不堪，他有時看著我的表情顯得溫和但失望，看得我不知該哭還是該笑。其實我笑過也哭過了，有一次我實在感到太羞愧和沮喪，忍不住啜泣出聲，他立刻把文法書摔到地上，大步走出房間。我覺得好丟臉，他大概永遠都不想理我了，可是這一點兒都不能怪他，我只能胡亂把紙收一收，打算衝回樓上好好譴責一下自己。就在那時，他走進門來，步履輕快、眉開眼笑的，我還以爲我做了什麼天大的好事值得被這樣褒揚。

「我們來試試新方法吧。你跟我一塊兒讀這些快樂的童話故事，別再去鑽研那本無聊的書了，它太枯燥了，只適合待在角落裡，誰叫它給我們惹那麼多麻煩！」

他說得如此懇切，又無比熱心地將安徒生童話集攤開在我面前，這讓我感到更加無地自容，也因此，彷彿吃了秤砣鐵了心一般，我下定決心要學好德文，這樣的態度似乎讓他很開心。我忘記了羞怯，用盡全力向上掙扎（我沒別的詞彙可表達了），結結巴巴地按照當時的直覺去發音、念完長字，我眞的盡力了。當我念完第一頁，停下來喘口氣時，他拍起手來，情眞意摯地喊道：「Das ist gut!（太棒了！）現在一切順利！輪到我念了，用德文，聽仔細囉。」

接下來就換他朗讀了，他的聲音低沉有力，看著他念就和聽著他念一樣享受。所幸我們念的是《勇敢的小錫兵》，你知道，那個故事很逗趣，我可以大笑，我也眞的笑了，雖然他念的我有一半都聽不懂，那也是沒辦法的事，可是他念得那麼眞摯，我很激動，這整件事實在太好笑了。

此後，我們的課程漸入佳境，現在我已經能把課文念得很好了，這個學習方法很適合我，把文法嵌在故事和詩歌中，就像把藥丸包在果凍裡有異曲同工之妙。我非常喜歡這樣的方式，而且他似乎也不覺得膩，他人眞好，不是嗎？我打算在聖誕節送禮物給他，因爲我不敢給他錢，我該送些什麼好呢？請媽咪給個建議吧！

我很高興勞瑞似乎打起精神了，看起來也很忙，他不只戒掉菸，還開始把頭髮留回來，貝絲果然管他管得比我好多了。我不是忌妒，親愛的，盡量發揮，別把他變成無欲無求的聖人就好。我怕要是他失去凡人的活潑調皮，我就喜歡不了他了呢！可以把我的信念一些給他聽，我沒時間再寫了，所以就先這樣囉！感謝上蒼，貝絲的身體健康一直保持得不錯。

一月

祝你們大家新年快樂！我最親愛的家人們——當然包括勞倫斯先生和他家一個名叫泰迪的年輕人。

我無法描述我有多喜歡你們送的聖誕包裹，因爲我直到夜裡才收到，原本都要放棄希望了呢。我一早就收到你們的信了，可是信中隻字未提包裹，想必是要讓我驚喜一下，但我當時一度滿失望的，因爲我一直有種「你們不會忘記我」的預感。喝過茶後我回到房裡坐著，心情有些低落。然而，當那個沾滿泥巴，看起來像被狠狠揍過的巨大包裹送到我面前時，我立刻把它抱進懷裡，步伐不穩得像要飛起來了。它讓我完全感受到家的味道，心情無比清新，我就坐在地板上讀信、看包裹、吃東西，一邊笑一邊哭，就像在家裡時一樣荒唐。包裹裡頭都是我想要的東西，而且都是你們親手做的，不是買的。貝絲新做的「墨水圍兜」眞是太妙了，漢娜烤的那一盒硬薑餅眞是寶貝。媽咪，我一定會穿上您寄來的法蘭絨衣服，它眞的好漂亮，我也會仔細閱讀爸爸加了腳註的書。謝謝你們大家，無限感激！

說到書，我最近簡直是豐收呢！元旦那天，巴爾先生送了我莎士比亞全集！那是他的寶貝，總是跟他的德文聖經、柏拉圖、荷馬、米爾頓一起，放在備享尊榮的位置。我經常無比欣羨地向它行注目禮，所以你們不難想像，當他把書拿下來、掀開封面時——扉頁上書寫了我的名字，以及「我

的朋友弗德里希·巴爾致贈」——我的心情有多麼激動難當！

「你常說想擁有一座圖書館，所以我想，就送你一座吧。在這兩個蓋子中間（他的意思是封面和封底）是許多部作品的合而爲一。好好讀他，他就會成爲你極大的助力。因爲，仔細研究書中人物，可以幫助你了解這個世界，並且使你筆下的創作更加豐富多彩。」

我簡直是掏心掏肺地向他致謝，之後每次提起我的「圖書館」，就好像我擁有上百本書似的。我以前從不知道莎士比亞的作品內涵有多豐富，因爲那時沒有一個巴爾可以爲我解說。對了，別笑他的名字了，人們經常念錯它，可它既不是念成貝爾也不是念成比爾，而是介於兩者之間，其實只有德國人才會念吧！我很高興你們喜歡聽我說他的事，希望你們有朝一日能認識他。媽媽會欣賞他的善良，爸爸會欣賞他的聰明睿智，我則是兩者都喜歡，是「我的新朋友弗德里希·巴爾」豐富了我的生活。

由於錢不多，也不知道他喜歡什麼，我就準備了幾樣東西放在他房裡，希望他能發現驚喜。這幾樣東西好用又好看——或說又好玩也可以，書桌上放了一個新的墨水架，他養的花用一只小花瓶裝起來，因爲他經常會把一朵花或一些綠色植物放在玻璃瓶裡，他說這樣可以讓他保持精神清新。我還給他的菸斗做了一個支撐架，這樣他就不會把艾美所謂的「繡帕」給燒焦了。我引用貝絲的創意，把它做成蝴蝶型，中間的身軀胖胖的，兩邊配上黃黑相間的翅膀，再用毛料做成觸鬚、串珠做成眼睛。他深受這個小禮物吸引，可是竟然把它擺到壁爐架上當裝飾品，所以這算是失敗的作品吧！雖然他窮得可以，卻沒忘記大房子裡任何一名僕役或小孩，而這裡的人——從法國洗衣婦到諾頓小姐，也沒有一個人忘記他，這眞讓我高興。

除夕夜他們辦了場化裝舞會，大家都玩得很開心。我本來沒打算下去參加的，因爲沒衣服呀！然而就在最後一分鐘，柯克太太想起她有些舊的綢緞禮服，諾頓小姐更出借了她的蕾絲和羽毛，所以我就扮成馬拉帕夫人[3]，臉戴面具搖進會場啦。沒人認出我，因爲我說話時刻意變聲了，這群人做夢也想不到，這個沉默、高傲的瑪楚小姐（因爲這裡大部分人都認爲我既死板又冷漠——我對待傲慢的傢伙確實是如此）會跳舞，也會打扮，更會突然浮誇癲狂地大笑，「不受控制、胡言亂語，宛若尼羅河岸四處觀光的鱷魚」。

我玩得不亦樂乎，到了摘下面具的時刻，我欣賞著那些人不敢置信的嘴臉，內心裡簡直笑到合不攏嘴。我還聽到有個年輕人對他的同伴說，他早就知道我是個演員，他還記得在哪個小型戲院裡看過我呢！瑪格會愛死這個笑話的。巴爾先生扮作尼克·波特姆[4]，提娜則扮成仙后泰坦妮雅[5]。想想看，一個美麗的小仙子坐在教授的臂彎裡！看到他們共舞更有趣了，套句泰迪式的形容——「世界奇觀」。

我終歸過了一個非常快樂的新年，而當我在房裡回想起這一切，才

3馬拉帕夫人（Mrs. Malaprop），西元一七七五年間一部流行喜劇《情敵》（*The Rivals*）當中的角色，是一位幽默風趣的姑媽，常以說出發音相似但意義迥異的字句搞笑。

4尼克·波特姆（Nick Bottom）爲莎士比亞劇作《仲夏夜之夢》（*A Midsummer Night's Dream*）的一個角色。

5泰坦妮雅（Titania）爲《仲夏夜之夢》中的妖精王后。

發覺自己雖然經歷許多失敗挫折，卻也日趨成熟，因爲我現在總是歡喜快樂、認眞工作，也比以前對人群抱持了更多興趣，這種感覺眞好，我感到心滿意足。

祝福你們每個人！永遠愛你們的……

喬

第十一章　摯　友

雖然樂在所處的環境中，忙碌且充實地度過每一天，以努力工作換取生活所需，喬仍擠壓出時間寫作。對於一個心懷大志的窮女孩來說，寫作自然是她認爲的、邁向成功的途徑，只不過她所選擇達成目標的方式有待商榷。她見識過金錢所帶來的權力，因此她下定決心要有錢，不只是爲了自己，更是爲了那些她珍愛勝過自己生命的人。

她夢想讓家裡處處舒適，給予貝絲她想要的一切——讓她冬天有草莓吃，臥室裡有一架風琴。喬自己也想到國外去，希望自己富足而有餘——足以供她慷慨大方地行善——這便是她深埋心中多年，最掛念最寶貝的未來藍圖，她一直以來最愛的空中城堡。

她持續探索、爬坡，得獎的經驗似乎讓她在漫長旅程中，終於打開一條通往這座空中城堡的希望大道。然而，小說帶來的災難性打擊一度教她勇氣全消，因爲公衆意見有如巨人般一拳揮來，就連比她勇敢多了的傑克，走在比她的路徑寬闊許多的豌豆莖上也要擔驚受怕。

她和英雄傑克一樣，在第一次嘗試後休養了好一陣子，而且我沒記錯的話，首戰之後她也只獲得重跌一跤，以及巨人手中價值最低的寶物而已。不過她那屢敗屢戰的精神倒是和傑克一樣堅定，於是她這次找好掩蔽物、謹愼出擊，收穫果然較前一次豐富得多，不過卻也差點兒丟失重要性遠勝於錢袋的珍貴事物。

她開始撰寫煽情小說，因爲在那黑暗的時代，就連最完美的美國人也閱讀垃圾。她沒有告訴任何人，逕自寫出一篇聳動故事，大著膽子將作品帶去拜訪《火山週報》的編輯達許伍德先生。

雖然她從未讀過《薩托．雷薩圖斯》[1]，不過單憑女人的直覺，她知道穿著打扮對於某些人的影響力遠大於溫婉的個性或得體的禮儀，於是她穿上自己最好看的衣服，努力讓自己看起來不要顯得太興奮或是緊張，勇敢走過兩道又暗又髒的樓梯，來到一個雜亂的房間。空氣中瀰漫著抽雪茄呼出來的煙霧，三個男人坐在裡頭，翹起腳的高度比他們頭上戴的帽子還要高，而且在見到她時居然也沒把帽子摘下，彷彿連對女士展現尊重都嫌麻煩。這樣的見面禮讓喬的情緒盪到谷底，她的腳步在門口遲疑，開口時甚至感到抬不起頭，聲音細若蚊蚋：

「抱歉，我在找《火山週報》的辦公室。我想見達許伍德先生。」

喬一說完，翹得最高的那一雙腳應聲放下，這位吐出最多煙霧的男人站起身，小心翼翼將雪茄夾在指縫間。他邁步向前，對喬點點頭，一張臉除了睡意以外不見其他。喬覺得該是說明來意的時候了，便將手稿拿出來，吞吞吐吐地說出專為這個場合預備的說詞，一張臉跟著越說越紅：

「我的一個朋友要我把——試試看的——一個作品……交給您，萬望得到您的批評指教，如果……如果可以的話，希望能有更多——更多在貴社刊登的機會……」

在喬紅著臉說出這番話時，達許伍德先生接過稿件，用兩隻相當骯髒的手指翻閱，品評的眼光迅速掃過乾淨整潔的頁面。

「這看起來——不是第一次投稿吧？」他留意到所有頁面都標上了號碼，內容也只寫在稿紙單面，而且整份手稿沒有用緞帶紮起來——一個最明顯是新手的作為。

「是的，先生。她寫過幾篇東西了，而且其中一篇得過《布蘭禮時報》徵文比賽的首獎。」

「噢，她這麼厲害？」達許伍德先生一邊說一邊瞥向喬，迅速將她打量過一遍，從她軟帽上的蝴蝶結到她靴子上的鈕扣，一絲不漏。

「好吧，如果你要的話可以把稿子留下來。我們手邊目前有很多這類故事，處理完都不曉得何年何月，不過我會盡快看過，下週給你答覆。」

喬其實不想留下這篇故事，她覺得達許伍德先生不是能理解自己作品的人，但在當時的情況下她似乎也只能留下稿件然後鞠躬走人。每逢她覺得被激怒或窘迫時就會特別抬頭挺胸，以嚴肅傲然的面孔保衛自己，這會兒她兩種情緒都有，因爲從那幾個男人彼此交換的眼神來看，這個即席編造出來的「她朋友」的僞裝在他們眼中不過笑話一則。而在她告辭後，將門關上的編輯說了些什麼她雖然沒聽到，房內的笑聲卻是清晰可聞，此舉更讓她覺得自己狼狽到極點。她下定決心再也不到這地

1《薩托．雷薩圖斯》（*Sartor Resartus*），蘇格蘭作家卡萊爾（Thomas Carlyle）於西元一八三六年創作的連載小說。

方來，抱著這樣的情緒走回家去，關起門來用力縫製圍裙，藉以發洩胸中怒氣。就這樣過了一、兩個小時，她已冷靜得能對當時情景一笑置之，就期待下週的結果出爐了。

當她再次前往，辦公室裡只有達許伍德先生一人，這讓她相當開心，而且這一天的達許伍德先生看起來清醒許多，人也顯得親切不少。由於雪茄的煙吸得少了，頭腦清楚也就記起男士應有的禮儀，第二次的會面總體來說比第一次舒服自在多了。

「我們會採用這個故事（編輯們從來不說我），前提是你得作一些修改。它的篇幅太長了，但只要刪除我標註的部分，就會是恰到好處的篇幅了。」他說道，儼然是在談生意的語氣。

喬盯著稿子，幾乎認不出這是自己的創作，原本的頁數與段落都被擠壓、刪除得亂七八糟，她覺得自己現在就像一個產下新生兒的母親，卻被要求把嬰兒的腳砍掉好塞進新的搖籃裡。她仔細看過一遍被標註的段落，發現它們全是闡述道德寓意的段落——那是她特意構思，爲了平衡過於濫情的故事情節而置入的義理磐石——全被三振出局了。

「可是，先生，我認爲每個故事都應該有道德寓意在，所以我才小心地把罪犯悔改認錯的情節都安排進故事裡的。」

達許伍德先生原本擔著的編輯心這會兒可算放下了，他忍不住展露笑容，因爲喬忘記了她的「朋友」，直接以作者的身分道出心聲了。

「人們就是想要娛樂性，你知道，大家都對說教沒興趣。現在這個時代，道德故事沒有人要買啦。」慢著，這邊得提一聲，這種說法其實不盡然正確。

「您認爲只要做這些修改，故事就會大賣嗎？」

「是的，這可是全新打造的情節，內容又寫得很好——文筆流暢、用字優美、等等。」達許伍德先生殷勤地應答。

「那麼——您們……呃——那、稿費的話——」喬接著開口，卻不太清楚該怎麼表達想問的問題。

「噢，當然，呃——這類的東西，我們給的稿酬是二十五到三十塊美金，刊登出來的時候就會付款。」達許伍德先生如此回覆，彷彿這部分已被他遺忘了似的，通常這樣的瑣碎小事很容易被編輯遺忘。

「那好，這篇稿子就賣給你了。」喬說道，滿意地奉還稿件。在領教過一欄一塊錢的稿酬洗禮後，二十五塊美金眞算是挺優渥的價格了。

「那麼，我再幫我朋友問一聲，如果她之後有比這更好的作品，你有興趣收嗎？」喬問道，她因爲初試啼聲的成功而重拾自信，高興得連剛才說溜嘴，暴露自己作者身分的插曲都忘了。

「這個嘛，我們會再審閱稿件，不能擔保一定採用。跟她說故事要寫得簡短些、嗆辣些，別管什麼道德寓意了。對了，你朋友要用什麼名字發表呀？」達許伍德先生問得漫不經心。

「我想，這無須費事，如果您同意的話。她不想讓她的姓名見報，並且她也沒有筆名。」喬說道，臉上不由自主地泛紅。

「沒問題，我們絕對尊重她的意思。下週就會刊出這個故事，您要過來拿稿酬還是要我寄過去？」達許伍德先生問道，他自然想多了解一番旗下這個新作者。

「我會過來拿，謝謝，祝您有美好的一天。」

喬離開後，達許伍德先生翹起腳，氣定神閒地評論：「貧窮又驕傲，這些人總是這樣，不過，她是個可造之材。」

依照達許伍德先生給出的方向，並且以諾柏里夫人為偶像，喬一頭栽進撰寫煽情文學的迷幻大海，萬幸有個朋友適時拋出救生圈，使她在進一步沉淪前終歸得以游回岸邊。

就像大部分新人作家一樣，她將角色與故事背景設定在外國，上場的人物不外乎盜匪、伯爵、吉普賽人、修女以及公爵夫人等等，情節發展與人物個性都是時下流行的模式。她的讀者們不會特別注意文法、標點符號、邏輯性這種芝麻小事，達許伍德先生則慷慨地用最低酬勞請她填版面，根本沒考慮告訴她怎麼如此善待她的原因，其實是他的一個心腹作者近日因為別家報社出了較高的稿酬，對方就這樣棄他於危難之中，乾脆地跳槽了。

喬很快便喜歡上這份工作，因為她乾癟的錢包從此日漸肥壯，積攢下來的這些錢，她打算明年夏天用來帶貝絲去山上休養，隨著雜誌一週一週地刊出，她覺得離夢想也愈來愈近了。只有一件事讓她的滿足感得不到踏實：她從未對家人提及她的新工作。她預感父母親不會贊同，於是決定先順從自己的盤算，屆時再好好坦白認錯就好。將此事保密甚是容易，因為刊載出來的故事都沒有她的姓名。達許伍德先生當然很快就發現箇中玄機，但他答應要守口如瓶，令人驚訝的是他也確實一個字都不曾洩露出去。

喬認為這個決定並無不妥，因為她不可能寫出會讓自己覺得丟臉的東西，況且一想到鼓鼓的錢包，以及當她拿出這筆錢時能夠為自己的保密功夫再快樂一次，所有來自良心的譴責她都能說服自己晾到一旁去了。

然而，達許伍德先生除了驚悚刺激的故事外，對其他題材一律不感興趣，而這類故事除了搖撼讀者的心靈、使其感到驚駭受創之外沒有任何目的，因此，歷史與羅曼史、陸地與海洋、科學與藝術、警局筆錄與精神病院都陸續搬進喬的資料庫。她很快就發現自己單純的生活經驗實在很難對悲慘的社會底層階級有更深刻的了解，但是爲了讓故事有賣點，她得讓自己的角色有說服力些，在無法親自體驗下，她只能搜索報紙上的各式意外事故、社會案件與犯罪報導了。她爲了故事題材與原創情節搜索枯腸，跑到公共圖書館詢問毒物研究的書籍，引得圖書館員好奇不已；走在馬路上就會不自覺研究起人的面孔，推敲這些人的性格如何，是好人、壞人，或者只是平庸無奇的人。她甚至一頭鑽進塵封的古籍中，挖出時代久遠卻歷久彌新的史實或著作，情節如今看來依舊精采新鮮。雖然自身經歷有限，筆下世界卻可以集愚蠢、犯罪、神祕於一身，喬覺得自己把事業經營得很好，卻渾然不覺她獨有的女性特質已被毀壞汙染。她給自己打造出一個惡劣的環境，雖然只是一片虛幻的世界，卻使她深深沉陷其中，因爲她用了危險且毫無益處的食物餵養自己的心靈及想像力，過早接觸到的人類黑暗面快速刷洗掉她個性中的單純善良，縱然青春的花朵有的是熱情恣意盛放，但是任誰都無法長時間經受這種摧殘的。

在喬的幻想世界帶出結果前，她已開始感受到這種「食物」對生活的影響了。寫多了筆下人物噴發的熱情與糾纏的感情，她忍不住就對自己的情況研究、思索起來。那是一個年輕健康的心靈不應主動陷入的病態娛樂，錯誤的行爲總會帶來懲罰，在喬最需要得到教訓時，她的教訓就來了。

我不知道研讀莎士比亞是否讓她更能解讀一個人的性格，或者那只是女人對誠實、勇敢、堅強等美德的直覺，但當她忙於將天底下所有美好值得敬仰的特質賦予她筆下的英雄人物時，她也在現實生活裡發現了一個英雄。這名主角其實擁有人類的諸多不完美，依舊引起喬研究人物的熱忱。

在某一次談話中，巴爾先生曾建議她研究簡樸、忠實、單純的人物，不論在哪裡發現這樣的人都不可等閒視之，對於一個寫作的人來說是一個很好的訓練。喬把他的話聽進去了，並且立刻不動聲色地把他當成研究目標——要是巴爾先生知道的話肯定會被嚇一大跳，因爲這位教授謙遜過頭了，完全不覺得自己有什麼值得研究的。

首先，喬急切想知道的是，爲什麼每個人都喜歡他。巴爾既不富裕也不顯赫，既不年輕也不英俊，更談不上迷人、搶眼、出色等形容。然而，他就像一簇溫暖的火苗，人們會像靠近暖爐般自然靠近他。他沒什麼錢，卻樂於奉獻施捨；是個外地人，但好像每個人都是他朋友；青春不再，卻擁有小男孩般永保輕快的心境；長相平凡、偶爾滑稽，卻有許多人覺得他有一張很好看的臉，他一切的怪異都因爲他的眞摯而無人在意。喬時常觀察他，想要找出其中奧秘，結論是——他的慈愛造就了這一切的奇蹟。如果他有任何憂愁悲傷，他會低頭「將悲傷隱在羽翼下」，只對世界展現其陽光面。他的前額已經有細紋了，時間卻好像記起他的善行似的，刻上的力道彷彿只是輕輕拂過。他的嘴角弧線帶著喜悅，是許多友善話語和歡愉笑容的印記，他未曾有過冷漠或嚴厲的眼神，他那溫暖有力的大手一握，比千言萬語所能表達的還要多。

他身上的衣服似乎也致力於透露他的仁慈善行，它們總是顯得輕鬆寬大，讓他可以穿得舒服自在。他那氣量非凡的背心暗示底下有顆寬大的心，褪色的外套散發友善的氣息，大得誇張的口袋常讓孩子們的小手空空地伸進去，滿滿地抓了東西出來。他那一雙舊鞋也是補了又補，衣領從未漿挺過，自然也不像他人那樣顯得僵硬冷酷。

「這就是了。」喬自言自語道，她終於發現人性的良善。只要眞心誠意的關愛善待人，即便這個人用餐時狼吞虎嚥、得自己縫補襪子、冠了巴爾這種好笑姓氏，這般壯碩的德文老師也可以顯得耀眼而受人愛戴。

喬非常看重德行，而且一個擁有智識的男人自然能獲得女性的敬重，此外她對教授的研究讓她有許多細微的發現，這些枝微末節使她對教授的敬意節節升高。他從不談論自己，沒有人知道他在自己家鄉是一個博學多聞、誠信正直，因而備受讚譽與愛戴的人，直到他的一個同鄉來拜訪，這段過往才被提起來。他從不談論自己，喬有一次因爲和諾頓小姐聊天，才知道一件令人開心的事，而且因爲此事並非教授自己所說，而是出自諾頓小姐口中，喬感到更加欣喜了。原來巴爾先生在柏林是一位德高望重的教授，在美國卻只是一個貧窮的語文老師，這個發現讓喬深以他爲傲，且在得知此事後，教授的樸實與認眞工作的態度看在喬的眼中，就更加値得讚佩了。此時發生了一件事，讓喬見識到教授在學識淵博以外的表現，是她始料未及的。

諾頓小姐經常來往於各種社交聚會中，對喬而言，如果不是因爲諾頓小姐，這類場合她是無法躬逢其盛的。諾頓小姐經常獨來獨往，一感受到這野心勃勃的年輕女孩對這樣的聚會頗感興趣，便好心邀請喬和教授，在某天晚上同她一塊兒參加一場特別爲了幾位名人舉辦的座談會。

喬興致沖沖地準備好，要去頂禮膜拜一下在她年輕熱情的心中居於偶像地位的名家們。然而，那天晚上這些天才的表現，卻大大沖垮了她對他們的崇敬之心，她花了些時間才從迷惘中回過神來，領悟到這些偶像人物終究也只是世間男女。試想，當她懷著欣羨與敬意，羞怯地瞄一眼曾以書寫言明「僅以意志、火焰、晨露維生」的詩人，卻正好目睹他大快朵頤、吃晚餐吃得滿臉油光的模

樣——她有多麼沮喪。墜落凡間的偶像不止這一位，其他幾位英雄也很快都被踢出她浪漫的想像。一位偉大的小說家像鐘擺一樣規律地在兩支酒瓶間擺盪；出了名的飽學之士在大庭廣眾下和現代斯戴爾夫人[2]調情，而那女士正怒目注視另一位女作家，這位號稱現代可琳[3]的才女曾力邀她前往聆聽哲學名家的講座，卻在講座結束後對她暗加嘲諷，而那哲學家正在自個兒喝茶，擺出約翰生的姿態，實際卻一副昏昏欲睡的樣子，弄得那位很想來辯上幾句的女士無處發揮。科學界的名人們把軟體動物和冰河時期都給忘了，一個勁兒地瞎聊藝術，精力充沛地大啖生蠔與冰品，至於那位風靡全城，被視爲奧菲斯第二[4]的年輕音樂家，正在大談馬匹。最後，場中難得出現、如假包換的英國貴族，剛好是整個會場中長得最平凡無奇的人士。

晚會尚未進行到一半，喬已覺得自己的夢想幻滅得差不多了，便在角落裡坐下來喘口氣。不久，巴爾先生也來加入她，同樣一副跟周遭人格格不入的樣子。那時有幾個哲學家各依其所好，彷彿知識競賽般爭相發表高見，而他們的發言對喬而言就像鴨子聽雷，雖然不知康德和黑格爾是何方神聖，也無法理解主體和客體到底是什麼，她還是聽得津津有味，儘管在談話結束後，「從她的內在意識進化而來」的頭痛令她感到苦不堪言。她逐漸明白，原來這世界已被拆解成碎片，再拼湊成一個新世界，就剛才的談話者所言，新原則是舊原則難以望其項背的，以新原則來說，宗教充其量

2 斯戴爾夫人（Madame de Staël），十八世紀法國小說家。
3 可琳（Corinne），斯戴爾夫人筆下同名作品的女主角。
4 奧菲斯（Orpheus），希臘神話中的音樂家。

只是無關緊要的存在，知識能力才是唯一的上帝。喬對於哲學或形上學一無所知，但她聽著聽著卻有種在時間與空間裡飄遊的感覺，就像假日升上天空的幼小氣球一樣，她有一種好奇心帶來的興奮感，半是愉悅，半是痛苦。

她轉頭去看教授，想知道他的看法如何，只見他一臉嚴峻地盯著她，那樣的表情她從未見過。他搖搖頭並招手要她靠近，但她那時正好被思辯哲學的自由論給吸引住，只想坐在原位不動，好知道這些睿智的紳士們在廢止一切舊信仰後，要憑藉什麼處世爲人。

且說這巴爾先生的個性十分內斂，並不會馬上說出自己的見解，這不是因爲他的看法搖擺不定，而是因爲太過誠實、眞摯，無法輕率說出口。他的眼光掃過喬和其他幾個年輕人，看到他們被哲學製造的煙火給驚呆了，深受那璀璨輝煌所幻惑吸引，他皺起眉頭，欲言又止，深怕那容易引燃激情的年輕靈魂們會被光芒四射的火箭給帶岔了路。深怕當煙火秀結束後，他們將會發現手中只剩下燃盡後毫無用處的煙火棒，或是驚覺自己的手已經被燙傷。

他盡量忍耐著，但當他被邀請闡述意見時，他立即站起身，義無反顧、雄辯滔滔地捍衛起宗教來了——他的辯才使他的英文即使蹩腳卻依舊鏗鏘有力，平凡的臉龐閃耀出不平凡的光輝。他打了一場硬仗，因爲自詡智慧的學者們善於辯論，他不知道自己已被擊敗，仍像個男子漢堅持住立場。至少，在喬的眼中，當他論述時，她感覺她的世界終於端正回來了，舊有的信仰在光陰飛逝中恆久不墜，現在看來似乎還是比新的要好得多。上帝不是盲目的力量，不朽不是美麗的寓言，而是一個值得祝福的事實。

巴爾先生停止了辯駁，他退出戰場，但他的信念未曾屈折。就在這一刻，喬覺得自己又一次立足於穩固的地面上了，她很想給教授用力鼓掌，向他言明自己的感謝。

最後，她其實兩件事都沒做，此情此景卻教她永遠難忘，也讓她打從心底尊敬教授，因爲她知道在那樣的場合說出心裡話對他而言有多困難，他的良知依舊敦促他不要沉默以對。她開始明白品格的重要遠勝於金錢、地位、學識、長相，她覺得如果智者對偉大所下的定義是「眞實、崇敬與善意」的話，那麼她的朋友弗德里希．巴爾就不只是好，而是偉大了。

她一天比一天更堅定這樣的信念，她重視他的評價、渴求他的尊敬、想要當得起他的朋友，就在她眞心誠意這樣希望時，卻險些失去一切。意外乃因一頂三角帽而起——有天晚上教授如往常般過來給喬上課，進門時頭上卻戴著一頂報紙摺成的軍帽，提娜給他戴上去，而他忘了拿下來的。

「顯然他在過來前並未照鏡子。」喬這麼想著，臉上泛起微笑。因爲教授用濃濃的德國口音道了一句「晚上好」便若無其事地坐下了，完全沒有意識到他的新頭飾和今晚的新課程是多麼可笑的對比——他正打算朗讀《瓦倫斯坦之死》[5]給喬聽。

起初喬不動聲色，因爲她喜歡聽他敞開心懷大笑的聲音——每次一發生荒唐逗趣的事情他就會這樣，所以她等他自己發現，兀自愉快地專心眼前，因爲聽一個德國人朗讀席勒的作品實在是一大享受。念完之後他們開始上課，過程輕鬆愉快，因爲喬那天晚上心情頗佳，那頂帽子一直讓她的眼

5《瓦倫斯坦之死》（*The Death of Wallenstein*），德國文學名家席勒於一七九九年出版的作品，瓦倫斯坦乃中古史上三十年戰爭中神聖羅馬帝國的軍事統帥。

睛充滿笑意。教授不知她怎麼了，最後只好停下來，用他溫和而顯得困惑的語氣問道：

「瑪楚小姐，你爲何看著老師的臉笑個不停呢？難道你認爲不需對我有一絲尊重，才表現得這麼調皮嗎？」

「您忘了把頭上的帽子拿下來了，老師，我該如何才能忍得住笑呢？」喬說道。

教授茫然地舉起手，認眞去摸頭上的東西，總算摘下那頂小小的三角帽。他把它拿在手上看了一下，然後大笑著把它拋在腦後，笑聲聽起來就像快樂的低音大提琴。

「啊！我知道了，提娜這個小淘氣給我戴上這頂帽子，害我變成一個傻子了。哈，這沒什麼，不過，如果你沒好好上課，你也得戴上它。」

然而，他們的課中止了好幾分鐘，因爲巴爾先生看見三角帽上的一則插圖，便把它拆解開來，非常鄙夷地說道：「眞希望這種報紙不會出現在這房子裡。這種東西不該被小孩子看到，也不適合年輕人閱讀，它們一點好處也沒有，我實在無法容忍寫出這種有害之物的人。」

喬看了一眼紙片，上頭有一張好笑的插圖，畫了一個瘋子、一具屍體、一個壞蛋，還有一條毒蛇。她一點也不喜歡這張圖，不過讓她立刻揭過報紙的衝動並非出於厭惡，而是恐懼，因爲有那麼一瞬間，她懷疑那張紙片是火山週報。還好，並不是，她的恐慌隨之退去，因爲她想起來一件事，就算是火山週報、就算是她寫的故事，她也沒有在那上面署名，自然也不會洩露出她的作者身分。然而，她卻給自己露了底，她的表情以及不自覺泛紅的臉，就連少一根筋的教授也看得出端倪。

他知道喬會寫作，而且不只一次在報社樓下遇到她，不過，既然她始終不曾提起，即便他對她的作品非常有興趣也不便過問。他此時聯想到她一定是寫了連自己都羞於承認的東西，於是感到這件事有些棘手。通常一般人遇上這種事，只會告訴自己：「此事與我無關，我無權過問。」教授卻沒有這種想法，他只想到她還是個年輕女孩，一個人身無分文、離家在外，缺乏母親的疼愛與父親的保護，他自然而然生出一股想要幫助她的衝動，就像看到一個即將掉進水坑的小孩，你會立刻伸手拉住一樣。這些念頭快速閃過他腦中，不過臉上沒有顯露一絲異樣，當喬摺好報紙，看似穩下心神後，他以平靜而莊重的口吻說道……

「是的，你把報紙反摺是對的。我想那種東西並不適合年輕好女孩閱讀。有些人覺得看這種東西很有趣，但我寧可讓我家孩子們玩炸藥，也不願讓他們看這種垃圾。」

「那也不全是爛故事，只是蠢了些而已。況且，如果有人喜歡看，提供這種閱讀材料也並無不妥。有許多可敬的人，正當賺錢度日，靠的也是撰寫這類煽情小說啊。」喬說道，猛力刮著衣服皺褶，結果手起處刮出一排裂縫。

「也有人喜歡喝威士忌呀，不過，你我也不會因此去賣酒吧？如果那些可敬的人知道，他們寫出來的東西造成什麼樣的傷害，他們就不會覺得自己賺的是正當錢了。他們無權將毒藥包裹進糖衣後餵給年輕人吃。不能這樣，他們應該三思而後行，應該清楚清道夫的工作都比寫作這種故事有價值得多。」

巴爾先生說得很溫和，他朝爐火走去，把那張報紙揉皺了抓在手中。喬坐著不動，好像爐火朝她直撲而來似的，因爲在那張報紙化成灰燼，無害地飛進煙囪以後，她的兩頰還是燒得一片通紅。

「眞希望能把所有這類東西都送進去。」教授低語道，帶著鬆一口氣的表情走回原位。

喬記起自己樓上那堆手稿，心想眞要送進火爐的話，它們可以燃燒得多猛烈呀！此時，她奮力爬格子積攢來的辛苦錢，就這樣沉甸甸地壓在她的良心上。然而喬轉念一想，自我安慰道：「我寫的跟那種不一樣，只是讀起來很愚蠢而已，不會害人的，所以我無須擔心。」於是她拿起書，用認眞的表情詢問：「要繼續上課了嗎？老師，我現在的狀況很好，會當個好學生的。」

「希望如此。」他只說了這句，但希望她能理解他的弦外之音。巴爾先生的神態嚴肅卻仁慈，讓喬覺得自己額頭上彷彿已經用最大字型印上《火山週報》這幾個大字似的。

一回到自己房間，她立刻拿出所有文稿，仔細重讀每一篇故事。巴爾先生因爲有點兒近視，有時會使用眼鏡，有一次喬戴上他的眼鏡翻閱自己的藏書，看著書頁上的鉛字像變魔術般忽大忽小，不禁覺得有趣極了。如今她似乎也戴上了教授檢視心靈或道德的眼鏡，每一個故事的缺失與非議之處此刻看來無所遁形，在她看來都顯得荒謬而貧乏，讓她心中被沮喪與失落填得愈來愈沉重。

「這些全都是垃圾，我再繼續寫下去，怕不寫出更垃圾的東西才怪——這些故事竟然一篇比一篇還煽情。我一直盲目地寫，傷了自己也害了別人，就只是爲了錢。這些都是如假包換的垃圾，因爲我無法好好在閱讀這些故事的同時不感到丟臉。如果我的家人或巴爾先生看到這些東西，我該怎麼辦？」

一想到這裡，喬緊張得渾身發熱，她將一整綑文稿全塞進火爐，火焰一下變得張狂熾烈，弄得煙囪都快招架不住。

「是了，這就是這些易燃垃圾的最佳去處。我想我寧願燒了房子，也不要別人因爲我做的炸藥毀掉他們自己。」她思忖道，目送《權力的邪靈》遭焰火呑噬，一小粒煤渣飄近她紅腫的眼睛。

當她三個月的辛苦工作只剩下攤在大腿上的一堆灰燼和現金時，喬看起來相當嚴肅，坐在地板

上思索接下來該如何處理她的稿費。

「我想我還沒造成太大傷害，這些錢也許可以留下來，補償我花在工作上的時間。」沉思許久後，她沉吟道，接著又不耐煩地補上一句：「我乾脆許個願說不要有良心算了，有良心還眞不方便啊！要是我做錯事的時候不會良心不安，也不會覺得不舒服就好了，這樣我肯定能成爲富婆。有時候我忍不住會想，要是母親和父親沒這麼注重品德教育就好了。」

噢，喬，別這樣想，反倒要感謝上帝，她的父親和母親「這麼」注重品德教育。而且，你應該打從心底憐憫那些沒有父母親嚴格要求的年輕人，他們缺乏足夠保衛他們的品德標準，這些要求看似禁錮年輕人的自由，實際上卻是培育一名女性擁有健全人格的基本訓練。

喬不再撰寫煽情小說，下定決心就算給她錢也不做，她打算往完全相反的方向走，效法有同樣理想的人，像休伍德夫人[6]、艾鞠華斯小姐[7]、漢娜．摩爾[8]等等。她寫了一個新故事，但與其說這是故事，不如說這是篇論說文或講道集，內容大半在講述正確的道德觀。她打從一開始就對這個寫作方向感到懷疑，一個正值花樣年華、對人生充滿憧憬的少女寫出這種故事，就像她那時在化裝舞會套著上個世紀硬梆梆又滿是累贅的服裝一樣。她把這份規訓的的結晶寄給幾個出版社試水溫，結果都沒有人要這篇稿子，她想達許伍德先生說的還眞沒錯，講述道德的東西沒市場。

6休伍德夫人（Mary Martha Sherwood, 1775-1851），十九世紀英國兒童文學家。
7艾鞠華斯（Maria Edgeworth, 1768-1849），英國兒童文學家。
8漢娜．摩爾（Hannah More, 1745-1833），英國宗教文學作家與慈善家。

接著她嘗試了兒童故事，如果她不要那麼執著於靠筆下故事賺大錢，她的作品老早就銷出去了。好不容易才找到一個堅定於信仰、以天下為己任的富裕紳士願意給她足夠的稿費，讓她在兒童文學這塊領域初試啼聲。然而，就算自己深愛給青少年寫故事，她同樣受不了成日被要求將調皮的男孩全部推進熊的肚子裡、放一頭公牛撞飛不肯上主日學的孩子、讓聽話的乖小孩得到鑲金的薑餅，甚或是讓堅守信仰的瀕死幼童不斷呢喃頌歌或禱詞直到天使來開道，這些劇情寫久了她也會吃不消的。因此，這些實驗都沒有結果，喬只得把墨水罐塞上，以非常謙遜的態度說道：

「我什麼都不懂，我會等比較長進後再來嘗試創作，而在此同時，如果我無法做得更好，就來當個清道夫吧，至少這份工作可以做得問心無愧。」這個決定證明了一件事：從名為創作的豌豆莖上第二次重摔以後，喬終歸也從這回經驗裡學到一些有益的東西了。

當這些革命在內心如火如荼地進行時，喬外在的生活也沒閒著，她忙碌、平穩一如既往，就算有時稍顯嚴肅或略顯哀傷，除了巴爾教授之外也沒有人看得出來。教授靜靜地在一旁看著，喬從不知道教授在觀察一切，在觀察她能否接受他的指責、他的大膽勸說能否使她得到益處，不過教授尚未開口，喬就已經通過試煉，這讓他相當欣慰，因為他們之間雖未提說此事，他知道她已放棄寫作了。他看到她的右手食指上不再有墨水痕跡，注意到她晚間總是待在樓下，也不再於報社辦公室附近偶遇她了。此外，他也察覺她開始拚命讀書，這些發現令他的猜測轉為確定，儘管過程不完全快樂，喬也正在努力精進自己，務必讓心靈盡可能被有益的事情所充實。

他在許多方面都幫了她大忙，證明他是一個值得深交的摯友，喬同樣為此非常高興，因為在放下筆桿後，她學到更多德文以外的寶貴知識，更為她自己的浪漫故事立下根基。

那年冬天特別愉快且漫長，因爲她直到六月才與柯克太太辭行。離別的時刻到來，每個人臉上都透著難過。孩子們無論怎麼勸慰都解不了離愁，巴爾先生一頭亂髮更是奔放得橫七豎八，因爲他一心煩就會使勁把頭髮抓成那樣。

「回家嗎？你眞幸福，還有家可回。」她告訴他返家一事那會兒，他如此回道。喬在離開的前一晚辦了一個小聚會，巴爾先生說完話就坐進角落，一個勁兒地猛抓自己的鬍子。

因爲第二天她很早就要離開，於是提早和大家道再見，輪到跟教授說再見時，她親切地說道：「老師，若有機會的話，請別忘了來看我們，好嗎？如果您到我們家附近旅行而不來看我們的話，我絕不會原諒您的，因爲我非常希望能把我的好朋友介紹給全家人認識。」

「眞的嗎？我該去嗎？」他問道，彎下身來望向喬，臉上帶著她不明白的迫切表情。

「是啊，下個月就來吧！那時勞瑞要畢業了，您可以來參加畢業典禮，用全新角度享受一下這個儀式。」

「你說的那位是你最好的朋友吧？」他問道，語氣忽然改變。

「是的，就是我家泰迪。我眞以他爲榮，希望您也能見見他。」

喬抬頭仰望他，對他的轉變毫無所覺，一心只爲了可以介紹雙方認識而感到雀躍。然而，巴爾先生的表情卻讓她想起有一次出現在勞瑞臉上的神情，那種情感遠多於「最好的朋友」的神情。她完全不想被巴爾先生發現她的心思，雙頰卻不自覺泛紅起來，而且她越努力不要臉紅，臉頰就越是升溫。如果不是因爲提娜坐在她大腿上，她就眞的找不到台階下了，提娜正巧轉過身去擁抱她，她也就趁機把臉埋在提娜身上，暗自希望教授沒看到自己燒紅的臉。然而，他看到了，他自己的臉色則由當下的焦慮回歸平和，並且友善地說道：

「恐怕我沒時間去，不過我誠摯地祝福你朋友成功順利，你和家人們都平安快樂。上帝賜福你！」說完，他誠摯地與她握手，抱起提娜便走開了。

不過，就在小男孩都上床睡覺後，教授在火爐前坐了好久，面帶疲倦憂愁，心上則滿載鄉愁。他的腦海一度浮現喬抱著小提娜的畫面，想起在喬臉上新發現的溫柔。他用雙手抱住頭，過了一會兒又站起來在房裡亂走，彷彿在找尋一件他找了半天也找不回的東西。

「如果不是我的，我現在就該斷了念頭。」他告訴自己，輕嘆了一聲，聽來卻似痛苦呻吟。然後，如同責備自己抑制不住渴望似的，他走到床邊親吻枕上金髮蓬亂的兩顆頭，接著從壁爐架上拿下他不常使用的海泡石菸管，打開了他的柏拉圖。

他完完全全盡力了，但我不認爲他眞以爲兩個調皮搗蛋的小男孩、一根菸管，甚或神聖的柏拉圖，取代得了一個有妻子與小孩等候他的家。

第二天一大早，他便出現在火車站給喬送行。幸好有他，喬在寂寥旅途中有張熟悉的笑臉可以懷想，他的微笑與一大束紫羅蘭將伴隨她回家，而最讓她高興的，則是一個令人愉悅的念頭：「嗯哼，冬天過去了，我一本書也沒出，一點錢也沒賺到，可是我交了一個最值得認識的朋友，而且我要一輩子都跟他保持聯絡。」

第十二章 心痛

不管勞瑞的動機爲何，他那年的成績相當好，不僅以榮譽畢業生的身分畢業，還代表畢業生用拉丁文致詞，據他的友人描述，他致詞的樣子兼具菲力普斯的優雅風度與代莫辛尼[1]的滔滔不絕。這些友人全部到場，他的祖父——噢，多麼以他爲傲——以及瑪楚先生與太太、約翰與瑪格、喬與貝絲，全都欣喜不已地對他表達心中最誠摯的讚賞——男孩子往往在當下看輕這樣的眞情流露，卻不明白在出了社會後，即便功成名就也很難得到這樣的眞心實意了。

「我得留下來參加晚餐會，眞夠煩的，不過明天一早我就會到家。女孩們，你們會一如往常過來看我吧？」勞瑞說道。那時他們已結束這一天中令人欣喜的活動，他正在護送女孩兒們上馬車，嘴裡說著「女孩們」其實指的是喬，因爲只有她還保有這個老習慣。喬的男孩此刻耀眼而成功，她不想拒絕摯友的任何要求，於是熱情回應道：「我會去的，泰迪，風雨無阻，而且要在你面前踢正步，用口簧琴演奏《歡呼勝利英雄來臨》[2]！」

勞瑞向她道謝，但臉上表情讓她瞬間慌張起來，「噢，不會吧！他一定有話要說，我該怎麼辦

1代莫辛尼（Demosthenes），古希臘著名演說家，民主派政治家。

2《歡呼勝利英雄來臨》（*Hail the conquering hero comes*）是音樂家韓德爾（Georg Friedrich Händel）於西元一七四六年所創作的作品。

啊？」

晚間的沉思與早上的工作多少減輕了她的恐懼，她下定決心，只要清楚表明自己立場，任何想要求婚的人應該就會知難而退。她依照約定時間前往，暗自希望泰迪可別逼她說出傷害他感情的話才好。她先到瑪格家小坐，逗弄雙胞胎玩，這才預備好前去面對勞瑞。然而，當她大老遠就看見一個健壯的身影隱約朝她走來時，她只剩下想要轉身逃跑的強烈念頭。

「喬！你的口簧琴在哪裡啊？」一走到聽得見彼此說話的距離，勞瑞就大聲說道。

「我忘記帶了。」喬趕緊振作起來，因爲那樣的打招呼稱不上是戀人。

以前在這種時候，她總喜歡攬住勞瑞的手臂，如今她不再這樣做了，他也沒發怨言——這倒是個壞兆頭，只見他飛快說著許多無關緊要的事情，一直到他們離開大路轉進小樹林，走在一條通往家門的小徑上。勞瑞放慢了腳步，原本的口若懸河這會兒也慢下來，變成有一搭沒一搭地找話說，時不時還停頓下來。爲了挽救這種越來越無話可說的窘境，喬倉促冒出一句：「你現在可以好好休個假了！」

「正有此意。」

喬聽到他果決的語氣，猛然抬頭往上看，勞瑞也垂下視線盯住她，撞進眼簾的神情讓喬十分確定，她所擔心的可怕時刻已然來臨。她舉起手，近乎乞求地說道：「不，泰迪，請不要說！」

「我**必須**說，而且你非聽不可。逃避不是辦法，喬，我們得把話說清楚，越快越好，對我們兩個都好。」他說道，臉上湧現紅暈，整個人都激動起來。

「你想說什麼就說吧，我在聽。」喬耐住性子說道，儘管她早已焦慮不堪。

勞瑞是個情竇初開的年輕人，他情感眞摯，他有話要說，彷彿再不說就要活不下去了，於是他急躁地把心裡話一古腦兒往外倒。他說得結結巴巴，可能隨時會被自己的話嗆到，雖然竭盡全力仍無法平穩地說完……

「我從認識你那一刻就愛上你了，喬，我忍不住，你一直對我那麼好。我一直想要表達我的心意，可是你不給我機會說。現在，我一定要讓你聽我說，並且給我一個答覆，因爲我無法再忍受這樣原地踏步了。」

「你可以不用再說了。我想，你應該明白……」喬開口道，卻發現這比她所想的困難多了。

「我知道你喜歡我，可是女孩子很奇怪，你永遠也不知道她們到底是什麼意思。她們說『不』但意思是『是』，簡直就想把男人逼瘋，她們卻覺得這樣很好玩。」勞瑞說道，用這個難以否認的事實來鞏固自己的想法。

「我不會這樣。我永遠都不會玩這種欲擒故縱的把戲，我離開你就只是爲了和你保持距離。」

「我也是這樣想。這就是你的作風，但這一點兒用也沒有，只會讓我更愛你而已。我努力讀書爲的是要討你歡心，我也不再打撞球，不再做任何你不喜歡的事，我耐心地等，從不抱怨，因爲我希望你也能愛我，雖然我連你的一半好也沒有……」說到這裡，勞瑞不由自主嗆住一口氣，他一邊清他的「不聽話的」喉嚨，一邊掐掉手邊一株金鳳花的頭。

「你，你是，你是比我好上千萬倍的人，我很感激你，而且非常以你爲榮也喜歡你，可是我不知道爲什麼，我就是無法以你想要的方式來愛你。我試過了，可是感情的事眞的勉強不來，要是我並不愛你卻對你說愛，那我就是漫天扯謊了。」

「眞的，你說眞的嗎？喬？」

勞瑞稍停了一下，隨即抓起她的雙手問道，他的表情讓她有種短時間內恐怕難以忘懷的預感。

「眞的，是眞的，親愛的。」

此刻的他們身處樹林中，旁邊有個用來越過柵欄的梯蹬。當喬吞吞吐吐地呢喃出這幾個字時，勞瑞放開她的手，轉身彷彿想立刻離開，但這是他生平第一次感到自己跨不過柵欄。只見他將頭靠上長滿苔蘚的欄杆，就那樣沉默不語地佇立，喬被這一幕嚇住了。

「噢，泰迪，很抱歉，非常抱歉！如果有用的話，我殺了自己都可以！我只希望你不要這麼難以接受，我眞的沒辦法，你知道人不可能強迫自己去愛他們不愛的人……」喬自責地哭喊道，模樣完全失去端莊優雅，她伸手輕拍勞瑞的肩膀，想起他許久以前也曾這樣安慰她。

「有時可以的。」欄杆上傳來含糊的悶哼。

「我不相信那樣做是對的，而且我也不想去試。」另一方回以堅定的應答。

兩人沉默許久，河邊楊柳樹上的黑鳥輕快歌唱，高大的青草在風中簌簌作響。喬坐到梯蹬上，鎭靜地開口：「勞瑞，我有話跟你說。」

他好像一下被子彈命中般，猛力抬起頭，失控大喊：「不要跟我說那件事，喬，我受不了！」

「什麼那件事？」她說道，不解他的狂暴。

「你愛上了那個老頭！」

「什麼老頭？」喬拉高音調，心想他一定是指他的祖父。

「那個你常常在信裡提到的教授，他絕對不安好心。如果你說你愛他，我一定會做出什麼失去

理智的事！」他說得彷彿言出必行，雙手緊握成拳，雙眼閃爍憤怒的火光。

喬很想笑，畢竟還是忍住了，其實她的情緒也在沸騰，不過依舊放柔了語氣道：「別亂發誓，泰迪。他不老也不壞，是個很善良很仁慈的人，而且他是我最好的朋友，排名在你之後。拜託，不要那麼激動，我想當個仁慈和藹的人，可是要是我知道你隨便詆毀我的教授，我會生氣的。我一點兒也不覺得我會愛上他或其他任何人。」

「可是不久後你就會愛上他了，到時候你要我怎麼辦？」

「你也會愛上別人的。當個懂事的男孩，把這一切煩惱都給忘了。」

「我無法愛上別人，而且我永遠也不會忘記你！喬，永遠！永遠！」勞瑞的語氣轉趨強硬，乘著情緒用力踩了一腳地面。

「我該拿他怎麼辦？」喬嘆了一口氣，發現處理情緒遠非她預期中容易。「你沒有把我想告訴你的東西聽進去。坐下來，仔細聽，因爲我眞的想把事情處理好，想要讓你快樂。」她說道，希望能跟勞瑞講點道理，讓他平靜下來，結果只是證明她對愛情根本一無所知。

由於喬最後一句話讓勞瑞見到一絲希望，他在喬腳邊的草坪上席地而坐，將手臂搭上梯蹬的下層台階，一臉期待地仰望她。然而，這樣的場面如何能讓喬冷靜地勸說他，或讓喬自己保持頭腦清醒？勞瑞仰望她的眼神充滿愛意與期盼，那些嚴肅的話她又怎麼說得出口？更何況，她剛才對勞瑞說的一番話所造成的傷口，還在兀自淌血呢！她輕柔地將勞瑞的頭轉向一邊，撫摸他特地爲她留長的捲髮，就像輕撫波浪一樣——說實在的，這是多麼令人感動的決定啊！喬輕聲說道：「我贊同媽媽說的——你、我並不適合彼此，我們兩個的脾氣都挺暴躁，個性又倔強，在一起只會摔得很慘，如果我們蠢到要……」喬停頓一下，沒有說完話，勞瑞卻興高采烈地接下去：
「結婚——我們絕不會有問題的！如果你愛我，喬，我會當一個完美的聖人，因爲你可以把我變成你理想中的任何人！」
「不，我不行。我試過但失敗了，我們的幸福絕不能拿來作實驗。我們總是各持己見，互相都不願意妥協，所以，我們這輩子當好朋友就好，不要冒險，不要這麼莽撞。」
「如果有機會的話，我們可以的。」勞瑞不屈從地低語。
「請你講理一點好嗎？拿出你的理智來對待這整件事。」喬哀求道，幾乎無計可施了。
「我不會講理的，我也不要像你說的『拿出理智來看』。這些對我都沒用，只會讓事情更難解決。我不相信你有人類的心。」
「我還眞希望我沒有。」
喬說話的聲音裡透著些許顫抖，勞瑞心想這是個吉兆，於是轉過身來，使出渾身解數，說盡一切誘惑人心的美好詞彙，那是前所未見、充滿危險的甜言蜜語：「親愛的，別讓我們失望，每個人都對這件事寄予厚望。爺爺把心都放在這件事上了，你的家人也樂見其成，而我更是沒有你就活不下去。說你願意吧，讓我們彼此都幸福快樂，快說，快說啊！」
一直到幾個月後，喬才明白她持守決心的堅定有多麼強韌——她得告訴她的摯友她並不愛他，而且永遠也無法愛他。這是很不容易的事，然而喬做到了，因爲她知道再拖下去不僅於事無補，傷害也更大。
「我沒辦法眞心地說『願意』，所以我什麼也不說。不久你會明白我是對的，並因此而感謝我……」她神態肅穆地開口。

「我要是會才有鬼！」勞瑞說罷從草坪上跳起來，對喬的說法感到無比憤怒。

「會，你會的！」喬堅持道。「過不久你就會走出這場風暴，找到一個可愛又懂事的女生——一個敬愛你、當得起你的豪宅女主人的好女孩！我辦不到的，我粗魯、笨拙、古怪、蒼老，你會以我為恥的，我們會一天到晚吵個不停——我們現在就在吵個不停，而且——我不喜歡上流社會，但那是你的社交圈，你也會討厭我的寫作事業，但我卻非寫不可。我們在一起不會幸福的，但願我們有自知之明，否則災難一定會來臨！」

「還有沒說到的嗎？」勞瑞問道，勉強自己聽完這唐突的預言。

「沒有了——再補一件事，我不打算結婚。我很滿意目前的生活，而且也非常珍惜我的自由，不想為了任何一個普通男人急著放棄它。」

「我比你清楚！」勞瑞打斷她的話。「你現在這樣想，但你遲早會愛上某個人，你會為他瘋狂到只願意為他而活，甚至為他而死！我知道你會，因為你向來如此，我一定會等著看好戲的。」於是，絕望的有情人奮力將帽子摔在地上，要不是他的表情如此悲哀，那舉止肯定讓人大笑不已。

「是啊！我會為他而活為他而死，如果那個人可以讓我義無反顧地愛上他，而你最好死了這條心！」喬叫道，對可憐的泰迪已然失去耐心，「我已經盡力了，可是你一點也不講理，自私得只想一直和我討要我根本給不了的東西！我一直都很喜歡你，真的、非常喜歡——但也僅止於朋友而已了，我永遠也不會嫁給你，越早相信我的話，對你、對我都越好——我言盡於此了！」

這番話就像火藥一樣炸開。勞瑞瞪著她，足足有一分鐘之久，彷彿不知該拿自己怎麼辦才好。

他倏忽轉過身，語氣絕望地說道：「你有一天會後悔的，喬。」

「天，你要去哪裡？」喬叫道，因為勞瑞的臉色讓她驚懼。

「去死！」眞是安慰人的回答。

當他快速朝河堤走去時，約莫有一分鐘左右，喬的心臟彷彿凍結在當場。一個好端端的年輕人要去尋死，不僅相當愚蠢，也是無可赦免的罪行與極其痛苦的事，勞瑞不是那種承受不住打擊的人——他沒那麼軟弱。他壓根兒也沒打算要誇張地跳進水裡去，突如其來的衝動只是讓他把帽子和外套全甩進他的小船裡，然後使盡全力將船划出去。那船划得又快又穩，遠勝於他在之前任何一次競賽的表現。看著那可憐的傢伙努力想戰勝內心痛苦，喬長長地深吸一口氣，放開了一直緊握的雙手。

「那對他有好處的，他會帶著溫柔、懺悔的心情回家，倒是我，我已經不敢再去見他了。」喬說道，慢慢走回家去，心裡感覺自己扼殺了某種純眞的東西，並且親手將它埋進落葉堆底下。「現在我得去見勞倫斯先生，跟他談一下我可憐的朋友，讓他對他好一些。眞希望勞瑞能愛上貝絲，也許假以時日他會吧！可是這樣我就得擔心自己要被她誤會了。唉！女孩兒們怎麼可能會想要有對象，卻又拒絕了這個對象呢？這也太可怕了。」確定了自己是處理此事的不二人選，喬直接去拜訪勞倫斯先生，勇敢地告訴他事情始末。然而，在坦白完這一切後，喬的情緒就此崩潰，她為自己硬著心拒絕勞瑞而嚎啕大哭，仁慈的老先生雖然非常失望，卻一點兒也不責怪喬。他只是無法理解怎麼有女孩兒拒絕得了勞瑞，雖然他暗自希望喬能改變心意，但他甚至比喬還清楚，感情的事是勉強不來的。於是老先生傷心地搖搖頭，決心要帶領孫兒走過傷痛，因為這顆年輕浮躁的心對喬吐出的話語同樣刺激了他的祖父，令老人家儘管表面上不願承認，心中仍舊免不了深感不安。

勞瑞回到家時幾乎累垮了，神態卻相當鎮定，他的祖父也是若無其事地迎接他，兩人假裝一切正常地度過了一、兩個小時。然而，當他倆一如往常，在一天中最喜愛的薄暮時分坐在一起時，老人家卻無法像平常那樣閒聊，年輕人更無法安穩地聆聽祖父稱讚他過去一年的努力用功，因爲此刻的他只覺得這一切以愛爲名所下的苦功都付之闕如。他盡量忍住這種難受，及至忍不住了，便走到鋼琴前面，打開琴蓋彈奏起來。窗戶剛好開著，而跟著貝絲一起在花園裡散步的喬，有生以來第一次覺得自己比妹妹還要理解音樂，因爲勞瑞這時彈奏的是《悲愴奏鳴曲》，而且彈得前所未見地撼搖人心。

「我說，你彈得可眞好，可是哀傷得讓人想哭啊。小子，來點兒愉快的樂章吧！」勞倫斯先生說道。老先生仁慈的心滿是憐憫，他很想表達出來可又不知該怎麼做。

勞瑞立刻換了活潑的旋律，狂風暴雨般地彈奏上幾分鐘，就在他要英勇地即將完成演奏時，從隔壁傳來瑪楚太太溫柔呼喚的嗓音：「喬，過來一下，我需要你。」

那正是勞瑞想說的話，只不過是以另一種意涵。勞瑞聽見那聲呼喚，瞬間感到茫然不知所措，音樂戛然而止，彈奏者沉默地坐著，恍若四周暗無天日。

「我受不了了。」老人嘀咕說道。他站起來，摸索著走到鋼琴旁，將慈愛的大手搭在孫兒寬闊的肩膀上，讓自己的聲音盡可能如女性一般溫柔：「我知道，孩子，我知道。」

沉默片刻以後，勞瑞單刀直入地問：「誰告訴您的？」

「喬自己。」

「那麼，一切都結束了！」勞瑞不耐煩地甩開祖父的手，雖然他感激祖父的憐憫，但男人的自尊讓他無法接受來自男人的同情。

「不盡然。我想說一件事，然後這一切才畫上句點。」勞倫斯先生以非比尋常的溫柔回應道。

「也許你現在不想待在家裡了吧？」

「我沒有逃避一個女孩的打算。喬不能阻止我去看她，我愛在家裡待多久就待多久，而且我想看她就可以去看她。」勞瑞叛逆地說道。

「如果你不是我所認為的紳士的話，就去做吧！對喬的決定我也很失望，但她也不能強迫她自己呀？你唯一能做的事就是暫時離開。你想去哪裡呀？」

「哪裡都行。我不在乎我會變成什麼樣。」勞瑞站起來，發出刺痛祖父耳朵的魯莽笑聲。

「看在上帝份上，像個男人一樣接受事實，不要草率行事。何不照你原先計劃的出國去，把這件事給忘了？」

「我做不到。」

「可是你一直很想出國去，而且我也答應過你，大學畢業後就讓你出國的。」

「啊，可是我沒計劃要一個人去啊！」勞瑞飛快地走到房間另一端，臉上的表情還好沒讓爺爺看到。

「我沒要你一個人去呀！有個人已經準備好了，而且非常樂意陪你浪跡天涯。」

「那麼，請問是誰？」勞瑞停下來聽答案。

「我本人。」

年輕人立刻折回原處，速度就跟他走開時一樣快。只見勞瑞伸出手，粗啞著聲音說：「我是個自私、討人厭的傢伙——可是——您知道——爺爺——」

「願上帝幫助我，是的，我完全知道，因爲我也走過這一遭，在我年輕歲月裡也有過這樣的曾經，後來還有你父親的事。好了，孩子，過來靜靜坐下，聽聽我的計劃。一切都已安排妥當，我們可以立刻出發。」勞倫斯先生說道，握住孫兒的手，深怕一個不留神，他就會像他父親一樣，丟下他揚長而去。

「那，爺爺，計劃是什麼？」勞瑞坐下後問道，不管是聲音或臉色都不帶一絲興趣。

「我在倫敦有樁生意要去關照一下。雖然我自己處理會更好，但我要你去參與，這裡的事就交給布魯克管理，他辦事我放心。我的合夥人幾乎把該做的事都做好了，我只是等你來接班而已，我隨時都可以退休。」

「可是您討厭旅行，爺爺。我不能讓您在這樣的年紀還陪我出遠門。」勞瑞說道，他很感激爺爺願意爲他犧牲，但如果眞要去的話，他寧願一個人走。老人家心裡也清楚，所以故意不讓他一個人出門，因爲他確定眼前孫子的狀態糟透了，放任他隨心而行絕非明智之舉。雖然出遠門就意味著居家的舒適必須拋諸腦後，他還是堅定地說道：「好孩子，我還沒到老朽的地步，我很喜歡這個計劃。它對我有益，而且我的老骨頭也沒問題，因爲現在要旅行的話，就像坐在椅子上一樣容易。」

勞瑞倉皇勸說道那椅子可沒想像中好坐，或自己並不喜歡那計劃之類的，於是老先生很快又道：「我不會一直管著你或成爲你的負擔。我要去是因爲我怕你會因爲我一個人在家不放心，我不會妨礙你的，到時候你愛去哪裡就去哪裡，我自己也很有得玩呢！我在倫敦和巴黎都有朋友，老早就想去拜訪他們了。你就趁機去義大利、德國、瑞士、任何你想去的地方，欣賞畫作、聆賞音樂、看看美麗的風景——玩到你稱心如意為止。」

此時，勞瑞只覺得他的一顆心完全破碎，全世界對現在的他而言都只是狂風怒號的荒野，然而老人家不著痕跡地將一些聽起來誘人的詞彙放進他腦中。破碎的心出乎意料地跳動一下，狂風呼呼作響的荒野突然綻出一、兩處綠洲。他嘆一口氣，無精打采地開口：「您喜歡就好，爺爺。我去哪裡或做什麼都無所謂。」

「但對我而言這很重要。記住，小子，我給你完全的自由，而我也相信你不會濫用它。希望你能答應我這一點，勞瑞。」

「您說了算，爺爺。」

「很好，」老人在心裡想著。「你現在不以為意，但將來你會發現這承諾總有救你脫離災禍的時候，要不然就算我錯了吧。」

勞倫斯先生是個標準的行動派，他要打鐵趁熱，以免夜長夢多，因此他們很快就要出發了。在短暫的準備時間中，勞瑞就和身處這種境遇下的年輕紳士一樣，情緒化、暴躁易怒、苦思焦慮等現象交替出現，當然也不免胃口欠佳、外表邋遢。他將大部分時間與激烈的情感都投注在鋼琴上，對喬避不見面，只肯透過自己房間的窗戶盯著她好安慰自己。那張臉讓喬夜裡深受惡夢所苦，白天則甩脫不了這種壓迫在她身上的罪惡感。不同於一些遭受此種痛苦之人，勞瑞從未提起他的失戀，也不允許任何人——甚至瑪楚太太也不行——過來安慰或開導他。在某些情況下，這對他的朋友們而言是種解脫，不過在他出發前的幾週內，日子實在很不好過。每個人都替他高興，「可憐的傢伙要去遠遊忘卻煩惱，然後愉快地返家。」當然，他暗笑他們的錯覺，卻也悲哀地明白，有個人知道他對愛情的忠貞永不改變。

當離別的時刻來臨，他假裝精神昂揚，藉以掩飾住快要冒出頭的惡劣情緒。但每個人都看得出來他在逞強，然而大家為了他的緣故，也都裝出一副欣喜模樣。他的偽裝很順利，直到瑪楚太太親吻他時，在他耳畔低語著慈母的關懷，他才覺得自己不得不快些離開，於是他匆匆擁抱過每個人，也沒忘了悲傷的漢娜，然後逃命似的跑下樓。他若回頭就可發現喬隨即跟在後面下來，要跟他揮手道別。他的確回過頭了，並且走了回去，伸出雙臂環抱站在樓梯上的喬，他抬臉望向她，用明示的口吻可憐兮兮地問道：

「噢，喬，真的不能嗎？」

「泰迪，我親愛的好朋友，但願我能。」

就這樣了。片刻的沉默之後，勞瑞站直身子，說道：「沒問題，沒關係。」然後二話不說地離開了。啊，可是怎可能沒問題呢？喬也不覺得沒問題，因為當勞瑞的捲髮倚在她手臂上，而她言明了斬釘截鐵的答案時，她覺得自己在最好的朋友身上刺了一刀。而當他頭也不回地離去時，她知道，那個名喚勞瑞的小男孩已不復見了。

「眞的不能嗎？」
「但願我能。」

第十三章　祕　密

那年春天喬回家時，看到貝絲的改變嚇了一大跳。無人提及此事，甚至沒有人注意到，因爲這樣漸進的變化對晨昏相伴的人而言是察覺不出來的，對久未謀面的人來說卻是明顯得再難忽略。所以當喬瞥見貝絲的臉龐時，彷彿一塊大石立刻壓上心頭。跟秋天時相比，貝絲並沒有變得更蒼白，只是瘦削了一點，然而她的臉色顯得奇異、透明，好像凡人的成分逐漸被淨化，虛弱的肉身逐漸閃現出不朽的光輝，帶有一種難以形容的悲哀之美。喬看到且感受到了，不過當下並沒有說什麼，不久後這第一印象逐漸褪去，因爲貝絲看起來很快樂，沒有人會懷疑她在日漸好轉，而且眼前有別的事要煩，喬也就不再憂心了。

然而，在勞瑞走後，一切復歸平靜，那模糊的憂慮也回來盤據喬的心頭。她已坦白說出爲了錢而撰寫煽情小說的罪行，並已得到寬恕，但當她拿出積蓄，說起到山上度假的計劃時，貝絲雖然誠摯地向她道謝，卻要求她不要到離家太遠的地方去，去不遠的海邊走走就很適合她了。由於說服不了當了外婆的瑪楚太太留下小嬰兒跟她們前往，最後只有喬帶著貝絲到寧靜的海邊去，好好享受舒暢的戶外空氣，讓海風給貝絲蒼白的臉頰拂上一些顏色。

雖然那不是什麼時尙的渡假勝地，其中還是可以發現有趣的人，即便如此，她們姊妹倆也沒交上幾個朋友，因爲她們還是比較喜歡和彼此在一起。貝絲太害羞了，不喜歡人群，喬則是爲了身邊的事就已經忙得不可開交，鮮少有空理會外人。所以到頭來還是只有她倆彼此照顧、同進同出，不去在意別人如何看待她們——那些人經常以同情的眼神看著姊妹倆，那個強壯的姊姊和她虛弱的妹妹，她們總是在一起，彷彿本能地察覺到久別之日不遠了。

她們的確有這種感覺，只是誰也沒提，因爲在我們和我們最親密、最摯愛的人之間，往往有些事情無法啓齒。喬覺得在她的心與貝絲的心之間彷彿隔了一層面紗，可是當她伸手想揭開面紗，靜默中卻似乎浮出一種不可侵犯的神聖性，她只能等待貝絲開口。她對此感到懷疑，但也不諱言她的感謝，因爲父母親似乎尚未看見她所看見的。而在那寧靜的幾週間，她覺得心中的陰影日益明顯，她對父母親絕口不提此事，因爲她深信只要渡完假回家，貝絲的情形再沒有好轉的話，事情就會浮出檯面。她不止一次納悶過妹妹的眞實想法，當她們在海岸邊度過悠長時光的那會兒，當貝絲枕著喬的大腿，躺在溫暖的岩石上，或當沁人心脾的涼風吹拂，大海在腳邊敲擊出細響時，喬總會忍不住懷疑，貝絲是否猜想過那些可怕的眞相，掠過她心頭的念想又都是些什麼模樣。

有一天貝絲告訴她了。喬以爲她在睡覺，因爲她只是安靜無聲地躺在那兒，喬於是放下書本，用充滿渴望的眼神坐著看她，希望能夠在貝絲欠缺血色的臉上窺見一絲希望。然而，她的渴望怕是要落空了，因爲貝絲的雙頰瘦削，雙手虛弱得似乎連她們收集的粉紅色小貝殼都握不穩。更讓她難受的是，貝絲彷彿要逐漸從她的身邊飄離，她的雙臂立刻本能地抱緊她所擁有的最寶貴的珍寶。她的眼睛一度迷濛到看不見東西，當視野終於清晰時，她發現貝絲正以無盡溫柔注視著她，告訴她此刻已經無須開口，「喬，親愛的，我眞高興你已經知道了。我曾試著想告訴你，但就是做不到。」

喬沒有任何回話，只是用自己的臉頰磨蹭妹妹的，甚至連眼淚也沒有流下，因爲喬在最傷心的時刻不會流淚。她那時太過虛弱，只能讓貝絲試著去安慰她、支持她，伸出雙臂擁抱她，在她耳邊呢喃著讓她舒緩下來的耳語。

「我知道好一陣子了，親愛的姊姊，現在我已經習慣它了，去思考它、忍受它其實都不太困難。你也試著這樣看待它吧？不要爲我擔憂了，因爲這樣已經是最好的了，眞的！」

「貝絲，這就是你去年秋天那麼不快樂的原因嗎？你那時還不知道，但是從那時起你就一直默默忍受著，對嗎？」喬問道，完全不想去回應貝絲剛才那番話，不過她很高興勞瑞和貝絲的煩惱並不相干。

「是的，我那時已經放棄了希望，可是我還是不想生病。我試著去想，那只是我自己的幻覺，更不想拿這種事去煩任何人。可是當我看到你們全都這麼健康、強壯、有滿滿的快樂的計劃，一想到自己沒辦法像你們那樣，眞的讓我很難過，我那時還挺糟糕的呢，喬。」

「噢，貝絲，你怎麼不跟我說，讓我安慰你、幫助你呢？你怎麼能把我拒於門外，獨自忍受呢？」

喬的聲音充滿溫柔的責備，而當她一想到貝絲一

直孤軍奮鬥，學著與健康、愛情、生命道別，又欣然背起十字架邁步向前，她的心就忍不住抽痛。

「也許是我弄錯了，但我試著做些對的事。我不確定，因為沒有人說什麼，我也希望是我誤會了。我不想自私地在大家都很忙的時候嚇你們，因為媽咪為了瑪格已經非常擔心了，艾美不在家，你和勞瑞又那麼快樂——至少，我當時是那樣以為的。」

「我卻以為你愛上勞瑞了，貝絲，而我離開是因為我無法愛他。」喬的聲音有些激動，很高興終於能把眞相說出來了。

貝絲聽了喬的實話，滿臉不可置信，那表情讓還在心痛的喬都忍不住笑出來。她輕快而溫柔地又道：「所以，你沒愛上勞瑞囉？我還擔心你愛上他呢！擅自想像著那時的你，可憐的小小心靈充滿了失戀的愁緒。」

「啊，喬，我怎麼會呢？他那麼喜歡你。」貝絲問道，純眞得像個幼童。「我的確很愛他，他對我那麼好，我怎能不愛他呢？不過，是以家人的愛來愛他，我希望他有一天會成為我們眞正的家人。」

「反正不是透過我就對了。」喬堅定地說。「他還有個艾美，他們會是天造地設的一對，不過，我現在無心談論這些。除了你以外，我才不管任何人未來會如何，貝絲。你一定得好起來。」

「我也想呀！噢，好想好想喔……我努力著，可是還是覺得我在一天一天失去自己，而且是再也無法恢復的那種。就像海潮一樣，喬，它在退去時儘管速度很慢，卻是不可能讓它停住的。」

「會停住的，你的海浪一定不會那麼快就退去的。十九歲太年輕了，貝絲，我不能讓你走，我會努力，我會祈禱，我會和它對戰。我會不計任何代價把你留下來，一定有辦法的，現在還不遲，上帝不會殘忍到要從我身邊把你帶走的……」可憐的喬倔強地哭喊，她的心遠遠追不上貝絲那樣地虔誠順服。

單純、真誠的人很少侈言自己的虔誠。他們總把它表現在行爲上而不是言語上，這遠比說教或抗議有影響力得多。貝絲說不出道理也無法解釋，何以信仰能給她勇氣，讓她堅毅地放棄生命，並且欣然等待死亡。她就像一個毫不猜忌的小孩，只全心全意把一切交予上帝及自然，亦即衆生的父親與母親，確信祂們，也只有祂們能夠教導，不論此生或來生，皆能端正並茁壯自己的心靈。貝絲沒有以聖人的言論譴責喬，反倒因爲喬眞摯近乎滾燙的手足之情而更愛她，更貼近寶貴的凡人之愛——那是我們的天父要我們保有的，因爲這樣我們便與祂更親近了。她無法說出「我很樂意離去。」因爲生命對她而言非常甘美。當憂傷之洋朝她們襲來第一波痛苦的巨浪，她只能啜泣道「我試著樂意領受。」並且緊緊抓住喬。

不久後，貝絲恢復平靜了，說道：「我們回家後，你會告訴他們這件事吧？」

「我想，不用說他們也看得出來。」喬嘆道，因爲她覺得貝絲每天都在改變。

「不見得。我聽說愈是摯愛的人，對這樣的事就愈盲目。如果他們看不出來，你得幫我告訴他們。我不要有任何祕密，而且讓他們準備一下比較好。瑪格有約翰和雙胞胎可以安慰她，可是你一定得幫爸爸和媽媽撐住，喬，你會的吧？」

「如果我可以的話。可是，貝絲，我還沒放棄。我要把生病這件事當成幻影，不准你把它當成事實看待。」喬說道，努力讓語氣輕快起來。

貝絲躺著想了一會兒，然後以她平靜的語調說：「我不知道如何表達自己，而且除了你以外，我不想告訴任何人，因爲我只能把心裡的事跟我的喬訴說。我只想說——我心裡有個感覺——我活不久了。我不像你們那樣，我從未訂定計劃，說長大後要做些什麼。我從未想過要結婚，像你們那樣，我每次想到自己，就只覺得我是小蠢蛋貝絲，在家裡晃來晃去，除了在家之外哪兒都去不了。我從未想過要離開家，現在卻面臨了最大的難題——我得離開你們了。我並不害怕，只是擔心自己在天堂會太過想家。」

喬說不出話了，在接下來的幾分鐘裡，除了風的嘆息和潮水輕撥岸邊以外，四周一片靜寂。一隻翅膀雪白的海鷗飛過，銀亮的胸膛映照天上燦爛的陽光。貝絲望著牠，直到牠從視線裡消失，眼中盛滿哀傷。一隻灰色的水鳥走過來時絆跌在沙灘上，牠輕盈地透過水面偷瞧一下自己，彷彿在欣賞太陽與大海。牠離貝絲很近，眼神友善地覷向她，駐足在一塊溫暖的岩石上，理理身上弄濕的羽毛，看起來一派怡然自得。貝絲微笑著，感覺很受安慰，因爲那小東西似乎在展現牠的友誼，提醒她這愉快的世界還是値得享受的。

「眞可愛的小鳥！喬，你看，牠多溫馴哪。比起海鷗，我更喜歡這樣的小鳥。牠們沒有那麼張揚、漂亮，可是好快樂的樣子，天眞無邪的小東西。去年夏天我常常說牠們是我的鳥，媽媽倒是說牠們常讓她想到我——忙碌、色澤樸素的小動物，總是在岸邊，滿足地唱著屬於牠們的小曲。喬，你是海鷗，強壯、狂野、喜歡大雨和風，熱愛遠遠地飛到海上，快樂地獨自翱翔。瑪格是班鳩，而艾美就像她筆下的雲雀，想高飛到雲端上，卻老是掉回窩巢。我親愛的小妹！雖然企圖心旺盛，但她的心是善良、溫柔的，而且不論她飛得多高，她永遠不會忘記回家。我希望能再看到她，可是她似乎距離我們太遠、太遠了。」

「她春天就會回來了，我的意思是，你得準備好喜迎她回家。到那時，我一定會把你養好，讓你臉色紅潤地和你妹妹重逢。」喬急忙開口，感覺貝絲又出現變化了，尤其是在談話上的改變，因爲她現在似乎可以毫不費力、自在地聊天了，完全不同於以往害羞的貝絲。

「喬，親愛的，別奢望了，沒有用的，我清楚得很。我們不要憂傷難過，在那一刻來臨前，我們只需享受我們同在的時候。我們會很快樂的，因爲我不會有什麼疼痛，而且我想，如果你能幫我的話，我可以走得很順利的。」

喬彎下身來，親吻那張寧靜安詳的臉龐，藉由那沉默一吻，她暗下決心，要將自己的全副身心都獻給貝絲。

她說得對。當她們到家時根本用不著說什麼，父親和母親現在清楚看見了結果——不是他們所祈禱的。而因這短暫旅行所導致的疲憊，貝絲一到家，說了聲回家眞好，便上床休息了。喬逕自下樓去，慶幸自己免去貝絲交付給她的任務，要她向父母說出妹妹的祕密。她看見父親把頭靠在壁爐台上，當她進來時也沒有轉過身來，但她母親朝她伸出了雙手，彷彿急欲尋求幫助，於是喬不發一語，走向前去遞出安慰。

第十四章　新印象

下午三點，尼斯所有的流行風尚都會現身在盎格魯街[1]——一個燦爛耀眼的地方，擁有寬廣的步道、成排的棕櫚樹、花田、熱帶灌木林，一邊臨海而另一邊傍著大道，大道旁的飯店、別墅櫛比鱗次，後方還有柑橘園與小山丘。許多不同國家的人到此一遊，許多不同的語言在耳畔出現，許多不同的服飾映入眼簾，要是碰上大晴天，街上熙來攘往的歡樂景象堪比嘉年華會。傲氣的英國人、活潑的法國人、嚴肅的德國人、俊美的西班牙人、怪模怪樣的俄國人、溫順的猶太人，以及不拘禮節的美國人，他們或駕馬車、或坐、或閒逛，聊完時事接著品評新來乍到的當紅名人——瑞斯托尼[2]或狄更斯，維克多．艾曼紐或三明治島女王等等。他們出遊的陣仗因人而異，但絕對吸睛，尤其有趣的是仕女們所駕的四輪馬車，由雄赳赳的小馬拉著近地的低車身，並使用漂亮的網子罩住她們體積龐大的裙襬，以防過多布料溢出她們的交通工具，馬車後的轅桿上還有一個小馬車伕，站在那兒負責照看她們。

在聖誕節早晨，一個年輕人在步道上緩緩走著，他的個子很高，雙手背在身後，一臉失魂落魄。

1 盎格魯街（the Promenade des Anglais）法國東南部城市尼斯的一條著名海濱步道，沿著地中海蔚藍海岸而建。

2 瑞斯托尼（Adelaide Ristori, 1822-1906），義大利著名的悲劇女演員。

他看起來像義大利人，穿著打扮像英國人，身上透露的獨立精神卻是美國人的——這樣的組合吸引了各色女性愛慕的眼光，而眾位身著黑色天鵝絨西裝、打上玫瑰色領帶、戴著皮手套，並在扣眼裡插上一朵橘色小花的時髦男性們，看見他卻只是聳聳肩膀，心裡忌妒著他的身高。

這條道上有許多美麗臉龐，這個年輕人卻很少注意她們，只偶爾將視線投向一些身穿藍色衣服的金髮女孩。此刻他在大道上散步，來到十字路口時停住腳步站了一會兒，彷彿不知該去城市公園聽樂團表演，或是沿著海灘走到城堡丘去。輕快的馬蹄聲讓他不自覺抬頭往上看，一位年輕仕女駕駛一輛輕巧的馬車疾馳而來，那女孩擁有一頭金髮，身穿一襲藍色衣飾。他定睛瞧了一會兒，隨即整張臉笑開來，像個小男孩似的揮舞起手中帽子，朝她跑過去。

「噢！勞瑞，真的是你？我還以爲你永遠都不會來了呢！」艾美叫道，放下韁繩，伸出雙手，看得一旁有位法國媽媽趕緊拉著女兒快步離開，以免孩子看到「瘋狂英國人」開放的舉止而被帶壞——光想就深感何謂道德淪喪。

「我在路上被耽擱了，不過早答應了要陪你過聖誕節的，

這不就來了嗎？」

「你爺爺好嗎？你是什麼時候來的？你住在哪裡呢？」

「很好——昨天晚上——住在沙灣。我去飯店找過你，可是你不在。」

「我有好多話要說，不知該從何說起呢！上車吧！這樣我們可以慢慢說。我要去兜風，正希望有個伴。芙洛忙著爲晚上做準備，沒空陪我。」

「晚上有什麼事？舞會嗎？」

「嗯，我們住的飯店要辦一場聖誕舞會。飯店裡住了不少美國人，大家爲了慶祝聖誕節決定舉辦的。你會來，對吧？姑媽會很高興的。」

「謝謝。現在要去哪兒？」勞瑞問道，身體往後靠，雙臂交疊在胸前，這個舉動正合艾美當下的心意，因爲她喜歡駕馬車，她的陽傘馬鞭和掛在小白馬背上的藍色韁繩，足以給她帶來無限的滿足感。

「我要先去銀行拿信，然後再去城堡丘。那兒的景色美極了，而且我喜歡餵孔雀，你去過那裡嗎？」

「常去，好幾年前啦，不過我不介意再去看看。」

「現在來聊聊你自己吧！我最後一次聽到你的消息是從你爺爺那裡，他說你會從柏林過來。」

「對，我在柏林待了一個月，然後到巴黎和他會合，他在那裡住了一整個冬天。他有很多朋友都在巴黎，可以過得很開心，所以我就來來去去的，我們相處得很愉快。」

「那樣安排挺好的。」艾美說道，覺得勞瑞好像有點兒不一樣，可是她又說不出來是哪裡不一樣。

「啊，你懂的，他討厭旅行，我討厭守在原地，所以我們找出一個適合彼此的方法了，一點問題也沒有。我偶爾去陪陪他，他也喜歡聽我的冒險故事──我很喜歡從外地漂泊回來時，有個人期待我回家的感覺。噢，這邊的老房子，又破又髒亂，你不覺得嗎？」他接著說道，看了一眼他們沿街駛過的舊市區拿破崙廣場。

「塵土也可以是美景，所以我不在意。這邊的河水和山丘很好看，路過這些交錯的街道小徑也讓我很開心。現在我們得等遊行隊伍過去，他們要去聖約翰大教堂。」

當勞瑞無精打采地盯著遊行隊伍，等待天篷底下的神父們、手持小蠟燭的修女們，以及身穿藍衣吟唱聖詩的兄弟團行進時，艾美也在看著勞瑞，且心中竄過一股未曾有過的羞怯，因爲勞瑞變了，坐在她身旁一臉陰鬱的他，已經不是當年那個總是滿臉歡快的男孩了。他比以前更帥氣、更顯風度翩翩──艾美心想著，而在久別重逢的興奮退去後，此刻的勞瑞看起來既疲憊又沮喪──並非生病，也非全然不快樂，只是看起來比正值朝氣蓬勃的實際年齡還要嚴肅，還要老個一、兩歲。艾美不知道原因也不想冒險去問，於是在遊行隊伍經過派格里歐尼橋，穿過拱門沒入教堂的當下，她甩甩頭，用馬鞭輕輕拍打她的小馬。

「Que pensez-vous?（你在想什麼？）」她問道，刻意秀了一手外語。自從到了外國後，即便她的法語仍舊不甚流暢，至少也算認識了不少新詞彙。

「小姐眞是沒有虛度光陰，成果斐然哪！」勞瑞答道，一手放在胸前鞠躬爲禮，表達他的讚賞與欽羨。

艾美高興得臉都紅了，但不知怎的，這讚美卻不像以前聽到那樣令她滿足。當他們都還在家，一塊兒參加歡慶場合時，他總會跟在她旁邊，直截了當地稱讚她「可愛的小東西」，並送上一個真心的笑容，讚許地拍拍她的頭。她不喜歡他現在說話的調調，並非讓人覺得膩味，而是雖然一臉稱許，聽起來卻漠不關心。

「如果這就是他要長成的模樣，我倒希望他不要長大。」艾美思忖道，不禁覺得失望與不快，但仍試著保持輕鬆愉快。

在艾薇閣多爾，她拿到了寶貴的家書，於是把轠繩交給勞瑞。當馬車行經林蔭道路，綠色樹籬夾道歡迎，茶玫瑰新鮮盛綻如六月花朵，她已在這般景致相伴下，奢侈地享受起閱讀信件這項活動了。

「媽媽說貝絲的情況很糟。我經常想我該回家去，可是大家都說『留下』，於是我就留下了，畢竟我再也不會有像這樣的機會了。」艾美說道，盯著信紙滿臉肅穆。

「我認爲你是對的。你在家裡也幫不上忙，而且，我親愛的，只要知道你在這兒過得很好、很快樂、很開心，他們也就能放心了。」

勞瑞靠近了些，說話的表情也更像以前的他，艾美心中因擔憂而起的壓力稍微減輕了些，因爲他的表情、動作，以及那句哥哥一般的「我親愛的」讓她覺得安心極了，彷彿要是眞出了什麼事，她在異國也不至於孑然一身。她突然間笑了起來，將一張喬的小幅速寫遞給他——塗鴉裡的喬套著她的寫作服，那頂便帽上猛然豎起一個蝴蝶結，喬自己則從嘴裡吐出幾個字：「大師燒腦中！」

勞瑞微笑以對，他收下素描放進背心口袋，以免「燒起的火被風吹熄了」，隨後以興味盎然的模樣聽艾美繼續生動地讀信。

「對我而言，今天是個非常美好的聖誕節，一早收到禮物，下午就遇到了你還收到家書，晚上還有舞會在等著我們。」艾美說道，那時他們剛從舊碉堡的遺跡中走下來，一群美麗的孔雀便過來圍繞住他們，溫馴地等待被餵食。艾美站在勞瑞上方的斜坡，笑著將麵包丟給璀璨奪目的鳥兒們，勞瑞看著她就像剛才她看著勞瑞那樣，禁不住讚嘆起來，才多久不見，艾美身上就起了許多變化。他在艾美身上看不到困窘或令人失望之處，有的只是更多迷人和值得稱許的特質。若是忽略掉她在說話和動作上仍有些做作的話，她是一如往昔的爽朗、莊重，且在衣著舉止間透出一股難以形容、堪稱優雅的氣質。雖然年輕卻總顯得圓熟，她在姿態與言談上一派泰然自若，彷彿已是進入社交界的女人似的，不過，她時不時仍會顯出性急的本我、倔強的脾氣還有飄洋過海依舊不變的直率。

勞瑞不可能在觀察她餵孔雀時就將這一切看透，不過就他目前所見的也夠讓他驚奇了。他忘我地欣賞眼前這幅美景：一臉燦然的女孩沐浴在陽光下，光線襯出她衣著柔和的色調、兩頰嬌嫩的色澤，金色的頭髮閃閃發光，在賞心悅目的畫面中，她是令人屏息的主角。

他們走上位處山丘之冠的石造平台，艾美揮舞著手，彷彿在歡迎勞瑞來到最讓她流連忘返的地方。她開心地說個不停，一隻手東指西指的，「你記得嗎？大教堂和科索灣——漁夫們就在那裡拖拉魚網，還有那條路很漂亮，通往法蘭卡別墅和舒伯特塔——就在那下面，最棒的就是那邊海面上有一個斑點，距離滿遠的，那就是他們說的……科西嘉島嗎？」

「我記得。都沒什麼變。」他意興闌珊地回答。

「喬一定會不計代價地想看一眼那個斑點吧！」艾美說道，精神昂揚，也期盼看到勞瑞有一樣的反應。

「是吧。」他只說了這兩個字，不過他還是轉過身，極目遠眺那個小島，彷彿小島上有個遠比拿破崙更偉大的篡奪者更能吸引他的目光。

「爲了她的緣故，好好瞧瞧那座島，然後過來告訴我，你這些日子都在忙些什麼？」艾美說道，坐好了，準備想來個促膝長談。

然而，她的打算落了空，因爲他雖然在她身旁坐下了，並且爽快地回答她提出來的所有問題，她也只得知他在歐陸上遊歷過一遭、前陣子去過希臘。於是在閒聊一小時後，他們駕駛馬車返家，勞瑞向卡羅太太致意後就離開了，臨走前答應晚上一定會過來。

那天晚上艾美精心打扮的程度眞是値得被記錄下來。許久不見的兩個年輕人都有了顯著的改變，她的老朋友給她一種耳目一新的感覺，他再也不是她們口中的「我們的男孩」，而是一個英俊、風度翩翩的男士了，艾美心中自然想讓他驚豔一番，好得到他的青睞。她知道自己的長處，並且將之發揮得淋漓盡致，對一個貧窮但美麗的女子而言，這就是她最大的財富。

在尼斯，棉料和薄紗都很便宜，所以在這樣的場合中，她就拿這兩樣東西來包裝自己，按著適合年輕女孩兒的英倫時尚，爲自己選製樣式簡單的衣裝，再搭配迷人的淡香水與鮮花、戴上一些小飾品，最後添上各種高貴不貴的精緻細節。老實說，這女孩有時候還眞有藝術家上身的態勢——一向耽愛於骨董風格、雕像般的姿態和古典美的窗簾。然而，親愛的，我們都有自己的小缺點，只是當這些年輕人以他們的美麗來滿足我們的雙眼，並且以他們誠實無僞的虛榮讓我們的心靈保持歡樂時，小缺點也就是可以忽略不計的事情了。

「我就是要讓他認爲我是美女，而且回家後要跟她們說。」艾美對自己說道。她穿上芙洛舊的白色絲質禮服，罩上宛如乾淨雲朵的輕軟薄紗，襯得她一雙白皙肩膀與燦金頭髮有如藝術品一樣優美。至於髮型，她認爲自己不應該在頭髮上大費周章，因此僅將這一頭波浪般的豐盈秀髮挽起來，在腦後梳成一個彷若畫中青春女神的髮髻。

「這不是流行的髮型，卻很適合我，況且我也沒錢給自己來個驚豔全場的打扮。」每當有人建議她燙個捲髮、吹個膨髮、編個辮子，跟著流行走時，她總是這樣回答。

沒有夠好的配件可以搭配如此重要的場合，艾美便將粉紅色的杜鵑花串成圈，裝飾在自己的柔軟的裙襬上，再以細緻的綠色藤蔓妝點自己白皙的肩膀。她拿過自己的白色緞面舞鞋，想起以前的彩繪靴子，這雙鞋如今在她眼中，已被視爲少女情懷的夢想成眞。艾美在房裡輕快地練起滑步，獨自欣賞自己滿是高雅氣息的雙腳。

「我的新扇子剛好可以配我的花，我的手套可以展現魅力，而姑媽手絹上的純正蕾絲，對我的整體衣著有畫龍點睛的效果。要是我能有希臘式的鼻子和嘴巴就完美無缺了。」她說道，兩手各持一支蠟燭，吹毛求疵地打量著自己。

抱怨歸抱怨，她仍踩著非比尋常的愉快步伐，輕盈優雅地踏出房間。她不常奔跑——那不合她的風格，她是這樣想的，因爲個子高䠷的緣故，相較於活潑奔放的形象或笑得花枝亂顫的嬉鬧，雍容華貴地展現她女神般的儀態肯定要適合得多。在等待勞瑞到來時，她在長形交誼廳內來回走動，一度讓自己站在大吊燈下，因爲這樣可以襯得她的秀髮亮麗燦然，隨後又想著也許別處更好，便往交誼廳另一頭移動，好像嬌羞的少女期盼能給人美好的第一印象似的，而結果證明她這個行動再好不過了。勞瑞進來的當下，她並沒有察覺，因爲他是靜悄悄地走進來的。那時她正巧站在遠處窗戶前半側著臉，一手執起裙襬，她的身形曼妙、全身雪白，在鮮紅窗簾的映襯下，簡直像一尊安靜佇立於此的女神雕像。

「黛安娜女神，晚安！」勞瑞開口，看著她時眼中流露出心滿意足，那正是她所樂見的。

「晚安，阿波羅！」她答道，同樣回以一個笑容，因爲他看起來也是不同於以往地風度翩翩。一想到她即將挽著這位英俊瀟灑的男士走進舞廳，艾美忍不住打從心底憐憫起戴維斯家長相平平的四位千金來。

「這是給你的花。我自己紮的，我記得你不喜歡漢娜說的那種『制式花束』。」勞瑞說道，遞給她一個精緻的小花束，捆住花束的包裝上竟還多了一樣精品，正是她每次經過卡帝利亞名店櫥窗前，總會看得兩眼發直的那一件。

「你眞好！」她感激地高叫。「如果我知道你今天要來，我一定會特別給你準備東西的，不過，怕沒有這個這麼好就是了。」

「謝謝你。但它這時還稱不上是好，要你戴起來才能眞正展現出它有多好看。」他說道，那時艾美就在將那一只銀手鐲扣上手腕。

「請別這樣說。」

「我以爲你喜歡聽這種話。」

「但不是聽你說。這話從你嘴巴說出來很奇怪，我比較喜歡你直來直往的老樣子。」

「眞高興你這麼說。」他回應道，表情輕鬆起來，幫她把手套的扣子扣上，然後請她幫忙看他的領帶有沒有歪掉，就像以往他們在家時，要一起出門參加舞會那樣。

那天晚上，大家在長形大廳裡組裝了一個只有在歐陸才能看到的聖誕馬槽。熱心待客的美國人邀請了他們在尼斯認識的每一個人，雖然對貴族頭銜沒有任何偏好，他們也還是邀請了幾位貴族來給這場舞會增添光彩。

一位俄國王子紆尊降貴地在角落裡坐了一小時，和一位身材壯碩的女士談話，她身穿黑絲絨禮服、脖子上圍了條珍珠頸圈，打扮得就像哈姆雷特的母親。一位十八歲的波蘭伯爵將全副心神都放在一群女士身上，他們興致勃勃地談天說地，女士們個個都稱讚他爲「迷人的小可愛」。一位德國王公貴族是專程過來享用晚餐的，只見他在場中游移不定，搜尋可供他大快朵頤的美食。羅契柴德男爵的私人秘書是一位穿著緊身靴的大鼻子猶太人，他眉開眼笑地悠遊於舞會中，彷彿他主人的名字是他頭上榮耀的光環。一位與皇帝有交情的魁梧法國男士正在盡情享受跳舞之樂，一位英國來的護士長——狄瓊斯夫人帶著她的八個小孩一同出席，讓舞會熱鬧不少。

會場裡想當然爾不可能沒有少女們，包括許多步履輕快但聲音尖銳刺耳的美國女生、美麗但面無表情的英國小姐、長相平庸但情緒興奮的法國女孩，此外還有玩得不亦樂乎、旅途中過來參一腳的年輕紳士們，而一旁靠著牆排排站、溫和地對那些與女兒們共舞的各位紳士微笑的，當然就是來自各國的媽媽們了。

任何一個女生都不難想像，那晚當艾美挽著勞瑞手臂進場時，那種「獨領風騷」的神氣是什麼樣的心境。艾美知道自己看起來美極了，而且生性愛跳舞的她彷彿如魚得水一般，預感自己即將大顯身手，此外她也十分享受這種心境，這種年輕女孩兒在這新奇可愛的王國裡初登場，因著美貌、青春及女性特質而擁有的、與生俱來的權力與愉快。她深深地為了戴維斯家的女兒們感到遺憾——她們笨拙、平庸、欠缺護花使者，身旁只有她們嚴厲的父親和三個更嚴厲的未婚姑母。艾美經過她們身旁時，以最友善的姿態鞠躬為禮，這是艾美的一片好心，因為這樣她們剛好可以清楚地欣賞她的服裝，並且對她身旁俊美非凡的友人燃起好奇心。

當樂團演奏起第一支舞曲，艾美神情興奮、雙眼發光，雙腳急躁得在地上打起拍子，因為她的舞技超群，而且她想讓勞瑞知道這件事。因此當她聽見勞瑞以堪稱無波無瀾的平淡語氣提問時，她心中的詫異簡直無法形容，那情景、那表情就留給讀者諸君去想像了。

勞瑞問的是：「你要跳舞？」

「來舞會的人通常都會跳舞。」

艾美訝異的神情和不假思索的答話讓勞瑞立刻改正自己的錯誤。

「我是指第一支舞。我有這個榮幸請你跳嗎？」

「是可以跟你跳一支舞，如果我請伯爵稍等一下的話。他的舞跳得好極了，不過我想他會答應吧，畢竟你是我的老朋友呀。」艾美說道，希望搬出這個舞伴的名號會得到好效果，讓勞瑞知道千萬別小看她。

即便如此，她收到的只有以下這般讚美……「這小男生長得挺好看，不過以一個舞伴來說，這波蘭人實在太矮了點，因爲他的舞伴……『初見恍若女神下凡，身形出挑，容顏姣好。』」[3]

後來他們發現周圍跳舞的都是英國人，艾美深陷其中，不得不禮貌地跟著走完一曲方塊舞，滿腦子卻只想盡情跳上一支可以快速旋轉的塔朗泰拉舞。勞瑞隨後把她交還給那個「長得挺好看的小男孩」後，就去盡他的義務，邀請芙洛跳舞去了，完全沒有意識到艾美想跟他跳個高興的願望。勞瑞這欠缺深思熟慮的舉動很快就得到應得的懲罰，因爲艾美接下來直到晚餐時間都是邀約不斷，她沒有拒絕任何一支舞，意思是如果勞瑞有任何一點懺悔的意思，她是可以厚道一些的。然而，在接下來一首歡樂的波卡舞曲前，勞瑞迎向她的步伐竟然根本不見一絲慌張，只是散步一樣走向她邀舞，艾美只能一臉平靜地秀出她被寫滿名字的舞伴小冊，得到勞瑞的一聲抱歉。他禮貌性的悔意並未得到她的認可，當她與伯爵輕快共舞時，甚至看見勞瑞在她姑媽身旁坐下，臉上明顯一副鬆了口氣的神情。

那眞是不可原諒，氣得艾美好長一段時間都不想理他，只偶爾在兩首舞曲間的空檔回到姑媽身旁，調整髮夾或休息片刻時才跟他交談一、兩句。不管怎麼說，艾美的憤怒總算起到作用，因爲當她隱忍著脾氣不發作，還用笑臉作掩飾時，整個人看起來竟是異乎尋常地神采飛揚。勞瑞於是開始興味盎然地研究起她，因爲她在舞會中既不喧鬧也不閒晃，只是全心投入、姿態優雅地專注在每一支舞上，盡情享受美好的歡樂時光。他自然也就像發現新大陸似的，重新審視起眼前的她，而舞會尚未進行到一半，勞瑞就已經料定「小艾美將會成爲一位非常迷人的女性。」

舞會場面活潑熱絡，很快地大家都感染了社交季的愉快氣氛，再加上因聖誕節而起的快樂，每個人都是一臉容光煥發，內心歡愉且腳步輕盈。樂手們不論是拉小提琴、吹喇叭、擊鼓或彈琴，都像沉浸其中不亦樂乎，能跳舞的人全都下舞池去了，沒法兒跳的人則空前熱心地觀看鄰近人們翩翩起舞。戴維斯家氣氛陰鬱，狄瓊斯家活蹦亂跳得像一群年輕長頸鹿。黃金秘書帶領一位身穿粉紅色的法國美女，曳地禮裙摩挲地板，兩人在屋裡流星似的穿梭來去。德國貴族終於找到餐桌，快樂地大吃一頓以求值回票價，不過卻讓服務生因他的杯盤狼藉而沮喪不已。皇帝的朋友可給自己掙足了面子，因爲不管他會不會跳這支舞，只要音樂一響他就下去跳，要是眞不知該怎麼跳時他就即興表演旋轉腳尖的絕技。那胖男人像男孩似的熱力四射，將衆人目光都吸引了去，因爲他雖然得「負重前行」，跳起舞來卻彷彿一顆橡皮球一樣靈活。他奔跑、飛舞、騰躍前進、滿面紅光，他的禿頭晶瑩閃亮，禮服燕尾瘋狂翻飛，舞會鞋還在空中閃著光芒，及至音樂一停，他拭去眉上汗珠，對他的國人們揚起微笑，儼然就是法國版的皮克威克[4]，獨獨少了眼鏡而已。

艾美和她的波蘭舞伴展現出跟那法國人一樣的熱情，唯獨舞步輕盈優雅得多。他們的傑出表現贏得許多讚賞目光，而勞瑞發覺自己不由自主地也跟著那雙舞鞋打拍子，白色舞鞋躍上躍下，彷彿長了翅膀般永不疲倦。小伯爵終於放下艾美，並且一再道歉自己「非常遺憾這麼早就得離開」，艾美這時也想休息了，順便察看一下被自己懲罰的變節騎士情形如何。

懲罰的效果非常好，這位二十三歲的年輕人正等著對她大獻殷勤——受到美人、燈火、音樂與

3出自英國詩人丁尼生（Alfred Tennyson）的詩作 *A Dream of Fair Women*。

4皮克威克（Pickwick），英國文豪狄更斯（Charles Dickens）所著《皮克威克外傳》（*Pickwick Papers*）中的主角，是個勤勉樸素、做事慌張卻精神飽滿的老人。

肢體語言的魅力影響，年輕的神經顫慄、年輕的血液澎湃，健康的年輕精神也隨之昂揚起來。當勞瑞起身讓座給艾美時，臉上一副大夢初醒的神情，並且急匆匆地去給艾美拿餐點，艾美則滿意地微笑著，自言自語道：「啊，我就知道對他有幫助嘛！」

「你看起來就像巴爾札克筆下『上了妝的女子』。」勞瑞說道，一手給她搧扇子，一手遞上一杯咖啡給她。

「我的胭脂不會褪色。」艾美說著揉揉自己閃爍光澤的臉頰，再給勞瑞看她一片乾淨的白色手套，馬上逗得他大笑不已。

「這個東西叫什麼？」他問道，摸摸飄過來他膝上的一摺裙襬。

「雪紡薄紗。」

「好名字。它眞的很漂亮——新流行，對嗎？」

「這都老掉牙了。你看過成打的女孩子穿這種材質，卻一直到現在才發覺裙子很漂亮？Stupide!（好蠢！）」

「我從沒看你穿過呀，所以才犯這個錯。」

「別在那邊耍嘴皮子。我現在寧願接受咖啡也不要恭維。坐好，別癱在椅子上，這會讓我很緊張。」

勞瑞聞聲立刻坐得端正，溫順地接過艾美手中的空盤，並且對於「小艾美」指揮他起了一種奇怪的愉快感覺。此時的艾美已經不再羞怯，而且忍不住就想對勞瑞頤指氣使起來，因爲只要男人們展示出一星半點的順服跡象，女孩們便能即刻知曉利用這種服從的最佳時機，並且使之達到雙方都滿意的結局。

「你從哪兒學來的這些有的沒的？」勞瑞問道，神情古怪又充滿迷惑。

「這『有的沒的』說得有點難以理解，你可以好心解釋一下嗎？」艾美回道，對勞瑞的意思其實清楚得很，卻奸詐地要他說出難以清楚描述的部分。

「呃，就是——整體的感覺、風格、鎮定、那……那……雪紡薄紗——你知道的啦！」勞瑞大笑道，徹底被擊敗，詞窮之下只得抓個新詞來搪塞。

艾美滿意了，不過她當然不會表現出來，只見她收斂起語氣，含蓄地回應道：「國外生活多少會讓自己長點見識嘛，除了玩樂，我也是在努力精進自己的，至於這個的話——」她對自己身上的衣裙比劃了下——「雪紡紗很便宜，花朵在沒什麼飾品可用的時候向來能派上用場，我也很習慣動手做，讓自己不太值錢的東西發揮它們最大的價值了。」

艾美還挺後悔說出最後那句話的，她怕這種說法會很沒品味，不過勞瑞倒是因此更喜歡她了，他發現自己既欣賞又尊敬這種善用價值的勇氣與堅毅，以及用鮮花掩去貧窮的開朗精神。艾美不知勞瑞為何如此溫柔地看著自己，也不懂他為何要在她的舞伴小冊上填滿他的名字，將他的整個晚上都獻給她，竭盡心力讓她高興。其實，這種改變是在雙方不自覺間發生的，他們彼此傳遞新印象給對方，也自然收受下對方的回饋，從而產生動力，最後才能促成這如此令人愉快的嶄新變化。

第十五章 困乏

在法國，當「自由萬歲」成爲座右銘，年輕女孩兒們的日子過得百無聊賴，要直到婚後才得以改變這種狀況。而在美國，衆所皆知，女孩兒們老早簽了獨立宣言，以共和主義者的熱情恣意享受自由，不過，一旦當了媽，生活就侷限得有如住進法國女修院一般，但不會如修道院那麼平靜就是了。不管她們喜不喜歡，在婚禮的興奮褪盡後，幾乎就是乏人問津。雖說大部分人會叫嚷著否認，就像前幾天有個美女說：「我美麗如昔，卻只因爲已婚，就沒人再看我一眼了。」

瑪格並非美女也非時尚教主，她一直沒有這種苦惱，婚後的小世界如往常運作，她甚至發現自己得到的欣賞和寵愛更勝以往——直到她的雙胞胎長到了一歲大。

由於她是個有女人味的小女人，母性本能非常強烈，因此全副重心都放在孩子身上。她把自己和孩子們隔絕於任何人、事、物之外，日以繼夜地撫育他們，竭盡心力、不辭勞苦。可憐的約翰完全被晾在一邊，因爲現在他們已經僱了位愛爾蘭女士負責他們家的食事了。

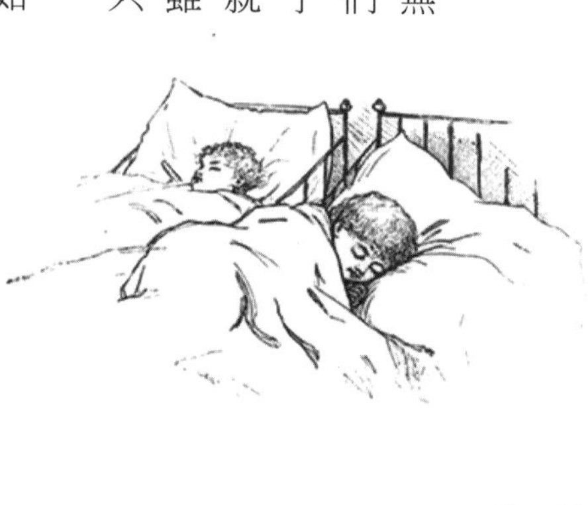

做爲一個居家型男人，約翰當然想念太太的相伴溫存，可是愛孩子的他也覺得自己犧牲一下沒關係，大而化之地想著家中很快就會恢復和諧。然而，三個月過去，一點恢復正常的跡象也沒有，瑪格看起來又累又緊張，孩子耗盡了她所有時間，她根本無暇操持家務。反倒是廚子凱蒂「鬆鬆」

過日，鬆得連約翰的伙食也隨便應付。他早晨出門時，看到瑪格為了孩子們芝麻綠豆大的事而憂心忡忡，覺得不可思議；晚上下了班，帶著愉快的心情回家，想要給一家人來個熱情擁抱，卻只換來一句「噓！他們鬧了一天，剛剛才睡著。」頓時熱情全消。如果他打算來點兒娛樂，「不行，會吵到孩子們。」如果他暗示道，想要兩人一起去聽演講或音樂會，就立刻挨白眼且遭到訓斥：「叫我丟下孩子們跑出去玩？別說了！」

約翰總是睡不安寧，不是被孩子們的哭聲吵醒，就是被半夜跑來跑去照顧孩子的無聲人影所驚醒。他從未好好吃過一頓飯，只要樓上小窩傳來一絲聲響，整個家便會人仰馬翻。而在他晚上看報時，兒子不明原因的大哭會被寫進購物清單，女兒的摔跤會讓股市慘跌，因為布魯克太太唯一在意的只有家庭新聞而已。

這可憐的男人處境堪慮，因為孩子們把他的妻子搶了去，他的家變成了托嬰中心，他在家裡只有被驅逐的份，每當他踏進這個神聖的嬰兒國度，他就覺得自己是個粗魯的入侵者。他非常忍耐地撐過六個月，當情況沒有好轉的跡象時，他做了被放逐的父親常做的事——從他處尋求慰藉。

他的友人史考特新婚不久，家裡洋溢著幸福氣息，於是約翰總

愛在晚上過去待上一、兩小時，因爲他家客廳空蕩蕩的，妻子也只會沒完沒了地唱搖籃曲。史考特太太卻是個活潑、甜美的女人，除了保持可親可愛的性格外無事可做，她也將這唯一的差事做得極成功。史考特家的客廳總是明亮且吸引人，棋盤擺好了，鋼琴也調好音，足以愉快地談天說地，也有好吃的餐點可供大快朵頤。

如果不是自己家太過冷清，約翰又怎會到別人家取暖呢？不過既然情況至此，他也只能選擇次好的選項，懷著感恩的心，上鄰居家叨擾去了。

起初瑪格對於約翰的新習慣頗爲贊同，而且還因爲約翰有個好去處，不用待在客廳打瞌睡或在屋裡踱來踱去吵醒孩子而慶幸不已。但很快地，當孩子們過了長牙齒的麻煩，學會在睡覺時間乖乖睡著以後，媽媽終於落得清閒時，她的心思就落在約翰身上了。瑪格想念起打毛線時陪在身旁的伴侶，約翰總愛穿著他的舊睡袍坐在她對面的椅子上，舒適地將拖鞋晾在擋泥板上烤火。她不會開口要他留在家裡，心中卻有種受傷的感覺，因爲他竟然不知道她何等需要他，其實她也忘了在那許多夜裡，約翰對她的等待同樣都以落空告終。瑪格既緊張又疲憊，內心擔憂不已，那種難以言喻的心境，就連最好的母親們在面臨家庭難題時也曾經歷過。欠缺運動讓她們不再活潑快樂，太過於專注扮演好所謂「模範美國婦女」更讓她們覺得自己全身只有敏感的神經而沒有肌肉。

「是呀，」她對鏡子裡的自己說，「我變老也變醜了。約翰不再覺得我有趣，所以離開他的黃臉婆，去找可以輕鬆度日、沒有絲毫負擔的美麗鄰居了。好吧，至少孩子們還愛我，他們不會在意我是否瘦弱、蒼白、沒時間弄頭髮，他們是我的安慰，而且總有一天，約翰會發現我是甘心樂意爲這個家犧牲的。我的寶貝們，你們說，對嗎？」

對於這個可憐兮兮的提問，女兒的回答是「咕」，兒子的回答是「咕嚕」，瑪格一聽，便將自己的嘆息放到一旁，心中充滿爲人母親的喜悅，自己的孤寂暫時獲得了安慰。然而，隨著約翰對政治的興趣升溫，瑪格的痛苦竟日益攀升，因爲約翰老是跑去找史考特討論觀點，完全不知道妻子對他的想念。對此，瑪格什麼話也沒說，直到她的母親有一天發現她暗自流淚，堅持要她說出事情原委，因爲瑪格的垂頭喪氣根本逃不過母親的法眼。

「媽媽，除了您以外，這件事我誰都不說。請告訴我該怎麼做才好？約翰再這樣下去，我簡直跟守寡沒兩樣。」布魯克太太如此哭訴，傷心挫折地把眼淚抹到女兒的圍兜上。

「再怎麼樣下去呢？」她母親焦急地問道。

「他白天都不在家，晚上我想跟他聊天時，他卻老往史考特家跑。這太不公平了，我每天累得要命，卻連個娛樂也沒有。男人眞是自私，就連最好的也不例外。」

「女人也一樣啊！等你看清楚自己犯過什麼錯，再來責怪他也不遲。」

「可是他一直冷落我，這是他的不對呀！」

「你就沒冷落他嗎？」

「咦？媽媽，我還以爲您是站在我這邊的！」

「我是呀。我很同情你，瑪格，可是我認爲錯誤是你造成的。」

「我不懂。」

「我告訴你吧，你也知道，晚上是約翰唯一的閒暇時間，當你想要陪陪他時，他可曾——像你說的——冷落過你的要求嗎？」

「沒有，可是我現在無法陪他呀，我得照顧兩個小孩。」

「你可以的，孩子，而且你也應該這樣做。我可以跟你說得更直白些嗎？你可以理解媽媽的愛之深責之切嗎？」

「當然可以！就把我當成小時候的瑪格吧！自從雙胞胎占去我全部的時間、精力後，我感覺自己比以前更需要有個人來指導了。」

瑪格把她的小椅凳拉得更靠近母親，兩個女人相倚在彼此身上，親密地互動、聊天，似乎因為同爲母親的身分，而比以前更加親近了。

「你不過是犯了年輕女人初爲人母很容易犯的錯誤罷了，因爲只專注於付出你的愛給孩子們，不自覺間把丈夫丟到一旁。這是很自然而且情有可原的錯誤，瑪格，但是你得在釀成大禍前補救回來。孩子應該是讓你們的關係更親密的存在，而不是造成隔閡更大的原因，因爲丈夫和孩子都是你的，而約翰就是孩子們的支柱。我觀察好幾個星期了，只是選擇不把事情講明，想著假以時日一切都會回到正軌的。」

「恐怕沒有您想的那麼好。如果我開口要他別出門，他會以爲我在吃醋，我不要他有這種討厭的想法。可是他根本就看不出來我需要他，我也不知道該如何點醒他才好。」

「恢復家庭的溫暖舒適，他就不會老想著跑出門了。親愛的，他渴望的是他可愛的家，沒有你的話，家就不成家了，但你卻一直待在育嬰室裡。」

「我不應該待在育嬰室裡嗎？」

「不能老待在那兒哪！長時間把自己隔離在那兒，只會讓自己變成凡事都緊張兮兮的神經質，而且跟誰都會合不來的。況且，你對約翰有責任，就像對孩子們一樣呀？千萬別爲了孩子而冷落丈夫，不要把他關在育嬰室門外，相反地，你要教他如何參與其中、伸出援手。他的地位跟你一樣，孩子們也需要他，你要讓他覺得他是你們當中的一份子，他就會愉快且忠實地扮好自己的角色，這對你們大家絕對是有益無害的。」

「媽媽，您眞的這樣想嗎？」

「瑪格，我是過來人，我明白的。要不是我有親身經驗，又怎麼會建議你這樣做呢？在你和喬還小的時候，我所做的就跟你差不多，老是覺得我若不把全副精神都放在你們身上，我就不是盡責的母親。你們可憐的爸爸在我拒絕他的一切幫忙後只好埋首書堆，讓我一個人處理一切。我努力得筋疲力竭，喬又特別難帶，我幾乎因爲太過縱容她，差一點要把她寵壞了。你則是身體較虛弱，我一直擔心你，弄得我自己也都病倒。然後，你的爸爸來救援了，他靜靜地處理每一件事，而且因爲他做得非常好，讓我看清了自己所犯的錯誤，從那時候起，我就不能沒有他了。這就是我們家庭幸福的秘訣。他就算工作再怎麼忙，也不會忘記關心我們、忽略對我們的責任，而我也絕不會讓家事上的操勞阻礙了我對他的關懷。我們在許多事上都是各盡其職，但在家裡我們就是一體的，一直都是如此。」

「您說的是，媽媽。我現在最大的願望，就是我可以像您一向待我們的一樣，去對待我的丈夫和兒女。請告訴我該怎麼做才好，我一定照您所說的去做。」

「你一直是我乖巧聽話的女兒。好了，如果我是你，我就會讓約翰多參與戴米的管教工作，因爲小男孩的教養很重要，對他的訓練越早開始越好。接下來，就像我常建議你的，我會讓漢娜過來幫忙。她是極優秀的護理人員，你可以放心把你的小寶貝們交給她照顧，自己就可以多管些家務了。你需要運動，漢娜需要這事轉換心情，而約翰也可以重新找回他的妻子。多到外面走走，讓自己保持快活，就像你平日保持忙碌一樣，因為你是為家庭帶來光和熱的小太陽，如果你的心情陰鬱，家裡就不會有好天氣了。然後，不管約翰有什麼興趣，都要參與其中——跟他討論、讓他說給你聽、彼此交換意見、互相扶持。不要因為你是個女人就自我設限，你要對時事有所認知，更要時時自我教育，當個世界的好公民，因為世界與你息息相關，你的生活更是同理。」

「約翰那麼聰明，我怕要是我問了政治或類似的事，他就會笑我笨。」

「我相信他不會這樣的。愛可以凌駕許多的罪，況且，除了他，你還能自由自在地去問誰呢？試試看吧！看他是不是覺得你的陪伴遠勝過史考特太太的餐點。」

「好，我就試試。可憐的約翰！我怕他是被我冷落得太慘了，我還以為我是對的，因為他什麼都不曾說過。」

「他在盡量做到不自私，可是我猜，他深深覺得自己被遺棄了。瑪格，現在就是你要把握的時機，結了婚的年輕人往往在最需要相守時各忙各的，因為新婚的溫柔很快就過，只有互相關懷才能保留最初的溫柔感動。初次為人父母的美好和珍貴是無可比擬的，不要讓約翰成為孩子們的陌生人，因為在這個充滿試煉和誘惑的世界上，孩子們要比任何事物都能寬慰約翰的心，讓他常保平安與快樂。透過孩子們，你們也會更加認識彼此，相愛更勝以往。好了，女兒呀，我要回去了。想想媽媽今天這堂課，如果你覺得有用，就付諸實行吧，願上帝賜福你們一家。」

瑪格的確把媽媽說的話好好想過了一遍，覺得有理，便照著去做，不過她的初次嘗試並沒有達到她預期的效果。孩子們老早騎到她頭上去了，他們發現，只要自己亂踢亂叫、大聲哭鬧，就可以爲所欲爲，得到所有想得到的事物。他們簡直成了家中的霸王，媽媽就是可憐的奴隸，呼之即來，揮之即去；爸爸就沒有這麼好宰制了，偶爾還會因爲試圖管教任性的兒子，而讓溫柔的妻子心疼不已。

因爲兒子戴米有點兒遺傳了老爸在個性上的堅定不妥協——我們姑且別說那是固執好了，總而言之，這小傢伙一旦下定決心想擁有什麼或是要做什麼，那就連國王出動麾下所有兵馬也無法把他拉回來。媽媽覺得兒子還小，教不來如何克服偏見，爸爸卻認爲教養孩子越早越好。所以，戴米少爺早就知道跟「爸比」玩「摔角」永遠也贏不了。而且，就像英國人一樣，嬰孩對征服者總是尊敬不已，也因此，戴米一向敬愛父親，父親嚴肅的一句「不行」也比母親溺愛的安撫有用得多。

瑪格在和母親深談的數天後，決定好好與約翰共度一個夜晚，於是她布置了一頓美好的晚餐，將客廳收拾妥當，把自己打扮得美麗動人，而且早早就打發孩子上床睡覺，想要排開一切對自己實驗的干擾。然而很不幸地，戴米無論怎麼樣都不肯上床睡覺，今晚他就是下定決心要叛逆一回，橫衝直撞、滿屋子亂跑。可憐的瑪格只好又唱搖籃曲、又搖著他、又說床邊故事，用盡一切方法誘使他睡覺，不過全是白費工，兒子仍舊瞪著大眼，在女兒黛西像個小天使般沉沉睡去許久後，調皮的戴米還是瞪著燈火瞧，臉上神采奕奕，連一絲睡意都沒有。

「戴米呀，媽媽要下樓去，送杯茶給可憐的爸爸，你可不可以乖乖躺好呢？」瑪格問道，那時前廳的門輕柔地關上了，熟悉的腳步聲躡手躡腳踩進了餐室。

「我喝茶！」戴米說道，準備在父母的宴席中參一腳。

「不行——不過，如果你跟黛西一樣乖乖睡覺，你的早餐就有『餅餅』可以吃，好不好呀？寶貝？」

「好——！」戴米說完便緊緊閉上眼，好像要趕緊睡著，美好的明天就會早點兒到來似的。

瑪格抓緊這得來不易的空檔，立刻飛奔下樓，她滿面笑容地走進餐室，頭髮還繫上約翰特別喜歡的藍色髮帶。約翰立刻就發現了，一臉驚喜地笑問道：「怎麼啦？小媽媽，今天晚上這麼興致高昂，有客人要來嗎？」

「只有你而已，親愛的。」瑪格說道，「沒有客人要來，只是我厭倦了老是穿得像個黃臉婆，所以就做個改變，打扮了一下。你不論多累也總是穿著得宜出現在晚餐桌上，所以如果有時間，我不好好配合一下怎麼行呢？」

「我是出於對你的尊重呀！親愛的。」老派的約翰說道。

「我也是呀！布魯克先生。」瑪格笑道，隔著茶壺對約翰點頭微笑的她，彷彿又恢復了青春和美貌。

「哈，我們在一起眞好，往日時光復返，這樣就對了。親愛的，我祝你健康，乾杯！」約翰說著，輕啜一口手中的茶，穩健卻不失欣喜。然而這舒心的一刻轉瞬即逝，因爲就在他放下杯子後，門把忽然開始神秘地轉動。他們聽到一個微小的聲音出現在門後，正在不耐煩地喃喃道……

「要吃要吃！」

「是那個調皮的小傢伙，我告訴過他乖乖睡覺去的，現在卻給我穿著睡衣啪嗒啪嗒跑下來，也不怕著涼感冒死翹翹。」瑪格邊說邊去迎接戴米。

「早上了！現在！」戴米一走進來就興奮地宣布道，睡袍的長袖優雅地掛在手臂上。他繞著餐桌跳個不停，可愛的捲髮愉快飛揚，眼睛無限愛戀地盯著「餅餅」瞧。

「不行，現在還不是早上。你得去睡覺，而且不要打擾可憐的媽媽，然後你就可以得到有糖霜的小蛋糕。」

「我愛爸比。」小鬼靈精說道，準備爬到父親膝上，恣意享受不被允許的歡樂。然而，約翰搖搖頭對瑪格說：

「如果你告訴他得乖乖睡覺去，你就要讓他聽話。要不然他永遠也學不會聽你的話。」

「是的，當然了。戴米，快過來。」瑪格說著把戴米帶出餐室，心裡著實很想往這小搗蛋的屁股打幾下，卻又盤算著一到育嬰室就要給他好處，誘使他乖乖聽話——好一個打錯了的如意算盤。這小傢伙果然得償所願，因為那只圖一時安寧的短視女人給了他一塊糖，把他塞進被窩裡，告誡他天亮以前不准再起來趴趴走。

「好——！」口是心非的戴米說道，喜孜孜地吸吮他的糖，視自己初試啼聲的狡詐伎倆為空前大勝利。

瑪格回到餐桌前，晚餐進行得順利愉快，就在這當下，小鬼頭竟又出現了，而且還大方展示出母親給他的賄賂，「我還要吃糖啦！媽咪——！」

「不行。」約翰說道，鐵了心不讓這個迷人的小罪犯得逞。「除非這個小傢伙知道他得乖乖去睡，否則我們永遠享受不到寧靜時光。你已經當他們的奴隸當得夠久了，瑪格，給他個教訓，讓一切就此劃下句點吧。把他放到床上去，別再理他了。」

「早上了！現在！」

「他不會待在床上的，要是我不在他身邊，他一個人是不會好好待在那兒的。」

「我來處理。戴米，上樓去，照你媽媽說的，上床睡覺去。」

「不要！」這小叛徒說道，拿了個讓他垂涎三尺的蛋糕，泰然自若地就此嚼食起來。

「你絕對不可以這樣對爸爸說話。如果你不自己上去，我就要抓你上去了。」

「走開！我不要！我不要喜歡爸爸了！」戴米說著挨近母親尋求庇護。

不過，就算是母親也保護不了他，因爲當他被交到敵人手中時，母親只說了一句話：「對他溫柔些，約翰。」

這下子，小犯人一顆心可跌到谷底了，因爲當母親不再給他撐腰時，審判就要降臨。他的蛋糕被拿走了，狂歡的聚會沒有了，一隻強有力的手正要把他送回那討人厭的床上，慘兮兮的戴米再也克制不住憤怒，公然反擊父親。他一路抗拒、又踢又叫地被抓上樓，小身體一沾上床就立刻掙扎著從另一邊跳下，急急往門口衝去，只不過馬上就被抓住睡衣尾巴扔回床上，可謂顏面盡失。這樣的戲碼不斷上演到小傢伙精疲力盡了才停止，然而，他的身體動不了，嗓子仍可派上用場。戴米扯開嗓子嘶吼亂叫，這種咆哮對瑪格很是管用，約翰卻只坐在那兒一動也不動，讓人不禁懷疑他是不是聾了。

沒有好言相勸、沒有糖吃、沒唱搖籃曲、沒說床邊故事，甚至連燈都熄了，只有壁爐裡的紅色火光給「黑暗」平添更多想像，這小子一點兒也不怕黑，只是很想探索黑暗中藏了什麼。小傢伙這下亂了套，從未敗陣過的他此刻感到絕望又沮喪，索性使出吃奶之力哀叫「媽咪——！」這傢伙一見生氣根本沒用，只好改召喚聽話的女奴過來勤王，這哀嚎陣陣成功打動了瑪格的心，她趕緊跑上樓，懇求似的說：

「約翰，讓我來陪他好了！他會聽話的！」

「不行，親愛的。我已經告訴他，他得聽你的吩咐，乖乖睡覺了，他非做不可，就算要我在這兒坐一整晚也可以。」

「可是他會哭壞身子的！」瑪格求情道，爲了自己把兒子丟給約翰處理而自責不已。

「不會的，他已經很累了，不一會兒就會睡著，這鬧劇也就可以落幕了。他得明白，他不能爲所欲爲。你別管了，交給我處理就好。」

「他是我兒子，我不能讓你的嚴格把他嚇壞了。」

「他是我兒子，我不會讓你的溺愛把他寵壞了。下樓去吧！親愛的，把兒子交給我。」

當約翰用一家之主的口吻說話，往往就是瑪格順從下來的時候，而且她從來不曾爲此後悔過。

「那麼，可以讓我親他一下嗎？約翰？」

「當然可以。戴米，跟媽媽說晚安，然後讓她去休息，因爲她照顧你一整天，已經很累了。」

瑪格一直以來都堅持親吻是贏得勝利的表徵，因此，在得到母親的一吻後，戴米啜泣得更加安靜了，整個人瑟縮在床尾，內心似乎又怨又氣。

「可憐的小傢伙，睏極了又哭個不停，他累壞了。我先來幫他蓋好被子，然後再去安慰瑪格吧。」約翰思忖著，爬到床邊，希望能看到這叛逆小子已然安睡。

然而，事與願違，就在約翰偷瞄他時，他立刻睜開眼睛，小小下巴開始發抖，接著伸出雙臂，抽抽噎噎後悔般地說道：「爸比，抱。」

瑪格坐在外面樓梯上，詫異這大吵大鬧之後的安寧，而在設想過各種不可能的意外後，她躡手躡腳溜進房間想要看個究竟。

育嬰室裡，戴米已經熟睡，不過不是平常那種大鵬展翅的豪放睡姿，而是乖乖蜷伏在父親的臂彎裡，小手還抓著父親的手指頭，彷彿他感覺到正義已經因慈悲而緩和，傷心地進入睡夢中的小男孩卻也成長了。約翰就這麼讓兒子抓住指頭，以堪比女性的耐心靜靜等待，直到兒子熟睡得鬆開手指才放開手。跟兒子耗了整整一晚上，約翰深覺這簡直比工作一整天還要累。

瑪格站在那兒，望著枕頭上的兩張臉，忍不住微笑起來，悄悄地又溜出去了。她心滿意足地自言自語：「我根本就不需要擔心約翰會對我的寶貝們太嚴格。他著實清楚該如何教養他們，而且大大地幫了我一把，因爲我真的越來越管不動戴米了。」

當約翰終於下樓，心想瑪格一定不會給他好臉色看，卻驚訝地發現妻子正氣定神閒地在縫補一頂軟呢帽，還要求約翰如果不太累的話，就讀一些有關選舉的報導給她聽。約翰想了一下，覺得瑪格似乎正在進行某種革命，不過他聰明得很，什麼話也沒問，他知道瑪格是個藏不住祕密、個性率真的人，要不了多久線索就會自動浮現了。於是他念了一段精彩的政治辯論給瑪格聽，並且盡量用淺顯的說法解釋給她明白，瑪格也努力保持看起來很有興趣的樣子，適時問些聰明問題，讓自己的思緒穩定在國家大事而非軟呢帽上去。然而在她的內心深處，只是暗自評論道政治其實就跟數學一樣糟糕，政治人物的任務就是彼此謾罵，不過她把這些女人家的想法放在心裡不說出來。就在約翰暫歇時，她搖搖頭，以她自認外交上模稜兩可的語氣說：「嗯，好吧，我真的無法看出我們會走往什麼方向。」

約翰大笑，盯著妻子看了好一會兒，她手上正在處理好些美麗的蕾絲及花朵。約翰看得太入神，都忘了繼續自己有關政治的長篇大論了。

「她爲了我的緣故試圖燃起對政治的興趣，所以我也來對女帽展現興趣吧！這樣才公平。」一想到公平，約翰立即開口：「那頂帽子眞漂亮。那就是你所謂的早餐帽吧？」

「我親愛的老爺，這是軟呢帽！是我最好的一頂，去音樂會、戲院等場合時戴的。」

「對不起，它那麼小一頂，我就誤會了，以爲那是你有時隨便戴上的小東西。那麼，你要怎麼固定住它呢？」

「把這些蕾絲拉到下顎這邊，再用這個小玫瑰花……扣住，像這樣！」瑪格一邊說一邊示範起怎麼戴軟呢帽，心情忍不住上揚起來，覺得提出這個問題的約翰眞是可愛極了。

「這頂軟呢帽眞好看，不過比起它，我更喜歡帽子底下這張臉蛋，因爲啊，她看起來又是年輕愉快的一張

臉了。」約翰說著，在那張笑臉上落下一吻，不小心毀掉了扣在下巴處的玫瑰花蕾扣子。

「我眞高興你覺得這頂帽子好看，因爲我還想讓你找個晚上帶我去聽音樂會呢！我眞需要音樂來滋潤一下生活。親愛的，你可不可以帶我去呢？」

「當然願意，樂意之至，你想要我帶你去哪兒都由你決定！你在家裡關太久了，出去走走對你好處無限，我也會很開心的。這眞是太好了！小媽媽，你是怎麼想到這個主意的呢？」

「嗯，其實，我前幾天跟媽咪談過話，把我心中的緊張、忿怨、各種情緒都跟她說了。她說我需要一些改變，少對孩子們操心，她會讓漢娜過來幫我帶他們倆，而我得多花些心思在家務上，時不時也得有些休閒娛樂，免得讓自己七早八早就成爲滿腹牢騷的黃臉婆。這只是個實驗，約翰，不只是爲了我，也是爲了你，我才想一試的，我最近實在過分冷落你了。如果我做得到的話，我一定要讓我們家恢復成以往的樣子，你……不會反對吧？」

別去在意約翰怎麼回覆或那頂軟呢帽被壓得有多扁了，我們只需知道，約翰不可能反對這個實驗，因爲他看到家中的人與事都在逐漸改變。當然家裡絕不會處處是天堂，不過就分工合作而言，每個人都在進步。孩子們在父母的教養下日益成長，約翰爲了讓子女有準確且穩定的規則可循，將命令與服從帶進了兒童世界，瑪格也不斷藉著勞務的操練、適度娛樂以及和她聰明的丈夫坦誠深談，讓自己恢復活力且不再神經兮兮。

他們家恢復了往日溫馨，約翰沒事根本不想往屋外跑了，除非要帶著瑪格一起。現在反而是史考特家經常到訪布魯克家，每個人都覺得這幢小屋是個有意思的地方，充滿了幸福、滿足以及家庭的溫暖，就連莎莉．墨法特也喜歡來拜訪。

「這裡總是如此寧靜安詳，讓人覺得愉快，瑪格。」莎莉經常如此說道，用悵然的眼神張望房子各處，彷彿想要找出屋裡的神奇力量在哪裡，好讓她帶回去用在她那豪華卻冰冷的大宅中。因爲那裡沒有生氣勃勃，也沒有笑靨如陽光燦爛的孩子們，奈德總是待在他的世界裡，那個世界裡沒有莎莉的容身之處。

這個家的幸福並非一夕造成，而是由約翰與瑪格的努力共同打造的。隨著時間流逝，夫妻間的默契越來越好，他們找到了打開家庭幸福和諧的大門鑰匙，以及彼此間的互信互助，這是最貧窮的人家得以擁有、最富有的人家不見得能買到的寶物。這是初爲人妻和母親們樂於安居的棲身之所，能遠離無止盡的煩擾和世界的風暴，在環繞身旁的兒女身上找到她們衷心的依戀。憂愁也好、貧窮也罷，隨著兩人變老，依舊心手相連，共同走過晴天也熬過雷雨天，像個忠實的朋友堅貞相伴，這正是古英文中「丈夫」一詞的寓意所在。瑪格也學到了寶貴的經驗——對女人而言最幸福的國度是家庭，而她在治理國度上獲得的最大榮耀從來不是貴爲女王，而是爲人妻與爲人母的圓熟智慧。

第十六章　怠惰

勞瑞到尼斯去，原本打算在那兒停留一星期，最後卻待了整整一個月。他厭倦了一個人踽踽獨行，多虧了艾美這個舊識的陪伴，讓他在國外的生活多了點兒家鄉味。

勞瑞還滿想念以前在家時受到的「嬌寵」，現在有艾美在身旁，他可以重溫這令人回味的美好感受了，因爲來自陌生人的奉承從來就比不上鄰居這些女孩兒們的讚賞所帶來的愉快。艾美不像姊姊們那樣寵他，不過現在可以見到他，她感到相當高興，常常跟在他身邊，感覺他就是家人們的代表——她雖然嘴巴不說，但依舊是非常想念遠方至親的。因此，這兩個人自然而然經常歡聚在一起，騎馬、散步、跳舞，或僅僅只是閒晃，因爲身在尼斯又是這樣愉快的季節裡，沒有人能認眞工作的。

然而，即便在他們最舒暢快意地玩樂時，兩人也不免察覺對方身上發生的改變，進而對彼此產生新的看法。勞瑞覺得艾美日益長進，艾美卻覺得勞瑞逐漸退步，兩人都無須言語，事實本身即是最好的說明。因爲艾美很感激勞瑞帶給她許多歡樂，所以她努力投桃報李，想要讓勞瑞心情愉快，而她也成功了。她獨特的女性溫柔相當有魅力，勞瑞輕鬆自在地盡情享受這美好待遇，努力去遺忘情傷，卻仍覺得全世界的女人都欠他一句溫柔的問候，只因爲有個女人對他的感情當頭澆下一盆冷水。他毫不費力地展現慷慨大方，如果艾美願意的話，就算把全尼斯的小飾品都買來送她也沒問題。然而在此同時，他也擔心即便如此他也無法改變艾美已然成形的看法，每當艾美用她那雙藍眼半帶憂愁、半帶輕蔑地望著他，他就忍不住心虛得感到喘不過氣。

「今天大家都去摩納哥，我留下來寫信。現在寫完了，我要去玫瑰谷寫生，你要一起來嗎？」艾美問道。那天接近中午時，勞瑞一如往常懶洋洋地晃進來。

「嗯？好啊，可是，走這麼一大段路，不嫌太熱嗎？」他慢條斯理地回答，因為涼爽的室內有吸引力多了。

「我要坐小馬車去，巴提斯會駕車，所以你什麼事也不必做，只要撐著傘遮陽，手套記得保持乾淨就行。」艾美回嘴道，揶揄地看了眼某人一身乾淨整潔的衣裝，讓他感到自尊心招架不住。

「那麼，我很樂意前去。」勞瑞說完伸出手，打算接過艾美的素描簿。然而艾美直接將簿子夾在腋下，尖銳地開口：

「不用麻煩了。對我來說小事一樁，不過你恐怕是拿不動。」

勞瑞揚起眉毛，只能好整以暇地跟在艾美後方，眼看她加快腳步跑下樓。不過一上馬車後，勞瑞自行拿起韁繩，小巴提斯被搶了工作，於是雙手抱胸坐回了駕駛座打盹。

艾美和勞瑞從不吵嘴，她的教養太好了，如今的勞瑞則是太懶散了。所以過了約莫一分鐘，當勞瑞滿臉狐疑地從艾美的帽緣底下偷瞄她，艾美對他的舉動只是報以微笑後，兩人接下來又回歸成最友好的相處態度了。

這是趟愉快的行程，馬車隨著風景如畫、令人如痴如醉的美麗小徑蜿蜒而上。這兒有座古老的修道院，莊嚴肅穆的詩歌吟唱聲隨風飄送進他們耳中。

一位光著腿、腳穿木鞋、頭戴尖頂帽的牧羊人，單肩斜斜披了一件破舊外套，坐在石頭上吹笛子，而他的山羊或輕巧跳躍於岩石間，或躺在他的腳邊安歇。一群溫和的灰色驢子從他們身旁經過，馱著一簍簍割下不久的新鮮綠草，綠草堆中端坐頭戴寬邊軟帽的美麗少女，不然就是手持紡線桿編織的老婦人。

古樸的石頭小屋中，跑出來幾個擁有棕色溫和雙眼的孩童，手裡拿著小花束或成串柑橘要兜售，橘子的蒂頭仍連在枝枒上。山坡上滿是枝葉蓊鬱、軀幹粗礪的橄欖樹，果園裡的金黃果子結實累累，紅豔的秋牡丹一簇一簇妝點於路旁，更遠方則是翠綠的斜坡與崎嶇的山崗，濱海阿爾卑斯山高聳入雲，覆蓋白雪的山頂在蔚藍的義大利天空中晶瑩閃耀。

玫瑰谷眞是實至名歸的美麗之地，因爲在那長年如夏的氣候中，玫瑰花四處綻放，或垂懸於拱道上，或突出於圍欄間，對著來往行旅熱情致意，或盤桓於大道邊，或攀沿在檸檬樹上，或如羽毛般輕盈將山坡上的別墅攏在手掌間。每個綠蔭下的角落都是佇足暫歇的好位置，是如假包換的花團錦簇；每個涼爽的巖穴都有尊大理石女神像，從花朵編織成的面紗中送出笑容；每座噴泉都映照著深紅、潔白或淡

粉紅的玫瑰花，俯身望向水面，對自己美麗的倒影巧笑倩兮。玫瑰花覆過屋宇牆垣、垂蓋過飛簷、攀上梁柱，也在寬闊高台上的迴廊奔放伸展，從那兒可以俯瞰陽光璀璨的地中海，以及岸邊豎立白色牆垣的城市。

「標準的蜜月天堂，對吧？你看過這樣的玫瑰花嗎？」艾美問道，在高台上停下腳步，盡情享受眼前的景致，以及撲鼻而來陣陣奢華的香氣。

「沒有，也沒接觸過這樣的刺。」勞瑞答道，他把拇指放進嘴裡，那是他想攀折一株深紅花朵卻搆不到的下場。

「摘低一點的嘛，挑那些沒有刺的採呀？」艾美說道，採了三朵漂亮的奶油色小花，就攀在她後面的牆上。她把花朵別在勞瑞外衣的鈕扣眼中，像在宣示兩人間的和平。勞瑞乖乖站在原地，卻神色詫異地低頭看著小花，因爲他性格上屬於義大利人的部分帶著些迷信，而他又正是處於半甜蜜半痛苦的憂鬱狀態。對想像力豐富的年輕男人而言，芝麻綠豆大的小事都可以是浪漫愛情的象徵與根苗。在試圖摘採那株有刺的深紅色玫瑰後，他想起了喬，因爲鮮豔的花朵很適合喬，她也的確經常從他家溫室裡摘採那樣的花朵佩戴。艾美給他的淡色玫瑰花在義大利人的習俗中，卻是由往生者握在手裡入土的那種，決不會出現在婚禮花環中。曾有那麼幾秒，他不禁懷疑這難不成是關於喬還是關於他自己的預兆，不過就在下一秒，他屬於美國人的理性甦醒過來，不再那麼多愁善感了，於是他發自心底大笑起來。打從他來後，艾美還沒聽過他那樣笑呢！

「這是個好建議，你最好聽我的話，以免你的手指頭受傷。」艾美說道，覺得是自己說的話逗得他大笑。

「謝謝，我會的。」勞瑞玩笑似地回答，沒料到數月之後他認眞地實行了。

「勞瑞，你什麼時候要去看你祖父？」艾美不久後又問，在一把鄉村風味的椅子上坐下。

「很快。」

「這兩個字你在過去三週已經說了不下十次了。」

「我只能說，回答精簡才省麻煩。」

「他很希望你去看他，而且你也應該去的。」

「好心的孩子！我當然知道。」

「那你爲什麼不去呢？」

「天性墮落，我猜。」

「你這是天性怠惰吧。這太可怕了！」艾美神情嚴肅。

「也沒那麼壞啦！只不過要是我去了，怕也只會惹他心煩，所以乾脆就留在這兒多煩你一下，你的忍耐力還比我爺爺好。老實說，我覺得你說的還是沒錯啦。」勞瑞說，像要緩和情緒一般，趴到欄杆的寬闊岩架上。

艾美搖搖頭，退讓似的打開她的素描本，不過她其實已經打定主意，要好好說說「那小子」。約莫一分鐘後她就開講了。

「你想做什麼？」

「觀察蜥蜴。」

「不是。我的意思是，現階段，你打算做什麼？」

「抽根菸，如果你允許的話。」

「你眞會惹我生氣！我不贊成抽菸這檔事，除非你讓我把你畫進我的素描簿。我需要一個模特兒。」

「樂意至極！你要怎麼畫我？畫全身還是四分之三？畫我的頭還是我的腳？要是可以擺個懶懶的姿勢就更好了，然後讓你自己也入畫，這幅畫就題名叫『安逸』吧。」

「留在原地就好，想睡覺也可以。我要認眞工作了。」艾美以她最有幹勁的語氣說。

「多令人激賞的熱情啊！」勞瑞靠在一個大甕上，極其滿意地說道。

「要是喬看到現在的你，她會說些什麼呢？」艾美沒耐性地發問，希望搬出姊姊的名字——這位比自己更有熱情的楷模——可以刺激一下勞瑞的好勝心。

「跟以前一樣啊——『一邊去！泰迪，我沒空！』」他一邊說一邊大笑，不過笑聲很不自然，臉上瞬間閃過一片陰影，因爲一聽到那個熟悉的名字，尚未癒合的傷口又被碰了一下。勞瑞的語氣和臉上閃過的陰霾讓艾美備感衝擊，她以前就見過這個情形，這時她立刻抬起頭，剛好捕捉到她從未在勞瑞臉上見過的新表情——混雜了苦澀、痛楚、失望與遺憾的悲傷神態。她還來不及細究，勞瑞又迅速換了張臉，恢復成原先無精打采的樣子。艾美帶著藝術家的興致端詳了他一陣子，眼看勞瑞舒適地躺在陽光下，沒有戴帽子，眼中充滿南方人的悠然自得。艾美想著，他多像義大利人哪！此時的勞瑞似乎連艾美都給忘了，逕自沉浸於他的空想世界中。

「你看起來像一座睡臥自己墳上的騎士雕像。」她說道，仔細臨摹起倚在黑石上的優美輪廓。

「如果是就好了！」

「說什麼蠢話，除非你不想活了。你變好多，我有時候想——」艾美住了嘴，臉上半是膽怯、半是惆悵，這比口頭上明講更能清楚表示她的意思。

勞瑞看見了，隨即明白她想表達深摯關懷的遲疑，於是直接看進她眼中，搬出以往他常對她母親說的話：「沒事的，女士。」

艾美一聽放下心來，將最近一直困擾她的疑慮放到一旁。這句話同時也觸動到她的情緒，便直接以發自內心的誠摯語氣說：

「眞高興聽你這樣說！我從來就不認爲你是紈袴子弟，雖然我想像過你一直在邪惡的巴登巴登浪費錢、愛上法國某個很有魅力的有夫之婦，或者讓自己陷入某種年輕男人出國旅遊就該跳進去過一次的陷阱。你別在那邊曬太陽了，過來躺在這邊的草地上，我們來『推心置腹一番』——像我們以前窩在沙發上講祕密時，喬經常說的那個樣子。」

勞瑞聽話地來到草地上坐下，爲了打發時間，他開始將小雛菊插進一旁帽子上的緞帶裡，那是艾美放在地上的帽子。

「我準備好要聽祕密了。」勞瑞抬眼往上瞧，眼睛炯炯有神，表明要聽故事的決心。

「我沒有祕密可說，你先開始吧。」

「我也沒得說呀！還以爲你有家裡來的消息什麼的。」

「最近的消息你都聽過了，我不是經常說給你聽嗎？喬應該會給你寄不少長信吧？」

「她忙得很。我也是，漂泊不定的，要經常連絡不可能呀，對吧？是說，你什麼時候要開始你偉大的藝術工作啊？我們的女拉斐爾？」他問道。在片刻靜默後就這樣忽然轉移話題，雖然他其實很想知道，艾美是否已經得知他的祕密，進而起了想與他深談的念頭。

「別想了。」她答道，雖然沮喪但是語氣堅決。「羅馬把我的虛榮心給磨光了，在看了那麼多令人驚嘆的作品後，我覺得自己渺小得難以生存，所以我只好放棄我那愚蠢的夢想了。」

「何必呢？你不是充滿了熱情和才華嗎？」

「那就是原因。才華畢竟不是天賦，再怎麼有熱情有能量也彌補不來。若不能成爲不朽，我寧可等著老朽。我不想當普普通通的畫匠，所以我不會再試了。」

「那，我可否請問一下，你現在打算怎麼辦呢？」

「發展其他才華，然後成爲社交界的名媛囉——如果我有機會的話。」

眞是非常有特色的一席話，而且聽起來相當狂妄，不過，年少理應輕狂，何況艾美也的確擁有天賦來支撐她的野心。勞瑞笑了起來，不過他挺喜歡艾美這樣的果斷，一旦長久追求的夢想破滅，就立刻換一個新目標，不浪費一分一秒去懊喪後悔。

「好！那麼此刻就是弗雷德．沃恩登場的時候了吧？」

艾美謹愼地保持沉默，然而她不置可否地低垂下臉龐，卻讓勞瑞坐起身來，愼重其事地說道：「這下子我得以兄長的角色來問些問題了。可以嗎？」

「我不保證有問必答。」

「如果你的舌頭不回答，你的臉會回答的。親愛的妹妹，你還不是那種世故到可以掩飾自己情感的女人。去年我就聽過你和弗雷德的傳言了，依我個人的看法，如果他不是臨時被叫回家去，耽誤到現在還沒回來，你們之間早就會有消息傳出來了吧？」

「那不是我能說的。」艾美冷淡地回答，不過她的嘴唇卻展現出笑意，眼裡閃現的光芒也出賣了她——她知道自己在這件事上其實是握有主控權的，而且她對此樂在其中。

「你們沒有訂婚吧？」勞瑞以一副老大哥的姿態說道，剎那間嚴肅起來。

「沒有。」

「不過將來如果他回來了，而且好好跟你求婚的話，你會答應的，對吧？」

「很可能。」

「那麼，你喜歡老弗雷德囉？」

「如果試試，也許可以。」

「可是時機不到你就不打算嘗試？拜託，你的『試試』得用對地方啊！他是一個好人，艾美，但我想不是你喜歡的那種。」

「他有錢，是個紳士，而且懂得怎麼做才能討人歡心。」艾美立刻接口，盡量表現得冷靜、端莊。雖然她對自己的坦率直言問心無愧，卻不免為了提出這些想法的自己感到有些不齒。

「我了解。社交界女王沒錢可活不下去，所以你想嫁入豪門，過那樣的生活？很好很正確的決定，而且這就是這世界的規則，可是這樣的說法出自你們瑪楚家的女孩兒口中還眞奇怪。」

「的確如此。」

簡短的回應，卻和說出這話的年輕人所做的決定大異其趣。不用說勞瑞都能感覺到，事情並不像表面看上去那樣。他又躺回草地上，心裡充滿他無法解釋的失望感，他的表情及沉默像一種對內在的自我否定，這讓艾美感到惱火，她毫不遲疑打定主意，非得在這時刻訓他幾句才行了。

「就算你幫我個忙，振作一下行不行？」她單刀直入地開口。
「那就過來幫幫我吧！好心的小女孩。」
「如果試試，也許可以。」她說道，而且看起來極欲速戰速決。
「那就試吧，我授權給你。」勞瑞回應道。他向來喜歡捉弄人，可是他已經戒掉這個興趣好久了，眼看機會來到，不禁躍躍欲試。
「你怕是五分鐘不到就要生氣了。」
「我從未對你生氣過。一個巴掌拍不響，打火石也要兩塊才擦得出火，你像雪一樣又冰涼又柔軟，我才生氣不起來。」
「你不知道我的能耐。雪只要運用得宜，同樣會亮得刺眼或凍出傷口。你的冷漠只是障眼法，諷刺個幾句就會現形了。」
「儘管放馬過來，我會毫髮無傷，你也可以藉此娛樂一下，就像一個彪形大漢挨他妻子的小拳頭一樣。你就把我當成那個丈夫或一張地毯好了，愛怎麼打就怎麼打，打到你累倒，打到你高興為止。」
這番話明顯激怒了艾美，她這會兒鐵了心要叫勞瑞抖落那張冷漠痲木的面具。她不僅削尖了鉛筆，也磨利了舌頭，就要展開攻擊。
「我跟芙洛給你取了個新名字——懶人勞倫斯。你覺得怎麼樣？」
她原以爲這樣說會讓勞瑞生氣，他卻只是雙手交叉抱在腦後，平靜地下了評語：「還不錯，謝啦，女士們。」

「你想知道我心裡對你眞正的想法嗎？」

「我巴不得你馬上告訴我。」

「我看不起你。」

如果艾美是怒氣沖沖或撒嬌發嗲地說「我討厭你！」他或許會大笑且覺得好玩，然而她的口吻嚴肅近乎悲傷，迫得他張開眼睛，緊張地問道：

「爲何？你可以告訴我嗎？」

「因爲在每一個美好、快樂、有前景的機會來臨時，你永遠只讓自己表現得笨拙、懶散，且糟糕得令人同情。」

「措辭很強烈呢，小姐。」

「如果你喜歡聽，我可以繼續講。」

「太好了，我覺得很有趣呢！」

「我就知道這會合你胃口。自私的人向來都喜歡談論自己。」

「我自私嗎？」他脫口而出，反問的語氣充滿驚訝，因爲他最引以爲傲的美德就是慷慨大方。

「是，非常自私。」艾美續道，聲音透著冷酷淡然，遠比生氣暴躁的斥罵來得深烙人心。「我來告訴你吧。我們一起到處出遊時，我就觀察過你了，而且我對你一點也不滿意。你在國外已經快半年，除了浪費時間金錢以及朋友對你的期許之外，你根本什麼事也沒做。」

「一個人在過了四年苦日子之後難道不該享樂一下嗎？」

「你根本算不上有過什麼苦日子。不管怎麼說，我看得出來你在這段時間裡並沒有什麼長進。

我們第一次碰面時我說你進步了，現在我把那句話收回來，因爲跟我剛離家時相比，現在的你連那時候的一半好都不到。你變得非常惹人厭，懶惰、喜歡八卦、浪費時間在無關緊要的小事上，而且你樂於被愚蠢的人拍馬屁奉承，而不去尋求被明智的人所喜愛和尊敬。你有錢、有才華、有地位、生得健康、長得好看——哈！你果然很喜歡被這樣誇吧？不過這是事實，我不得不這麼稱讚——你有這麼多優質的東西可以使用和享受，你卻只會整天無所事事、到處閒晃，不去成爲你應該成爲的人，竟然只是……」艾美住了口，表情混雜著痛苦與憐憫。

「烤肉架上的聖勞倫斯。」勞瑞補上後半句，用平板的語氣幫她說完話。不過，這番教訓已然起了作用，因爲此刻的勞瑞眼裡閃現出完全清醒的火光，半是怒氣、半是受傷的神色也取代了先前的蠻不在乎。

「我就想你會這樣。你們男人總愛說我們是天使，還說你們甘願成爲我們理想中的任何樣子，然而，一旦我們眞心誠意要你們好，你們就嘲笑我們，也不聽我們的勸，在在證明了你們的諂媚多麼不値錢。」艾美苦澀地說道，轉過身去背對躺在她腳邊、令人厭惡已極、自以爲正在受苦受難的傢伙。

不一會兒，有隻手攀上她的畫冊，蓋住紙頁讓她無法繼續作畫，接著傳來勞瑞的聲音，滑稽地模仿懺悔中的小孩子說：「我會乖乖的，噢，我會啦！」

不過艾美沒有大笑，因爲她是認眞的。她用鉛筆輕敲那隻手，嚴肅地說道：「你不覺得你有這樣一隻手很丟臉嗎？它就跟女人的手一樣柔軟白皙，看起來好像除了戴著精品店出來的上好手套，爲仕女們摘花之外什麼事也沒做過。感謝老天，還好你不是那種追求時尚的人，手上沒有鑽戒或是封蠟戒指，只有喬在很久以前送你的老舊小戒指——好傢伙，這時我倒眞希望她在我身旁幫幫我。」

「我也希望！」

那隻手說來就來，說走就走，回應的力度不禁讓艾美嚇了一跳。她俯視著勞瑞，心中有了新想法，不過躺在地上的他以遮陽爲理由，用帽子擋住了大半張臉，嘴角也藏到了鬍髭裡。她只看到上下起伏的胸膛，深深的吐息彷彿在嘆氣，戴戒指的那隻手蜷伏在草叢裡，像在隱藏某件太貴重或太觸動心底的事情一樣。剎那間，種種暗示與瑣事逐漸在艾美心中建構出樣貌，清晰傳遞出姊姊從未對她透露過的訊息。她記起勞瑞從未主動對她提起過喬，她想起方才他臉上的陰霾、個性的改變、指頭上的老舊小戒指——和他線條優美的手一點也不相稱。女孩兒們總是很快就能讀懂這類訊息與象徵，艾美曾猜想勞瑞的改變也許根源於愛情的受挫，而現在她可以肯定了。她敏銳的眼睛充滿淚水，當她再度開口，語氣是盡其所能地溫和柔軟與慈悲。

「我知道我沒有權利跟你講這些，勞瑞，而且如果你不是全世界性情最溫和的傢伙，你一定早就對我暴跳如雷。可是因爲我們都很喜歡你、以你爲榮，所以我不敢想像，在老家的她們是否像我之前那樣，對你感到失望。不過，你會有這樣的轉變，也許原因她們比我都還要清楚。」

「我想她們是清楚的。」聲音從帽子底下傳來，聽起來陰森森的，有些傷感似的不成調。

「她們早該告訴我的，在我應該加倍體貼、有耐心的時候，我竟然這麼愚蠢地說教和痛罵你。我從來就不喜歡藍黛小姐，現在更痛恨她了！」艾美技巧性地說道，暗自希望以此確認事實。

「誰管什麼藍黛小姐！」勞瑞一甩手，打掉蓋在自己臉上的帽子，露出一點也不在乎那位年輕小姐的神情。

「對不起，我以為……」她手腕高明地就此打住。

「你不用道歉，你清楚得很，除了喬以外，我沒有喜歡過任何人！」勞瑞說道，語氣恢復成他慣有的魯莽急躁，不過說話當下卻別過臉去。

「我的確這樣想過，可是她們從未提過此事，你又一個人到國外來，我還以為是我想錯了。喬對你不好嗎？怎麼……我確定她是很愛你的。」

「她對我很好，只是並非我要的那種好，而且如果我眞像你說的那麼一無是處，她不愛我倒算是她運氣好了。我會這樣都是她害的，你可以跟她這樣說。」

勞瑞說這些話時，冷漠、痛苦的神情再度爬回他臉上，這讓艾美懊惱了起來，因為她不知該如何安慰他才好。

「我錯了，我不知道事情竟是這樣。很抱歉我剛才那麼生氣，不過我眞的希望你可以好好走過這一段，泰迪，我親愛的朋友。」

「別這樣叫我，那是她專用的暱稱！」勞瑞說著舉起手，阻止艾美用喬那種半關愛、半責備的語氣說話。「等你親身體會過了再來說吧。」他低喃了一句，隨手抓起一把草。

「到時我會勇敢接受現實。就算對方不愛我，我也會讓自己獲得該有的敬重。」艾美說道，臉上現出未曾經歷過失戀之苦的人所下定的決心。

勞瑞現在倒是為自己的療傷過程沾沾自喜，他既不痛苦呻吟，也沒求人憐憫，只是一個人孤獨地承擔。艾美的訓斥為這件事帶來新生的光明，他頭一次覺得自己的「療傷」過程十足軟弱與自私，因為他僅僅經歷過初戀的挫敗，竟能變得如此灰心喪志，讓自己顯得冷漠無情，對周遭無知無覺。

他覺得自己彷彿突然間從憂傷的夢境中被搖醒，而且不可能再倒回去睡了。

他即刻坐起身來，緩緩開口：「你覺得，喬會跟你一樣，看不起我嗎？」

「是，如果她看到的是現在的你。她討厭懶惰的人，你何不去做點了不起的事，讓她愛上你呢？」

「我盡力了，可是沒用。」

「你是指以優異的成績畢業嗎？那本來就是你應該做的事——想想你爺爺好不好！花了那麼多時間和金錢，而且大家都知道你有那個本事，如果還念得亂七八糟豈不是丟臉死了。」

「我就是丟臉，隨便你怎麼說，因為喬不會愛我。」勞瑞開始發作，用手托住頭，一副沮喪的模樣。

「不，你一點兒也不丟臉，你以後一定也會這樣認為，因為這是對你有幫助的事情，你也以此證明了，一旦你想做某件事就可以做到。你只要再設定一個新目標，並且盡力去達成，很快你就會發現，你又是那個活潑善良又快樂的自己了，你已經把那些煩惱都忘記了。」

「不可能。」

「先試試看再說。你不要聳肩，不要只想著『她對這種事情了解得夠多了』。我沒有裝聰明的意思，可是我一直在觀察，而且我看到的比你想到的多太多了。雖然我說不出原因，但我對他人的經驗和矛盾很感興趣，而且我會謹記教訓，以後就能派上用場，讓自己從中獲益。如果你樂意，你可以選擇一輩子愛喬，但是不要讓這種感情毀了你。如果只因為了你得不到你愛的人，就連其他許多祝福和才華都扔掉，那是很惡劣的作為。好了，我言盡於此，因為我知道你會省悟，就算你喜歡的女生沒心肝，你也得當個大丈夫的。」

接下來幾分鐘裡，兩人都沒說話。勞瑞坐在地上，轉動指頭上的小戒指，艾美剛才邊說話邊速寫，這時正爲她的作品做最後修飾。不一會兒，她將那張畫像放到勞瑞膝上，簡短問了句：「你覺得怎樣？」

勞瑞看向畫紙，不覺露出微笑，因爲這幅作品畫得太好了——草地上慵懶躺臥的頎長身軀、冷漠無情緒的臉、半閉的雙眸，手上還握著雪茄，而在雪茄上方，繚繞著一縷白煙，在空想者的頭上環成了一個圓。

「你畫得眞好！」他說道，對艾美不俗的繪畫技巧感到又驚又喜，大笑著補上一句：「對，那就是我。」

「那是現在的你。這一張，是以前的你。」艾美說道，拿出一張素描放在他手邊。

那張畫的技巧沒有這麼好，然而，畫上充分展現出生命力與昂揚的活力，彌補了許多缺點，同時也喚醒栩栩如生的往事，以致看著畫的勞瑞臉上閃過不一樣的神情。

那只是一張勞瑞在馴馬的速寫——帽子和外套都飛掉了，肌肉線條鮮明，果斷堅毅的臉龐、威嚴的儀態都充滿力量與象徵意義。那匹高大的駿馬屈服了，緊拉著的轡頭讓牠弓起脖子，一隻馬蹄不耐煩地刨著地面，耳朵機靈豎起，彷彿全神貫注傾聽主人號令。

馬兒的鬃毛凌亂豎起，騎師的頭髮迎風飛舞，他的坐姿挺拔，頓時令人感受到力量、勇氣，還有年少青春獨有的意氣風發，跟那幅被題名爲「安逸」，神情安適、體態優美卻無精打采的素描形成強烈對比。勞瑞沉默不語，但視線已從一張畫移到另一張畫。艾美看見他紅著臉抿緊雙唇，彷彿他接受了她的訓誡。艾美感到滿意了，不等勞瑞開口，便興高采烈地說道：

「你還記得你馴服帕克那天，我們當觀衆的事了嗎？瑪格和貝絲都嚇壞了，喬卻拍著手蹦蹦跳跳，我坐在圍欄上畫你。前幾天我在畫冊裡發現這張素描，把它修改了一下，就打算找機會要拿給你看。」

「非常感謝。跟那時相比，你的繪畫技巧精進不少，恭喜你啦。不過，可否容我在這『蜜月天堂』提醒一下，你下榻的大飯店晚餐時間是……下午五點？」

勞瑞說著站起身來，鞠躬微笑將畫還給艾美，並且看了一下手錶，看起來像在提醒她，就算道德勸說也該有結束的時候。他本想繼續先前那副慵懶、冷漠的調調，現在做起來卻痛苦不堪，因爲他意識到自己內心激起的波瀾比他願意承認的還要多。艾美感覺到他在故作冷漠了，暗自思忖：

「這下子我可得罪他了。唉，如果這樣對他有好處，我還是樂見其成；如果他因此而討厭我，那我深感遺憾。不過我說的是事實，我連一個字也不會收回。」

他們在回家路上相談甚歡、笑語不斷，站在後面的小馬車夫巴提斯只覺得先生和小姐心情大好。然而，他們兩人心底都覺得有些尷尬，原本友好的坦率已受到攪擾，起初的晴空萬里已飄來烏雲，雖說兩人臉上都是神采飛揚，各自心中卻都隱藏著不滿。

「你今天晚上會來看我們嗎？Mon frere?（哥？）」當他們在卡羅姑媽的房門口道別時，艾美問道。

「不好意思，我已經有約了。Au revoir, mademoiselle.（再會吧，小姐。）」勞瑞說時低下頭來，似乎想按外國禮節親吻她的手。他這個動作做得比許多男士都來得優雅，臉上某種神情卻讓艾美著急卻盡量溫婉地開口：

「不，勞瑞，用你本來的方式就好，我們還是像以前一樣道別吧！比起情感氾濫的法式禮節，我還是比較喜歡誠摯的英式握手。」

「那，再見了，親愛的。」這就是艾美喜愛的語氣。勞瑞語畢，誠摯地握了一下艾美的手，誠摯得她都要感覺到疼痛，然後便離開了。

第二天早上，勞瑞不像往常般來找她，而是讓人送來一封信。艾美讀起信，初時勾起微笑，末了卻嘆了一口氣。

我親愛的心靈導師：

請代我向你姑媽告別，另外也說件事給你高興一下：「懶人勞倫斯」已經當一個模範好孩子，出發去探望他祖父囉。祝你有個愉快的冬天，也願神賜給你一個在玫瑰谷的幸福蜜月！我想，這樣一個能使人覺醒的人，必將使弗雷德受益無窮。請幫我將這話轉告他，並且獻上我的祝賀。

感恩無限，

你的　帖勒馬克斯[1]　筆

1帖勒馬克斯（Telemachus），荷馬史詩《奧德賽》中的男性人物，他在戰神雅典娜的協助下，經歷了千辛萬苦後終於得以尋見父親。

「好孩子！我眞高興他出發了。」艾美說道，臉上勾起讚許的笑。不過在下一秒，當她環顧起空蕩的房間時，笑容便消失了。她不由自主地嘆了口氣，「是的，我很高興，可是我會多麼想念他啊。」

第十七章　幽谷

最初的悲痛過去後，一家人接受了這無法逃避的事實，他們努力用樂觀的態度去面對，以日漸增溫的情感相互扶持，每逢艱難的日子，親情總會將一家人溫柔相繫。他們收起悲傷，每個人都盡力讓最後一年過得快樂。

他們把家裡最舒適的房間騰出來給貝絲，裡頭堆滿她喜愛的東西，像是花朵、圖畫、鋼琴、小工作台和寶貝貓咪。爸爸最好的書籍溜了進去，媽媽的安樂椅、喬的書桌、艾美最傑出的素描作品也進了房間。瑪格天天都會帶著兩個孩子前來，進行一場愛的朝聖之旅，爲貝絲帶來陽光。約翰默默撥出一小筆錢，凡是貝絲愛吃或想吃的水果，全都買給她吃，這樣做讓約翰感到十分愉快。漢娜始終不厭其煩地製作各種美味料理，好勾起貝絲時好時壞的食慾，卻總是一邊做菜一邊掉淚；信件和小禮物遠從不見冬日的國度飄洋過海而來，似乎帶來溫暖又芬芳的氣息。

家人的珍視讓貝絲像是供奉在神龕裡的聖人，但她仍如往常一樣靜靜忙碌，因爲沒有任何事能夠改變她甜美無私的天性。即使準備告別人世，貝絲也想讓留下來的人過得快樂一些。她虛弱的手指不曾空閒，而她的樂趣之一便是爲每天上下學經過的小學生做些小禮物，她會從窗口拋下連指手套，給凍得發紫的雙手取暖，書型針匣送給擁有許多布娃娃的年輕媽媽，拭筆布送給穿梭在筆畫森林的小小書法家，剪貼簿則送給喜愛圖片的孩子。她製作各式各樣新奇的小玩意，讓那些被迫攀爬知識階梯的學童們發現，路途上竟然鮮花燦爛。他們將那溫柔的饋贈者視爲神仙教母，她端坐在上頭，灑下各種他們正巧喜歡又需要的禮物。倘若貝絲盼望過任何回報，那便是一張張在窗前仰望、對她點頭微笑的小臉蛋，她也收到許多滑稽的信件，裡頭墨跡斑斑，滿懷感激之語。

最初幾個月的時光非常幸福，貝絲時常環顧四周說：「眞美好啊！」一家人齊聚在她陽光照拂的房間裡，兩個孩子踢著腳在地上爬行，媽媽和姊姊們在一旁做事，爸爸用悅耳的嗓音朗讀富含哲理的古書，書裡的文字優美且寬慰人心，雖是幾百年前的著作，到現在仍使人受用無窮。

此刻的房內有如一座小教堂，身爲牧師的爸爸教導信徒諸多艱難卻必須學習的課題，他想讓他們明白，懷抱希望就能夠讓愛得到慰藉，信仰可以讓人順應天命。這簡單的布道直通聽者內心，因爲在牧師的信仰中，包含了爲人父的心，爸爸時而顫抖的嗓音，更爲他的話語和朗讀增添了許多說服力。

悲傷降臨前的這段平靜時光對大家而言萬分珍貴，隨著時間流逝，貝絲開始覺得針拿起來「太重了」，再也沒辦法提起來。說話使她感到疲倦，眼前的臉孔也讓她難以分辨，疼痛占據了她，疾病糾纏她虛弱的身體、擾亂她平靜的靈魂，令人感到無比哀傷。

噢，天啊！如此沉重的白天，如此漫長的黑夜，如此疼痛的心，如此誠心的禱告，深愛貝絲的人們眼睜睜看著她瘦弱的雙手伸向他們求助，聽著她痛苦哭喊：「救救我，救救我！」他們卻無能爲力。平靜的靈魂蒙上陰影，年輕的生命與死亡激烈搏鬥，幸好一下子便過去了，本能的反抗結束後，她恢復原有的寧靜，比以往更加美麗。貝絲虛弱的身體逐漸凋零，但她的靈魂卻更加茁壯，儘管她沒有開口，身邊的人都明白她已經做好準備。他們知道她是第一個被召喚的朝聖者，也是最符合資格的一位，於是便在河岸上陪她等候，希望能看見光明的天使前來引領她渡河。

喬一直陪在貝絲身邊，寸步不離，只因貝絲說過：「有你在，我覺得有精神多了。」喬睡在房裡的沙發上，不時就醒來添加柴火、餵貝絲吃東西、扶她起身，或等著伺候她，但是善於忍耐的妹妹鮮少提出要求，希望「盡量不給人添麻煩」。喬整天守在房裡，不讓任何人搶走她的工作，貝絲選擇讓她來照顧，是喬一生中最大的驕傲，任何成就都無法與之比擬。這段時光對喬來說彌足珍貴且獲益良多，她的心得到最需要的指導，溫柔教授了她耐心，所以她不可能學不會。那美好的靈魂對世人心懷仁慈，總能寬恕並真正忘卻所有惡意；忠於本分而讓最困難的事情變得簡單，虔誠的信仰則使人無所畏懼，毫無保留地賦予信任。

喬有時從睡夢中醒來，會看見貝絲在閱讀那本翻舊了的小書，聽見她輕柔吟唱，消磨失眠的夜晚，有時也會看見她用雙手托臉，淚水順著透白的手指緩緩滴落。喬總是躺著注視她，因為思緒太深而未曾流淚，她感覺到貝絲正以她那簡單無私的方式，透過神聖的寬慰之詞、無聲的祈禱以及她所鍾愛的音樂，來揮別過往的美好人生，調適自己迎向即將到來的命運。

對喬而言，這樣的貝絲勝過最有智慧的布道、最神聖的詩歌，還有任何人所能說出最熾烈的禱告，使她獲益良多。無數的淚水洗澈了喬的雙眼，最溫柔的悲傷柔軟了她的心腸，她終於看見妹妹生命中的美——恬淡平靜、無爭無求，卻充滿真誠的美德，「甜美芳香，在塵土之中綻放」[1]。忘

1 引用自英國劇作家詹姆斯・雪莉（James Shirley, 1596–1666）的作品 *Death the Leveller*。

我的心能讓塵世中最卑微的人，在天堂上最快被人記起，這是任何人都可能達到的眞正成就。

一天夜裡，貝絲看著桌上的書本，尋找能夠讓她忘記疲倦的東西，因爲精神上的折磨和肉體的疼痛一樣令她難以承受。就在她翻開她最喜歡的《天路歷程》時，發現書裡夾了一小張紙，上面的字是喬的筆跡，紙張上的標題引起貝絲的注意，模糊的字句讓她確信淚水曾經滴落上頭。

「可憐的喬！她睡得正熟，我還是別吵醒她。她向來都會跟我分享她的所有東西，我想她不會介意我看內容的。」貝絲心想，看了眼躺在地毯上的姊姊。喬的身旁放著火鉗，隨時準備好在炭火燒完的那一刻醒來添火。

我的貝絲

耐心坐在陰影之中，
等待天降光明，
她是平靜且高尚的存在，
淨化我們紛亂的家庭。
塵世的快樂、希望與悲傷，
如河岸的細浪易碎。
那莊嚴的深河裡，
如今她的雙腳欣然佇立。

噢，我的妹妹，將離我而去，
擺脫俗世的憂慮與爭鬥，
爲我留下了一份禮，那些美德，
曾美麗你的人生。親愛的，
請贈與我無比耐心，
那力量足以支撐，
一縷囚禁在痛苦監牢中，
然而開朗且無怨無尤的靈魂。

賜予我吧，因爲我極度渴求，
那勇氣、智慧和甜美，
令你人生的道路，
在腳下一片翠綠。
賜予我那無私的天性，
以及神聖的仁慈，
那麼我就能夠寬恕錯誤——
柔軟的心啊，請原諒我犯下的錯！

如此在離別之時到來前，
將能日漸減少我們些許心酸痛苦，
而學習這艱苦的課題時，
我巨大的損失就能成爲我的收穫。
因爲經歷過悲傷，
我難馴的天性會更加祥和，
帶給人生嶄新的方向，
對未知的人生產生全新信賴。

從今往後，在河的那端平安喜樂，
我將永遠看見，
一個心愛的家人，他的靈魂，
在彼岸等待我。
希望與信仰，自我的悲傷而生，
將成爲我的守護天使，
而那先我而去的妹妹，
將與它攜手指引我返家。

儘管字裡行間布滿淚痕和墨跡，語句不完美，軟弱無力，卻為貝絲帶來難以言喻的寬慰，因為她最大的遺憾便是一事無成，而這首詩似乎讓她確信她沒有虛度光陰，她的死亡也不會帶來令她擔憂的絕望。她靜靜坐著，雙手握住摺疊起來的詩箋，這時，燃盡的木炭化為碎片，喬猛然驚醒，連忙重燃炭火，隨後悄悄來到床邊，希望貝絲已經熟睡。

「親愛的，我沒睡，但我好快樂。你看，我發現這首詩，我讀過了，我知道你不會介意。喬，對你而言，我這麼重要嗎？」貝絲問道，語氣中帶著渴望和謙卑的誠摯。

「噢，貝絲，你對我而言太重要、太重要了！」喬在妹妹身旁躺下。

「這樣我就覺得不虛此生了。我沒有你認為的這麼好，但我一直想盡力做到。我現在已經來不及做到更好了，但知道有人這麼愛我，覺得我對他們有這麼大的幫助，這樣就很安慰了。」

「我愛你勝過世界上每一個人，貝絲。我原以為我放不開你的手，但我漸漸明白，我並沒有失去你。你對我而言會愈來愈重要，即便死亡看似會拆散我們，我們也永遠不會分開。」

「我知道死亡無法拆散我們，我也不會再害怕了，因為我明白我仍然會是你的貝絲，愛你、幫助你更甚以往。喬，你得填補我的空缺，我走了以後，你要成為爸爸和媽媽的支柱，他們會轉而從你身上尋求慰藉，別讓他們傷心。若是一個人感覺撐不下去了，要記得，我不會忘記你，那樣你就會開心許多，肯定比你寫出成名大作或旅行全世界還要美好。因為離開人世時，我們能帶走的只有愛，愛讓我們離去時不害怕。」

「我會盡力，貝絲。」此時此刻，喬放棄了她原有的雄心壯志，邁向一個更好的新目標。她承認其他慾望太過貧乏，並深信愛的永恆不朽，這信念令她感受到幸福的慰藉。

春日來了又走，天氣日漸晴朗，大地也更加翠綠，花朵提前綻放，鳥兒及時回來與貝絲道別。

她像個疲倦又信任他人的孩子，緊握住曾帶領她走完一生的手，讓爸爸和媽媽溫柔引領她走向死蔭幽谷[2]，將她交給上帝。

只有小說中的垂死之人，才會說出不朽箴言、看見幻影，或是帶著幸福的面容離開。那些曾歷經多次生死離別的人明白，生命的終點像睡著一般，來得簡單又自然。

貝絲的心之所願圓滿了，「浪潮和緩地退去」。破曉來臨前的黑夜時分，貝絲依偎在她來到人世時呼吸第一口氣的胸懷裡，靜靜吐出最後一口氣，她沒有告別，只有一臉深情，伴隨輕柔的嘆息。

媽媽和姊姊們流著淚禱告，用溫柔的手替貝絲的長眠做準備，讓她再不用受病痛折磨。感激的眼神很快便取代長時間以來令他們心痛如絞的悲痛忍耐，他們終於

看見美麗的寧靜、感受到眞誠的喜悅，因爲對親愛的貝絲而言，死亡是仁慈的天使，不是可怕的幽魂。

黎明時分，數月以來未曾間斷燃燒的炭火熄滅了，喬的位置空無一人，房內寂靜無聲。屋外一隻鳥兒站在抽新芽的樹枝上無憂高歌，窗邊一叢雪花蓮初綻，春日的陽光流瀉入室，照耀枕上沉靜的臉龐，如上帝賜福。那張安詳的臉上只有平和，沒有一絲痛苦，深愛她的人們含淚微笑，感謝上帝，貝絲終於得救了。

2 出自《舊約．詩篇》23:4。

第十八章　療　傷

艾美的訓話對勞瑞起了作用，當然，短時間內他是不會承認的。男人都是如此，當女人提出建言，他們不願意採納，等到說服自己那正是他們原本就想做的事，才會付諸行動。倘若建言有成，他們會將功勞分一半給女人——所謂「較軟弱的一方」[1]；倘若建言失敗，則會慷慨大方地把原因全歸咎於女人。勞瑞回到爺爺身邊，數個星期以來盡忠職守，引得老先生說肯定是尼斯的氣候讓他煥然一新，他最好再回去一趟。這對勞瑞來說再好不過，但經過艾美的斥責，現在就算有好幾頭大象拉著他，他也不肯回去——他的自尊心可不容許。而每當渴望變得強烈，勞瑞便會在腦海中重複那段給予他沉痛打擊的話語，來鞏固他的決心——「我看不起你」、「去做點了不起的事，讓她愛上你」。

勞瑞時常反覆思考這幾句話，他不得不承認自己的確自私又懶散，可當男人承受了莫大的悲傷，難道旁人就沒辦法遷就一下他各種反常的表現，直到他淡忘嗎？勞瑞覺得他枯萎的情感已經差不多死去了，雖然他一輩子都會哀悼這段感情，但也沒有必要穿上喪服四處招搖。喬不會愛上他，但他可以做些事來博得她的尊重和讚賞，證明女孩的拒絕並沒有毀掉他的人生。他原本就想要有一番成就，艾美的建議只是多餘，他只是在等待逝去的愛情被體面地埋葬而已。處理好之後，他覺得自己已經準備好「藏起受挫的心，繼續奮力前行」了。

作家歌德[2]每當感到快樂或悲傷，便將情緒寫進詩歌。勞瑞決定效法他，將失戀的哀傷刻進音樂裡，譜成一首安魂曲，用以煎熬喬的靈魂，融化每一個聽者的心。於是，當爺爺發現他又開始浮躁不安且鬱鬱寡歡，叫他離開家裡時，他前往了維也納。他在那裡結交許多擅長音樂的朋友，開始投身作曲，決心要闖出一番成就。然而，也許是悲傷太過沉重，難以承載於音樂之中，又或者是音樂過於縹緲，無法振奮凡人的悲痛，以致勞瑞很快便發現現階段的自己駕馭不了安魂曲。他的內心顯然還沒準備好工作，他需要好好整理思緒，因爲他常在譜寫悲傷的旋律時，發現自己哼著舞曲，回味起尼斯那場聖誕舞會的情景，尤其是那位矮胖的法國人，因此勞瑞只好暫且停下哀戚的樂曲了。

接下來，他嘗試創作歌劇，最初一切進行得很順利，然而，一些始料未及的困難又開始阻礙他。他希望讓喬擔當劇中女主角，並努力從記憶中翻找他愛情裡的溫柔往事和浪漫場景，可是記憶背叛了他，彷彿被那女孩的頑固靈魂所操控，他的腦子裡只喚起喬的古怪、缺陷和荒誕，只想起她最不柔情的模樣——頭綁大花巾拍打墊子，用沙發枕頭作爲保護罩隔絕他人，不然就是像甘米奇夫人一樣，朝他的熱情潑冷水——勞瑞忍不住笑出聲，破壞了他想要營造的憂鬱畫面。喬不管怎樣都不肯被放進歌劇裡，勞瑞只好放棄，心想：「上帝祝福那女孩，她可眞是折磨人！」他像個發狂的作曲家，懊惱地扯著頭髮。

1此處原文將女人喻爲「較軟弱的器皿」，引自《新約・彼得前書》3:7。

2歌德（Johann Wolfgang von Goethe, 1749-1832），德國詩人、小說家、政治家，著名作品有《浮士德》、《少年維特的煩惱》。

勞瑞思索起身邊是否有較爲乖巧的女孩能作爲替代，讓她在音樂中流傳千古，回憶立刻配合地浮現一個人。這身影有許多張面孔，但不變的是那一頭金髮，她置身於輕柔縹緲的雲霧中，在勞瑞的腦海裡飄浮，伴隨一些美麗又雜亂的畫面，像是玫瑰、孔雀、白馬和藍色緞帶。他沒有賦予那驕傲的幻影一個名字，但讓她成爲了女主角，並且愈來愈喜歡她。這也難怪，因爲勞瑞賜予她這世上所有的天賦與優雅，守護她度過重重難關，保她安然無恙，若換作凡人女子，怕是早就被擊垮了。

多虧有這個靈感，這陣子勞瑞的創作進行得十分順利，然而工作卻漸漸喪失吸引力。他忘了作曲，不是坐著握筆沉思，就是在這個活潑的城市四處遊蕩、尋找新點子、讓頭腦清醒。那年冬天，他似乎有些心神不寧，完成的事情不多，卻想了很多，他察覺到自己正面臨某種不由自主的變化。

「也許是天賦正蓄勢待發。我就讓它好好醞釀，看看成果如何。」他嘴上這麼說，心底卻始終懷疑這其實無關天賦，只是非常普通的念想而已。然而，不管是什麼，它都帶來了一些成效，因爲勞瑞愈來愈不滿足於散漫的人生，他的身心靈都開始期待能做些實際且重要的工作，也終於做出最明智的結論：不是每個愛音樂的人都能成爲作曲家。他去皇家劇院看了一場華麗的莫札特歌劇，回來後將自己的作品檢視一番，彈奏最好的幾個段落，接著呆坐椅子上，盯著孟德爾頌、貝多芬和巴哈的半身像，他們也親切地凝望他。突然間，勞瑞撕碎他的樂譜，一張接著一張，隨著最後一張樂譜從手中飄落，他清醒地對自己說……

「她說得對！才能並不等於天賦，再怎麼努力都無法改變現實。羅馬帶走了她的虛榮，音樂也消磨了我的自負，我不要再自欺欺人了。現在我該怎麼做？」

這似乎是個很難回答的問題，勞瑞現在恨不得自己必須爲了每日溫飽而工作。就像他之前情緒

激動時說過的話，現在眞是個「見鬼去吧」的好時機，因爲他有很多錢卻沒事做，而衆所周知，撒旦最喜歡替吃飽撐著又遊手好閒的人找事做。勞瑞這可憐傢伙不論內在或外在都在承受極大誘惑，但他全抵擋住了，因爲他雖熱愛自由，卻也重視信用與信任，還有他對爺爺的承諾。他也想要坦然面對那些愛他的女子們，對她們說聲：「我很好。」這些信念使他能夠免於誘惑、堅定心志。

有些像格蘭迪夫人[3]的老古板可能會說：「我才不相信。男孩永遠長不大，年輕男人就是會四處風流，女人最好別奢望奇蹟。」我敢說這些人肯定不會相信，但勞瑞忍住了誘惑是事實。女人能夠製造許多奇蹟，我相信她們甚至能提高男人的水準，只要她們拒絕附和這種說法。就讓男孩永遠當個男孩吧，當得愈久愈好，如果年輕男人非得四處留情，那就去吧。但是母親、姊妹和朋友可以提供幫助，讓他們不至於太過墮落，也不至於因爲這些行爲毀了他們的人生，她們要相信並表現出來，讓男人看到：在好女人的眼中，忠於品德的男人最有男子氣概。倘若這只是女人的癡心妄想，就讓我們在面對現實前好好享受吧，因爲少了這個信念，人生的美麗和浪漫便缺少一半，悲傷的預感會打擊我們的希望，不敢期待世上會有勇敢又柔情的男孩，他們愛母親勝過自己，且不羞於承認這份愛。

勞瑞原以爲他需要好幾年的時間才能忘記對喬的愛，但令他訝異的是，他一天比一天更容易淡忘這段感情。最初他拒絕相信，並對自己感到憤怒又難以理解，然而人類的心本就是奇怪又矛盾的東西，時間和天性會以自己的方式運作，全然不顧及我們的意願。勞瑞的心不願疼痛，他的傷口持續以令他驚訝的速度癒合，他發現自己不願忘記，反而努力想要記起。事情的發展出乎意料，他也未曾做好準備，他對自己反感，驚愕於自己的善變，對於自己如此迅速便從沉痛的打擊中復原，他感到失望的同時卻也鬆了口氣。他小心翼翼地煽動他愛情的餘燼，然而死灰拒絕復燃，只留下一股舒服的熱流溫暖勞瑞的心，於他有益又不至於烈火燒身。他不得不承認年少的熱情已漸漸平息，轉變成一種更加平穩的情緒，非常柔和，雖然依舊參雜一些難過憤恨，但肯定會隨時間流逝而消失無蹤，留下永恆不滅的手足之情，直至天長地久。

當「手足」一詞在千頭萬緒之中閃過腦海，勞瑞笑了，抬頭注視起眼前的莫札特畫像……

「是啊，他是個偉人，他得不到姊姊，便選擇了妹妹，而且過得幸福快樂。[4]」

勞瑞沒有將這些話說出口，但他的確這麼想，下一瞬間，他立刻親吻手上老舊的小戒指，對自己說：「不，我不會這樣做！我還沒忘懷，我一輩子都忘不掉！我要再試一次，如果失敗了，那麼……」

他的話只說一半，便抄起紙筆寫信給喬，告訴她，只要她有絲毫改變心意的可能，他就不會死心。她難道不能、不願讓他回家，從此擁有快樂人生嗎？等待回信期間，勞瑞什麼事也沒做，但他精神飽滿，因爲他整個人焦躁難耐。終於他收到回信，也徹底死了心，因爲喬明確表示她不能，也不願意。她的心思全放在貝絲身上，希望永遠不要再聽到「愛」這個字。喬還懇求他找別人一起度過幸福人生，只要在心中永遠留下一個小角落給他心愛的妹妹喬便足夠了。喬在附筆中拜託他別把

3格蘭迪夫人（Mrs. Grundy），英國劇作家湯瑪斯．摩頓（Thomas Morton, 1579-1647）的作品 Speed the Plough 中的人物，性格古板，拘泥傳統。

4莫札特原先愛上妻子康絲坦茲的姊姊，可惜郎有情妹無意，後來他愛上康絲坦茲，經過一番波折後，兩人共結連理。

貝絲病情惡化的事告訴艾美，艾美春天就要回家了，沒有必要讓她餘下的旅程傷心難過。她懇求上帝給予足夠時間，讓她們來得及見面，並囑咐勞瑞一定要經常寫信給艾美，別讓她一個人孤單、思鄉或焦慮。

「我會的，馬上就寫。可憐的小女孩，恐怕她的回家之路會很煎熬。」勞瑞打開抽屜，彷彿寫信給艾美是幾週前那未完之語的最佳結尾。

然而，那天他並沒有寫信，因爲他在翻找最好的信紙時發現一件事，讓他改變了計劃。書桌的一格抽屜裡散亂著紙鈔、護照和各式各樣商業文件，好幾封喬的來信夾雜在裡頭，另一格抽屜則是艾美寫的三張短箋，小心翼翼用她的藍色緞帶捆上，裡頭還放進含有甜蜜暗示的小片乾燥玫瑰。勞瑞帶著半後悔、半愉悅的表情，收拾好所有喬的信，一封封撫平、摺好，整整齊齊放進一格小抽屜裡。他佇立在桌前深思，時不時轉動手上戒指，一會兒後他緩緩將它脫下，與信一同鎖進抽屜。接著他出門去聖史蒂芬教堂，聆聽一場莊嚴的大禮彌撒，感覺自己像經歷過一場葬禮。他雖然沒有被痛苦淹沒，但以此種方式度過這一天，似乎比寫信給可人的年輕小姐還要合適。

儘管如此，勞瑞還是很快就寫信給艾美，而且馬上便收到回音，因爲艾美很想家，並以全心信任的態度承認，這讓勞瑞感到很開心。他們開始頻繁通信，整個早春，魚雁規律往返，從未間斷。勞瑞賣掉音樂家的半身像，燒光他的歌劇樂譜，回到了巴黎，希望不久後某個人就會來訪。勞瑞非常想去尼斯，但在得到邀請以前，他絕不會動身。然而，艾美肯定不會邀請他，因爲她有自己的事要做，不希望「我們的男孩」在一旁用挖苦的眼神盯著她。

弗雷德．沃恩回來了，他向艾美求婚，原本她早已決定回答：「謝謝你，我願意。」現在她卻

說：「謝謝你，我拒絕。」態度溫柔而堅定。這一刻的來臨，反倒讓她失去勇氣，她發現比起金錢和地位，有一種全新的渴望更需要滿足，內心也因此充滿溫柔的期盼與憂懼。

「弗雷德是個好人，但我想不是你喜歡的類型。」勞瑞當時的這句話，和他說話的神情不斷浮現在腦海中，就連她自己說過的話也揮之不去，雖然她並未眞正說出口，表情卻說明了一切：「我願意爲了錢結婚。」現在想起這些讓艾美十分困擾，恨不得能收回那句話，那聽起來太不淑女了。她不願勞瑞將她看作無情又世俗的女人。現在的她一點都不想當社交女王，只想當一名得人疼愛的女子。她十分慶幸勞瑞沒有因爲她說過的糟糕話而討厭她，反而善意地接受了，對她也比以往更加溫柔。勞瑞的信帶給她無限安慰，因爲家書來得斷斷續續，也不及勞瑞寫的令人滿意。回信給勞瑞不僅是種樂趣，也是一種責任，因爲打從喬堅持狠心拒絕勞瑞之後，這可憐傢伙非常孤單，需要有人安慰。喬應該要試著努力愛上他才對，這一點也不難，有這麼可愛的男孩在乎自己，很多人都會感到驕傲和開心才是。偏偏喬永遠不會像其他女孩子一樣，所以喬唯一能做的便是對勞瑞好，將他當作親兄弟一般對待。

若世上所有哥哥都能擁有勞瑞這段期間享有的待遇，他們一定能成爲最快樂的一群人。如今艾美不說教了，她所有事都詢問勞瑞的意見，對勞瑞做的每一件事都很感興趣，她還做了許多可愛的小禮物送給他，每個星期固定寫兩封信寄過去，內容盡是有趣的閒話家常和姊妹般的小祕密，她還把生活中的美景畫成迷人的素描一併奉上。很少有哥哥能夠受到妹妹這般重視，她們隨身攜帶信件，一遍又一遍閱讀，內容寫短了會傷心哭泣，寫長了會開心親吻，最後總會小心翼翼珍藏起來。我們不會暗示艾美做了這些可愛的傻事，但是那年春天，她的確變得有些蒼白和憂鬱，不再熱中於社交，反而經常一個人跑出門作畫。她回家時沒什麼作品可以展示，但我敢說她是去研究大自然，因爲她總是雙手交疊坐在玫瑰谷的露台上，一坐便是好幾個鐘頭，不然就是心不在焉地畫下任何她腦中浮現的景象，比如墓碑上健壯的騎士雕像、草地上用帽子蓋住眼睛熟睡的年輕男子，以及盛裝打扮的捲髮女孩。她手挽一名高大紳士走進舞會，兩人的臉都畫得非常模糊，這是當時的藝術風格使然，很安全，但無法令人全然滿意。

卡羅姑媽以爲她是後悔拒絕弗雷德了，艾美發現否認無用，解釋也行不通，只好任由姑媽愛怎麼想就怎麼想去，不過她特地讓勞瑞知道弗雷德去了埃及。她只透露這點訊息，但勞瑞明白其中含意，鬆了一口氣，告訴自己：

「我就知道她會想明白。可憐的老朋友！我經歷過這一切，我瞭解這種心情。」

勞瑞嘆了一大口氣，接著，彷彿圓滿完成過往責任一般，他把雙腳抬到沙發上，輕鬆舒服地閱讀起艾美的來信。

這些變化在國外上演的同時，家裡卻正遭逢不幸。那封寫著貝絲病危的信沒有找到艾美，她人剛巧在維威[5]，而當第二封信終於來到她手中時，青草也早已漫過姊姊的墳。

五月的尼斯天氣酷熱，一行人慢慢從熱那亞[6]和義大利湖區一路遊至瑞士避暑。艾美堅強面對

5 維威（Vevey），瑞士西部小鎮。
6 熱那亞（Genoa），義大利北部港口城市。

這項噩耗，並順從地聽取家人意見，不要縮短自己的行程，因為現在回去也來不及向貝絲道別了，所以她最好留下來，讓她的缺席緩和悲傷的情緒。可是艾美的心情依舊十分沉重，她好想回家，每天都憂愁地望著湖的另一端，等待勞瑞過來安慰她。

勞瑞的確很快就趕來了，因為通知兩人的信是同一批寄出的，只是他當時人在德國，所以信件花了幾天才來到手中。他一讀完信，立刻收拾行李，向同行友人告別，帶著既愉快又悲傷、滿懷期盼又懸而未決的心，啟程實踐諾言。

勞瑞對維威很熟，船一停靠小碼頭，他便沿岸趕往拉圖爾，卡羅一家就投宿在那邊的民宿[7]。抵達民宿時，侍者遺憾地告知卡羅全家人去湖邊散步了，噢，不對，金髮小姐可能在莊園花園裡。麻煩先生稍坐一下，我馬上去請小姐來，一下子就到。但是這位先生連「一下子」都等不了，侍者的話都還沒說完，他便自己去找那位小姐了。

迷人的湖畔有座美麗的古老花園，園中栗樹沙沙作響，常春藤四處攀爬，塔樓的影子遠遠投映在波光粼粼的湖面上。寬闊低矮的牆角有個座位，艾美經常來這裡看書或工作，讓這一片景致撫慰她的心。那天，她也坐在這裡，單手支撐著頭，思念著家鄉，眼神十分憂鬱，她想著貝絲，又納悶勞瑞為什麼沒來。她沒有聽見勞瑞穿過庭院的聲音，也沒看見他站在花園隱密小徑的拱門下。勞瑞用和以往全然不同的眼光注視艾美，看見了從未有人發現的，艾美溫和柔軟的那一面。她整個人散發出愛與悲傷的氣息，腿上放著因淚痕而模糊的家書，頭上繫著黑色緞帶，臉上掛著屬於女人的心痛與忍耐，就連她脖子上的黑檀木十字架項鍊在勞瑞眼中都格外令人憐惜，因為那是他送給艾美的禮物，也是艾美身上唯一的首飾。倘若勞瑞還在擔心她會以什麼態度迎接自己，那麼答案就在艾美抬頭的那一刻揭曉了：艾美一看見他，便扔下所有東西朝他奔去，呼喚明顯流露出愛與渴望……

「噢，勞瑞，勞瑞！我就知道你會來！」

我想，那一刻，一切都已經分明，景況已然明瞭。因為兩人默默站在一起許久，勞瑞以保護的姿態低頭靠向她，讓艾美覺得再也沒有人能像勞瑞一樣，帶給她無限安慰與鼓舞。勞瑞也認定世上只有艾美才能夠代替喬的位置，帶給他快樂。勞瑞沒有對艾美說出口，艾美也不感到失望，因為兩人都明白這項事實，內心已然心滿意足，樂意讓其他一切歸於沉默。

沒多久，艾美回到座位上，她擦乾眼淚的同時，勞瑞收拾滿地散落的紙張，看見許多讀皺了的信件以及暗示美好未來的素描。他在艾美身邊坐下，艾美又害羞起來，想起剛剛衝動的模樣，臉色紅得像朵玫瑰。

「我克制不住，剛才覺得太孤單又難過，看見你我太高興了。原本我還擔心你不來，沒想到一抬頭就看見你，我真的太驚喜了。」艾美努力用輕鬆的語氣說話，然而一點效果也沒有。

「我一收到消息就趕來了。我真希望可以說點什麼，來安慰你失去小貝絲的痛，但我只能用感覺的，還有……」他沒辦法再講下去了，因為他也突然間害羞起來，不知道該說些什麼。他想讓艾美靠在自己肩上痛哭一場，但他沒有勇氣說出口，只好握住艾美的手輕輕揉捏，以此表示同情，此

7此指的民宿（pension）是歐洲一種短期寄宿旅店，通常位於邊郊風景區，由房產主人自行經營，提供食宿，與飯店相比較為經濟實惠。

舉勝過千言萬語。

「你不必說什麼，這樣就足夠安慰了。」艾美輕聲說。「貝絲現在很好也很快樂，我不該期盼她回來。只是我很希望見到家裡每一個人，但又害怕回家……我們現在別談這些了，因爲那會讓我哭泣，但我希望你待在這裡的時間過得愉快舒適……你不用馬上回去，對不對？」

「你希望我留下，我就留下，親愛的。」

「我非常希望你留下來。姑姑和芙洛都對我很好，但你更像是我的家人，如果你能留下來一陣子，我會覺得很安心。」

艾美的語氣和神情就像思鄉的孩子終於心滿意足的模樣，這一瞬間勞瑞忘記了害羞，給予艾美她想要的東西——她所習慣的擁抱，以及她需要的愉快交談。

「可憐的小東西，你難過得像要生病了！我要好好照顧你，所以別再哭了，和我一起散步吧。這裡風很涼，一直坐著不動會感冒。」艾美很喜歡他半寵愛、半命令的說話方式，勞瑞一邊說，一邊替她繫上帽子，他挽起艾美的手，在陽光燦爛的步道上漫步。頭頂上長出新葉的栗樹靜靜陪伴他們，他的腳步愈來愈輕鬆，艾美則是很高興自己有條強壯的手臂可以依靠，有張熟悉的臉龐朝她微笑，還有只對她一人說起許多開心事的溫柔嗓音。

這古老雅緻的花園曾庇蔭過許多愛侶，彷彿是特別爲他們所設立，陽光如此充裕又僻靜，只有塔樓在悄悄俯瞰他們，遼闊的湖水在底下輕輕盪漾，帶走他們說話的回音。一整個鐘頭裡，這對新誕生的情侶散步、談天、靠牆休息，甜蜜的氣氛爲時空帶來一種魅力。當煞風景的晚餐鈴提醒他們離開，艾美感覺自己似乎已在這座莊園裡，卸下了曾經寂寞又悲傷的重擔。

卡羅太太一看見艾美煥然一新的表情，終於恍然大悟，她暗自驚嘆：「現在我全都明白了——這孩子一直都愛慕小勞倫斯。天啊，這眞是出乎我意料！」

聰明的卡羅太太很有眼力，沒有將事情說破，也沒有表現出知情的模樣，只是熱情招呼勞瑞留下來，請求艾美好好與他作伴，這樣也比她自己獨處好得多。艾美向來是聽話的模範生，她的姑媽又得忙著照顧芙洛，所以她便全心招呼她的朋友，而且表現得比以往都還要好。

在尼斯的時候，勞瑞一直很懶散，艾美教訓了他。在維威，勞瑞從未遊手好閒，反而總是以最有活力的模樣散步、騎馬、划船或讀書，艾美仰慕他做的每一件事，並以勞瑞爲榜樣，努力跟上他的腳步。勞瑞說他的改變是因爲氣候的關係，艾美也沒有加以反駁，因爲她也很高興能用同樣的藉口，來解釋自己身心靈康復的原因。

振奮人心的空氣對兩人都有好處，大量的活動也有益身心健康。在連綿不絕的山陵間，他們似乎對人生與責任有了更清楚的看法。清新的風吹走了喪氣的懷疑、虛假的幻想、鬱鬱寡歡的迷霧，溫暖的春陽灑下各式各樣啓迪人心的靈感、溫柔的希望與樂觀的想法。湖水看似已沖走過往所有煩憂，壯闊的古老山脈慈藹地俯瞰他們，訴說著：「兩個孩子，彼此相愛。」

儘管貝絲的逝去帶來悲傷，但這段期間艾美過得很快樂，快樂到勞瑞甚至不敢提起任何一個字，就怕壞了她的心情。勞瑞花了一小段時間，才對自己走出初次失戀的事實感到釋懷，因爲他曾經堅信喬是他的最後，也是唯一的愛。關於看似不忠這件事，他安慰自己，喬的妹妹幾乎等同於她本人，若不是艾美，他不可能會這麼快就再深深愛上其他女人。他的第一次求婚是場狂風暴雨，如今回首，彷彿像在回顧久遠以前的陳年往事，心感同情與懊悔。他並不覺得丟臉，只當作那是人生一段又苦又甜的經驗，一旦痛苦消失，餘下的便是感激。他下定決心，第二次求婚要盡可能沉著、簡單，沒有必要搞大排場，也不需要對艾美說愛，因爲艾美不需要言語，就已明白他的心意，她也早就給了他答案。這一切來得如此自然，沒有人抱怨，他知道每個人都會很高興，喬肯定也是。然而，經歷過初戀的挫敗後，面對第二次試煉，我們會警惕、不要著急，因此勞瑞任由日子一天天過去，享受每一個當下，等待適當的時機開口，以那句話完結他的新戀情裡最浪漫的第一幕。

他原本幻想這段情節會以最華麗優雅的方式，在月光下的莊園花園登場，現實卻正好相反。這一幕場景在正午的湖上，以幾句簡潔有力的台詞宣告完結。他們整個早上都在湖上划船，從陰天的聖金戈爾夫來到晴朗的蒙特霍，薩瓦阿爾卑斯山脈聳立在湖的一側，另一端則佇立著聖伯納德山和密迪齒峰，美麗的維威在山谷中，洛桑鎮則位於遠方山丘上。頭上的藍天晴朗無雲，船底的湖水湛藍更甚，點綴著恍如白翅海鷗、優美如畫的船隻。

當船隻划過西雍城堡，他們談論博尼瓦爾[8]；抬頭看向克拉倫斯鎮時，兩人則談論起在這裡寫作《新愛洛伊斯》[9]的盧梭。他們都沒讀過那本書，但知道那是個愛情故事，他們心中都暗自猜想故事情節是否有他倆之間的一半有趣。在短暫的沉默中，艾美將手伸進水裡嬉戲，當她抬起頭，看

8 博尼瓦爾（François Bonnivard, 1493-1570），傳教士與歷史學家，拜倫（Lord Byron）的著名詩作《西庸的囚徒》（*The Prisoner of Chillon*）深受他的人生所影響。

9《新愛洛伊斯》（*The New Heloise*）爲一部愛情悲劇作品，以書信來往的寫作手法訴說一段師生戀，並含有反封建的意義。

見勞瑞倚著船槳的神情，便趕忙開口想找些話說……

「你一定累了。休息一下吧，換我來划。這對我有好處，自從你來了以後，我過得太懶散又太舒服了。」

「我不累，但如果你想划，就拿一支船槳過去吧。船夠大，不過我得往中間坐一點，不然船就不穩了。」勞瑞回答，似乎非常喜歡這項安排。

艾美察覺情況沒有好轉，她坐在勞瑞騰出的三分之一個座位上，甩了甩臉上頭髮，接過一支船槳。她每件事都做得很好，划船也不例外，雖然她得用上雙手，勞瑞只用單手就行，但兩支船槳十分合拍，船隻也順利划過湖水。

「我們配合得可眞好，對不對？」這時艾美打破沉默。

「非常好，我希望永遠和你一起共划一艘船。你願意嗎？艾美？」回應她的語氣萬分溫柔。

「我願意，勞瑞。」她回答得很小聲。

兩人都停下動作，無意間爲湖面上的朦朧倒影，增添一幅愛與幸福的美麗畫面。

第十九章　孤獨

全心全意爲別人而活，同時身旁又有甜美的模範淨化自己的心靈，要做出多少自我犧牲的承諾都很容易。然而，當指導之聲靜默、每日課程結束、心愛的人離去，只餘下孤寂與傷痛時，喬發現自己難以守住諾言。在連她自己都因爲不停思念妹妹而心痛不已時，她該如何「寬慰父母」？貝絲離開舊家，前往新的居所，連同所有光亮、溫暖和美麗都一併帶走了，她該如何「讓家裡快樂起來」？過去那充滿愛的奉獻本身就是一種回報，她又要去哪裡，才能找到「有幫助又愉悅的工作」作爲替代？她在茫然和無望中努力完成職責，內心卻不斷反抗，因爲這對她來說太不公平了，她辛勤工作，所剩無幾的快樂愈來愈少，負擔愈來愈重，人生也愈來愈艱難。有些人似乎得到了所有光亮，有些人卻只剩下一片黑暗。這並不公平，她明明比艾美還要努力當個乖孩子，卻從未得到任何回報，眼前等待她的只有失望、麻煩和艱苦的工作。

可憐的喬，這些日子對她而言簡直暗無天日，只要想到餘生都得待在寂靜的房子裡、日復一日做著單調的家事，不僅生活樂趣少得可憐，尚有看似永遠都不會減輕分毫的重擔壓在身上，一思及此她便感到絕望。「我做不到。我的人生不該是這個模樣。若沒有人來幫助我，我絕對會逃脫，做出孤注一擲的事。」她最初的努力失敗，堅強的意志又不得不屈服於現實，情緒經常陷入憂鬱不穩的狀態，使她內心不禁產生這種想法。

事實上，真的有人在幫助喬，只是他們身披熟悉的外表，又使用最適合凡人的簡單咒語，才讓喬沒有立即認出她的善良天使。夜裡，她時常驚醒，以爲貝絲在呼喚她，睜眼卻只看見那張空盪盪的小床，難以抑制的悲傷令她痛苦哭喊：「噢，貝絲，回來！回來啊！」她渴望地伸出雙臂，幸而也沒有換來一場空。曾經她能聽見妹妹最虛弱的低語，如今母親也一樣聽見了她的啜泣，趕來安慰她，不僅是言語，更以充滿耐心的溫柔撫摸平息她的情緒。落下的淚水無聲提醒了喬，母親承受著比自己更大的憂傷。破碎的細語比禱告更具力量，因爲自然的悲傷，會讓人懷抱希望、順應天命。兩人在寂靜的夜晚傾心相談，如此神聖的時刻，將痛苦轉化成祝福，和緩了哀傷，更堅強了愛。喬感受到了這一切，她窩在母親宛如避風港的臂彎中，感覺肩上的擔子似乎沒那麼沉重了，責任變得甜美起來，人生也不再令人難以忍受。

疼痛的心得到些許撫平後，憂慮的思緒也找到了援手。那天，喬走進書房，頭髮灰白的父親抬頭，臉上揚起平靜的笑容歡迎她進去，她傾身向前，非常謙遜地對父親說：「爸爸，如你以往對貝絲說話那樣，跟我談談吧。我比她更需要，因爲我全然迷失了方向。」

「我親愛的女兒，沒有什麼比你來找我還要更安慰的了。」父親語帶哽咽地回答，他伸出雙手環抱女兒，彷彿他也很無助，卻勇於向人求救。

喬坐在貝絲的小椅子上，靠在父親身旁訴說她的煩惱。失去貝絲令她難過憤恨、徒勞無功的付出令她灰心喪志、缺少信念令她的人生黯淡無光，此外還有種種難受的迷失感，我們將它稱之爲絕望。喬給予父親全心的信賴，父親則提供她所需的協助，兩人都因此得到慰藉。隨著歲月流逝，他們已經不再只以父女的身分談心，而是兩個成熟的大人有能力並且願意，帶著相同的同理心和愛，爲對方奉獻。喬將這間老舊的書房稱作「一人教堂」，她在裡頭度過了愉快的沉思時光，帶著全新

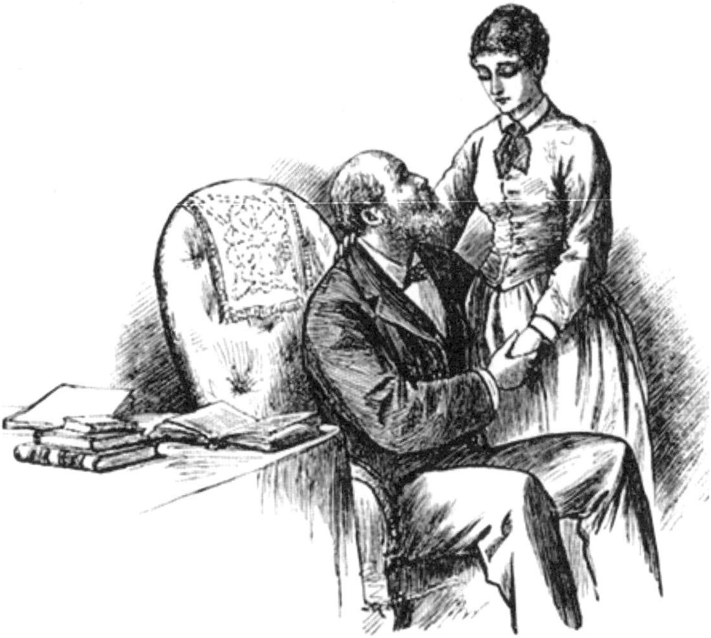

「我親愛的女兒，
沒有什麼比你來找我還要更安慰的了。」

的勇氣、重拾的歡樂和更爲溫馴的靈魂走了出來。曾教導過一個孩子無畏死亡的父母，現在正試著讓另一個孩子學會以樂觀和信任迎向人生，同時心懷感激與力量，把握所有美好機會。

喬同時也獲得了其他幫助——微小卻有價値的責任與樂趣也對她有所助益，令她慢慢學會看見其中的重要性並加以珍惜。掃把和抹布不再如往常令人厭惡，因爲兩者都曾經由貝絲所管轄，她的家務精神似乎還在小拖把和舊刷子之間徘徊，因此他們不曾丟棄。喬使用這些工具時，發現自己不知不覺哼起貝絲常哼的曲子，還模仿起貝絲井井有條的方式，清理完這邊，再整理另一邊，讓所有東西維持清新又舒適的模樣，這是貝絲爲家裡帶來快樂的第一步。喬未曾察覺自己的改變，直到漢娜緊握她的手，讚賞地說：

「你眞是個貼心的孩子，怕我們過度思念親愛的小羊，所以決定要盡你所能幫助我們。我們雖然沒說，卻都看在眼裡，上帝會因此護佑你的，肯定會的。」

喬與瑪格坐在一起縫紉，她發現姊姊成長了許多，變得能夠侃侃而談，對於女人良善的衝動、想法和感受非常了解，她的家庭生活也幸福美滿，一家人都在努力爲彼此付出。

「婚姻終歸是件美好的事，若是我也嘗試看看，不曉得能不能有你一半的成就？」喬在亂七八糟的育兒室爲戴米製作風箏。

「婚姻能激發出你天生溫婉賢淑的那一面，喬。你就像是栗子，外表帶刺，內在卻光潔柔軟，只要有人能夠走進你的內心深處，就可以嘗到甜美的果仁。總有一天，愛會使你流露眞情，等到那時，帶刺的殼就會自動剝落了。」

「夫人啊，寒霜才能敲開栗子帶刺的外殼，而且還必須使勁搖晃才能讓它們落下呢。男孩們大可盡情採集堅果，我卻不願被他們收入囊中。」喬回答。她的風箏做好了，只是恐怕風再大都無法讓它高高飛起，因爲黛西把自己當作風箏尾巴給綁上去了。

瑪格大笑，因爲她很高興能夠看見喬流露出往日模樣，然而她自認有義務以各種論點來強化她的主張。這次的姊妹談心沒有白忙一場，因爲瑪格最強而有力的論點便是兩個孩子，喬向來對他們非常溫柔寵愛。悲傷是打開某處心房的最佳工具，而喬的心幾乎已準備好落入囊中了。只要再灑下一點陽光，果仁便能成熟，屆時，不等男孩焦躁搖落，只待男人伸手，溫柔剝開刺殼，便能找到完整甜美的果仁。若喬曾經對此有所察覺，肯定會封閉自己，渾身帶刺更甚以往，幸而她沒心思考慮自己，因此當時機到來，她便自然而然落地。

倘若喬是道德故事中的女主角，那麼她在這個人生階段應該要變得非常聖潔，拋卻紅塵，戴上苦修的帽子到處行善，往口袋裡塞滿傳單。然而，你得明白，喬不是女主角，她和成千上萬的人一樣，只是一名苦苦掙扎的凡人女子，她的個性向來展露無遺，會隨著情緒變化而感到難過、憤怒、無精打采或精力充沛。承諾做個好人是一項品德高尚的行爲，然而我們不可能馬上就做到，有些人甚至需要長期的引導、強勁的拉力，以及衆人的齊心協力才能踏上正確的道路。喬已經進步許多，她正在學習完成責任，若是沒做到便會不開心，至於做得心甘情願，呃，那便是另外一回事了。

喬以前總說要做些了不起的事，無論多艱難都無所謂，如今她的心願實現了，因爲世上還有什麼事情比奉獻自己的一生去照顧父母還要來得壯麗呢？她盡力讓父母感受到家庭的幸福，一如他們帶給自己的一樣。倘若困難是增添努力光彩的必要元素，那麼對一個勤奮又野心勃勃的女子而言，還有什麼比放棄自己心願、計劃和想望，心甘情願只爲別人而活還要來得艱難呢？

上帝聽見了喬的話，爲她指派了一項任務，雖然和她內心期盼的不同，但是她卻更喜歡，因爲這當中不需要自我。那麼，她有能力完成嗎？她決定要努力嘗試看看。她的初次嘗試，得到了先前所提過的幫助。除此之外，她還獲得另一項協助，並且欣然接受。然而，這回她並未將之視爲獎賞，而是寬慰，就像《天路歷程》中的基督徒攀登「困難」山丘時，在小涼亭小作歇息一般。

「你爲何不寫作呢？你以前總是以此爲樂。」喬的母親曾問，當時喪氣之心又爲喬的心蒙上陰影。

「我沒有心思寫作，即便我有，也沒有人在乎我的作品。」

「我們在乎。爲我們寫些什麼吧，不要去管別人怎麼想。你就試試看吧，親愛的，我相信那會爲你帶來好處，也會讓我們非常愉快的。」

「別對我抱太大期望。」喬嘴上這樣說，但仍搬出桌子，從頭開始檢視自己寫了一半的手稿。

一小時後，母親探頭窺視，喬正忙著塗改文章，身上繫著她的黑色圍裙，表情十分專注。瑪楚太太不禁勾起微笑、悄悄走開，對於自己的提議奏效感到很滿意。喬不曉得自己怎麼辦到的，但她的作品多了某種元素，直接打動了讀者的內心。她的家人邊看邊笑、邊看邊哭，父親甚至不顧她的意願，將作品寄到一家知名雜誌社，令喬感到意外的是，對方不僅給她稿費，還繼續向她邀稿。隨著故事刊登出來，她收到一些讀者來信，對她獻上誠摯的讚美。報紙也轉載了她的故事，無論是陌生人還是朋友，都非常欣賞她的作品。雖然只是一則小故事，成就卻不同凡響，這比之前小說得到毀譽參半的評價還要更令她驚訝。

「我不明白。這篇簡單的小故事裡究竟藏了什麼，讓大家如此推崇？」喬十分困惑地問。

「因爲故事裡蘊藏了眞實，喬，這就是秘訣。幽默和傷感讓故事鮮活了起來，你也終於找到了自己的風格。你不爲名聲和利益而寫作，反而將眞情實意都放進了故事裡，我的女兒，你已經走過苦難，如今苦盡甘來了。盡力而爲吧，希望你的成就能讓你愈來愈快樂，就和我們一樣。」

「若是我寫的故事有任何美好或眞實，那也不是來自於我。一切都應該歸功於您、媽媽和貝絲。」喬說，父親的話觸動了她的心，勝過世上所有的讚美。

於是，在愛與悲傷的教導下，喬寫下一篇篇文章寄了出去，讓故事替自己和她去認識新朋友。她發現這個世界對這些卑微的漫遊者十分仁慈，因爲故事不但廣受歡迎，還爲孕育它們的母親帶回優渥的酬勞，簡直就像是結交好運的孝子。

艾美和勞瑞送來他們的訂婚消息時，瑪楚太太原本擔心喬沒辦法給予他們祝福，但她的憂慮很快便一掃而空，因爲喬一開始雖然神情凝重，但她默默地接受了這件事。她在把信拿起來重看前，心中已然對「兩個孩子」懷抱滿滿的希望與計劃。這封信宛如二重唱，兩人在信中不停以情人的姿態讚美對方，讀起來令人會心一笑，想起來令人心滿意足，因爲大家心裡都不反對。

「您高興嗎？媽媽？」喬問。她們放下寫得密密麻麻的信紙後，望著對方。

「是的，自從艾美寫信說她拒絕弗雷德，我便期盼結果是這樣。我深信她有了某種更崇高的念頭，超越你所謂的『唯利是圖』。她來信中的各種線索使我猜測，她與勞瑞會迎來美好結局。」

「您眞是太敏銳了，媽咪，又守口如瓶！竟然連一點線索都不透露給我。」

「做媽媽的呢，雙眼要敏銳，說話要謹慎，才能夠照顧好女兒們呀。我也有些擔心，若是太早讓你知道，你會在大局底定前就寫信恭喜他們呢。」

「我才沒那麼糊塗！您大可相信我。我現在很沉穩、很懂事，足以成為任何人的心腹知己。」

「的確如此，親愛的，我早該把你視為我的知己，把祕密告訴你。我只是擔心，當你知道你的泰迪愛上別人，你會有多心痛。」

「拜託，媽媽，您眞的認爲我會這麼愚蠢又自私嗎？我已經拒絕了泰迪，當初他的愛即使並不合適，卻是最純眞的。」

「我明白你當初拒絕他是認眞的，喬，但是我最近會想，若是他回來，再向你求愛一次，也許你會改變答案。原諒我，親愛的，我控制不了，但我感覺得出來你很寂寞，有時你會流露出渴望的眼神，我都看在心裡。因此我猜想，你的男孩現在再試一次的話，也許會塡補你心底的空缺。」

「不會的，媽媽，現在這樣再好不過了，我很高興艾美學會了愛他。但您說對了一件事，我眞的很寂寞，或許泰迪再問一次，我會說『願意』，但那不是因爲我比以前愛他，而是現在的我比起他離開時，更渴望被愛。」

「我很高興，喬，這表示你在成長。愛你的人很多，試著滿足於父母、兄弟姊妹、朋友和寶寶們所給你的愛吧，並且耐心靜候最好的愛人來回報你的等待。」

「媽媽是天下最好的愛人，可我不介意偷偷告訴媽咪，我願意嘗試各種的愛。這聽起來有些匪夷所思，但是我愈努力用各種自然情感來滿足自己，愈覺得渴望。我從未想過人心竟然可以容納那麼多情感，我的心好有彈性，似乎永遠都裝不滿，以前的我有家人便心滿意足了。我眞的不懂。」

「我懂。」瑪楚太太露出充滿智慧的笑容，喬則又埋首回去，閱讀艾美描述勞瑞的內容。

能夠享受勞瑞給予我的這種愛，眞是太美好了。他不會感情用事，不會整天把愛掛在嘴邊，但我從他的言行之中看到，也感受到他的深情，這使我非常快樂，也讓我變得十分謙遜，我似乎不再是以前那個小女孩了。現在我才明白他有多好、多慷慨、多溫柔，因爲他對我敞開心扉，我發現他內心有很多崇高的念頭、希望與目標，我很驕傲那顆心屬於我。他說，他覺得「有我作爲他的另一半，又有滿滿的愛作爲壓艙物，從今往後便能一帆風順了。」我祈禱他能如願，並努力不辜負他的信任，因爲我以全部的心、靈魂和力量，愛著我的英勇船長，只要上帝讓我們在一起，我便永遠都不會棄他而去。噢，媽媽，我從不知道當兩人相愛，爲彼此而活的時候，人間竟然也能是天堂！

「這竟然是我們冷靜、矜持又世故的艾美！原來這是眞的，愛的確能夠造就奇蹟。他們一定非常、非常幸福！」喬謹愼地將窸窣作響的信紙收集好，彷彿讀完一本動人的愛情小說，故事內容從頭到尾牢牢抓住讀者的心，回到現實世界後才發現自己仍舊孤身一人。

一會兒後，喬慢步走到樓上，因爲外面正在下雨，她沒有辦法外出散步。焦躁不安的靈魂占據了她，過往的感覺又回到心上，雖然不如曾經痛苦，然而悲傷的情緒讓她不禁納悶，爲什麼姊妹之中，一個總能得到她想要的一切，而另一個卻只能一無所有？她的內心明白這並不屬實，也努力拋卻這種想法，但是她的本能卻強烈渴望獲得情感。艾美的幸福喚醒了她熱切的想望，期盼有人能夠讓她「全心全意去愛，一輩子緊緊相依，直到上帝將他們分離」。喬走上閣樓，紛亂的思緒終於平息，她看見四個排成一排的小木箱，外頭分別標示主人的名字，裡面裝滿了童年及少女的回憶，如今那些時光都已成爲她們的過去。喬快速翻看每個箱子的內容物，輪到自己的箱子時，她將下巴倚靠在箱子邊緣，心不在焉地注視裡頭雜亂無章的收藏品，這時，一捆老舊的練習簿抓住了她的目光。她將簿子拿出來翻閱，回味起那年在親切的柯克太太家度過的愉快冬季。喬先是微笑，隨後陷入沉思，接著傷心起來，而當她看見教授親筆寫下的小紙條，她的雙唇開始顫抖，簿子自她腿上滑落。她坐在那裡，讀著親切的話語，彷彿每個字句都有了新的含義，觸碰著她內心柔軟的那一塊。

「等著我，我的朋友。也許會有些慢，但我一定會來。」

「噢，但願他會來！我親愛的老朋友弗德里希，他總是對我如此親切、友好又耐心。他在我身邊時，我沒有好好珍惜，現在我卻好想見他，因為所有人似乎都在離我遠去，我太孤單了。」

喬緊握那張小紙條，彷彿自己抓住了一個等待實踐的諾言。她把頭靠在一只舒適的破布袋上哭泣，宛如應和著打在屋頂上滴滴答答的雨水。

這一切究竟是自憐、孤單，還是情緒低落？抑或這是情感的復甦，只是一直以來都在耐心等待有人將它喚醒？誰又能知道呢？

第二十章　驚　喜

黃昏時分，喬獨自躺在舊沙發上望著壁爐沉思，她最喜歡這樣度過薄暮時分，沒有人會來打擾她。她習慣躺在貝絲的紅色小枕頭上，編排故事劇情、做做白日夢，或者溫柔思念那似乎未曾遠去的妹妹。她的神情疲憊、嚴肅，而且相當悲傷，因爲明天就是她的生日了。她想著歲月竟流逝得如此飛快，自己變得好老，成就卻好少。她已經二十五歲了，竟沒有半點值得一提的成績。可是喬錯了，事實上她很有成就，未來她會一點一點看見，並爲此心懷感激。

「我會變成一個老處女。一個只懂文學的老處女，我的筆就是我的配偶，我寫的故事就是我的孩子，二十年之後，也許小有名氣，屆時我會像可憐的老山姆[1]一樣，老到無法享受名聲，不是獨自居住、無人分享，就是獨立自主、淡泊名利。我不需要當一個老而無用的聖人，也不需要成爲自私自利的罪人，而且我敢說，老處女當久了，生活也會很自在，只是……」喬說到這裡，嘆了一口氣，這樣的未來聽起來一點也不誘人。

二十五歲的女子剛開始都會這麼想，三十歲似乎就是一切希望的終點。然而，情況並沒有看起

1 此指山繆爾．約翰生（Samuel Johnson, 1709-1784），其著名成就爲編寫《約翰生字典》（*The Dictionary of the English Language*）。早年體弱多病，生活窮苦，後來才聲名大噪。

來那麼糟糕，只要人生有所依靠，便能擁有快樂生活。姑娘們年方二十五，便會開始覺得自己要成為老處女了，內心則暗自發誓絕不如此。年屆三十，她們絕口不提此事，內心默默接受現實，明智一點的人會安慰自己未來尚有二十載的光陰，能過得有意義又幸福，期間還可以學習如何優雅老去。

親愛的女孩們，別嘲笑這些上年紀的未婚女子，因為在她們樸素的禮服下有顆靜靜跳動的心，裡頭往往埋藏著極其溫柔卻悲傷的愛情故事。不僅如此，她們許多人默默奉獻青春、健康、抱負和愛情，使得年華老去的容顏，在上帝眼中格外美麗動人。即便是悲哀、年老的姊妹，也該受到友善對待，就算不為其他理由，仍須體諒她們錯過人生最甜美的階段。風華正盛的少女應該以同理心來看待她們，而非蔑視。請記得，少女們也有可能錯失人生的花樣年華，粉嫩的臉蛋不會青春永駐，灰白的銀絲會覆蓋亮麗的棕髮，漸漸地，仁慈與尊敬也會帶來甜美滋味，如同年少時的愛與欽羨。

男士們，特指男孩們，對待上了年紀的未婚女子必須彬彬有禮，無論她們多麼貧窮、樸素或拘謹。因為唯一值得擁有的騎士精神便是樂意敬老尊賢、保護弱小以及服務女性，不分階級、年齡或膚色。回想一下那些善心的姑姑嬸嬸就知道，她們雖然會訓斥人，又總愛大驚小怪，卻也照料你們、寵愛你們，而且很少得到感謝。她們協助你們解決困境、從微薄的積蓄中給你們零用錢、用年老的手指耐心替你們縫製衣物、衰老的雙腳為你們不辭千里。面對親愛的老女士，必須心懷感激地給予她們一點關注，因為女人只要活著，就會為此感到高興。慧眼獨具的女孩一眼便能看出這樣的好品德，對你們更加喜愛。死亡幾乎是唯一能夠拆散母子的力量，倘若有天它搶走了你們的母親，你們的某位普莉希拉阿姨會溫柔接納你們，給你們母親般的愛護，在她們孤單年邁的心中，始終為「世上最棒的姪子」留有一個最溫暖的角落。

喬肯定是睡著了（我敢說讀者諸君也看這小段說教看到睡著了吧），因爲她突然看見勞瑞的靈魂站在她面前。那是一個擁有形體、栩栩如生的鬼魂，臉上掛著滿腹心事又不想說出口，就那樣俯身望著她。然而，就像那歌謠中的珍妮[2]，她不敢相信那是他，喬躺著，抬眼將目光投向他，心中詫異得說不出話，直到他彎下腰吻了她。喬終於確定是他，猛然跳起來，興奮大喊：

「噢，我的泰迪！我的泰迪！」

「親愛的喬，看來你很高興見到我？」

「很高興！我幸運的男孩，言語不夠表達我的歡喜。艾美呢？」

「你的母親把她留在瑪格家了。我們順路先到那兒停留，然後他們就不打算放我的妻子走了。」

「你的什麼？」喬大叫，因爲勞瑞下意識說出那個字眼，洩露了婚訊，語氣中還帶著驕傲與滿足。

「噢，糟糕！我竟然說出來了。」他的表情萬分心虛，喬見狀審問他。

「你走了，還結婚了！」

「是的，請原諒我，我再也不會了。」他雙膝跪地，雙手懺悔般合十，臉上神情卻充滿淘氣、

2來自蘇格蘭作家安・琳賽女士（Lady Anne Barnard, 1750-1825）的民謠《老羅賓・格雷》（*Auld Robin Gray*），內容講述一對愛侶——珍妮和傑米的悲劇愛情故事。

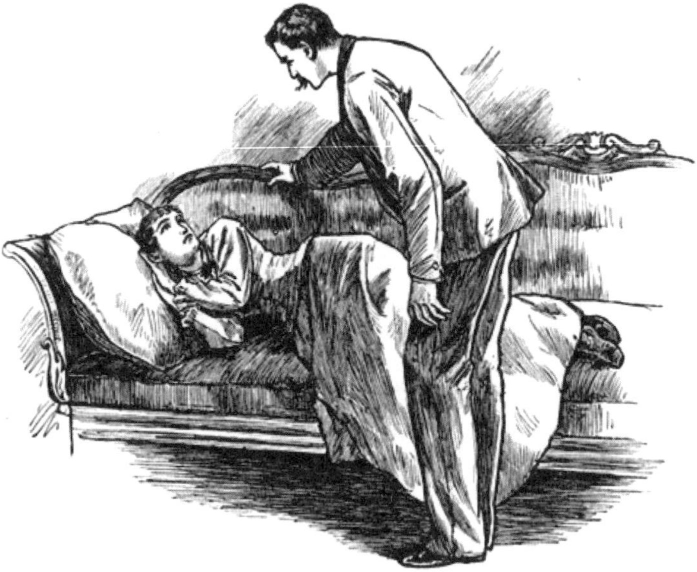

歡樂與得意。

「眞的結婚了？」

「千眞萬確，謝謝你。」

「我的天啊。你接下來還會做出什麼可怕的事？」喬驚訝地倒抽一口氣，跌坐回椅子上。

「你的祝賀眞特別，只是不太有禮。」勞瑞回應。他仍舊跪地，一副可憐兮兮的模樣，臉上卻因爲滿足而洋溢笑容。

「你像個竊賊一樣偷偷溜進來，嚇得我魂飛魄散，又說出這麼驚天動地的消息，還能期待我說出什麼好聽話？快起來，荒謬的小子，告訴我所有經過。」

「除非你讓我坐上老位子，並且保證你不會用枕頭當護具，不然我一個字都不說。」

喬聽了大笑，她已經許久沒有笑得如此燦爛了。她拍拍沙發表示歡迎，並語帶熱忱說：「舊枕頭在閣樓上，我們現在不需要了。所以快過來招供吧，泰迪。」

「聽見你喊我『泰迪』的感覺眞好！除了你，沒有人會這樣叫我。」勞瑞心滿意足地坐下來。

「艾美都怎麼稱呼你？」

「老爺。」

「很像她的作風。不過，你看起來就像是個老爺。」喬的眼神出賣了她，流露出她的男孩比以前更英俊的評價。

枕頭不見了，兩人之間卻有了隔閡，那是一道因時間、分離和心境變化而築起的天然屏障。兩人都感受到了，他們凝視彼此一會兒，彷彿這無形的阻隔在他們心中投下一層陰影。不過陰影很快便消散了，因為勞瑞試圖表現出威嚴的模樣，但是一點也不成功……

「我看起來像不像個已婚男士、一家之主？」

「一點也不像，永遠都不會像。你長高了，也變壯了，但你還是以前那個無賴。」

「已經不是了，喬，你應該對我更尊敬些。」勞瑞開始嘮叨，他很享受這一切。

「我辦不到，一想到你結婚、定下來，我就忍不住想笑，我嚴肅不起來！」喬回答，她滿臉笑意，弄得兩人再次大笑，最後才總算坐下來好好聊天，如過往那般愉悅。

「你不必冒著寒風去接艾美，她們等一下就回來了。我等不及先跑回來，因為我想當第一個告訴你這個大驚喜的人，就像我們以前為了奶油而爭吵一樣，一定要當『先嘗到第一口』的贏家。」

「你確實給了我一個大驚喜，而且還先講結局，把故事給毀了！好了，現在從頭講起，告訴我事情是如何發展的，我等不及想知道了！」

「好吧，我呢，是為了取悅艾美才結婚的。」勞瑞開始訴說，眼神卻閃著調皮的光芒，喬抗議道：

「謊言一號！艾美才是為了取悅你而結婚的人吧。繼續說，說真話，若是你辦得到的話，先生。」

「她現在開始以夫人的口氣說話了。聽她說話真是高興，對吧？」勞瑞望著壁爐說，火焰發著光亮，彷彿它也認同。「其實都一樣，你知道，我和她心意相同。一個多月前，我們原本打算跟卡羅一家一同回來，但他們突然改變心意，決定要在巴黎多待一個冬季。可是爺爺想回家了。他去那裡是為了讓我高興，我不能讓他獨自離開，也不能丟下艾美，但卡羅太太又還有英國人那種女性長輩得陪伴未婚少女的無聊觀念，不讓艾美隨我們一同離開。因此爲了解決這道難題，我就說『我們結婚吧，這樣就能隨心所欲了。』」

「可想而知。你總是要事情稱心如意。」

「並沒有總是如此。」勞瑞這句話透露出的涵義，令喬急忙扯回話題……

「你怎麼有辦法讓姑媽同意？」

「這確實不簡單，但是我倆合力說服她了，因爲我們這邊有一堆好理由。我們來不及寫信回來請求應允，但你們都樂見其成，很快便同意了，正如我妻子說的，這只是『掌握先雞』[3]。」

「我有妻子好驕傲哦，眞的好喜歡說這兩個字哦，是不是？」喬打斷他，這次換她高興地對著壁爐說話，映在她眼中的爐火彷彿燃起幸福的火光，那雙眼已經不再有上一次望著火堆時的悲傷憂鬱。

「大概有一點吧，她是個令人神魂顛倒的小女人，我無法不以她爲榮。總之，姑丈和姑媽替我們打點禮節，我和艾美一直沉浸在兩人世界裡，分開便什麼都做不了。所以這是個最美的安排，會讓所有事情變得簡單些，所以我們就結婚啦。」

「什麼時候？地點在哪裡？過程怎麼樣？」喬追問道，女人的興趣與好奇心已然激起，因爲她

3片語「taking time by the forelock」來自古希臘哲學家泰利斯，意指「快速果斷地做出行動」，即「掌握先機」。Forelock爲哲學中時間的化身，根據早期描述，其模樣爲一名頭上只有額髮的老人，艾美則誤將forelock（額髮）說成fetlock（馬蹄後方的毛）。

對事情一無所知。

「時間是六個星期前，地點在巴黎的美國大使館，當然，那是一個非常低調的婚禮，因爲即便是大喜之日，我們也沒忘記親愛的小貝絲。」

勞瑞說到這裡，喬握住他的手，而他則輕柔撫摸那顆紅色小枕頭，他沒有忘記那是屬於貝絲的東西。

「結婚後爲什麼不讓我們知道？」兩人靜坐了一會兒，喬問道，語氣已經沉靜下來。

「我們想要給你們驚喜。本來我們是打算直接回家，但是一結完婚，親愛的爺爺就發現他至少需要一個月的準備時間才能夠啓程，所以他先送我們去想去的地方度蜜月。艾美曾說玫瑰谷是蜜月勝地，因此我們便去那兒，也玩得很開心，享受一生一次的幸福蜜月時光。不騙你，那眞的是玫瑰花海中的愛戀啊！」

這一刻，勞瑞彷彿忘記了喬的存在，而喬也爲此感到高興。因爲他如此坦率又自然地向自己訴說他的愛情故事，讓喬明白，他已經原諒她，也釋懷了過往。喬想把手收回來，但勞瑞像是猜到她的想法，下意識握住喬的手，以喬從未見過的成熟認眞，對她說……

「喬，親愛的，我想說一件事，說完，我們就將它永遠塵封吧。正如我告訴你艾美對我很好的那封信裡所寫的，我永遠不會停止愛你，但是愛產生了變化，我也已經明白，現在這樣更好。艾美和你在我心中調換了位置，事情就是這樣。我想命運早已註定，若是當初我聽你的話耐心等待，事情會自然而然發展，但是我卻毫無耐心，最後落得心碎的下場。那時候的我還是個男孩，任性又狂暴，經過嚴厲的教訓後，我才看清自己的錯。就像你說的，喬，那是場錯誤，而我在出盡洋相後，才認清事實。我發誓，我內心曾經感到混亂，不明白你和艾美哪個才是我的最愛，還嘗試對你們付出相同的愛。可是我做不到，當我在瑞士見到她時，一切終於明瞭了。你們兩個都回到正確的位置上，我也確信，接受新的戀情之前，舊愛已經徹底消逝了。我能夠坦誠分享我的愛給妹妹喬和妻子艾美，深情地愛著她們。你願意相信我嗎？願不願意回到初相識時的那段歡樂時光呢？」

「我願意相信你，全心全意，可是泰迪，我們沒辦法再當小男孩和小女孩了。快樂的舊時光回不來，我們也不該有所期待。我們是男人和女人了，有重要的工作要做，玩樂的時光結束了，我們必須停止嬉鬧，我相信你也感同身受。我看見你內心的改變，你也會看見我的變化。我會想念我的男孩，但我同樣會愛這個男人，而且更加敬佩他，因為他肯定會努力成長為我所期盼的模樣。我們無法再當彼此的兒時玩伴了，但我們會成為兄妹，一輩子互愛互助，對吧，勞瑞？」

他沒有說話，但他握住喬伸出的手，把臉貼在她的手上一會兒，感覺自己走出年少情懷的墳，感情昇華成美好堅強的友誼，護佑兩人。喬不願讓這趟返鄉之旅變得感傷，於是不久後她高興地說：「我還是不敢相信，你們兩個孩子竟然結婚了，要成家了！唉，感覺昨天還在替艾美的圍裙縫鈕扣，還在你頑皮的時候扯你頭髮而已。天啊，眞是時光飛逝呀！」

「兩個孩子裡有一個年紀還比你大呢，你說話不用像個老太婆。我自認已經是個『成熟的男士』，正如《塊肉餘生記》中裘果提形容大衛一樣，等你看到艾美的時候，你也會發現她其實是個早熟的嬰兒。」勞瑞說，他被喬的母親姿態給逗樂了。

「也許你年紀比我大了些，但我內心向來比你成熟許多，泰迪。女人就是這樣，去年那段日子又萬分煎熬，我感覺自己像是四十歲了。」

「可憐的喬！我們丟下你一個人承受，自己跑去享樂。你確實老了，這裡有條皺紋，那裡也有一條。你不笑的時候眼睛看起來很哀傷，我剛才摸坐墊也發現一滴眼淚。你承受了巨大的包袱，而且獨自一人扛了下來。我真是個自私的混蛋！」勞瑞扯了扯頭髮，滿臉懊悔。

然而，喬只是將出賣她眼淚的枕頭翻了面，試圖用開心的語氣回答：「不是的，我有爸爸和媽媽幫助我，有可愛的小嬰兒寬慰我，而且，知道你和艾美過得平安幸福，讓這些難關更加容易度過了。我很孤單，有時候吧，不過我敢說這對我有好處，而且……」

「你永遠不會再孤單一人了。」勞瑞打斷她的話，伸手擁抱她，彷彿替她擋下所有世間煩惱。「我和艾美不能沒有你，所以你得好好教導『兩個孩子』持家，和我們從前一樣共同分享一切，讓我們寵愛你，大家一起幸福和樂地生活。」

「如果不嫌我礙事的話，當然很好。我已經開始覺得年輕起來了，因為你來了之後，煩惱似乎都飛走了。你總是能帶給我安慰，泰迪。」喬將頭倚靠在他肩膀上，就像幾年前，貝絲臥病在床，勞瑞叫她依靠他那樣。

「你還是從前的喬，一下哭一下笑。而且你現在看起來有些邪惡呢，想做什麼呀，老太婆？」

「我好奇你和艾美怎麼走到一起的。」

「我們就像是神仙眷侶啊！」

「這我當然知道，但你們誰是老大？」

「我不介意告訴你，現在是艾美掌管一切，至少我讓她這樣以為，你知道的，這會讓她高興。未來我們就會輪流，因為人家說婚姻會使權力減半、責任加倍。」

「開始是這樣，未來也就是這樣了，艾美一輩子吃定你了。」

「好吧，她管人不著痕跡，我想我不會在意的。她是那種知道如何適當管理的女人。事實上，我也喜歡這樣，因爲她就像捲絲綢一樣，輕柔優雅地把你纏在她的指尖上，讓你始終感覺她是在施與恩惠。」

「我沒想到你竟然會成爲怕老婆的丈夫，而且還樂在其中！」喬舉起雙手驚呼。

她很高興看見勞瑞挺直肩膀，露出極有男子氣概的微笑，藐視她的諷刺，並以「尊貴崇高」的姿態回應：「艾美很有教養，不會把我吃得死死的，而我也不是那種順從的男人。我和妻子太過尊重自己、尊重彼此，我們不可能欺壓對方，也不會爭吵。」

喬很滿意他的回答，覺得他那嶄新的風範很迷人，但是男孩成長爲男人的速度太快，讓她高興之餘又有些遺憾。

「這個我相信，因爲你和艾美從來不像我們以前那樣吵架。若是在寓言故事裡，她就是太陽，而我是北風，太陽最能讓人類順服[4]，你記得吧？」

「她不只能用陽光照拂我，發脾氣的時候也能如狂風暴雨，」勞瑞大笑。「我在尼斯可是好好上了一課！我跟你保證，那比你或任何人的責備來得可怕，會狠狠地把你打醒。有空我再告訴你事

4喬指的是伊索寓言《北風與太陽》，故事中北風和太陽互相較勁，看誰能讓經過的旅人脫下外衣。北風使勁吹拂，旅人卻冷得穿緊衣服，而太陽照耀大地，反倒輕鬆讓旅人脫下了外衣。

情經過，艾美是永遠不會提起這件事的，因爲她說瞧不起我、爲我感到丟臉，然後她就把心落在這個卑鄙無恥的人身上了，而且還嫁給這個一無是處的人。」

「太惡劣了！聽著，如果她欺負你，你就來找我，我保護你。」

「我看起來需要保護嗎？」勞瑞說。他站起身，表現出氣勢洶洶的姿態，然而下一秒卻突然轉變成興高采烈的模樣，因爲他聽見艾美的呼喊聲：「她在哪裡？我親愛的喬在哪裡？」

一大家子成群結隊走進來，再次彼此親吻、互相擁抱。三名旅人在衆人數度堅持下，不得不坐下來讓大家品頭論足、高興一番。勞倫斯老先生仍舊老當益壯，經過一場外國之旅後，他也獲益良多，剛硬的脾氣似乎已經消失無蹤，老派的禮節煥然一新，讓他整個人更加慈眉善目。他稱這對年輕夫妻「我的孩子們」，見他對兩人眉開眼笑的模樣，眞令人高興。更棒的是，艾美能夠繼續對他盡女兒的孝道與關愛，徹底贏得他老人家的心。最難得的是看著勞瑞圍繞著兩人轉，彷彿他們製造出來的美麗畫面永遠也看不膩。

瑪格一見到艾美，便察覺到自己的衣著並非巴黎風格，若小墨法特太太在小勞倫斯太太面前肯定會相形失色，如今她的「小姐」成爲最高貴優雅的女人了。喬看著這對夫妻，心想「他們在一起的畫面美極了！我的決定是對的，勞瑞果然找到美麗又有教養的女孩，她比笨拙的喬更適合成爲他的溫柔鄉，讓他感到驕傲，而非苦惱。」瑪楚太太和先生對彼此點頭微笑，兩人的臉上都溢滿了喜悅，因爲他們覺得小女兒的成就如此美滿，不僅是爲人處世方面，還擁有了愛情、自信和幸福這些更美好的財富。

如今艾美的臉上充滿柔和的光彩，顯示出她內心的平靜，她的嗓音裡多了前所未有的溫柔，從前的冷漠拘謹已經轉變成端莊高雅，富有女性美又迷人。她的舉手投足不再有一絲矯揉造作，誠摯甜美的態度比新有的美貌和舊有的優雅還要動人，因爲一眼望去，便能明白她已如願成爲眞正的淑女了。

「愛讓我們的小女兒獲益良多。」她母親輕聲說。

「因爲她這一生都有一個好榜樣能夠學習，親愛的。」瑪楚先生深情望向身旁妻子蒼老的臉孔與灰白的頭髮，柔聲回應。

黛西目不轉睛地盯著她的「漂漂阿姨」，像隻小狗黏著迷人的完美女主人不放。戴米暫且還在思考要不要接受新家人，但是當他一看見誘人的木熊家族玩具，二話不說便接受這項賄賂了。那可是勞瑞從伯恩帶回來的，他從側面進攻，誘使對方無條件投降，反正他很清楚怎麼降服這小子。

「小子，我頭一次有幸認識你的時候，你就往我臉上揍一拳。現在，我要求來個紳士間的決鬥！」說著，高大的叔叔對小姪子展開拋高高和弄亂頭髮的遊戲，瓦解他小大人的沉著威儀，逗樂他男孩子氣的心靈。

「眞是上帝護佑啊，她全身上下穿的可不都是絲綢嗎？瞧瞧小艾美那優雅端坐的姿態，還有大夥喊她『勞倫斯太太』的畫面，眞令人賞心悅目啊。」漢娜喃喃自語，忍不住頻頻透過拉門向外窺視，而她的雙手很顯然把餐桌擺弄得一團混亂。

天啊，看看他們談天的模樣！一個才說完，下一個馬上接下去，然後大家又同時開口，急著想在短短半小時內把三年的事情給交代完畢。幸好茶點已經備妥，讓他們能夠安靜下來，歇息片刻，否則要是再這般說下去，肯定會喉嚨沙啞、腦袋暈眩的。一行人沉浸於幸福之中，魚貫走進了小餐

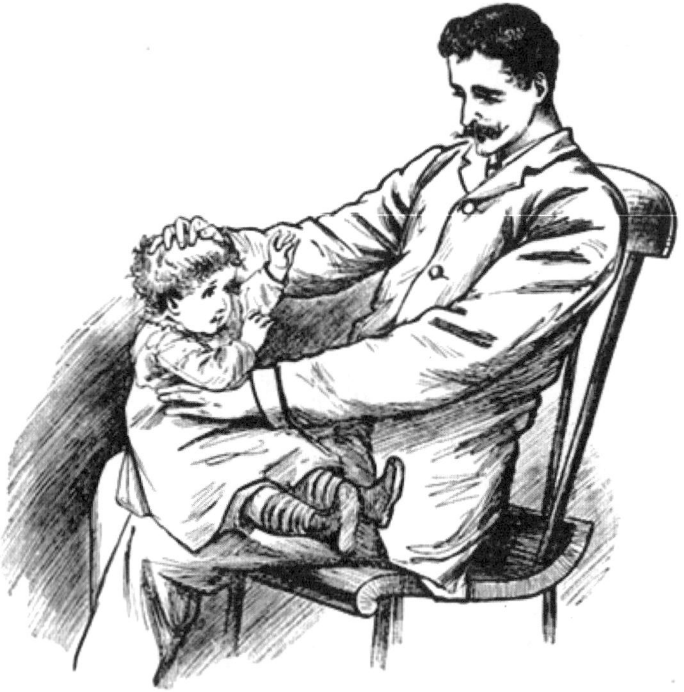

「我要求來個紳士間的決鬥！」

廳。瑪楚先生驕傲地護送小勞倫斯太太，瑪楚太太同樣得意地挽著「我兒子」的手臂。老勞倫斯先生則牽起喬，對她輕聲說：「現在你得當我的小女孩了。」並瞧了一眼壁爐旁空盪盪的角落，喬見了小聲回應：「我會盡力填補她的空缺，先生。」

雙胞胎蹦蹦跳跳地跟在隊伍後頭，察覺到千載難逢的好時機來臨，因爲每個大人都把注意力放在新來的客人身上，他們現在就能夠爲所欲爲，盡情玩樂。你不用懷疑，他們肯定有好好把握這次機會——這不就已經偷喝了幾口茶、大肆把薑餅塞進嘴裡、一人手拿一塊熱騰騰的餅乾嗎？他們還犯下了最高禁忌，那便是神速將令人垂涎三尺的小水果餡餅塞進小小的口袋裡，沒想到餡餅竟然背叛他們，不僅碎成片片，還黏在口袋裡，這讓他們學到了一課，那就是人性和餡餅一樣脆弱。口袋裡的餡餅令他們心虛難安，害怕嬌嬌阿姨（喬阿姨）的銳利眼睛會穿透薄薄的棉布和羊毛，看見藏在裡頭的戰利品，於是兩個小小罪犯便緊緊黏在沒有戴上眼鏡的「外東」（外公）身邊。艾美像茶點一樣被傳來傳去，最後她挽著老勞倫斯先生的手臂回到客廳。大伙也如剛進來時一樣，雙雙對對離開，獨留喬一個人沒有伴。當下她心中並不在意，因爲漢娜急切向她打聽消息，讓她爲此停留了好一會兒。

「艾美小姐會乘坐素輪馬車（四輪馬車），使用他們收藏的銀製餐具嗎？那些餐具看起來好精美呀！」

「她就是每天駕著六匹白馬、使用金餐盤、配戴鑽石、身穿手工蕾絲衣裳也不奇怪，泰迪覺得她用再好的東西也不爲過。」喬極度滿意地回答。

「說的是啊！明天早上你要吃肉末馬鈴薯泥還是魚丸？」漢娜問，巧妙地將詩情畫意與平凡現實融合在一起。

「隨便。」喬關上門，她覺得這時候不適合談論食物。她佇立在原地片刻，望著那一大群人往樓上移動，眼看戴米穿上格子褲的小短腿費力爬上最後一格階梯，強烈的寂寞感突然向喬席捲而來。她眼眶泛淚，環顧四周，彷彿在尋覓能夠讓她依靠的東西，因爲就連泰迪也拋下她了。若是她知道生日禮物正在一分一秒朝她接近，她就不會暗自說出這句話：「等到就寢時再哭一下。現在沮喪可不行。」她伸手拭淚，因爲她其中一個如男孩般的習性便是永遠不知道手帕在哪裡。她努力擠出笑容，這時，前門傳來了敲門聲。

她展現好客的態度，匆匆打開門後，兩眼發直瞪著前方，彷彿又有另一個鬼魂跑來嚇唬她。門前站著一個高大蓄鬍的男士，如午夜太陽從黑暗中對她微笑。

「噢，巴爾先生……眞高興見到你！」喬一邊大喊，一邊伸手抓住他，像是害怕黑夜會在下一秒將他吞噬。

「我也很高興見到瑪楚小姐，糟糕，你有客人。」聽見樓上傳來人群的說話聲和腳步聲，教授遲疑了一下。

「不是的，沒有客人，只是家人而已。我的姊妹和朋友剛回家，我們都很開心。進來吧，來加入我們。」

雖然巴爾先生擅長社交，但他此刻應該會有禮地告辭，改日再來訪。偏偏他前腳剛進門，喬後腳便把門關上，還搶走他的帽子，他哪來的機會告辭？也許是喬的表情起了作用，剛才她看見他時忘了掩飾喜悅，明明白白地表現出高興的模樣，顯然這對孤獨的男子而言難以抗拒，這種歡迎方式

遠遠超乎他最大膽的期望。

「如果不會造成打擾，我很樂意跟大家見面。你生病了嗎，我的朋友？」他突然提問，因爲喬將他的大衣掛起來的時候，燈光正巧打在她臉上，而他看見了變化。

「不是生病，只是疲倦和哀傷。上次與你分別後，家裡面臨了不幸。」

「噢，是的，我知道。我聽見消息時，很爲你感到心痛。」他再次握住喬的手，臉上帶著深深的憐惜，讓喬感覺任何安慰都比不上他親切的眼神以及那溫暖大手的緊握。

「爸爸，媽媽，這是我的朋友，巴爾教授。」她說道，轉而介紹雙方認識。她的表情和語調充滿難以抑制的驕傲和喜悅，彷彿她剛才是吹著喇叭，浮誇地歡迎他進門。

倘若客人曾經擔憂過衆人的反應，那麼他們誠摯的歡迎，也隨即打消了他的疑慮。每個人都親切向他打招呼，雖然一開始是爲了喬才這樣做，但他們很快便打從心底對他產生了好感。他們情不自禁，因爲這個男人有打開衆人心房的魔法。這些純眞的人們馬上就喜歡上他，知道他不太有錢之後，對他更是倍感親切。因爲貧窮不僅使人富足，更是直通眞心好客之人心房的鑰匙。巴爾先生坐著環顧四周，感覺自己像是旅人輕叩陌生之門，當門開啓之際，發現自己竟如歸鄉。孩子們宛如蜜蜂看見蜜糖般奔向他，一人黏著一條腿不放，他們帶著初生之犢不畏虎的心，藉著洗劫他的口袋、拉扯他的鬍鬚、研究他的手錶來擄獲他。女人相互傳遞讚賞的訊號，而瑪楚先生感覺遇見了志同道合的朋友，爲他搬出自己的滿腹經綸，約翰在一旁默默聆聽，享受兩人的對話，儘管他一個字也沒說，老勞倫斯先生則發現自己爲此高興得睡不著。

若不是喬正專注於別的事情，她肯定會被勞瑞的行爲逗樂。

勞瑞的內心有種感覺，並非忌妒，而是類似猜忌的情緒，因此他一開始站得遠遠的，以兄長的姿態審愼觀察這名新訪客。然而他的猜疑並未持續多久，便不由自主對來人產生興趣，不知不覺被拉進了小圈子。因為在這一片友好的氣氛之中，巴爾先生侃侃而談，發揮自己的口才。他很少對勞瑞說話，但經常看向他，他看見正値全盛時期的年輕人時，臉上都會閃過一層陰影，彷彿在為自己逝去的青春感到遺憾。接著他視線會轉向喬，眼神中充滿渴望，若是喬有看見這無聲的詢問，肯定會答應。可惜喬忙著管理自己的眼睛，生怕眼神會出賣自己的情緒，她牢牢地將視線釘在手裡正在縫製的小襪子上，宛如一位模範未婚阿姨。

喬時不時偷瞄他一眼，彷彿走過漫天塵土路之後，終於能夠啜飮清甜的泉水，因為她的偷窺讓她瞥見一些好兆頭。巴爾先生的表情不再茫然，此刻的他看起來全神貫注、神采飛揚，喬想著，他是如此年輕又帥氣啊，以往她遇見陌生男人都會將他們拿來與勞瑞做比較，這對他們而言十分不利，但是她全然沒想到要拿這兩人做比較。其次，他看起來很有想法，雖然話題已經偏離正軌，走向古老的喪葬習俗，這項主題通常不太能夠活絡氣氛。而當泰迪在一場辯論中敗陣下來，喬不禁散發出獲勝的神采，她望著父親全神貫注的表情，心想：「若是每天都有像我的教授這樣的男人和爸爸對談，他肯定會很開心！」最後，巴爾先生身上一襲全新黑色西裝，令他看起來比以往都像個紳士。他濃密的頭髮修剪過，並整整齊齊梳理好了，只可惜維持不了多久，因為他情緒高昂的時候，就會習慣性用滑稽的方式弄亂頭髮，喬喜歡那如雜草叢生的亂髮勝過平整的髮型，因為那讓他的額頭看起來像衆神之王朱比特。

可憐的喬，她竟如此讚嘆這名平凡無奇的男人。雖然她默默坐在一旁編織，視線卻沒有放過任何一點細節，就連巴爾先生潔淨的袖口上有金色的鈕扣都沒能逃過她的法眼。

「親愛的老朋友！他打扮得眞慎重，即便是去向人求婚，也綽綽有餘了。」喬暗自想，突然間腦袋裡更冒出一個想法，令她面紅耳赤，她趕緊把毛線球丟到地上，再蹲下去撿，好把臉蛋藏起來。然而，這項策略並不如預期般成功。因爲就比喻來說，教授正要點燃火葬柴堆，卻丟下火把，衝去追那團藍色小毛線球了。這下兩人的頭當然重重相撞，撞得眼冒金星，他們紅著臉大笑，一邊站起身，最後毛線球沒撿回來，就各自回到座位上，心想方才若是沒離開位子就好了。

沒有人知曉傍晚的時光是如何流逝的，漢娜早早瞧見兩個孩子打瞌睡，像兩朵紅潤的罌粟花不停點著頭，便熟練地把他們哄去睡了，老勞倫斯先生則已返家歇息。其餘的人圍坐在爐火旁不停談天，全然沒有注意到時間已晚，直到瑪格的母性本能告訴她黛西肯定滾下床了，而戴米肯定也爲了研究火柴的構造而讓自己的睡衣著火，這才準備離開。

「大家終於再次齊聚一堂，我們必須像以前一樣唱歌。」喬說，她覺得痛快高歌才能安全又舒服地宣洩心中的狂喜。

他們沒有全部到齊。可是沒有人認爲她的話思慮未周或是有誤，因爲貝絲仍在天上看著他們，她是一個平靜的存在，雖然無形，卻更加令人珍愛，因爲愛讓一家人堅不可摧，死亡也無法將他們分離。那張小椅子仍舊佇立在老地方，整齊的針線籃依然擺在原本的架子上，裡頭躺著當時因爲針「太重」而未完成的物品。她心愛的樂器已經很少有人觸碰了，卻也未曾搬動過，而貝絲平靜的笑臉就在鋼琴上方，一如往常俯瞰著他們，彷彿在說：「要過得快樂哦。我就在這裡。」

「彈首曲子吧，艾美。讓大家聽聽你進步了多少。」勞瑞說，口氣雖然自大，卻情有可原，因爲他爲自己大有可爲的學生感到驕傲。

艾美這時雙手轉著那張褪色的小板凳，含淚低語：「今晚不行，親愛的。我沒有辦法在今天晚上炫技。」

儘管如此，艾美還是一展他才，呈現出超越才華與技巧的表演，她唱了貝絲的歌。

她的歌聲溫柔動聽，即便是世上最好的老師也無法教授，她更觸動每位聽者的心弦，那是任何啓發都無法給予的甜美力量。清亮的歌聲唱著貝絲最愛的聖歌，唱到最後一句時，突然間唱不下去了，屋內一片寂靜無聲。難以開口唱出那句……

人間沒有天堂治癒不了的傷痛。

艾美的丈夫就站在她身後，她倚靠在他懷中，感覺這趟返鄉少了貝絲的吻，不甚完美。

「那麼，最後我們以迷孃的歌曲[5]來做結尾吧，因爲巴爾先生會唱。」喬趕緊說，她生怕這場靜默會喚醒傷痛。巴爾先生配合地「咳！」了一聲清清喉嚨，一邊走到喬所站的角落，說……

「你願意和我一起唱嗎？我們兩個很合拍。」

5 迷孃（Mignon）爲歌德《威廉．麥斯特的學徒歲月》（*Wilhelm Meisters Lehrjahre*）中的人物，共四首詩篇，故事中他們唱的歌曲爲其中一首——《你可曾聽聞此地？》。

順口說一句，這只是個討她歡心的謊言，因爲喬的音樂造詣比一隻蚱蜢還不如。不過就算他提議唱整首歌劇，喬也會同意的，直接不顧拍子和曲調，欣然高歌。其實也無大礙，因爲巴爾先生唱出道地的德國風情，宏亮又悅耳，喬很快就放低音量，小聲跟著輕哼，這樣她便能夠聆聽那似乎只爲她而唱的圓潤嗓音。

汝可知曉那香櫞花盛放之地。

這一句是教授最喜歡的歌詞，因爲「那地方」對他而言代表的是德國，但他現在似乎沉浸於歌詞上，以分外熱情的嗓音唱著……

彼端，噢，彼端，我的愛人啊，
能否與汝一同前行？

其中一位聽衆深受這柔情邀約所感動，她好想說她知道那個地方，並且樂意隨時與他一同前往。

這首歌唱得非常完美，歌者在衆人的喝采中退下。但幾分鐘後，他全然忘記了禮儀，直盯著艾美戴上帽子，因爲喬只簡單介紹那位是「我的妹妹」，而且他來之後也沒有人對她使用新的稱呼。然後他看得更加失態，直到勞瑞離開前，以最優雅的態度對他說……

「能否與汝一同前行？」

「我和我的妻子都很高興認識您，先生。我們就住在對面，請記得我們永遠恭候您的光臨。」

教授誠心地感謝他，臉上有了恍然大悟的光彩，讓勞瑞不禁覺得他是自己見過最可愛坦率的老朋友了。

「我該告辭了，親愛的夫人，倘若您願意，我很樂意再次造訪，因爲我會待在城裡幾天處理一些小事。」

他對瑪楚太太說話，眼神卻看著喬。母親的聲音裡透出誠摯的歡迎，女兒的眼神也同樣如此，因爲瑪楚太太並非如墨法特太太所說的，一點都不了解女兒的喜好呢。

「我猜想他是名睿智之人。」最後一位客人離開後，瑪楚先生站在爐邊地毯上，沉著、滿意地評論。

「我知道他是個好人。」瑪楚太太替時鐘上發條的同時也說了一句，顯然她十分滿意。

「我就知道你們會喜歡他。」喬只說了這句話，便溜回床上睡覺了。

她好奇巴爾先生是爲了處理什麼事情而進城，最後她認定他是被指派去某個地方做很榮譽的事情，只是太過謙虛所以沒有提起。喬不知道，他房裡收藏了一張照片，照片中是一名嚴肅又倔強的年輕女子，擁有濃密的秀髮，眼神似乎陰鬱地望向未來。若是喬能看見他望著那張照片的表情，也許就能爲這道謎題帶來一些曙光，尤其是，當他熄掉煤氣燈後，在黑暗中親吻照片的那一幕。

第二十一章 伉儷

「母親大人，可否請您將妻子借給我半小時？我們的行李已經抵達，而我為了找一些我需要的東西，把艾美的巴黎華服都給弄亂了。」隔日，勞瑞登門說道，他發現小勞倫斯夫人正坐在母親腿上，彷彿又變回「小嬰兒」了。

「當然。去吧，親愛的，我忘了你現在有娘家，還有夫家了。」瑪楚太太握住艾美戴著婚戒的白皙手掌，像是在為自己的貪戀請求原諒。

「若是我能夠處理好，我是不會來打擾的，但是我的小女人不在，我便無所適從，像是……」

「風向雞沒有了風。」勞瑞思考著該怎麼做比喻，喬見狀替他接下去。自從泰迪回來後，喬又恢復以前活潑的模樣了。

「正是。因為大多數時間艾美都讓我面朝正西方，偶爾會轉向南邊，結婚之後，還沒有吹過寒冷的東風，我對北邊更是一無所知，但這風可眞是清爽宜人啊，是吧，我的夫人？」

「目前為止都是好天氣。我不知道能夠持續多久，可就算是暴風雨我也不怕，因為我正在學習如何好好駕船。回家吧，親愛的，我幫你找脫靴器。我猜你在我的東西裡翻來翻去，找的就是這個吧。媽媽，男人就是照顧不好自己。」艾美以女主人的架勢說話，逗得她丈夫開心不已。

「你們安頓好之後有什麼安排？」喬問，她正在替艾美的披風縫鈕扣，一如從前替她縫製圍裙鈕扣一樣。

「母親大人，可否請您將妻子借給我半小時？」

「我們有自己的計劃，不過目前還不打算透露太多，雖然我們才剛成家，卻不打算遊手好閒。我準備全心投入事業，讓爺爺高興一番，向他證明我沒有被寵壞。我需要這類的事情來穩定自己的生活。我已經厭倦了偷懶，決定要像個男人一樣好好工作。」

「那艾美呢？她要做什麼？」瑪楚太太問，她對勞瑞的決心以及他所展現的活力感到高興。

「等我們向附近所有鄰居盡到禮節，並展示過最好的帽子後，我們將在家裡盛情款待各位，讓你們大吃一驚。這必定也會贏得上流人士的矚目，我們也將會造福整個世界。大概就是這樣，您說對嗎？雷加米埃夫人[1]？」勞瑞用眼神詢問艾美。

「到時候便知道了。我們走吧，冒失鬼，不要在我家人面前替我亂取綽號，會驚嚇到他們。」艾美回答，她認定家裡得先有個好妻子，然後才能化身社交女王辦沙龍。

「這兩個孩子在一起多麼幸福啊！」瑪楚先生說，他發現小倆口走後，自己難以專心閱讀亞里斯多德。

「是啊，我相信他們會幸福到永遠。」瑪楚太太也說，她的表情悠閒，宛如一名領航員引領船隻安然返港。

「一定會的。艾美眞幸福！」喬嘆息，隨後又綻開笑容，因爲她看見巴爾教授正急切地推開大

1雷加米埃夫人（Madame Recamier, 1777-1849），十八至十九世紀法國巴黎的社交名流，當時她的沙龍引領整個上流社會的風潮，更有不少名人爲她的美貌所傾倒。

門而來。

到了傍晚，終於找到脫靴器的勞瑞安下心來，他突然對妻子說：

「勞倫斯太太。」

「老爺？」

「那男人想娶我們家喬！」

「我非常樂見，你不認同嗎？親愛的？」

「是這樣的，我的愛，我認為他是個好人，真正的大好人，但我誠心希望他年輕一點，而且有錢很多。」

「好了，勞瑞，別這麼挑剔又勢利。只要他們相愛，不論多老多窮都不重要。女人不該為了錢結婚……」話一說出口，艾美便發覺不對，她看向丈夫，只見他故作嚴肅地說……

「當然不應該，不過有時候你確實會聽見一些漂亮女孩說她們打算這樣做。若是我記得不錯，你曾以為嫁個有錢人是你的責任。或許，這能說明你為何嫁給我這種一無是處的人。」

「噢，我親愛的男孩，別，你別那樣說！我對你說『我願意』的時候，早已忘記你的富有。若是你身無分文，我也會嫁給你，有時候我還希望你是個窮人，如此我便能夠向你證明我有多愛你了。」艾美在人前總是高貴端莊，私下卻溫柔多情，她提出具體論證，以證明自己所言非虛。

「你不會真的認為我如此唯利是圖吧？就像我曾經試圖那樣過，是嗎？若是你不相信即使你得靠划船維生，我也樂意與你同舟共濟，那我會因此而心碎的。」

「難道我是傻瓜或者沒有良知的人嗎？我怎麼可能這麼想，你為了我拒絕一個更有錢的男人，即使我現下有權將一切分與你一半，你也不願意收下。很多可憐的女孩每天都在追名逐利，她們所接受的教育，使她們以為這是唯一的救贖，但你受過更好的家教，雖然我曾一度為你擔憂，卻從未失望過，因為你作為女兒始終忠於母親的教誨。昨天我告訴媽媽，她看起來又開心又感激，彷彿我給了她一百萬元的支票讓她去行善——你沒有在認眞聽我的肺腑之言哦，勞倫斯太太。」

勞瑞不再說下去了，因為艾美雖然望著他的臉，眼神看起來卻有些心不在焉。

「有，我有聽見，同時我也在欣賞你下巴的酒窩。我不希望讓你太過自負，可我必須承認，比起我丈夫的錢，我更為他的英俊感到自豪。別笑，你的鼻子讓我感到非常安慰。」艾美輕柔撫摸他輪廓完美的鼻子，身為藝術家的她對此感到滿意。

勞瑞一生中聽過許多讚美，卻從未有一個這麼切合他心意，雖然他嘲笑妻子的特殊品味，但他清楚表現出他的愉悅。這時，艾美緩緩地說：

「親愛的，我可以問你一個問題嗎？」

「當然可以。」

「若是喬眞的嫁給巴爾先生，你會介意嗎？」

「噢，這才是問題所在是吧？我還以為我的酒窩哪裡不合你心意了呢。我並不是那種自己得不到，其他人也別妄想的傢伙，我現在可是世上最幸福的人，我向你保證，我會在喬的婚禮上跳舞，心情和舞步同樣輕鬆。你相信嗎，親愛的？」

艾美抬頭看他，心滿意足了。她那點小小的嫉妒與擔憂已經徹底消失，她向勞瑞道謝，表情充滿愛與信任。

「我希望能替那位人很好的老教授做些什麼。難道我們不能捏造出一個富裕又樂於助人的假親戚出來，說人在德國過世了，留下一筆錢財給他嗎？」勞瑞說，兩人手挽著手，在長長的客廳裡來回漫步，他們很喜歡藉此回味在莊園花園的時光。

「喬會揭穿眞相，然後打亂所有計劃的。她很爲教授感到驕傲，因爲現在的他才是眞正的他，昨天她還說她認爲貧窮是件美好的事呢。」

「上帝保佑她珍貴的心！等到她和只懂文學的丈夫結了婚，有了一打小教授要養，她就不會這樣想了。我們現在先別干涉他們，等到機會來臨，再爲他們做些無法拒絕的好事。我欠喬一份教育之恩，而她深信有恩必還的道理，屆時我就從這個角度說服她。」

「有能力幫助別人的感覺眞好，你說是嗎？擁有慷慨付出的力量是我一直以來的夢想，多虧有你，讓夢想成眞了。」

「啊，我們要做很多善事，對吧？世上有一種窮人是我特別想幫助的。純粹是乞丐的人會受到照顧，但是貧窮的紳士們卻生活得很困苦，因爲他們不會開口求助，別人也不敢貿然施捨。然而，要幫助他們有千百種方式，只要能夠謹愼行事，便不至冒犯他們。我必須說，比起一個阿諛奉承的乞丐，我更願意爲落魄的紳士效勞。這樣似乎不對，但我眞的這麼想，只是比較難做到。」

「因爲這只有紳士才能夠做到。」家人讚美大會的另一名成員補充道。

「謝謝你，我恐怕承受不起這項恭維。但我正打算說，當我在國外遊蕩時，我看見許多才華洋溢的年輕人爲了實現夢想，做出各式各樣的犧牲，忍受著艱辛的苦難。他們有些人很傑出，像個勇士般奮鬥，即使貧窮又孤單，卻充滿勇氣、耐心和抱負，這令我感到慚愧，渴望能夠適時拉他們一

把。若是能夠幫助這些人，肯定是件樂事，原因是，倘若他們擁有天賦，那麼能爲他們服務便是種榮幸，讓他們不因貧乏困苦而失去機會或者耽誤人生。若是他們沒有天賦，那麼在他們發覺之際，我也很樂意寬慰這些可憐的靈魂，讓他們不致陷入絕望。」

「是啊，確實如此。世上還有另一種人不願開口求助，默默承受痛苦。這我多少有一些了解，因爲在你像古老故事裡的國王一樣，讓我從貧窮少女變成公主之前，我曾屬於那種人。有抱負的女孩生活不易，勞瑞，她們往往只能眼睜睜看著青春、健康和珍貴的機會溜走，可她們只是在對的時間缺少那一點點的幫助而已。大家一直都對我很好，每當我看見有女孩像我們從前一樣奮力前行，我便想要伸出援手，如同從前我得到幫助一樣。」

「幫助她們吧，你就是個天使！」勞瑞大喊，他散發出仁慈又熱誠的光芒，下定決心創建一座專門機構，幫助有藝術天份的年輕女子。

「有錢人沒有資格坐享福祿，也不該累積財富，任由他人揮霍。死後留下遺產遠不如活著時妥善運用錢財，享受造福他人的喜悅。我們會擁有一段美好時光，還會從給予別人慷慨中獲得額外的美好滋味。你可願意當個小多加[2]，分送出一整籃子的慰藉，再用善舉填滿整個籃子嗎？」

「我願全心全意奉獻，只要你成爲勇敢的聖馬丁[3]，風光騎乘駿馬，穿梭於世間之時，願停下腳步，與乞丐分享你的半件披風。」

「一言爲定，我們會盡力做到最好！」

這對年輕夫妻握手達成協議，隨後再次幸福地漫步起來。他們感覺到舒適的家庭又多了幾分溫馨，因爲他們內心都希望能夠照亮其他家庭。

他們相信，只要爲他人鋪平崎嶇的道路，自己必定能夠抬頭挺胸走向鮮花燦爛的小路，他們也感受到兩顆柔軟的心，因爲銘記那些較爲不幸的人們，更加緊緊相依。

2多加（Dorcas），希伯來文又譯「大比大」（Tabitha），聖經中住在約帕（Joppa）的女門徒，一生廣施善舉，無私奉獻。出自《新約・使徒行傳》9:35-43。

3聖馬丁（Martin of Tours），西元四世紀的基督教著名聖人。相傳他隨軍駐紮於高盧時，將自己的披風割下一半，送給寒風中瑟瑟發抖的乞丐，當晚他便夢見耶穌身穿自己分送出去的半件披風。

第二十二章　雙　子

身為記載瑪楚家族史的學者，我認為至少得用一個章節來講講其中最寶貝、最重要的兩名成員，才算盡到責任。黛西和戴米已經到了有判斷力的年紀，因為在這個快速發展的年代，三、四歲小孩已經懂得維護自身權益，並且爭取權利，這一點勝過許多長輩。倘若有任何一對雙胞胎面臨被徹底寵壞的危機，那必定就是這兩位牙牙學語的小布魯克了。有鑑於他們八個月大就會走路，周歲便能流利說話，兩歲開始上餐桌吃飯，而且行為得體、迷煞眾人，他們無疑是有史以來最傑出的孩子。

三歲時，黛西討要一根「針針」，而後竟然用四針就縫出一個袋子，此外還在餐具櫃上做起家務，熟練地使用迷你爐具，讓漢娜流下驕傲的淚水。戴米則向外公學習字母，外公發明了一種新的英文字母教學模式，用四肢比劃出字母，如此既能鍛鍊腦袋，也能活動身體。戴米早早便發展出機械天份，這讓爸爸很高興、媽媽很頭痛，因為他每看見機器便試著仿製，總是把育兒室弄得亂七八糟。他用細繩、椅子、曬衣夾和線軸製作了一台結構神秘的「縫縫機」（縫紉機），讓輪子能夠「滾啊滾」，還在椅子後方懸掛一個籃子，讓妹妹坐在裡頭，並嘗試將她吊起來，可是卻沒有成功。黛西太過信任哥哥，懷抱著女性的奉獻精神，坐在籃子裡任由小腦袋碰碰撞撞，直至媽媽前來拯救，這下小小發明家憤憤不平地抗議了：「欸！媽媽，那是我的『伸江機』（升降機）耶！我要把她拉

起來！」

雖然雙胞胎個性差了十萬八千里，感情卻非常要好，一天很少吵超過三次架。當然，戴米對黛西一向霸道專制，又英勇保衛著她，不讓其他侵略者有機可趁，黛西也自願爲奴，崇拜著哥哥，覺得哥哥是天底下最完美的人了。黛西是個雙頰紅潤、身材圓滾滾、個性開朗的小孩，她總能輕易走進眾人心房，並舒舒服服地入住其中。她是那種迷人的孩子，讓人忍不住想親親抱抱，宛如小女神般，打扮亮麗、受人愛戴，在所有喜慶場合，總能贏得眾人讚美。她還有許多美好的小小德行，若非一些淘氣的舉止讓她保有討喜的人性，她簡直就是個天使。她的世界始終晴朗無雲，每天早晨，她都會穿著睡衣爬到窗邊向外看，無論晴天雨天都說：「噢，考（好）天氣，考天氣！」每個人都是她的朋友，她能滿懷信任地親吻陌生人，讓最頑固的單身漢也爲之融化，讓喜歡小孩子的人成爲她忠誠的仰慕者。

「我愛踏家（大家）。」黛西曾說。那時她張開雙臂，一手拿湯匙，一手握馬克杯，彷彿渴望擁抱和鼓勵全世界。

隨著黛西長大，她的母親開始覺得「鴿鴿窩」有這樣一個祥和又充滿愛的人兒存在，定會深受祝福，就像老家也曾有個人讓屋裡充滿家的感覺。

他們直到最近才明白，原來以前家裡始終住著天使，瑪格祈禱自己不會再次面臨那樣的失去。黛西的外公經常

喊她「貝絲」，她的外婆不厭其煩地照顧她，彷彿想要彌補過去的某些錯誤，然而除了瑪楚太太之外，沒有人認爲她有過錯。

戴米是個正統的美國人，喜歡追根究底，對任何事物都充滿好奇心。他總是不斷追問「爲什麼」，卻又得不到滿意的答案，爲此經常感到心煩。他還擁有哲學家的天份，讓外公十分高興，經常與他進行蘇格拉底式的談話。這位早熟的學生偶爾會問倒老師，讓婦女們不禁流露出滿意的神情。

「『外東』，爲什麼我的腳會走路？」一天晚上，睡前的嬉鬧結束後，小小哲學家帶著沉思的表情，打量自己動來動去的雙腳問道。

「是你的小腦袋讓腳動起來的，戴米。」智者回答，他帶著尊重摸摸戴米長滿金髮的頭頂。

「什麼是『小腦呆』？」

「它讓你的身體能夠活動，就像懷錶裡的彈簧帶動齒輪旋轉一樣，我之前有讓你看過。」

「把我打開。我想看它滾（轉）。」

「我沒辦法打開身體，就像你不能打開懷錶。上帝幫你上好了發條，你就會一直運轉，直到祂讓你停下來。」

「眞的嗎？」戴米接收到這個新想法，棕色眼眸睜得又大又亮。「我跟懷錶一樣有上『巴條』（發條）嗎？」

「是的，但是我沒辦法向你展示過程，因爲那在我們看不見的時候就完成了。」

戴米摸摸自己的背，像是期待那摸起來跟懷錶的背面一樣，接著他嚴肅地說：「我擦（猜），上帝是趁我睡著的時候弄的。」

外公仔細向他解釋，他聽得入神，外婆見狀焦慮地說：「親愛的，你覺得跟小寶寶說這些合適嗎？他的額頭都凸出來了，而且已經在學習問一些最難回答的問題。」

「要是他已經長大，能提出問題了，就應該得到眞實的答案。我並非灌輸他思想，而是在幫他解開早已存在的想法。這些孩子比我們還要聰明，我相信他聽得懂我說的每一句話。好，戴米，告訴我你的腦袋存放在哪裡？」

倘若這孩子像阿爾西比亞德斯[1]一樣回答：「衆神啊，蘇格拉底，我不曉得。」他的外公一點也不會感到訝異，然而，他像隻沉思的小鸛，用一條腿佇立了一會兒後，以深信不疑的鎭定語氣回答：「在我的小肚肚裡。」逗得外公只能和外婆一同大笑，結束這堂形上學課程。

若非戴米的行爲舉止證明他除了是一名新生的哲學家，也只是個平凡的小男孩，他的母親可能會焦慮難安。因爲漢娜經常在聽完爺孫倆的談話後，一邊點頭一邊說出不祥的預言：「這孩子不屬

1 阿爾西比亞德斯（Alcibiades），雅典政治家、演說家和將軍。

於這世界。」但是戴米一轉頭卻又開始惡作劇，讓漢娜的恐懼隨之消失無蹤。這兩個小壞蛋啊，既可愛又調皮，總把自己搞得髒兮兮，弄得父母哭笑不得。

瑪格訂定許多品德規矩，試著讓孩子們遵守，但自古以來哪位母親能夠勝過小大人的多端把戲、精妙藉口和膽大作爲？畢竟他們早已達到機靈扒手道奇[2]的境界了。

「戴米，不許再吃葡萄乾了。吃太多會生病的。」媽媽對孩子說。每到做葡萄乾布丁的日子，他就一定會來廚房想「幫忙」。

「戴米喜歡生病。」

「我這裡不需要幫手，你去幫黛西做小餡餅吧。」

他不情不願地離開廚房，但是委屈感重重壓在心頭，一會兒後，翻盤的機會來臨，他便用狡詐的交易騙過媽媽。

「好，你們都很乖巧，所以你們想要什麼，我都幫你們達成。」瑪格一邊說道，一邊帶領兩個小二廚上樓，這時候布丁已經安然無恙地在鍋裡彈跳了。

「眞的嗎，媽媽？」戴米問，他聰明的腦袋中已經生出一個絕妙主意。

「對啊，眞的。隨便什麼都可以。」缺乏遠見的母親回答，她已經準備好要唱六遍「三隻小貓」，或是無論多累都帶他們去「買一分錢的小麵包」。然而，戴米一句沉著的回應，立刻讓她陷入窘境……

「那我們要把葡萄乾全吃光。」

對兩個孩子來說，「嬌嬌阿姨」是他們最主要的玩伴和知己，這三人組總是把小房子搞得天翻地覆。艾美阿姨對雙胞胎而言還只是個名字而已，貝絲阿姨很快便淡化成模糊的快樂回憶，然而嬌嬌阿姨是活生生的存在，他們盡情與她玩耍，她也十分感激他們的欣賞。可是當巴爾教授一來，喬便會忽略兩個玩伴，沮喪和寂寞的感覺淹沒了小小的心靈。黛西向來喜歡四處兜售親吻，現在她失去了最重要的顧客，瀕臨破產。戴米以孩童的洞察力，很快便發現比起自己，嬌嬌更喜歡和「那個熊先生」（巴爾先生）一起玩，雖然心靈受創，但他藏起痛苦，不忍心傷害這個對手，因爲他的背心口袋裡有巧克力寶庫，還有一支能從殼裡拔出來的懷錶，供狂熱的愛好者任意賞玩。

也許有些人會將這些放縱視爲賄賂，但是戴米不這麼想，他持續以憂愁又和藹的態度找「那個熊先生」玩。黛西則在他第三次光臨時，爲他獻上幼小的愛慕之情，將他的肩膀視爲她的寶座，他的臂彎變成她的避風港，他送的禮物則成爲無價之寶。

有時男人面對心儀的女子，會突然讚美起她年幼的親戚，但這種虛僞的愛小孩之心非常不自然，絲毫矇騙不了任何人。巴爾先生的熱誠卻眞心實意，而且很有效果——因爲在愛與法律面前，誠實就是上策。他是那種和孩子相處起來非常輕鬆自在的男人，而當小小的臉蛋與他充滿男子氣概的臉龐形成有趣的對比時，讓他看起來格外迷人。無論他在城裡要辦的事情是什麼，他一天又一天地留下來，但是每天傍晚他都會來看——呃，他總是說要找瑪楚先生，所以我便假設瑪楚先生才是吸引他上門的人吧。聰明的爸爸也信以爲眞，總是與這位志同道合的朋友促膝長談，陶醉其中，直

2 扒手道奇（Jack Dawkins），查爾斯・狄更斯作品《孤雛淚》（*Jack Dawkins*）中的人物。

到他那觀察力更爲敏銳的孫子偶然提起，他才恍然大悟。

一天傍晚，巴爾教授走到書房門口時忽然停下來，訝異於眼前的場景。只見瑪楚先生躺在地板上，可敬的雙腿舉在空中，一旁的戴米也躺著，努力用穿起紅色長襪的小短腿模仿外公的姿勢。兩個躺在地上的人全神貫注，半點也沒發現有人在看，直到巴爾教授發出宏亮的笑聲，才讓喬一臉驚嚇地大喊……

「爸爸，爸爸，教授來了！」

穿著黑褲的雙腿落下，灰白的頭抬起，字母教師的神情依然泰然自若，語氣莊重地說：「晚安，巴爾教授。稍等一下，我們的課程就要結束了。好了，戴米，擺出這個字母的形狀，然後唸出來。」

「這個我知道！」經過一番快要抽筋的嘗試後，穿著紅襪子的雙腿擺出圓規的形狀，這位聰明的學生得意洋洋地大喊：「這是『威』！外東，這是『威』！」

「他天生就是威勒[3]！」喬大笑，她的父親從地上站起來，外甥則試著倒立，那是他歡慶下課的唯一方式。

「孩子，你今天做了什麼？」巴爾教授一邊問，一邊拉起這位小小體操員。

「戴米今天去看小瑪莉。」

「你去找她做什麼？」

「我親她。」戴米天真率直地開口。

「哎喲！你太早談戀愛啦。那小瑪莉怎麼說？」巴爾教授繼續聆聽小小罪人的告解，他站在教授腿邊，探索他的背心口袋。

「噢，她很喜歡，她也親我，我也喜歡。小男生不是都喜歡小女生嗎？」戴米問，嘴裡塞了滿滿的巧克力，樣子看起來心滿意足。

「你這個早熟的小子！是誰把這些東西塞進你的小腦袋裡呀？」喬問，她和教授一樣，對於戴米純眞的自白，聽得津津有味。

「才不是我的腦袋，是我的嘴趴（巴）。」戴米照字面回答，並且伸出舌頭，秀出嘴裡的巧克力，原來他以爲喬指的東西是糖果，而不是想法。

「你應該留一些給你的小女生朋友。小大人，把甜食送給甜心正好。」巴爾先生拿了一些巧克力給喬，臉上表情讓喬不禁懷疑那食物便是衆神所飲的瓊漿玉液。戴米也看見他的笑容，並爲之所動，天眞地詢問……

「大男生也喜歡大女生嗎？『角授』（教授）？」

巴爾教授和年少的華盛頓一樣「不會說謊」[4]，因此他給了一個稍嫌含糊的答案，說他相信有時是這樣的。他的語氣讓瑪楚先生放下衣刷，瞥了眼喬嬌羞的表情，隨後沉沉坐進椅子裡，彷彿那個「早熟的小子」把一個又酸又甜的想法塞進了他的腦海中。

3戴米將字母V念成單字We，查爾斯・狄更斯作品《皮克威克外傳》（*Pickwick Papers*）中的人物——山姆・威勒（Sam Weller）也搞不清楚v和w。

4這裡指的是美國作家帕森・威姆斯（Parson Weems）所杜撰的小故事——美國總統喬治・華盛頓砍倒父親的櫻桃樹後，父親十分生氣，華盛頓見狀感到很害怕，卻仍誠實招認自己的錯誤。

半個小時後，嬌嬌阿姨在瓷器櫃裡發現躲起來的戴米，卻沒有責罵他，反而柔情萬分地擁抱他的小小身軀，差點讓他喘不過氣來，而且不止如此，她還突然切了一大塊塗滿果醬的麵包給他吃。

爲什麼嬌嬌阿姨會這麼反常呢？戴米的小腦袋百思不得其解，只好放棄追尋答案了。

第二十三章　傘　下

正當勞瑞和艾美恩愛漫步於天鵝絨地毯上，安排各項事務、規劃幸福未來的同時，巴爾先生和喬也在泥濘的道路和潮濕的田野間，享受截然不同的散步時光。

「我一向都在傍晚散步，沒必要因爲經常遇見教授就改變習慣。」在兩、三次不期而遇之後，喬自言自語說道。雖然通往瑪格家的路有兩條，但無論走哪一條都會碰見他，不是正在去的路上，就是在回程的時候。他總是步伐飛快，似乎都快要走到眼前才會發現她的身影，而他的神情彷彿訴說著近視眼讓他非得走得如此靠近才能認出迎面而來的女子。接著，若是她要去瑪格家，他就一定剛好有東西要給兩個孩子；若是她朝家裡的方向走，他便會說自己只是散步到河邊看風景，也正要走回她家，除非他們已經厭倦他頻繁的叨擾。

在這種情況下，喬除了禮貌向他打招呼，並邀請他到家裡作客之外，還有什麼選擇？而若是她已厭煩他的造訪，那她可眞是掩飾得天衣無縫，竟還不忘晚餐要準備咖啡，「因爲弗德里希——我是說巴爾教授——不喜歡喝茶。」

到了第二個星期，關於事態的發展衆人瞭然於心，卻都刻意裝作沒看見喬臉上的變化。他們從來不問喬爲什麼要邊工作邊哼歌、一天整理三次頭髮，還那麼熱中於傍晚散步。大家裝作完全沒發

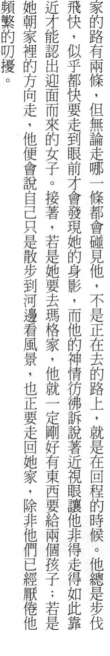

現巴爾教授與父親談論哲學的同時，也在爲女兒上愛情的課。

喬不願就此安分順從地交出自己的心，反而試圖一刀斬斷心中情感，卻又辦不到，因此日子過得有些焦躁不安。過去她曾多次慷慨激昂地發表獨立宣言，如今十分擔憂自己會因爲臣服於愛情而遭取笑。她尤其擔心勞瑞的反應，幸好有了新婚嬌妻的管束，他的表現可圈可點，十分得體，不曾在公開場合稱巴爾教授爲「優秀的老人」，也沒有用拐彎抹角的方式提起喬外貌上的改變，他甚至連看見教授的帽子幾乎每天傍晚都出現在瑪楚家的桌上，都未有絲毫訝異的神情。但勞瑞的內心高興不已，等不及要送喬一個繪有熊與多刺木椿的盤子，那用來當作家徽再合適不過了。

這兩個星期以來，教授宛如情人般規律在瑪楚家來去。之後卻有整整三天沒有造訪，也無音訊，使得衆人面色凝重，喬也變得鬱鬱寡歡，然後脾氣變得暴躁起來，唉，全都是愛情惹的禍。

「他厭煩了，肯定是這樣，所以才會如來時一般，走得突然。當然啊，我可不在乎，只是我認爲他應該要像個紳士一樣前來向我們道別。」一個陰天的下午，喬穿戴衣物準備去例行性的散步，她失望地看著大門，喃喃自語。

「你最好帶上那把小雨傘，親愛的。外面好像要下雨了。」她

的母親說，她發現喬戴上了新帽子，但是沒有點破這項事實。

「好的，媽咪，需要在城裡幫你買東西嗎？我要去買些稿紙。」喬回答，對著鏡子拉拉下巴的帽子繩結，藉此逃避與母親對視。

「嗯，我需要一些斜紋裡子布，一包九號針和兩碼淡紫色細緞帶。你有沒有穿上厚靴子？有沒有在斗篷裡多加一些保暖衣物？」

「應該有吧。」喬心不在焉地回答。

「若是你碰見巴爾先生，記得請他來家裡喝杯茶。我有好些時日沒看見那位親切又可愛的先生了。」瑪楚太太繼續說道。

喬聽見了，但她沒有回應，只是親吻母親一下，便快步離開了，她雖然心痛，內心卻十分感激母親。「她對我眞好！不曉得那些沒有母親協助的女孩，要怎麼度過難關？」

雜貨店不在男士們經常聚集的會計所、銀行和批發商之間，然而喬卻不自覺走到這裡，該做的差事一件也沒完成，只是沿路遊蕩，彷彿在等待某個人出現。她展現出一點也不女性化的興趣，一下端詳這個櫥窗的工程器具，一下研究那個櫥窗的羊毛樣品，還不小心被桶子絆倒，又被掉落的包裹壓得差點窒息。

不僅如此，路上匆忙的男人們毫不客氣推擠她，每個人臉上彷彿都寫著「她來這裡幹什麼」的表情。一滴雨水落在她的臉頰上，將她的思緒從挫折中拉回現實，想起帽帶若是淋雨會損壞。雨勢持續不斷，喬身爲一名陷入戀愛之中的女人，認爲就算已經來不及拯救自己的心，卻還可能有機會挽救自己的帽子。此刻她想起早前著急出門而忘記攜帶的那把小雨傘，可後悔也無濟於事，她現在除了向別人借傘或是淋成落湯雞之外，已別無選擇。

她抬頭望向烏雲密布的天空，再低頭看看因為雨水而黑點斑斑的深紅色蝴蝶結，接著又凝視前方泥濘不堪的街道，最後她回頭，注視著一間骯髒的批發商許久，那門上寫著「霍夫曼與史瓦茲聯合公司」，她用嚴厲的語氣責備自己……

「我真是自作自受！我幹嘛要穿上一身最美的衣服，跑來這裡賣弄風騷，希望能夠見到教授？喬，我真為你感到丟臉！不可以，你不該進去借傘，也不該去向他的朋友打聽行蹤。你必須離開，冒雨辦好差事，若是你生病死去，帽子也毀了，也全是你活該。快走吧！」

說完，她衝向對街，差點被一輛貨車撞到命喪黃泉，然後她又撞進一位嚴肅的老先生懷裡，那人嘴上說：「真抱歉，小姐。」表情卻像遭到冒犯一樣。喬有些嚇到，趕忙站好，用手帕蓋住遭殃的帽帶，將回去商行的誘惑拋在腦後。她快步向前走，腳踝愈來愈濕，一路上行人的傘更不停戳到她的頭。這時，一把稍顯破舊的藍色雨傘停在喬那無法擋雨的帽子上方，就此靜止不動，引起了她的注意，她抬起頭，看見巴爾先生正低頭凝視自己。

「我看見一位意志堅定的小姐勇敢行進於眾多馬車之間，踩著滿地泥濘快步向前，我感覺好像認識她。你怎麼到這兒來了，我的朋友？」

「我來買東西。」

巴爾先生瞥了眼兩旁的街道，一邊是罐頭工廠，另一邊是皮革批發商，他不禁笑了，但他只是有禮地詢問：「你沒帶雨傘。我是否方便與你一同前去，順便替你提東西？」

「好，謝謝你。」

喬的臉頰和蝴蝶結一樣紅，好奇他怎麼看待自己，可是她也不在乎了，因爲沒一會兒她便發現自己和教授挽著手同行，感覺就像太陽突然綻放出耀眼光芒，讓世界再次美好起來。而這一天，有一名滿面春風的女子踩著雨水前行。

「我們以爲你離開了。」喬趕緊說話，因爲她知道教授在看她。她的帽子不夠大，遮擋不住她的臉，她怕自己欣喜的表情會讓教授覺得不夠端莊。

「你們對我這麼好，你以爲我竟會不辭而別嗎？」他語帶責備，讓喬覺得自己的話好像侮辱了他，便急忙誠懇回答……

「不是的，我沒有這麼想。我明白你忙著處理事情，但我們都很想你，特別是爸爸和媽媽。」

「那你呢？」

「我每次見到你都很高興，先生。」

喬急於保持冷靜的語氣，反而顯得有些冷漠，句末那疏遠的稱呼似乎讓教授感到心寒，因爲他的笑容消失了，語氣沉重地說……

「謝謝，在我離開之前，會再去拜訪一次。」

「那麼你是要離開了？」

「我在這裡已經沒事了，都辦完了。」

「應該都順利吧？」喬問，因爲教授的簡短回應透露出苦澀與失望。

「算是吧，因爲我找到一份工作，既可以溫飽又能夠幫助我的兩個外甥。」

「快告訴我，拜託！我想知道關於兩個男孩的一切。」喬迫不及待地說。

「你人眞好，我很樂意告訴你。我的朋友們替我在大學找了份工作，讓我可以像以前在家鄉一樣教書，賺足夠的錢爲法蘭茲和埃米爾的未來做準備。我應該爲此感到高興，是吧？」

「當然。能夠做自己喜歡的工作是多美好的一件事啊，而且我還能經常見到你，還有那兩個小男孩！」喬開心吶喊，她掩飾不了心中喜悅，便拿兩個孩子當作藉口。

「啊！可是我們恐怕不能經常見面，因爲那間大學在西部。」

「這麼遠啊。」喬鬆開裙襬，彷彿她的衣服或樣貌變成什麼樣都不重要了。

巴爾先生精通多種語言，卻還沒學會讀懂女人。他自認對喬很了解，可是她卻表現出與以往大不相同的聲音、表情和態度，而且變化快速，令他大感訝異，因爲她在短短半小時內的心境已經轉換好幾次了。一開始喬見到他時看上去很驚喜，讓人不禁懷疑她就是爲了見他而來。當他伸手讓她挽著，她的表情令他十分愉悅，然而他問她是否想念自己時，她又回應得如此冷酷和客套，讓他陷入絕望。聽聞他的好運後，她卻高興得幾乎都要拍手了。難不成那些喜悅都是爲了兩個孩子？可是她一聽見他的目的地，那一聲「這麼遠啊。」語氣流露出的失望令他攀上希望的頂峰，下一瞬間又讓他墜落谷底，因爲她看起來一心專注於買東西……

「這就是我要買東西的地方了。你要進來嗎？不會很久的。」

喬對自己的採買能力非常自豪，她特別希望能夠展現她俐落又效率的辦事能力，讓護花使者留下深刻印象。但由於她一直心神不寧，導致每件事都亂了套。她打翻針盒、裡子布都裁剪了才想起要買「斜紋的」、給錯零錢，還跑到賣棉布的櫃檯說要買淡紫色緞帶。巴爾先生站在一旁，看著她臉紅、犯錯，心中的困惑似乎逐漸消失了，因爲他開始明白，在某些情況下，女人就如夢境一般充滿矛盾。

他們走出商店後，教授將採買的物品夾在手臂下，神色變得開朗，他踩著水坑，像是對一切感到很享受。

「我們是否應該爲寶寶們買些東西？今晚若是最後一次去拜訪你們溫馨的家，要不要辦一場告別宴？」他停在一面堆滿水果和鮮花的櫥窗前問道。

「我們該買些什麼？」喬問，她刻意忽略他最後說的話，開心地嗅聞滿室芳香。

「他們吃橘子和無花果嗎？」巴爾先生問，口氣宛如孩子的父親。

「有的話就會吃。」

「你喜歡吃堅果嗎？」

「像松鼠一樣喜歡。」

「來自漢堡的葡萄。太好了，我們要不要喝點葡萄汁向祖國致敬？」

喬覺得有些奢侈，不禁皺了眉頭，問他爲什麼不買一籃棗子、一桶葡萄乾和一袋杏仁就好？對此巴爾教授沒收她的錢包，拿出自己的，買下幾磅葡萄、一束插在花瓶裡的紅色雛菊和裝在漂亮窄口大瓶子裡的蜂蜜。他的口袋因爲塞滿大小不一的東西而變形，他把花給喬拿著，隨後撐起老舊的雨傘，兩人繼續前進。

「瑪楚小姐，我想請你幫我一個大忙。」他們在雨中走了半條街後，教授開口說。

「好的，先生。」喬的心臟開始瘋狂跳動，深怕他會聽見。

「我會在下雨天斗膽提出這個請求，是因爲不久後我就要離開了。」

「是的，先生。」喬突然用力握住花瓶，差點將它捏碎。

「我想爲我的提娜買一件小洋裝，但我一個人實在不知道怎麼挑選。不知你是否願意協助我，替我鑑賞一番？」

「好的，先生。」這一瞬間，喬平靜下來，覺得全身冰冷，彷彿踏進冰箱一般。

「順道也替提娜的母親買一件披巾好了，她又窮又虛弱，丈夫更是令她頭疼。對，沒錯，就買一件厚實溫暖的披巾，這對那位小媽媽會有幫助的。」

「我很樂意協助你，巴爾先生。我就快要與他分別了，而他每一分鐘卻愈來愈可愛。」喬暗自想，她打起精神，帶著令人愉悅的活力投入這項差事。巴爾先生全權交由她決定，因此她爲提娜挑選了一件漂亮的禮服，然後請店員拿出幾件披巾給她瞧瞧。店員是一名已婚男士，他放下身段，殷勤地替兩人服務，認爲他們是來替家人採買新衣的夫妻。

「尊夫人應該會喜歡這一件。它的質料很好，色澤美麗，非常純淨又高雅。」店員抖開一件舒適的灰色披巾，披在喬的肩膀上。

「這件合你心意嗎，巴爾先生？」她背過身展示披巾，深深慶幸能有機會藏起自己的臉。「太棒了，我們就買這件。」教授回答，他付了帳的同時暗自微笑，喬則繼續在各處櫃檯間翻找，像個堅決要抓出便宜貨的獵人。

「我們要回家了嗎？」他問，彷彿這句話對他而言十分悅耳。

「嗯，天色已經晚了，而且我好疲倦。」喬的聲音不自覺流露出悲涼。因爲太陽如剛出現時一樣，突然消失了，整個世界回到泥濘與悲慘的模樣，直至現在她才發覺自己雙腳冰冷、頭痛欲裂，而內心比腳更冷、比頭更痛。巴爾先生就要離開了，他只把她當作朋友，是自己會錯意，所有一切愈早結束愈好。這個念頭不停在喬的腦海裡打轉，她著急伸手攔下一台駛近的公共馬車，使得雛菊從花瓶中飛出來，受到嚴重摧殘。

「這輛不是我們要搭乘的馬車。」教授說，他揮手示意載有乘客的馬車離開，停下腳步拾起可憐的小花朵。

「很抱歉，我沒有看清楚標示。不過沒關係，我可以用走的，反正我很習慣走泥濘的道路。」喬用力眨眼，因爲她寧可去死也不願被人看見她拭淚。

雖然她撇開頭，但巴爾先生瞧見了她臉頰上的淚

水。這一幕似乎深深觸動了他，因爲他突然彎下腰，帶著濃濃的情感問：「我最親愛的人啊，你爲什麼哭了？」

若不是喬對這種事情毫無經驗，她肯定會說她沒哭，只是頭有點痛而已，或是隨便撒個女生的小謊言來應付。然而這位顏面盡失的小姐忍不住一邊啜泣一邊說：「因爲你要走了。」

「噢，我的天啊，這眞是太棒了！」巴爾先生喊道，儘管手上拿著雨傘和一堆東西，他依舊設法拍手。「喬，我什麼都沒有，只能給你滿滿的愛。我來是爲了想知道你是否願意接受我的愛，也一直在等待，想確定我對你而言不只是朋友。我是嗎？你可願在心中留一個小小的位子給老弗德里希？」他一口氣說完內心的話。

「噢，我願意！」喬回答。巴爾先生感到心滿意足了，因爲她用雙手抱住他的手臂，並抬頭看他，臉上的表情清楚寫著她有多樂意與他長相廝守，就算只有一把老舊雨傘能替她遮風避雨，只要是由他撐起便已足夠。

這眞是困境之中的一場求婚，因爲巴爾先生連想要下跪，地上的爛泥都不允許。他也無法向喬伸出手，只能象徵性地動作，因爲他雙手提著一堆東西。他更不能公然在大街上忘情表明愛意，雖然他差一點就克制不住了。因此他唯一能表達狂喜的方式便是凝視她，整張臉散發出耀眼光輝，彷彿他鬍子上的雨滴藏了許多發光的迷你彩虹。若非他深愛喬，他絕不會選在這個時刻求婚，因爲現在的她一點也不迷人，她的裙子骯髒凌亂，整雙橡膠靴濺滿泥巴，帽子更是一場災難。幸好巴爾先生認爲喬是世上最美的女人，而即便他帽沿上的雨水已經匯集成小溪流至肩上（因爲他整支傘都拿來替喬擋雨了），手套的每一指都需要縫補，喬也覺得他比從前都更像衆神之王朱比特了。

行人大概以爲他們是兩個無害的瘋子，因爲他們全然忘了要攔車，也忘記夜色與霧氣漸濃，反而沿路悠閒漫步。他們不在乎別人想法，沉醉於一生難得一回的幸福時光。這神奇的一刻，讓老人重返青春，讓樸素化爲美麗，讓貧窮變得富裕，讓人心預先嘗到天堂滋味。教授看上去像是征服了一座王國，得到了最大的幸福。喬走在他身旁，感覺這便是屬於自己的位子，懷疑從前怎麼會選擇走上別條路。當然，率先開口說話的是喬——有邏輯的話，我是說，她衝動說完「噢，我願意！」之後，接下來的情緒性對話都毫無條理，也不值得寫出來。

「弗德里希，你何不……」

「啊，天啊，她喊我的名字！自從敏娜去世後，就沒有人這樣稱呼過我了！」教授喊道，他停下腳步，正巧踩在一個水坑上，又感激又高興地凝視著喬。

「我內心總是這樣稱呼你——忘記改過來，不過，除非你喜歡，不然我不會再這樣喊你了。」

「喜歡？這簡直悅耳得難以形容。也改說『汝』吧，那我便覺得你的語言和我的一樣美麗。」

「用『汝』會不會有點太感性了？」喬嘴上這樣問，心裡卻認爲這個字很動聽。

「感性？是的，感謝上帝，我們德國人相信感性，這讓我們保持青春。你們英文的『你』太冰冷了，說『汝』吧，我最親愛的人，這對我意義重大。」巴爾先生懇求她，他現在就像個浪漫的學生，而不是嚴肅的教授。

「好吧，那汝爲什麼不早跟我說？」喬害羞地問。

「從今往後我會爲了你將內心展露無遺，我也樂意這麼做，因爲未來它便由汝照顧了。那時是這樣的，我的喬——啊，好可愛又有趣的小名啊——本來我打算在離開紐約那天，向汝表達愛慕之情，可是我以爲那位英俊的朋友是汝的未婚夫，因此我沒有開口。若是我當時向汝表白，汝可會說『願意』？」

「我不知道。恐怕不會，因爲當時我沒有心思談戀愛。」

「哎呀！這我可不相信。汝的心只是在等待白馬王子穿越森林，來將它喚醒。啊，是啊，『Die erste Liebe ist die beste』，但我不該奢望。」

「是，初戀總是最美，但汝可心滿意足了，因爲我從未愛過別人。當時泰迪還只是個孩子，很快便走出他所謂的情傷了。」喬急著澄清教授的誤會。

「太好了！那我便安心了，相信汝將全部的愛都給了我。我等了好久，都變得自私了，未來汝便會發覺了，教授夫人。」

「我喜歡！」喬大喊，她很喜歡這個新稱謂。「好了，那你告訴我，你怎麼會在我最需要你的時候剛好出現？」

「因爲這個。」巴爾先生從背心口袋拿出一張老舊的小紙張。

喬把紙攤開後，表情看來十分窘迫，因爲那是她投稿的其中一篇作品。當時報社徵選詩文，她便在這偶然的機會下寄出了。

「這首詩怎麼就讓你來這裡了？」她不懂他的意思。

「我偶然看見這首詩，從裡面那些名字和縮寫得知是你的作品，其中有一句話像是在呼喚我。你仔細讀，找出那句話。我會注意不讓你踩到水坑。」

閣樓上

四個小箱子整齊排列，
塵埃使其朦朧黯淡，光陰引發陳舊腐壞，
許久之前，四名少女將之裝飾塡滿，
而今她們已屆芳華年歲。
四支小鑰匙並排懸掛，
褪色的緞帶曾經華美亮麗，
久遠以前，某日雨天，
帶著年少驕傲將之繫上。
四個小名字分別標示，
由孩子氣的手刻於箱頂，
箱頂之下滿是收藏，
獨屬四姊妹的幸福往事。
她們曾於閣樓嬉戲，經常駐足，
以聆聽夏天的雨，
滴落屋頂上的動聽樂章。

第一箱刻著「瑪格」，箱子平滑端正。
我以深情眼神俯瞰，
她一如往常細心疊放，
豐富的收藏，平靜人生的紀錄——
贈與溫順女孩，
一襲白紗、一紙婚誓，
一隻小鞋、一綹嬰兒捲髮。
這只箱子沒有留下玩具，
安放多年後，
搬出來陪伴另一個小瑪格遊戲。
啊，我深深知曉，她是幸福的母親！
你聽，低聲柔唱的搖籃曲，
宛如動聽樂章，
遍灑於夏天的雨。

第二箱刻著「喬」，箱子刮傷磨損，
箱內藏品雜七雜八。
無頭的娃娃，撕破的課本，

再也無法發聲的鳥兒和野獸，
從童話世界帶回家的戰利品。
那是兒童的專屬園地，
未來的美夢未見蹤影，
過去的回憶依舊甜蜜，
未完的詩篇，荒唐的故事，
四月的信件，冷冷暖暖，
倔強孩童的日記，
女子早熟的暗示。
孤獨待在家的女子，
聆聽宛如哀傷樂曲的一句——
「成爲值得愛的人，愛情自會到來。」
迴盪於夏天的雨。

我的貝絲！刻著你名的蓋頂總是無塵，
彷彿深情雙眼以熱淚洗滌，
細心的雙手頻繁拂塵。
死亡將她封爲聖徒，

一生神聖超越凡俗，
可我們依然輕聲悲嘆，
將聖物存放於家之神壇——
甚少響起的銀鈴，
最後戴上的小帽，
長眠的美麗凱瑟琳[1]，
容顏懸掛門頂與天使爲鄰。
身困疼痛的監牢，
她唱的曲，無哀無痛，
悅耳歌聲永恆存續，
相融於夏天的雨。

最後一只光亮無瑕的箱頂——
傳奇故事成眞且美好，
一名英勇騎士手持盾牌，
上頭雋刻金與藍色的「艾美」。
箱內放有髮帶，
跳完最後一首曲的舞鞋，

仔細存放的乾枯花朵，
不再召來微風的扇子。
花俏的情書，愛火熾烈，
形形色色的小玩意各自承載，
少女的希望、恐懼與羞恥，
女孩心路的記載。
如今學會更合理眞實的咒語，
你聽，結婚禮堂鐘聲清脆飄揚，
宛如一首歡快樂曲，
奏響於夏天的雨。

四個小箱子整齊排列，
塵埃使其朦朧黯淡，光陰引發陳舊腐壞，
四個女人，在禍福之中學習，

1 錫耶納的聖凱瑟琳（St. Catherine of Siena, 1347-1380），十四世紀義大利天主教女聖人，一九七〇年教宗聖保祿六世封爲其教會聖師。她和貝絲一樣在家族排行第二小，年輕時曾看過耶穌顯現、與她對話，年僅三十三歲便因病去世。

芳華年歲裡的愛與辛勞。
四個姊妹，暫且分離，
無一走散，僅一人先行，
由愛而生的永恆力量，
令她們相依相親更甚以往。
噢，當這些收藏在上帝眼前展示無遺，
願能於珍稀時光中愈顯富麗，
善舉在光明中更顯正直，
生命的華麗樂章永恆奏響，
如一曲激盪心神之旋律，
靈魂將高飛歡唱，
於雨後的無盡驕陽。

「這首詩很糟糕，但是寫作的當下我感觸良多。那天我非常寂寞，趴在破布袋上痛哭了一場。我沒想過它能上報，述說故事。」喬說著，將教授珍藏許久的詩文撕成碎片。

「算了，這首詩已經完成使命，等我讀完那記載你所有祕密的棕色本子，我便有張新的可以收藏了。」巴爾先生微笑，望著紙片隨風而逝。「是啊，我讀了這首詩，我心想著，她很悲痛，她很寂寞，她會在眞愛中找到慰藉。我的心充滿愛，滿滿對她的愛。難道我不該去找她，告訴她，『若是我的愛不會過於微不足道，能換得起我所期望的東西，便以上帝之名接受吧？』」他誠摯地接下去道。

「然後你就來到這，發現你的愛並非微不足道，反而是我所需要的唯一珍寶。」喬輕聲說。

「一開始我沒勇氣這麼想，雖然你的家人非常親切地歡迎我。可是沒多久我便懷抱起希望了，然後我說，『即便是死，我也要擁有她』，我一定說到做到！」巴爾先生高喊，並且堅定地點了下頭，彷彿周遭的霧牆是他必須跨越或是英勇擊垮的阻礙。

喬覺得他的話十分壯麗，下定決心要讓自己配得上她的騎士，就算他沒有騎乘駿馬，風光踏步而來也無所謂。

「爲什麼你這麼久沒來作客？」一會兒後，喬問道。她發現能夠問一些親密的問題，並得到滿意的回答，是一件令人愉悅的事情，因此她一直停不下來。

「要不去見你很不容易，可是我不忍心將你帶離這麼幸福的家庭，我想給你一個願景，也許那需要花費很多時間和努力。我沒有錢，只有一點學問，如何能夠要求你爲了一個窮困的老人放棄那麼多？」

「我很慶幸你是個窮人。我沒辦法忍受有錢丈夫。」喬斷然聲明，接著以柔和的語氣說：「別害怕貧窮。我身處貧窮已經許久，早已不畏懼，我也樂意爲我所愛的人工作。別說你自己老——四十歲正是人生的全盛期。而且即便你七十歲了，我也會忍不住愛上你！」

教授深受感動，此刻若是他能空出手，他就拿出手帕了。於是喬替他擦淚，接過一兩個包裹，笑著說……

「或許我太有主見，但現在沒人可以說我逾越本分了，因爲女人的特別任務就是抹乾眼淚，扛起重擔。弗德里希，我會與你共擔責任，助你賺錢養家。你必須接受這一點，否則我不會跟你走。」喬見他想拿回包裹，於是斷然聲明。

「我們看著辦吧。你可否耐心等我一段長久的時間，喬？我必須離開，獨自完成我的工作。我必須先幫助我的兩個外甥，因爲即便是爲了你，我也不能背棄對敏娜的承諾。你可以諒解嗎？你能否開心地等待與期盼我們的未來？」

「可以，我知道我可以，因爲我們相愛，其他一切都變得容易忍受。我也有我的責任和工作。若是我爲了你而疏於職責，我也不會快樂，所以不需要操之過急。你可以先在西部做好你的工作，我在這裡盡我的責任，一起期待最美的成果，將未來交由上帝安排。」

「啊！汝給了我如此大的希望和勇氣，我沒有什麼能夠回報你，只有一顆全心全意的心和一雙空空的手。」教授難以自已地喊道。

喬永遠、永遠都學不會端莊，當兩人站在台階上，他說出這段話以後，她隨即將雙手放進他掌中，柔聲低語：「現在不空了。」然後她彎下腰，在傘下親吻她的弗德里希。這個舉動很驚人，可即便站在樹籬上的那群長尾麻雀是人類，她也會這麼做，因爲她確實已經深陷愛戀，除卻自己的幸福，什麼都不在乎了。儘管這一刻來得簡單無華，卻是兩人生命中最光輝的時刻，他們走出黑暗、風雨和孤寂，等候迎接他們的是家庭的光明、溫暖與和平。一聲高興的「歡迎回家！」喬領著愛人進屋，關上了家門。

第二十四章 豐收

一年來，喬和教授專心工作、耐心等待，懷抱希望且彼此相愛。他們偶爾見一次面，卻頻繁通信，累積了厚厚一疊信件，勞瑞還說紙價上漲都是因爲他們兩人的緣故。第二年開始他們變得嚴肅起來，因爲前景並不樂觀，瑪楚姑媽又突然去世。雖然她說話尖酸刻薄，但是大家都很愛她，然而，最初的悲痛過去後，他們發現一件值得歡慶的事——瑪楚姑媽竟將梅園留給了喬。如此一來，所有的好事都能成眞了。

「那是個漂亮的老莊園，能夠爲你換來一筆可觀的財富，你應該想把它賣掉吧？」勞瑞說。幾星期過後，衆人齊聚討論這件事情。

「不，我不打算賣掉。」喬斷然回答，一邊撫摸胖嘟嘟的貴賓狗。出於對原主人的尊重，喬也領養了她的狗。

「你不會打算住進去吧？」

「沒錯。」

「我親愛的小姐啊，那可是一座龐大的莊園，要花很多錢才能夠維護好。光是花園和果園就需要兩到三個男人才有辦法打理，而且我想巴爾並不擅長務農吧。」

「只要我提議，他就會去試試看。」

「你打算靠莊園生產的農作物維生？聽起來像是天堂，可到時你一定會發現那太過操勞。」

「我們打算培育一種有價值的種子。」喬笑了。

「是什麼作物如此厲害，夫人？」

「男孩。我想爲小男孩們開設一間學校，一間美好、快樂的學校，就像家一樣！我負責照顧他們，弗德里希負責教學。」

「這眞是一個喬式計劃！是不是很有她的風格？」勞瑞興奮地詢求家人贊同，他們都和他一樣驚喜。

「我喜歡這個主意。」瑪楚太太果斷回答。

「我也是。」瑪楚先生也說，他很期待有機會在現代孩童身上試試蘇格拉底式教育。

「喬勢必要付出龐大的心力。」瑪格撫摸兒子的頭，光是照顧他一個人就耗去她所有心神了。

「喬肯定辦得到，而且一定會樂在其中。這是一個極好的想法。跟我們講講細節吧。」勞倫斯先生非常興奮，他一直盼望能夠爲這對愛侶提供幫助，但他知道他們肯定會拒絕。

「爺爺，我就知道您會支持我。艾美也是，我從她的眼神就能明白，雖然她啊，總要審愼思考才會說出來。好了，我親愛的家人們，」喬誠摯地接下去說，「請你們理解，這不是一時興起的想法，而是我長久以來懷抱的理想。認識我的弗德里希之前，我經常想，若是我賺大錢，家裡也不需要我了，我就租下一棟大房子，收容一些沒有媽媽的窮苦孤兒，照顧他們，趁他們還在成長期間，爲他們打造快樂人生。我看過許多人得不到適時的援助而走向墮落，我好想爲他們做點事，我似乎能感受到他們的需要，體會他們的困境，噢，我也好希望能夠成爲他們的母親！」

瑪楚太太向喬伸出手，喬微笑緊握，眼眶裡泛著淚水，整個人回到以前滿腔熱情的模樣。她接續說下去，大家已經很久沒看見這樣的她了。

「我之前有向我的弗德里希提起這項計劃，他說這正是他喜歡做的事，也同意等我們有錢之後就放手嘗試。上帝保佑他珍貴的心，他這一生都致力於這件事，我不是說賺大錢，而是指幫助貧窮的孩子，他一輩子都不可能致富了，錢財總是沒辦法在他的口袋裡留太久，存不了錢。可現在不一樣了，我的好姑媽對我的寵愛超出我所應得的份量，多虧有她，我現在有錢了，至少我內心這樣認爲。只要學校興盛，我們就可以在梅園過上好日子。那地方很適合男孩，房子很大，家具也很牢固樸實。房間又多，可以容納幾十個孩子，屋外的場地更是遼闊，孩子們還能幫忙整理花園和果園。這樣的工作有益健康，是吧，爺爺？弗德里希可以用自己的方式管教孩子，父親會協助他。我呢，可以替他們準備飲食，還有照料、寵愛與責罵他們，這部分母親會幫助我。我一直都渴望有很多男孩陪伴玩耍，卻無法實現，現在我終於可以找來滿屋子的男孩，盡情與他們嬉戲，得償所願了！仔細想想，擁有梅園，還有一大群瘋狂的小男孩與我共享，眞是一種享受啊。」

正當喬手舞足蹈，發出狂喜的嘆息時，全家人忽然揚起一片笑聲，勞倫斯先生更是笑得停不下來，大家還擔心他會中風。

「我不覺得有哪裡好笑。」笑聲稍微平息後，喬嚴肅地說。「我的教授開設學校是再自然與恰當不過的事，我也想住在自己的莊園。」

「她已經開始擺架子了。」勞瑞覺得這個主意是天大的笑話。「我能否請教你打算如何維持學校運行？如果所有學生都衣衫襤褸，以世俗的觀點來看，恐怕你的作物不會產生什麼價值，巴爾太太。」

「泰迪，你先別潑冷水。我當然會收富裕的學生，也許剛開始全都先收有錢的。小有所成後，我就可以收容一、兩個窮孩子調和一下。有錢人家的孩子通常很需要照顧和關懷，窮孩子也一樣。我見過不少可憐的小孩被丟給傭人看顧，或是學習遲緩的孩子被迫進步，這眞的非常殘酷。有些孩子會調皮搗蛋，那是源自於不當管教或遭受忽視，有些則是因爲失去母親。而且即便是最優秀的孩子也會進入青春期，這是他們最需要耐心和善意的階段。別人嘲笑他們，將他們視爲燙手山芋，推離視線之外，卻期待他們一夕之間從可愛的孩子成爲傑出的年輕人。他們雖然少有怨言，內心卻能感受得到，眞是些堅強的小傢伙啊。我自己有類似的體會，所以我懂他們的感覺。我對這些野獸般的孩子特別關心，想讓他們明白，儘管他們笨手笨腳又頭腦不清，但是我能看見他們溫暖、正直且善良的赤子之心。這方面我也有經驗，我不是就把一個男孩教養成榮耀家族的男人了嗎？」

「我能夠爲你的努力作證。」勞瑞一臉感激。

「而且比我期盼的還要成功，瞧瞧現在的你，成了一個穩重又明理的商人，你用財富做好多善事，積累下來的並非金錢，而是來自窮人的祝福。你不僅僅是一個商人，你熱愛美好的事物，自己欣賞的同時也懂得與人分享，這點就跟從前的你一模一樣。我爲你感到驕傲，泰迪，你一年比一年進步，雖然你都不讓大家稱讚，但是每個人都感受到了。好，等我有了一群學生之後，我就直接指著你說『孩子們，他就是你們的模範』。」

可憐的勞瑞不曉得要看哪裡，因爲他雖是個男人，面對這突如其來的誇讚以及衆人讚許的表情，年少時的靦腆羞怯又跑回來了。

「我說，喬，你說得太誇張了。」他以舊時孩子氣的方式說。「你們爲我做了好多，我感激不盡，只能盡我所能不讓你們失望。喬，最近你都把我丟在一旁了，幸好我還擁有最佳的幫手。所以啊，如果我有一點點的進步，都要歸功於這兩位。」說完，他溫柔地將一隻手放在爺爺頭上，另一手放在艾美的金髮上，因爲他們三人始終形影不離。

「我打從心底覺得家人是全世界最美好的東西了！」喬突然大喊，她正處於異常振奮的狀態。「等我以後成家，我希望能夠像我最熟悉，也最愛的三個家庭一樣幸福美滿。若是此刻約翰和我的弗德里希都在這裡，那簡直就是人間的小天堂了。」她輕聲說。

那天夜晚，她回到房間，結束傍晚全家一同商議、期盼和計劃的快樂時光後，幸福的感覺塞滿她的心，只有跪在始終擺在她床邊的那張空床下，溫柔思念貝絲，亢奮情緒才能夠平靜下來。這是個充滿驚喜的一年，因爲每件事都進展神速，又令人愉快。喬還來不及反應過來，便已結了婚，搬到梅園定居了。接著，六、七個小男孩如雨後春筍般冒出來，無論是貧窮或富裕的孩子都急速增加，因爲勞倫斯先生不斷發現一些貧困又惹人憐的孩子，請求巴爾夫婦同情他們，他很樂意贊助一點錢。就這樣，狡猾的老先生成功說服驕傲的喬，持續送來她最喜歡的男孩子，藉以資助她。

經營一所學校，一開始當然很不容易，喬犯下各種莫名其妙的錯誤，幸好有聰明的教授操縱船槳，帶領她安全航向平靜水域，最後，連最桀驁不馴的窮孩子也被征服了。喬是多麼喜歡這些「野男孩」啊，要是親愛的瑪楚姑媽看見一群名叫湯姆、迪克、哈利的孩子在原本神聖且莊嚴有序的梅園裡撒野，她該多痛心啊！這是一種因果循環，畢竟老夫人之前一直都是方圓數百里內的男孩最害怕的人物，可如今這些被隔絕在外的孩子能恣意品嘗禁忌的果實，用骯髒的靴子踢地上的碎石，也不會有人責罵，還能在大草地上打板球，那草地曾豢養一隻暴躁且「牛角彎彎」的牛[1]，經常引誘冒失的小伙子前來，再將他們挑起拋飛。這裡幾乎成了男孩的天堂，勞瑞建議梅園應該要改名叫「巴爾園」，既能向原主人致意，也更適合現在的居住者。

這從來就不是一所高級的學校，教授更沒有賺大錢，但這正是喬所期盼的樣子——「提供需要教導、照顧和關懷的孩子，一個像家一樣的快樂園地」。大房子裡的每個房間很快就住滿孩子，花園的每一塊小土地都有了自己的小主人。因爲莊園裡可以養寵物，穀倉和小屋變成了動物園。每日三餐，喬會坐在長桌一端對著弗德里希微笑，餐桌兩旁坐滿快樂的孩子，他們全都以充滿愛的眼神望向喬，向她訴說心裡話，感激的心深深愛著「巴爾媽媽」。

喬現在有許許多多男孩陪伴，雖然他們絕非天使，有些還讓夫妻倆傷透腦筋，她卻從不曾感到厭倦。她深信，即便是最調皮、最莽撞、最折磨人的窮小孩，心中也存有良善，這個信念賦予她耐心與技巧，而成功就在不遠處，因爲沒有一個凡人男孩能夠頑強抵抗巴爾爸爸太陽般的溫暖照耀，還有巴爾媽媽的七十個七次饒恕[2]。喬很珍視與孩子間的友誼，還有他們悔過時的抽泣、做錯事後的低語、有趣或感人的小祕密，以及討喜的熱情、願望與計劃，甚至是他們的不幸，因爲這些都令她更加疼愛他們。所有男孩裡，有的學習遲緩、有的個性羞怯、有的虛弱無力、有的奔放不羈，有

1取自英格蘭童謠《傑克蓋的房子》（*The House That Jack Built*），故事裡的牛用彎曲的角把狗撞飛到天上。

2出自《新約．馬太福音》18:22：「那時，彼得進前來，對耶穌說：『主啊，我弟兄得罪我，我當饒恕他幾次呢？到七次可以嗎？』耶穌說：『我對你說，不是到七次，乃是到七十個七次。』」

的口齒不清、有的結結巴巴，有一、兩個孩子跛腳，還有一個快樂的黑白混血兒，沒有一個地方願意接受他，但是「巴爾園」十分歡迎，儘管有些人說他的加入會毀了這間學校。

是啊，即便工作辛苦、令人焦躁，孩子們又總是吵吵鬧鬧，但喬在梅園過得十分快樂。她真心樂在其中，發現孩子的掌聲勝過世上所有讚美。她現在已經不對外發表作品了，只說故事給這群熱情的信眾與仰慕者聽。隨著一年又一年過去，喬自己也生下兩個小男孩，幸福又增添許多。一個孩子取名羅伯，以外公的名字命名；另一個叫做泰迪，他是個隨遇而安的嬰兒，似乎遺傳了爸爸的開朗個性和媽媽的活潑精神。關於他們究竟是如何在一群混亂的男孩堆裡安然成長，對他們的外婆和阿姨們而言始終是個謎團。可是他倆就像春天的蒲公英般成長茁壯，粗魯的男保母們更對他們愛護有加。

梅園有很多節慶，其中最歡樂的就是一年一度的摘蘋果節。這一天，瑪楚家、勞倫斯家、布魯克家和巴爾家會全體出動，一起度過快樂的一天。喬婚後第五年，又到了

其中一個水果節。那是水果成熟的十月，清新的空氣振奮人心，所有人精力充沛，血液在血管中健康熱舞。老果園換上節慶服裝，覆滿青苔的牆邊開滿黃花和紫苑，蚱蜢在乾枯的草地上輕快跳躍，蟋蟀則像吹笛的精靈爲慶典伴奏。松鼠忙碌於自己的小小豐收季，鳥兒在小徑邊的赤楊上高唱離別曲，每棵大樹都已做好準備，只要一晃，就會落下大量的紅、黃色蘋果。

所有人齊聚一堂，一同歡笑、高歌，爬到樹上又跌落下來。每個人都說自己從未有過如此完美的一天，也未曾參與過這麼歡樂的場合。他們放下一切，盡情沉浸在簡單的快樂中，彷彿世上從未存在過煩惱與憂愁。

瑪楚先生沉靜地漫步四周，他向勞倫斯先生引述塔瑟[3]、考利[4]和科魯邁拉[5]的話，一邊品嘗他們所說的：「溫和蘋果的香醇汁液。」

教授像一名勇敢的條頓騎士[6]，在綠意盎然的走道上來回衝鋒，他手拿竿子作爲長矛，率領一群身扛長鉤和梯子的男孩們，在地面和高空上演雜技絕活，令人讚嘆。勞瑞專心照顧年幼的孩子，他讓小女兒坐進一個大籃子裡，將黛西高高舉起，好欣賞樹上的鳥巢，同時看緊熱愛冒險的羅伯，

3塔瑟（Thomas Tusser, 1524-1580），英國詩人和農夫。
4考利（Abraham Cowley, 1618-1667），英國十七世紀重要詩人。
5科魯邁拉（Columella, 4-70），羅馬帝國時期作家，著有十二卷《論農業》。
6條頓騎士團（Teutonic Order），一一九〇年出現，是來自德意志的騎士團，於第三次十字軍東征崛起，現已改爲純宗教修士會，爲公益團體。

不讓他摔斷脖子。瑪楚太太和瑪格就像波莫娜女神[7]，坐在蘋果堆中挑選不停傾倒進來的蘋果，艾美則在一旁描繪眼前一群又一群的人們，臉上的表情如慈母般美麗。她同時也看顧一名體弱的男孩，他坐在她身邊，崇拜地望著她，小小拐杖也躺在他的身旁。

那日的喬過得如魚得水，她別起裙襬，跑過來又跑過去，頭上的帽子老早就不知道飛到哪裡去了。她把兒子夾在手臂下，準備好面對任何可能突然出現的刺激冒險。小泰迪的人生如有神佑，從未發生過任何意外，無論有男孩將他抱到樹上或把他揹在背上，抑或是溺愛他的爸爸餵他吃酸蘋果，喬都不曾爲他感到擔憂。巴爾教授抱有德國人的一項迷思，認爲嬰兒能夠消化任何食物，包括酸菜、鈕扣、指甲，甚至是他們自己的小鞋子。喬知道小泰迪總會平安歸來，還會臉色紅潤、渾身髒兮兮，但是乖巧寧靜，她總是給予他熱烈的歡迎，因爲她是如此溫柔寵愛她的孩子們。

四點時，莊園暫且平靜下來，籃子裡頭空空如也，摘蘋果的人一邊歇息，一邊比較衣服上的破洞和身上的瘀青。喬、瑪格和一支大男孩們組成的特遣隊伍，在草地上布置餐點。戶外的下午茶向來是節慶裡的最高潮，每到這個時刻，地上就會流淌著奶與蜜——一點也不誇張。因爲他們沒有規定孩子一定要坐在餐桌邊吃飯，反而允許他們隨性品嘗茶點，畢竟「自由」向來是男孩子心中的最佳佐料。他們一點也不放過這難得的特權，開始進行各種有趣的實驗，有人試著倒立喝牛奶，有人在玩青蛙跳停頓時就吃派的遊戲。遍地灑滿餅乾屑，蘋果派像是新型鳥類一般棲息在樹上。小女孩們舉辦起私人茶會，小泰迪則恣意徘徊於美食之間。

大家都飽餐一頓後，教授照慣例乾下第一杯，每到這時候他都一定要舉杯祝賀一番——「瑪楚姑媽，上帝護佑她！」這位老好人誠摯祝頌，他始終沒有忘記她的大恩大德，男孩們也默默乾杯，他們一直都被教導要將老夫人銘記於心。

「好，接下來是外婆的六十歲大壽！祝福她長命百歲，讓我們一起歡呼三聲！歡呼三遍！」讀者諸君請相信，這些歡呼都是發自內心，而歡聲既起，便難止息。每個人都獲得安康的祝賀，從被視爲特別贊助者的勞倫斯老先生，到偷跑出籠子尋找小主人的天竺鼠，無一錯落，小鼠也因此受了驚嚇。戴米身爲長孫，向當日的壽星女王獻上各式各樣的禮物，數量多到還得用手推車送來活動場地。有些禮物很滑稽，可是別人所見的缺陷在外婆眼中卻完美無瑕，因爲禮物全是孩子們自己準備的。黛西用小小的手指耐心爲手帕縫邊，那一針一線在瑪楚太太看來，比刺繡還要精美；戴米的鞋盒是一項機械奇蹟，雖然蓋子始終無法合攏；羅伯的腳凳，椅腳長短不一，坐起來搖搖晃晃，但她卻覺得很舒適；而艾美的孩子所送上的貴重書本，沒有一頁比封面上的文字還要優美，那一行歪七扭八的大寫字母寫著——「給親愛的外婆，小貝絲敬上。」

在送生日禮的儀式中，男孩們神神祕祕地消失無蹤了。瑪楚太太想要向孩子們道謝，卻忍不住落淚，正當小泰迪用圍兜替外婆擦眼淚的時候，教授忽然開始高歌，接著，一個又一個聲音自他上

7 波莫娜女神（Pomonas），羅馬神話裡象徵水果豐收的女神，她的名字有水果的含義，特指果園裡的水果。

空響起，接續傳唱，每棵樹木間迴盪著隱形合唱團的歌聲，男孩們誠心誠意高唱，這首小曲子由喬填詞，勞瑞譜曲，教授訓練學生做出最完美的表演。這是往年從未有過的新點子，而且成效非凡，瑪楚太太久久無法從驚喜中回復過來，堅持要和每隻沒有羽毛的鳥兒握手，從高大的法蘭茲和埃米爾，到小小黑白混血兒都沒有遺漏，他的歌聲可是所有孩子裡最優美的呢。

結束以後，男孩們各自解散，去度過最後的玩耍時間，只剩下瑪楚太太和她的女兒們待在慶典的樹下。

「我想我再也不該稱自己爲『不幸的喬』了，因爲我最大的心願已經如此完美地實現了。」巴爾太太把小泰迪的手從牛奶罐裡拔出來，因爲他正興奮地攪動牛奶。

「不過你的人生與你多年前想像的可是天差地別。你是否還記得我們的『空中城堡』？」艾美問道，她微笑望著勞瑞和約翰陪伴男孩們打板球。

「這些可愛的人啊！看見他們放下公事，在這一天盡情玩樂，眞令我高興。」喬回答，她現在提到男人，語氣便散發著母性。「我當然記得，可當時我所期盼的人生現在看來似乎太過自私、孤單和冷清了。我並未放棄寫一本好書的願望，但是我可以等，我相信有了這些經驗和實例後，我一定能寫出一本更好的作品。」喬伸手指向遠處活潑的孩子們，再指向由教授攙扶的父親，他們倆在陽光下來回散步，沉醉在彼此都很熱衷的話題裡，接著喬又指向母親，女兒們圍坐在她身旁，外孫們則坐在她腿上或腳邊，彷彿他們所有人都在那張臉上得到了幫助與幸福，那容顏在他們心中不曾衰老。

「我的空中城堡幾乎都實現了。當然，我曾祈求過奢華的事物，但我內心深處明白，只要有一個小小的家，有約翰，還有這麼可愛的幾個孩子，我便心滿意足了。這些我全都擁有了，感謝上帝，我眞是世上最幸福的女人了。」瑪格將手放在她已經長得很高的兒子頭上，表情洋溢著溫柔與發自內心的滿足。

「我的空中城堡與我所計劃的非常不同，但我不會更改。我和喬一樣，不會完全放棄我的藝術夢，也不會侷限自己只能幫助他人完成美夢。我已經開始塑造嬰兒模型，而且勞瑞說這是我有史以來最好的作品，我自己也這麼認爲。我想用大理石雕刻，如此一來，無論發生什麼意外，都能留下我的小天使的模樣。」

艾美說著，掉下了一滴豆大的淚水，落在女兒的金髮上，她正趴在艾美懷裡睡覺。她心愛的女兒弱不禁風，害怕失去孩子的恐懼，讓艾美的陽光蒙上一片陰影。這項苦難對父母影響良多，因爲愛和悲傷讓他們更加緊密相繫。艾美的個性愈來愈甜美、沉穩和溫柔；勞瑞則變得更加嚴肅、勇敢和堅定，兩個人都明白了，無論美貌、青春、好運，甚至是愛本身，都無法讓最受眷顧之人免於煩擾、痛苦、失去與悲痛，因爲……

人的一生不免會落下一點雨，
有些日子必然黑暗、悲傷與陰鬱。[8]

8引自美國詩人亨利．朗費羅（Henry Longfellow）的《下雨天》（*The Rainy Day*）。

「她的身體狀況愈來愈好了，我很確定，親愛的。別灰心，要懷抱希望，保持愉快。」瑪楚太太說。心腸柔軟的黛西在她膝上彎下腰，將紅潤的臉蛋貼在小表妹蒼白的臉上。

「媽咪，我眞不該灰心，我有你爲我加油，勞瑞又總是一個人扛下大半負擔。」艾美溫暖地回應。「他從不讓我看見他的憂慮，對我又體貼又很有耐心，他盡心盡力照顧貝絲，而且總是陪在我身邊，給我很大的安慰，我怎麼愛他都不嫌多。因此，即便我遭遇這項苦難，我也能像瑪格一樣說『感謝上帝，我眞是世上最幸福的女人了』。」

「我就不必說了，每個人都看得出來，我所得到的幸福，遠遠超過我所應得的份量。」喬看了眼她的好丈夫，再瞧瞧兩個胖嘟嘟的孩子，他們正在她身旁草地上打滾。「弗德里希的頭髮白了，身材也胖了，我卻愈來愈瘦，像鬼魂一樣，而且我已經三十歲了。我們永遠都不會成爲有錢人，說不定哪天晚上梅園就會被一把火燒個精光，因爲那個屢教不聽的湯米・班斯整天躲在被窩底下偷抽香蕨木雪茄，他已經燒到自己三次了還是不改。不過，撇開這些平淡無奇的事情不談，我沒有什麼可抱怨的，我的人生從未如此快活。請原諒我的用詞，每天跟一群男孩生活在一起，有時候會忍不住跟著使用他們的措辭。」

「沒錯，喬，我相信你一定會大有所成。」瑪楚太太說著，順手嚇走一隻瞪得小泰迪侷促不安的黑色大蟋蟀。

「不及你的一半好，媽媽。你的成就就在眼前，你耐心播種、收割，我們再怎麼感激也不夠。」喬喊道，她那充滿愛的急躁個性，就算年紀再長也不會改變。

「我希望每年都能有多一點的小麥，少一點的稗子。[9]」艾美輕聲說。

「那會是一大捆的收穫，但我知道你的心容納得下，親愛的媽咪。」瑪格用溫柔的語氣說。

瑪楚太太深受感動，只能伸出雙手，像是要將女兒和外孫全攬入懷中，她的表情和聲音溢滿母愛、感激與謙遜，她說……

「噢，我的女兒，不管你們的人生多麼長久，我都希望你們能夠像現在這般幸福快樂！」

9 出自《新約·馬太福音》13:24-43。小麥和稗子分別代表好與壞的人事物，稗子必須除之而後快，否則會影響小麥的生長。

國家圖書館出版品預行編目資料

好妻子（小婦人續集）/ 露易莎 . 梅 . 艾考特 (Louisa May Alcott) 著 ; 劉珮芳 , 賴怡毓譯 . -- 初版 . -- 臺中市 : 好讀 , 2020.10
面；　公分 . -- (典藏經典 ; 128)

譯自 : Good Wives

ISBN 978-986-178-525-7(平裝)

874.57　　　　109010491

好讀出版

典藏經典 128

好妻子（小婦人續集）

填寫線上讀者回函
獲得更多好讀資訊

作　　者／露易莎・梅・艾考特 Louisa May Alcott
譯　　者／劉珮芳、賴怡毓
總 編 輯／鄧茵茵
文字編輯／林泳誼
行銷企畫／劉恩綺
發 行 所 ／好讀出版有限公司
407 台中市西屯區工業 30 路 1 號
407 台中市西屯區大有街 13 號（編輯部）
TEL: 04-23157795 FAX: 04-23144188 http://howdo.morningstar.com.tw
(如對本書編輯或內容有意見，請來電或上網告訴我們)
法律顧問／陳思成律師

總 經 銷 ／知己圖書股份有限公司
106 台北市大安區辛亥路一段 30 號 9 樓
TEL: 02-23672044 / 23672047 FAX: 02-23635741
407 台中市西屯區工業 30 路 1 號
TEL: 04-23595819 FAX: 04-23595493
E-mail: service@morningstar.com.tw
網路書店：http://www.morningstar.com.tw
讀者專線：02-23672044、02-23672047
郵政劃撥：15060393（戶名：知己圖書股份有限公司）

印　　刷／上好印刷股份有限公司
初　　版／西元 2020 年 10 月 1 日
定　　價／ 380 元
如有破損或裝訂錯誤，請寄回臺中市 407 工業區 30 路 1 號更換（好讀倉儲部收）

Published by How Do Publishing Co., Ltd.
2020 Printed in Taiwan

ISBN 978-986-178-525-7